KB261464

어둠의 입술

이석범(李錫範)

1955년 제주 출생. 제주대 국어교육과 졸업. 1988년 『문학과 비평』에 중편 「적들을 찾아서」로 등단한 후 한국교육현장 시리즈를 집필하기 시작해 장편 『갈라의 분필』 『권두수 선생의 낙법』 『윈터스쿨』(전2권) 등으로 이어지는 3부작을 펴냈으며, 『윈터스쿨』로 제3회 상상문학상을 수상했다. 2000년 9월 해직교사 특별채용조치로 11년 6개월 만에 복직한 그는 현재 제주도 한림에서 교편을 잡으며 새로운 소설을 구상하고 있다.

청동거울 신작소설

어둠의 입술

2001년 4월 25일 1판 1쇄 인쇄 / 2001년 5월 4일 1판 1쇄 발행

지은이 이석범 / 펴낸이 임은주
펴낸곳 도서출판 청동거울 / 출판등록 1998년 5월 14일 제13-532호
주소 (135-080) 서울 강남구 역삼동 832-52 상봉빌딩 301호 / 전화 02)564-1091~2
팩스 02)569-9889 / 하이텔I.D. 청동 / 전자우편 cheong21@freechal.com

편집장 조태림 / 편집 조은정 / 북디자인 우성남 / 영업관리 정덕호

값 8,000원

이 책의 발간비 일부는 한국문예진흥기금에서 지원했습니다.
잘못된 책은 바꾸어 드립니다.
저작권자와의 협의에 의해 인지를 붙이지 않습니다.
무단 전재 및 무단 복제를 금합니다.
© 2001 이석범

Copyright © 2001 Lee, Seok Bum.
First published in Korea in 2001 by CHEONGDONGKEOWOOL Publishing Co.
Printed in Korea.

ISBN 89-88286-46-4

어둠의 입술

이석범 소설

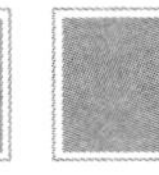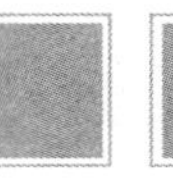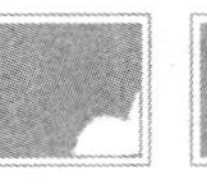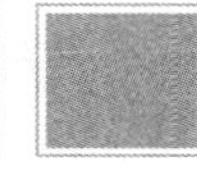

차 례

시외 버스 종점인 그 산사(山寺)에 거의 도착할 무렵에야 만오는 차창에 머리를 기댄 채 짧고도 깊은 잠에 빠져들었다. 꿈속에서 그는 허연 뻘밭 같은 수렁을 헤어나지 못해 무력하게 허우적거리고만 있었다.

"다 왔소, 손님!"

나이 든 운전수가 버스에 혼자 남은 손님인 그의 자리로 다가와 흔들어 깨우자, 만오는 깜짝 놀라 으악 비명부터 질러댔다.

"허어, 이 양반 애들처럼 놀래긴……"

운전수는 순박한 미소를 띠며 가볍게 만오의 어깨를 두드렸다. 검은 얼굴빛에 뭉뚝하고 거칠어 뵈는 손, 아침에 미처 면도를 하지 못한 듯 회색빛 센 수염이 비죽비죽 턱에 돋아난 인상들이 타고 온 고물 버스처럼 구지레하면서도 어쩐지 친근감을 준다고 그는 생각했다.

"이것 참, 죄송하군요. 이렇게 정신없이 졸다니 원."

"죄송은 무슨……. 아무래도 병색이 있어 뵈는데, 공기 좋은 예서 며칠 요양이나 허다 가슈."

"네, 고맙습니다. 정말 그래야 할 것 같군요."

만오는 일없이 입가를 문지르며 중얼거렸다.

모두가 어제 묵었던 그 허름한 여관 탓이었다. 몹시 추워서 밤중에 번쩍 잠이 깨었는데 방바닥을 짚어 보니 불이 꺼져 있었던 것이다. 지나치게 인색한 여관 주인을 수없이 원망했지만, 만오는 그저 이불을 뒤집어쓴 채 밤새 재채기만 하고 있을 수밖에 없었다. 감기에 걸리는 게 아닌가 걱정스러웠는데, 박명 속에 탈출하듯 여관문을 나서는 순간 기어이 콧물이 주룩 흐르고 말았다.

'아까 꿈속에서 빠졌던 뻘밭은 콧물이 거대하게 증식한 게 틀림없어.'

만오는 진저리를 쳤다. 끈적끈적한 콧물이 온몸에 거머리처럼 달라붙어 피를 빨고 살을 뜯어 먹는 광경이 생생하게 떠올랐기 때문이다.

넓은 주차장에 남겨진 사람은 그 혼자뿐이었다. 만오는 주차장 한가운데 서서 천천히 주위를 둘러보았다. 겨울이라 산사를 찾는 관광객이 뜸한 것 같았다. 기념품상이 줄지어 있는 기와 건물엔 셔터를 내린 가게가 꽤 눈에 띄었고, 그 건물 뒤편 약간 언덕진 곳에 역시 기와 지붕을 얹은 산장들이 연이어 있는 모습도 을씨년스럽기는 마찬가지였다. 누렇게 죽은 나무들을 후려치며 몰려다니는 겨울 바람의 위력은 산사 주변의 풍경을 더욱 침중하게 만들어 놓고 있었다.

마침 산기슭을 휘돌아온 겨울 바람 한 자락이 주차장을 휩쓸면서 만오의 콧속까지 후벼팠다. 기다란 대바늘이 콧속을 뚫고 머리 뒤에까지 박히는 듯한 아픔과 동시에 또 콧물이 주루룩 흘렀다. 만오는 손등으로 코밑을 훔친 다음 주머니를 뒤적여 캡슐로 된 감기약을 꺼내 먹었다.

집 떠난 지 며칠, 그가 몸에 달고 다니게 된 것은 감기뿐만이 아니었다. 못볼 것을 본 탓인지 왼쪽 눈꺼풀 속의 꺼끌꺼끌한 거북함과 통증이 나날이 더해지고 있는 중이었고, 콧날개에도 뾰루지의 조짐이 나타나 있었다. 그래서 만오는 약국이 보일 때마다 항생제니 뭐니 비상약들을 한꺼번에 많이 사서 이 주머니 저 주머니에 쑤셔 박아두지 않을 수 없었다.

'인생이란 사소한 것들로부터 큰 방해가 시작되는 것이니……'

만오는 평소 감기 기운이 미세하게나마 느껴지거나, 뾰루지 혹은 다래끼 따위가 일상을 성가시게 할 것 같으면 잽싸게 방지하는 일에 익숙해 있었다. 성가시겠다 싶은 것들은 어떤 종류이든 적절한 순간을 포착하여 회피해 버리는 게 상책이라고 여겨온 그였기 때문이다.

어디로 선뜻 발을 떼어놓지 못해서 만오는 주차장에 멍하니 서 있었다. 다들 건물 안에 틀어박혀 버렸는지 사람들도 전혀 보이지 않았다.

선 채로 한동안 시간을 보낸 만오는 기와 지붕 산장이 세 집 연이어 있는 쪽으로 걸어갔다. 벌써 오후가 기울고 있어서 어쨌거나 오늘은 이곳에서 일박을 해야 하는 것이었다.

"안에 누구 있어요?"

세 산장 중 가운데 '대각 산장'을 선택한 그는 입구에서 서너 차례나 음성을 높여야 했다. 한참 후에야, 주방 쪽에서 부랴부랴 뛰어나오는지 빨간 고무 장갑을 낀 삽십대로 보이는 남자가 그의 앞에서 숨을 몰아쉬며 물었다.

"묵어 가시게요?"

"예, 빈 방 있습니까?"

"서울서 오시나 보죠?"

"산장이 왠지 썰렁해 뵈는데, 난방 됩니까? 온수는요? 가능하면 침대 있는 방이면 좋겠는데……."

"이걸 어쩌나. 한동안 단체 손님들이 많아서 침대는 다 치워 버렸고요, 보시다시피 지금은 손님이 없어 기름을 절약하고 있어요. 손님방에 따로 불을 넣어 드리지요 뭐. 물은 데워서 올려 보내면 되고요. 어쨌든 서울분 불편하지 않게 잘 해드려요, 헤헤. 저도 서울서 이십 년 가까이 살았습니다."

남자는 모처럼 찾아든 손님을 놓치고 싶지 않은지 서울서울 하며 호들갑을 떨었는데 만오는 그가 서울 생활을 두 달쯤은 한 것 같다고 느꼈다. 그리고 이 산장에 오는 모든 손님이 서울분일 그에게는 서울 생활이 유일한 동경이리라는 점도.

"서울분들에게는 특별히 좋은 방을 드리고 있지요."

그가 안내한 '좋은 방'은 문을 열자마자 눅눅한 담배 냄새가 훅 끼쳤다. 만오는 요란하게 재채기를 하며 딴 방을 보여 달라고 했으나 빈방들이란 모두 그만그만했다. 들창이 난 북쪽에 바람막이 겸 조잡한 솜씨로 그려진 화조(花鳥) 병풍이 하나씩 세워져 있을 뿐, 흑백 텔레비전과 빛바랜 호청의 이불이 비품의 전부였다.

만오는 불현듯 이와 똑같았던 어느 방을 기억해내고 고소를 머금었다. 바로 영애와 처음 투숙했던 변두리의 여관이 이랬던 것이다. 그런 곳을 택한 별다른 이유가 있었던 것은 아니고, 공연히 앙탈해 보는 그녀를 서둘러 가까운 곳의 밀실로 끌어간다는 게 그리 됐을 뿐이었다. 못 이기는 척 끌려 들어온 영애 역시 그 방의 한가운데 떠억 서서는 "이런 데서……" 하며 자못 서운한 표정이었지만 활시위는 이미 바싹 당겨져 있었다.

"다음 번엔 깨끗하고 좋은 데루 가지 뭐."

만오는 황급히 그녀를 쓰러뜨리며 입술을 비벼대었는데 정작 그녀

는 서둘지 마라, 옷이 구긴다, 자기가 벗겠다 별 부끄러운 기색도 없
이 말했다.

영애의 벗은 몸은 통통하게 살이 오른 하얀 말을 연상케 했다. 만
오는 그녀와 살을 맞대는 내내, 흰 말 위에 타고 약간 경사진 언덕을
오르는 벌거벗은 자신의 모습을 떠올렸다. 얼핏 예견한 대로 그녀도
처녀 같지는 않았다. 아내의 경우처럼 "어쩌실 거죠?" 따위 섣부른
짓은 하지 않았으나, 대신 영애는 매우 확실한 요구를 해왔다.

"부장님?"

나란히 누워 빗물인지 쥐오줌인지 번진 자국이 보이는 천장을 응
시하는데, 허공에 손목을 내밀어 빙글빙글 돌리던 영애가 애교스런
음성으로 말했다.

"응?"

"이 시계, 좀 촌스럽지 않아요?"

"시계? 그러고 보니 좀 그런 듯도 하고……."

"나, 시계 하나 사 줄래요?"

"응? 시계?"

"네, 좋은 걸루."

"……그러지."

그 당돌한 요구에 만오는 내심 놀라기도 했지만 자신을 윤색 없이
상품으로 내놓는 솔직함엔 오히려 부담 하나가 덜어지는 개운함도
있었다. 그는 영애의 요구를 들으며 속으로 이렇게 중얼거렸다.

그래. 너는 그 몸뚱이, 흰 말 같은 그 몸뚱이 하나밖에 없고, 나는
아내로부터 비롯된 돈다발이 있잖으냐. 너의 상품 가치는 아내가 줄
수 없는 하얀 말의 환상을 나에게 제공하는 것. 우리의 거래는 묵계
이며, 이 어둠의 방처럼 검은 것이며, 그 밑의 너도 나도 똑같이 검어

서 표가 나지 않는 것. 서로가 서로에게 뻗친 필요의 검은 손인 것.

영애는 그후로 관계가 있을 때마다 반지라든가 옷이라든가 구두라든가 이런저런 장신구라든가로 반드시 두 사람 거래의 값을 제시했고, 만오도 군말 없이 그에 응했다. 그러나 그것은 다만 시작일 뿐이었다.

"여기 어디, 다방 같은 덴 없소?"

영애를 떠올리자 만오는 갑자기 속이 타오르는 것 같아서 빨간 고무 장갑의 남자에게 물었다.

"아, 예예. 다방이라면 두 군데 있습니다만……, 근데 혼자 묵으실 건가요?"

남자는 일없이 빨간 장갑으로 코밑을 훔쳤다.

"보면 알잖소. 혼자요."

"아, 예 그러시군요. 그러시다면, 서울분 취향에 맞을 쪽은…… 요 오른편 노루 다방이죠. 물론 거기 참한 아가씨도 하나 있고요."

그러면서 남자는 씨익 소리 없이 웃었는데, 투명하다 싶을 정도로 유난히 하얗게 드러나는 치아가 어쩐지 병적인 기운을 풍기고 있었다.

"아가씨가 필요하시면 제가…… 헤헤. 서울분이시라, 뭐 말씀 안 드려도 다 아시겠지만."

만오는 가방을 놓아 두고 다시 주차장 부근으로 나왔다. 밖은 아직도 드센 겨울 바람이 누렇게 헐벗은 나무들을 철썩철썩 후려치며 몰려다닐 뿐이었다. 나무들은 쉴새없이 맨살에 감기는 바람의 채찍을 의연히, 비명도 없이 견뎌내고 있었다.

'그러나, 과연 저것들이 진정으로 견뎌내고 있는 것일까?'

만오는 문득 이런 철학적인 의문을 떠올렸다. 집을 나선 며칠새 버릇처럼 된 일이었다.

나무들은 많았으나, 나무는 어디까지나 한 그루씩의 나무에 불과

했다. 그것들은 한데 모여 있으면서도 결코 서로를 구원해 줄 줄은 모른다. 한때는 초록의 희망에 부풀고, 한때는 무성한 번성에 스스로 감격하다가는 끝내 조락의 계절을 겪고, 벌거숭이의 비참함 속에 한 그루씩 따로따로 내던져지고 마는 것이었다. 그 한 그루씩의 나무를 구원할 것은 오직 시간과 상황의 강도였다. 만오는 몰려 있는 나무들의 맨 바깥쪽에 있는 한 헐벗은 나무에서 자신의 모습을 보았다. 무성한 초록의 가슴 부푼 추억은 물론 조락의 순간마다 더욱 불타올랐던 삶의 의욕에 대한 기억도 없이, 나무는 지금 여기서 그저 영원한 형벌과도 같은 매운 채찍질에 절망적으로 감겨 있을 따름이었다. 저러다간, 저 맨살에 불그죽죽 그어진 채찍 자국이 곧 푸르딩딩해지면서 썩어 버리지……. 만오는 그런 조바심이 났다.

조바심과 추위를 녹이기 위해 만오는 빨간 장갑의 남자가 가르쳐 준 다방을 찾았다. 한적한 겨울 산사의 다방답게 '노루'에는 중년의 남자 손님 두엇이 조개탄 난롯가에 앉아 종업원인 듯한 여자와 노닥거리고 있었다. 참한 아가씨라는 바로 그 여자인 모양이었다. 키는 별로 크지 않았으나 단단한 몸 전체에 육감적인 요소가 골고루 스며 있는 느낌을 주는 여자였다. 허드렛일꾼인지 스물대여섯쯤 되어 보이는 청년 하나가 자루 달린 걸레로 부지런히 실내를 닦아 가는 쪽을 피해 만오는 구석진 자리를 찾았다. 그리고는 의자에 푹 몸을 묻으며 다리를 길게 뻗었다. 며칠간의 누적된 피로가 한꺼번에 하체로 쏠리기 시작했다.

"어서 오세요."

여자는 만오의 탁자에 물잔만 내려다 놓고는 다시 난롯가의 사내들에게로 돌아갔다. 키득키득 웃고 음란한 동작으로 몸을 비벼대며 끊임없이 사내들과 수작하는 여자를 물끄러미 바라보다가 만오는 슬며시 눈을 감았다. 눈을 감자마자 왼쪽 눈꺼풀 속의 동통이 묵직하게 솟아올랐다. 아무래도 큼직하게 부풀어오를 것 같았다.

콧속은 조금씩 말라 가는 듯했지만 습기가 없어질수록 이상하게 열기가 느껴지는 바람에 만오는 콧등을 만져 보았다. 오른쪽 콧날개 중간쯤에 딱딱한 멍울이 져 있었다. 손가락으로 그 부분을 누르니 조금 아팠는데, 순간 만오는 오래 전 콧등 바로 그곳에서 뽀루지가 돋아올랐던 걸 기억해냈다. 얼굴 한복판에 코뿔소의 뿔처럼 돋은 그걸 달고 다닌 며칠이 얼마나 거북살스러웠는지, 만오는 어느 하루는 당당하게 '뽀루지 결근'을 하고 싶을 정도로 그것의 존재를 성가셔했다. 뽀루지가 난데없이 생겨나는 것은 아닐 테지만, 만오에겐 그 원인을 근본적으로 헤아려 본다는 식의 여유는 물론 없었다. 그저 조짐이 보인 초기에 항생제라도 듬뿍 먹어둘 걸 하는 후회만 여러 차례 했을 뿐이었다.

돌이켜보면 영애의 영악함을 피부로 느끼게 되었을 때가 그녀를 콧날개에 돋은 뽀루지처럼 여긴 무렵이 아니었을까, 하고 만오는 다시 그녀를 생각했다.

이 모든 일의 발단이라면 사실 만오의 서툴고도 성급했던 표현 때문이라고 할 수도 있었다. 아내와 시덥잖은 일로 언쟁하고 나서 만오는 당연한 코스인 듯이 영애를 찾았다. 예상대로 영애는 만오의 온몸과 온정신을 남김없이 빨아들여 줬다. 하얀 말의 잔등에 갈기처럼 달라붙어 만오는 무척이나 흡족하고 평온하였고, 따뜻한 초원 멀리서는 생명력 넘치는 말 울음소리가 히힝히힝 들려오는 듯도 했다. 그래서 만오는 영애에게 불쑥 "아무래도 너를 사랑하는 것 같다"고 말해 버린 것이었다. 그렇게 말하고 나자, 만오는 이전부터 영애를 진정 사랑해 오고 있었던 것 같았다. 그들의 거래는 일 회씩이어서 그때그때 적절한 계산서가 작성되고는 했지만, 보이지 않는 부채를 만오 쪽에서 쌓아 가고 있었다는 경건한 깨달음 때문이었다. 그런데, 영애는 만오의 그 고백을 들으며 놀랍게도 피부 한 겹 밑의 감추어진 어떤 부분을 미묘하게 진동시키고 있었다. 마치 꼬마 전구에 빨간 불이 찰칵 들어오는 순간과 같은 움직임이라고 만오는 생각했다.

"그런 거짓말을, 제가 믿을 줄 아세요?"

영애는 소녀처럼 깔깔 웃으며 물었다. 만오는 얼결에 "응" 했는데, 그러자 그녀는 더욱 소리 높여 웃는 것이었다. 말하자면 그때 그 순간 상처가 생기고 억센 균이 그 상처에 묻어난 셈이었다. 그러나, 만오는 영애가 그날따라 아무런 구체적 요구가 없다는 사실조차 깨닫지 못했다.

얼마 후 그녀는 만오에게 진지하게 말했다.

"아이를 갖고 싶어요."

만오는 그제야 퍼뜩 콧날개에 딱딱하게 앉은 뾰루지의 존재를 의식했으나, 그것을 저지할 초기의 기회는 이미 놓쳐 버린 상황이었다.

그런데 영악한 영애에 대한 분노와 더불어 일종의 연민이 생기는 것도 숨길 수는 없었다. 이른바 동병 상련이었다. 만오는 또 속으로만 중얼거렸다.

그래. 너에게는 아무것도 없고, 영악한 몸뚱이만이 너의 신분 상승의 함수이니까. 그 상품의 가치는 나에게서 수없이 확인했으니까. 너의 모습이 곧 내 모습이기도 하니까. 하지만 내 가치는 내 아내한테 모두 지불되어 버렸다. 아내는 나를 샀다.

진정한 삶이니 진정한 사랑이니 따위 불편한 갈등과 마주할 여지는 애초 만오에게 없었다. 그것은 이미 대학 졸업반 시절 교문에의 홍건한 방뇨를 기점으로 사라지고 말았다. 뾰루지는 어떤 방법으로라도 치유되어야만 했다. 따라서 그것이 영애의 일방적인 희생이어도 할 수 없다고 만오는 생각했다.

만오는 H시에서 캡슐로 된 코감기약과 함께 사 두었던 항생제를 두 알 꺼내 먹고 물잔을 잡았다.

갑자기 다방 안이 어둑해지면서 잔잔히 흐르던 FM의 음악 소리가 뚝 그쳤다. 예고 없는 정전인 듯했다.

"어머나! 되게 깜깜하네."

난롯가가 잠시 어수선하더니 한 사내가 랜턴을 켜며 "강군!" 하고 불렀다. 걸레질을 하던 청년이 강군인 모양이었다. 강군은 자기를 향한 랜턴 불빛에 눈이 부셔서인지 인상을 몹시 찌푸렸다.

"두꺼비집 좀 봐. 휴즈가 타지 않았나."

두꺼비집, 휴즈, 하는 소리가 랜턴 불빛을 따라 스파크처럼 튀었다. 갑자기 그 청년은 걸레질을 멈추고 몸을 꼿꼿이 세웠다. 한순간에 강군이라는 청년이 딱딱한 석상으로 변해 버린 것 같았다.

"이, 이봐, 강군! 강군!"

다방의 주인인 듯한 그 사내가 불쾌해진 음성으로 청년을 다그쳤다. 촛불을 켜들던 여자는 퍼뜩 무슨 생각이 났는지 안절부절 못 하는 몸짓으로 청년에게 다가갔다. 여자가 들고 있는 촛불의 그림자가 유령처럼 이 벽 저 벽에서 춤을 추었다.

"동욱 씨, 동욱 씨."

여자는 강군을 세차게 흔들었다. 석상은 꿈쩍도 하려 하지 않았다. 여자가 낑낑거리며 가까스로 소파에 그를 앉히자, 바싹 얼었던 짚단이라도 허물어지는 것처럼 청년의 몸에서 메마른 파열음이 났다.

여자는 정성을 다해 앉힌 청년의 두 뺨을 쓰다듬었다. 그 손길에는 예사로운 동정심이라거나 놀람 정도가 결코 아닌 감정이 짙게 배어 있다고 만오는 느꼈다. 청년은 눈을 부릅뜨고 있었다. 건너편 벽 쪽에 무슨 증오의 대상이라도 있는 것 같은 표정이었지만, 만오가 유심히 살펴보니 실상은 아무것도 바라보고 있지 않았다.

"제기랄, 송양 때문에 들이긴 했지만, 강군은 말야 아무래도 이런 장삿집에 어울리지 않는 것 같애."

사내는 계속 뭐라고 불평을 늘어놓았으나 여자는 거의 그를 개의치 않았다.

조금 있으니 저절로 다방이 밝아지면서 끊겼던 FM의 음악 소리도 다시 솟아났다. 잠시 후 그 청년도 앉은 자리에서 부시시 일어나더니 다시 자루 달린 걸레를 들고 바닥을 닦아가기 시작했다. 좀전의 일은 까마득히 잊은 표정으로 묵묵히 걸레질을 하는 청년을 유심히 바라보다가 만오는 알 수 없는 한숨을 내쉬었다. 콧날개 쪽의 뾰루지가 돋아나려는 부위에서 묵직한 통증이 일렁여 왔다.

"아가씨, 여기 차 한 잔 줘요."

만오는 멀리 있는 여자를 향해 유자차를 주문했다. 난롯가에 있던 사내 중 하나가 그제서야 만오의 존재를 알게 됐는지 어쨌는지 때맞춰 자리에서 일어섰다. 사내는 여자의 엉덩이를 툭툭 치며 말했다.

"나, 갈게."

여자는 사내를 따라 문가로 가서는 사내의 몸을 뒤에서 꽉 껴안으며 가슴을 비벼댔다.

"이따 차 시켜, 응?"

주인인 듯한 사내는 난로의 몸통에 난 작은 문을 요란스레 열고 조개탄을 넣느라 끙끙 소리를 냈다. 만오가 보기에, 열에 반사된 주인 사내의 붉은 얼굴엔 질투의 그늘이 어려 있는 것 같았다.

따뜻한 유자차를 서둘러 마신 만오는 노루 다방을 나와 산사의 입구에 이르는 경사진 도로를 올라갔다.

산사의 진입로는 포장이 잘되어 있었다. 만오가 걸어가는 사이 그의 뒤에서 값비싼 승용차가 한 대 절을 향해 올라갔고, 그 뒷좌석에는 기름기 도는 맨머리의 승려가 목도리를 두른 모습으로 묵직하게 앉아 있었다. 차 안의 쾌적한 훈기가 차창에 어린 하얀 김으로 확연히 드러나는 바람에 만오는 더욱 한기를 느껴야 했다. 그는 목깃을 바싹 올렸다.

'내가 왜 여기까지 이르렀을까?'

그러나 그 이유는 구태여 따질만한 게 못 되었다. 마침 H시(市)에 도착해 있었고, 그 지저분한 시외 버스 터미널의 몇 개 안 되는 창구에 언젠가 들어본 절 이름이 아크릴 명패로 달려 있었던 것이다. 대각사—그리 유명한 사찰도 아니긴 했지만, 아크릴 명패의 흰색 바탕에 파랑과 빨강의 원색으로 씌어진 절 이름이란 아무래도 어울려 뵈지 않는다고, 만오는 그걸 보는 순간 느끼긴 했다. 세속이라는 마음의 감옥에서 벗어나는 길을 가르쳐 주는 산문(山門)에 이르는 이정의 그 세속성이라니.

'자, 어디로 가나……'

여러 개의 행선지가 내걸린 터미널의 아크릴 명패 앞에서 만오는 오래 머뭇거렸다. 직면하고 싶지 않은 상황에 어쩔 수 없이 다시 마주한 것이다. 한 장소에 도착하기 전에 만오는 진작 다음 갈 곳을 미리 정해 놓고 있었다. 행선지를 결정해야 하는 순간마다 선명하게 떠오르는 게 영애의 얼굴인 때문이었다. 이번은 지난밤의 고통스런 잠자리 덕에 모든 것이 뒤죽박죽이었다. 까마귀골, 화전 유원지, 석수암, 대각사.

'대각사라……'

만오는 무엇에 이끌리듯 그 창구 앞에 서서, 억센 사투리를 쓰는 매표원의 불친절을 감내하며 마침내 대각사행 표를 구입했다. 혹종의 벼락 같은 깨달음이나마 얻을 수 있을까 하는 기대로.

서른의 막바지, 두 아이의 머리가 날로 굵어지고 있고 회사에 가면

명색 부장인, 이를테면 이미 인생의 본문이 씌어져 버린 그에게 홀로 하는 여행의 맛을 누릴 줄 아는 낭만이 여태껏 남아 있을 리는 없었다. 그러나 만오는 이 며칠 동안 일상적 삶으로부터의 해방, 혹은 회피의 기쁨에 가슴을 온통 내맡겨 버리고 있었다. 회피나 도피가 문제를 해결해 줄 수 없다는 걸 모르는 바 아니었으나, 그는 적어도 고통의 시간이 그만큼 유예되고 있다는 위안에서만큼은 벗어나고 싶지 않았다.

고급 승용차가 또 한 대 만오를 스쳐 지나갔다. 이번에는 화사한 한복을 입은 중년 여인의 뒷모습이 비치고 있었다. 바깥 기온은 점점 내려가는 것 같았다.

걸어가면서 만오는 매우 신경질적으로 담뱃갑을 찾아냈다. 한 개비 불을 붙여 입에 물었으나, 기침 때문에 몇 모금 빨지도 못하고 담배를 내팽개쳐야 했다. 언젠가 만오의 친구 하나가, 자기는 감기에 걸릴 때마다 도 닦는 기분이 된다고 말해 준 적이 있었다. 담배 생각도 안 나고, 더구나 여자 생각도 안 난다는 게 그 이유였다. 만오는 감기 기운에 시달리면서도 이처럼 담배 피울 생각이 나고, 여자 생각마저 전혀 없다고는 볼 수 없으니 아무래도 자기는 도 닦기와는 거리가 먼 존재라고 여기며 피씩 웃었다. 어쨌거나 감기 기운에 담배는 전혀 무용했다. 마비된 비강을 더욱 마비시키고 따가운 목 안을 더욱 들쑤셔대는 일종의 독이었다.

'영애…… 그 영악한 독.'

독한 겨울 바람을 맞받으며 만오는 다시 영애를 떠올리지 않을 수 없었다. 그녀가 영악하다는 걸 모르는 바는 물론 아니었다. 오히려 영애의 그러함이 모든 성가신 일의 뒷감당에 제 몫을 해주리라 기대했던 것이 크나큰 오산이었다.

마음먹기로 든다면야 여자들이야말로 가장 경제적인, 오직 경제뿐인 동물이라고 만오는 생각했다. 자신의 상품 가치를 정확히 잰 다음 거기에다 가능한 최대의 이문을 붙여 팔아내려고 안달이니까.

'영애에게 가치 있는 상품이 될 만한 것이라면?'

비록 경건한 산문 앞이었지만, 그녀의 최고 상품은 우선 그 엉덩이일 것이라고 만오는 단호히 판단했다. 긴 다리 위에 껑충불룩 솟아오른 영애의 그것이 원피스 속에서 보행 동작에 따라 꿈틀거리는 것을 출근하는 그네들 틈에서 발견할 때면, 만오는 기름진 땅으로부터 신선한 싹이 하나 불쑥 땅거죽을 뚫고 나타나는 장면을 연상하곤 했던 것이다. 고작 중소 규모 공장의 생산 라인 한귀퉁이에 비집고 앉아 하루 종일 기계적인 손놀림을 반복해야 하는 일과는 도무지 어울려 뵈지 않는 황홀한 몸매였다. 만오의 그 황홀한 감정은 서서히 엉뚱한 방향으로 번져 나가게 되었다. 푸른 제복을 입고 묵묵히 작업을 하는 영애를 가만히 바라보노라면, 그녀의 싱싱한 암내와 엉덩이의 생명력이 아교 냄새 도료 냄새 그리고 푸른 제복에 묻혀 조금씩 삭아 가고 있다는 안타까움이 생기는 일이 그것이었다. 만오의 안타까움에는 은밀하지만 일종의 기쁨 같은 것도 섞여 있었다. 이를테면 황홀할 정도로 가치 있는 상품이 터무니없이 제값을 못 받고 있고, 아직 그 사실을 그 외에는 아무도 발견하지 못했다 하는.

'영애의 두 번째 상품은 머리채쯤일까?'

만오는 내친 김에 영애에 관한 기억에 몰두했다. 영애의 기름진 머리카락들—아침 햇살을 받아 한올 한올이 어찌 보면 윤기 있는 흑석으로 어찌 보면 눈부신 금빛으로 반짝일 때, 만오는 그녀의 겨드랑이라든가 아랫도리에 돋아난 무성한 금빛의 털을 한올 한올 만지작거리고 있는 상상에 빠져들며 곤혹스러워하기도 했다. 그래서 생산 라인에 앉은 영애의 머리에 수건이 얹힌 것이 못내 아쉬웠고, 그 수북

한 머리카락 속에다 코를 파묻고 싶은 마음이 사타구니의 열로 달아오르는 일도 잦았다. 만오는 생산 라인을 돌아볼 때 그녀 곁에 가까이 다가가서는 바지 주머니에 넣은 한 손으로 요동치려는 샅을 꽉 붙들고 있어야 했다. 오랫동안 잊어 온 벌거벗은 욕망의 정수를 만오는 영애의 존재를 통해 만끽했던 게 사실이었다.

'그거야, 부처님도 함부로 욕하시지 못할 일이지.'

때마침 만오의 아내는 두 사람 아무도 원치 않은 세 번째 아이를 가졌는데, 영애의 황홀한 체취에 중독된 그로서는 아내의 그 까칠해진 살갗에 몸을 대야 하는 일이 말할 나위 없이 괴롭기만 했다. 어떤 구체적인 말도 서로 나누지는 않았으나, 만오의 아내도 이 아이를 어찌해야 하나…… 하는 극심한 갈등 속에서 결론 내리기를 망설이고만 있었다.

만오와 그의 아내의 만남은 애초부터 잘못된 것이긴 했다. 만오는 아무것도 없었고, 수출회사 사장인 장인은 연로했으며, 딸 셋 중 아내가 장녀라는 것이 만오가 그녀를 택한 이유의 전부였으니까. 그래도 남들처럼 그들에게도 부부가 될 운명의 한 자락이 있었지 않을까 굳이 따져 본다면, 그 숱한 대학들 중에 아내와 만오가 같은 학교를 나왔다는 점 정도일 것이다. 만오는 삼수씩 해서 겨우 들어간 그 시시한 대학의 경영과 학생이었는데 아내는 가정과의 마돈나였다. 별명이 역설적으로 말해 주는 것처럼 만오의 아내는 전혀 못생긴 여자였다. 통통하고 짤막한 다리에다 늘 짧은 치마만 선택하는 입성에서부터 미련과 고집이 뚝뚝 묻어났지만, 더욱 가관인 것은 밋밋한 눈을 쌍꺼풀로 만든 후에 반드시 인조 속눈썹을 시커멓게 해서 매달고 다니는 모습이었다. 그래서 그녀에게도 매력이란 게 있을 수 있다면, 부친이 돈이 좀 있다는 것과 네 살 내 살 없이 마구 뒤섞이는 이 환락의 도시에 오직 그녀의 몸만이 다치지 않은 처녀지로 남아 있을 거라는 어정쩡한 기대감 따위뿐이었다.

졸업반 2학기에 만오는 도합 열일곱 차례나 치른 취직 시험마다 실패했고, 학교나 주위에서는 어떤 대책도 마련해 주지 못했다. 그때 만오는 한 번 최대치로 발기했다가 풀죽어 버린 아랫도리를 떠올렸다. 한 번 섰다가 죽어 버린 아랫도리는 귀신도 살려내지 못한다고, 그 관계에 정통한 친구들은 절망적으로 말하곤 했다. 아아, 거대한 철문을 그 억센 발기력으로 뚫어야만 비로소 저쪽 세상에 닿는 것이었으니.

아무리 주물러도 일어서지 않는, 그런 무력감을 안주 삼아 만오는 학교 앞 술집에서 억병으로 마셨다. 교문에 대고 꼭 아홉 개의 술병을 깨뜨렸으며, 방광을 다 짜내면서 바로 그 교문을 녹여 버릴 듯이 흥건하게 방뇨했다.

"오오, 유위한 내가, 유위한 내가……."

아랫도리 물건을 꺼낸 채 신파조로 이런 말을 읊조리던 만오는 마침 어둠 속에 홀로 가던 마돈나를 발견했다. 아무도 유혹하지 않는 마돈나였기에 만오는 너무나 쉽사리 그녀를 유혹할 수 있었다. 더구나 한 번 섰다 죽어 버린 만오의 그것이 마돈나를 발견한 순간부터 기적처럼 부풀어올랐던 것이다. 그리하여, 만오는 거대한 철문 너머의 비정한 세상에 닿아 보려는 소망을 엉뚱하게 그녀의 몸에다 처절하게 쏟아 버렸다.

짧고도 조포했던 두 사람의 뒤섞임 직후 마돈나는 조금 울기까지 했지만 놀랍게도 그녀는 남자가 처음이 아니었다.

"어쩌실 거죠?"

"어, 어쩌다니?"

"나, 처음이란 말야!"

"……"

그녀는 더욱 섧게 울었는데 얼굴에선 검은 눈물이 볼을 타고 흘러내리고 있었다. 그때 만오는 속으로 이렇게 탄식하며 중얼거렸다.

아아, 그래. 나는 아무것도 없고, 마돈나 너는 사장 딸이 아니냐. 내 상품 가치는 너의 인생이 고프지 않게 때맞춰 일용할 성의 양식을 제공할 수 있는 거겠지. 너의 가치는 나에게 지폐를 제공하는 것. 철문 너머의 강력한 세계로 진입하는 차표를 제공하는 것. 그래그래. 우리의 거래는 묵계이며, 너의 눈물처럼 검은 것이며, 피차가 검어서 표도 나지 않는 것이며, 남들이 이미 오른 열차에 편승할 수 있는 마지막 기회에 서로가 서로에게 뻗친 구원의 검은 손인 것.

만오는 절망으로부터의 회피와 자기 방기의 달콤함이 뒤섞인 복잡한 감정으로 검은 눈물이 번진 그녀의 얼굴에 입술을 대었다. 그때 가슴 저 깊숙한 곳으로부터 미미하게 치미는 애정의 기운을 알아차리고 만오는 그저 아연할 도리밖에 없었다.

'대체, 애정의 정체가 무엇이란 말인가?'

만오가 종종 빠져드는 철학적 자문의 버릇은 이때가 그 시초인 셈이었다. 아무튼 다들 그렇게, 대충대충 비슷하게 살아가려는 소망 자체가 이놈의 삶이 아닐까 하는 제법 엄숙한 생각과 함께, 그녀의 검은 눈물이 그의 얼굴에도 잔뜩 얼룩져 제발 모든 게 그녀처럼 검게검게 같아지기를, 갈등은 유보되기를, 일단 이 힘든 강은 넘고 보기를, 만오는 마돈나의 입술 부근에서 갈망했다.

약 기운이 퍼져 콧속은 조금씩 말라 가고 있었다. 만오는 당간지주를 스쳐 대각사 정문으로 들어갔다.

중창을 하느라 대각사 마당은 녹은 눈과 트럭 바퀴 자국으로 질척거렸고 목수들의 망치 소리가 요란했다. 새로 기와를 얹을 대웅전 곁에는 신도들의 이름이 먹으로 쓰인 엄청난 수의 새 기왓장들이 겹겹이 포개져 있었다. 극락행 티켓이 그 정도로 구입이 가능하다면 누군들 시주하지 않을 수 있으랴. 비뚤거리는 갖가지의 글씨체들이 저마다 "살려줍쇼! 살려줍쇼" 아우성을 치고 있는 것 같았다.

산사를 둘러싼 경관은 언제 어느 곳을 보아도 좋았다. 개울을 건너지른 정자 형식의 난간에 올라 이가 시리도록 차고 맑은 개울물이 흘러가는 것을 오랫동안 바라보며, 만오는 이 땅에선 오직 승려들만이 과분한 복을 누리고 있다는 생각마저 들었다. 중생들은 삶의 버거움 속에, 천박한 과학의 찌끼 속에, 욕망과 번뇌의 배설물과 같은 흙탕 속에 다투도록 버려 두고 저들만이 천혜를 입고 고고하게 살아가는 것이다. 이끼 긴 부도라든가 주춧돌에 꽉 물린 나무 기둥, 돌계단에 양각된 연화 문양 속에도 아직 누군가가 살고 있는 듯했고, 한아름을 넘는 소나무 가지 사이로 불어오는 바람 또한 천 년 전 그 한 줄기의 연속인 것만 같았다. 시간 구분의 무의미. 영원을 찰나 속에 품은 듯한 산사의 정밀. 아무래도 산사로 찾아든 건 이들 말대로 어떤 인연을 따라서였을까, 하고 만오는 잠시 숙연해졌다.

석수장이들의 돌 깨는 소리와 트럭에서 목재를 부리는 소리, 그리고 털실 모자를 머리에 쓴 승려만 아니었어도 만오는 그 자리에 천 년쯤은 그냥 서 있고 싶었다. 부리나케 사천왕문을 나서며 만오는 개울가에 살짝 얼어 있던 얼음장이 갈라지는 소리를 들었다. 영원의 정밀도 그처럼 깨어졌고 만오는 다시 뻘밭에 내던져졌다. 문 하나를 사이로 차안과 피안이 완벽하게 나누이고 있는 것이었다. 도피란 어디에도 불가능한 것이 아니냐는 섬뜩한 결론이 번개처럼 지나갔다.

콧날개에서는 뾰루지가 기어코 돋아나고야 말겠다는 듯 열기와 통증이 거세지고 있었다. 만오는 코를 쓰다듬은 다음 두툼해진 눈꺼풀에다 손가락을 비볐다. 어디선가 피운 모닥불에서 날린 재가 건조한 겨울 공기를 타고 눈 속으로 달려든 때문이었다. 눈꺼풀 속이 매우 따가웠다.

포장된 길을 피해 일부러 오솔길을 따라 빙 돌아오다가 만오는 길 아래쪽 계곡에 두 남녀가 있는 걸 발견했다. 여자가 차고 맑은 골물을 움키며 남자의 얼굴을 씻기고 있는 모습이었는데, 유심히 살피니 아까 다방에서 보았던 여자와 걸레질 하던 청년 강군이 분명했다. 여자는 무엇인지 계속 종알댔고, 청년은 벙긋 웃는 건지 우는 건지 멍청한 얼굴로 여자에게 모든 걸 내맡기고 있었다. 어찌 보면 정 깊은 연인 같기도 하고 또 어찌 보면 누이와 남동생 같기도 한 두 사람이 자못 흥미로워서 만오는 한참이나 두 사람을 내려다보았다.

이윽고 여자가 청년의 팔을 붙들며 만오가 있는 쪽 비탈을 올라왔다. 여자의 불룩한 젖가슴과 그 사이로 비치는 살빛 어둑한 공간이 묘한 충동을 부추겼다. 여자는 만오에게 아는 체를 했다. 만오를 쳐다보는 청년의 눈은 투명하다 싶을 정도였는데 그를 알아보지는 못하는 것 같았다. 말갛게 씻긴 그 얼굴에서 보드라운 증기가 보일듯 말듯 피어 오르고 있었다.

저녁 식사를 마친 후 텔레비전을 켜고 누워 있자니 두툼한 왼쪽 눈 속이 몹시 꺼끌꺼끌해서 만오는 자꾸 눈을 비볐다. 콧날개의 통증은 많이 가라앉고 멍울도 없어져 가는 듯했는데, 그 숨어든 열이 눈 속으로 치민 모양이었다. 속다래끼가 무럭무럭 자라고 있는 것 같았다. 만오는 그 집요한 열선의 이동에 울화가 치밀어 항생제를 세 알이나 먹어 버렸다. 그의 안에서 부패되고 있는 것이 어떤 형식이로든 몸 밖으로 배출되기 위해 안달인 것이었다.

영애가 마치 쉽사리 아물지 않는 속다래끼처럼 성가시게 굴게 된 것은 아이를 낳고 싶다는 그녀에게 거리를 두기 시작한 무렵이었다. 영애의 욕구를 이해할 수 없는 건 아니었지만 그녀에게 경사되기엔 그때껏 구축한 만오의 성채가 너무 보잘것 없었다. 그가 구축하려는 성채—그게 진실인지, 어둡더라도 영애와의 관계가 진실인지는 물론 따져 볼 필요를 느끼지도 않았다. 그녀와의 사이는 단순한 거래일 뿐이며, 검은 약속일 뿐이며, 어둠의 방에서 일 회씩의 효용만 있을 뿐이라는 애초의 생각으로부터 더 깊어지고 싶지 않았다.

분노한 영애는 우선 주위에 그와의 관계를 마구 퍼뜨리는 것 같았다. 영애가 택할 만한 이판 사판의 전략이었다. 만오는 아침마다 새롭게 눈을 뜬 표정의, 그래서 왠지 낯설어진 얼굴들을 대하기가 괴로웠고, 이 소문이 장인에게까지 이를까 마냥 초조했다. 항생제를 투여할 시기였다.

일단 그가 투여한 항생제는 영애의 해고였다. 물론 딴 직장을 보장한다는 단서를 달았지만 그것은 영애로부터 거부되었다. 영애는 그런 일을 기다리고나 있었다는 듯 동료들을 부추겨 부당 해고에 대한 농성을 유도해냈다.

회사의 좁은 운동장에서 흰 띠를 두르고 시위를 주도하는 영애의 모습은 그림 속에 나오는 잔 다르크 같았다. 만오는 그녀의 도발적인 젖가슴이 맨살로 드러나 있는 듯한 착각까지 들었다. 맨살의 그녀는 흰 말처럼 히힝거리며 2층 유리창 너머의 만오를 향해 외쳤다.

가면을 벗어, 이 자식아!

회사는 벌집을 쑤신 듯했고 기자나부랑이들이 꿀통에 벌 꾀듯 탐욕스레 몰려닥쳤다. 그쯤에서 만오는 도피를 생각하지 않을 수 없었다.

눈꺼풀에 덮혀 적당한 습기와 온도를 자양으로 부쩍부쩍 커 가는 다래끼로부터 아픔이 계속 증폭되어 전해졌다. 이미 항생제쯤은 아랑곳하지 않을 만한 위력을 갖춘 듯했다.

머리가 복잡해진 만오는 찬 바람을 쐬기 위해 대각 산장을 나왔다.

높직이 솟은 산에 가려진 하늘 한귀퉁이가 암청색으로 비꼈고, 구석진 곳에 조각달이 불안하게 떠 있었다. 매운 겨울 바람은 날갯죽지에 얼음 조각이라도 끼운 듯 그의 이마를 날카롭게 베며 지나갔다. 눈 속이 욱신욱신거렸다. 따뜻한 차 한 잔이 간절하게 그리웠다.

불 켜진 곳을 찾노라니 오후에 들렀던 노루 다방이 보였다.

만오가 들어서니, 아까 걸레질을 하던 청년과 함께 난롯가에 앉아 졸고 있던 여자가 물잔을 날라와 그의 앞에 앉았다.

"낮에 오셨던 그 아저씨네? 계곡에서도 봤지요?"

"기억력이 좋군."

"호호. 여기 사람이 몇이나 된다고…… 근데, 뭐 하시는 분이세요?"

"나? 뭐 하느냐고?"

"네에. 설마 놀고 먹지는 않을 거 아녜요?"

"아, 뭐 도피중이지, 허허."

"……도피! 도피!"

여자의 눈이 반짝 빛나더니 황급히 청년을 향했다. 청년의 몸도 약간 굳어지는 기색이었다.

"아저씨 형사죠? 도피중인 수배자를 찾는……."

여자가 확신에 찬, 그러면서도 분노를 감추지 않은 시선으로 만오를 흘겼다. 당황한 만오는 손짓까지 해가며 부인했다. 그에게는 여자의 말이, 아저씨 도피중이죠? 수배중인 형사한테 쫓기는…… 으로 들렸다.

"하지만, 소용 없어요."

여자는 길게 한숨을 내쉬었다.

"……."

"동욱 씬 벌써 오래 전에 붙잡혀, 차가운 돌방에서 살다가 나왔으
니까."

갑자기 만오는 다래끼 나 있는 왼쪽 눈알이 튕겨나올 것 같은 절박
한 아픔을 느꼈다. 여자는 그새 고개를 모로 돌리고 있었다.

만오가 앉은 소파에는 책이 한 권 아무렇게나 놓여 있었다. 그는
갑작스레 생겨난 둘 사이의 침묵이 어색해서 그 책을 붙들고 아무렇
게나 책장을 넘겼다.

삶이란 그냥 실존적으로는 끝내 해결이 안 되고, 인간 이외의 바
깥에 존재하는 힘에 의한 해방이나 구제를 받지 않으면 안 되는 것
인가.

"이거 아가씨가 보는 책인가?"
"책요? 동욱 씨도 보고, 저도 가끔 보지요."
"좀 어려운 책 같은데?"
"어렵다구요? 글쎄요, 그냥 책이니까 가끔 보는 거예요. 그냥 보라
고 있는 책이니까……."
여자의 말이 만오에게는 "그냥 살라고 있는 삶이니까……"로 들렸
다.

여자는 허락도 구하지 않고 만오의 담뱃갑에서 담배를 꺼내 물었
다. 그리고는 매우 세련된 솜씨로 반지 모양의 연기를 허공에 날렸
다. 담배가 다 타들어 갈 무렵에 여자는 분명히 의도적으로 만오의
얼굴에다 연기를 훅 뿜었다. 눈에 연기가 닿자 몹시 쓰라렸으나 만오
는 부어오른 눈꺼풀에 함부로 손을 댈 수가 없었다. 그녀의 입김이
밴 담배 연기는 달착지근한 맛이 났다.

"아저씨 한쪽 눈은 왜 그렇죠? 금방 터질 것처럼 부풀었네요."

"속다래끼가 났어. 이것 때문에 몹시 성가시구먼. 항생제를 많이 먹었는데도 좀체 가라앉질 않아."

"약으로 막으려 하지 마세요. 곪아터져 버리면 끝나거든요. 그냥 놔둬요. 그냥 놔 두는 게 상책…… 아 참, 방법이 하나 있긴 있네요."

"뭔데? 방법이."

"아저씨 손 이리 줘 봐요."

만오가 손을 내미니, 여자는 그 손에다 ｀天平｀이라는 글자를 볼펜 끝으로 꾹꾹 눌러가며 단정하게 썼다. 여자가 글자를 쓰는 동안 만오는 손바닥이 간질간질했으나 기분은 한결 좋아졌다.

"아저씨 혼자예요?"

여자가 담배를 눌러 끄며 끈끈한 목소리로 물었다. 만오는 가타부타 대답을 하지 않았는데, 여자는

"이따 차 시켜요, 네?"

하며 일어섰다. 자극적인 향내를 공중에 띄운 채 여자가 떠나가자 만오는 몸 속 아득한 곳에서부터 조금씩 일렁이기 시작하는 불꽃을 의식했다. 하지만 그것이 욕정인지 아니면 다른 무엇인지는 얼른 판단할 수 없었다.

산장에 돌아온 만오는 텔레비전을 두 시간 동안 보았다. 그리고는 빨간 장갑의 남자를 불러 노루의 아가씨한테 쌍화차 두 잔을 시키겠다고 말했다. 씨익 웃으며 드러내는 남자의 유난히 하얀 치아는 여전히 병적인 느낌을 주었다.

자정 가까이에 여자는 머플러를 한 채 만오의 방에 들어섰다. 손에는 아무것도 들려 있지 않았다. 차 시킨다는 건 은어쯤 되는 듯싶었다. 여자의 몸엔 몇 겹의 겨울 바람이 둘려 있어서 그녀의 등장으로

방은 갑자기 밖에 버려진 것 같았다.

그들은 아무 말도 나눔이 없이 불을 끄고 교접을 시도했으나 잘되지 않았다. 여자의 몸이 추워 있어서 그랬겠지만 만오 역시 전혀 달아오르지 않았다. 헛몸짓의 열이 온통 왼쪽 눈으로만 몰리고 있었다.

여자에게서 떨어진 만오는 천장을 바라보며 담배를 피웠다. 담배 맛은 여전히 신통치 않았다.

"그 청년과는 어떤 사인데?"

만오가 여자에게 물었다.

"……애인."

"애인?"

"……아니, 기둥 서방. 호홋."

여자의 웃음이 어쩐지 공허하다 싶어 만오가 그녀 쪽을 돌아보니 눈가에 눈물이 맺혀 있었다.

"이 노릇으로 벌어 먹여?"

"아무것이나 닥치는 대루. 어쨌든 살고는 봐야죠. 몸이야, 한꺼풀 껍질 아녜요?"

여자가 담배를 달라고 하자 만오는 불까지 붙여 건넸다. 깊고 깊은 심호흡처럼 연기가 빠져 나오는 걸 보며 만오는 저러다 여자의 몸이 빈 자루처럼 포옥 꺼져 버리는 게 아닐까 걱정이 되었다.

"동욱 씬 나쁜 자식들한테 쫓겨서 예까지 도망쳐 왔었어요. 전 일하던 공장에서 늙은 놈한테 몸을 빼앗기고, 에라 중이나 될까부다 하고 이 근처에서 얼쩡거리고 있었고……."

만오는 영애의 흰 띠 두른 모습을 떠올렸다. 그녀는 잔 다르크처럼 젖가슴을 도발적으로 내민 채 외치고 있었다.

가면을 벗어, 이 자식아.

"우리가 처음 만난 곳은 낮에 보신 그 계곡이었죠. 주위는 깜깜했고 날은 춥고 해서 우린 서로 꼬옥 안은 채 체온을 나누고 있었어요. 아아, 그때 닥친 그 불빛! 동욱 씬 바로 그 자리에서 붙잡혀 버렸죠."

여자의 목소리가 떨려 나왔다. 만오는 손을 뻗어 여자의 눈가에 번진 눈물 자국을 지우려는 부질없는 노력을 했다. 그렇다. 삶이란 어차피 곤고한 것, 정면으로 부딪쳐서 깨야 하는 것, 의미는 그 다음에 오는 것…… 만오는 부질없는 노력 속에서 이런 말들을 거듭거듭 반복하고 있었다.

여자의 눈물은 얼마 후 절로 말랐고, 이윽고 그녀는 깊은 잠에 빠져들었다.

쌔근거리는 여자의 숨소리를 들으며 만오는 생각했다. 자기가 이 여자와 교접하지 못한 것은, 바로 내가 내 스스로를 능멸할 수 없는 것과 같은 일이라고.

오랜 시간, 잠든 그녀와 천장을 번갈아 바라보며 궁싯거리다가 만오는 새벽녘에야 설핏 잠이 들었는데, 그녀는 그 사이에 방을 나가 버렸다.

잠에서 깨었을 때 만오는 왼쪽 눈이 잘 떠지지 않아 이상했다. 거울을 보니 기어이 다래끼가 터져 있었다. 흘러나온 농이 눈가에서 말라붙은 때문에 눈이 감긴 것이었다. 출혈이 있었는지 농 빛깔이 적갈색으로 칙칙했다. 그 때문에 가면처럼 두툼하던 눈꺼풀은 평소의 모습대로 제법 밋밋해져 있었다.

'그래. 이야말로 내 지난 삶이 썩어 된 것. 회피할 수 없는, 회피해서는 안 될 내 인생이며, 내 진실이 아닌가.'

만오는 아직 흉칙한 부기가 남아 있는 눈꺼풀 새로 슬슬 비져 나오는 농을 보며 중얼거렸다.

백설제

백설제

"일이 너무 쉽게 된다고 생각은 했었지만 이렇게 빨리 들통날 줄이야. 무슈만 안됐지. 불쌍한 놈! 하지만 의리 있는 녀석이니 호락호락 불지는 않을걸. 그나저나, 어디론가 토껴얄 것 같은데……."

추장은 한 뭉텅이 가래를 퇴악 뱉으며 초조하게 중얼거렸다. 그는 장대한 체구인 데다가 마구 햇볕에 그을린 우락부락한 얼굴이었는데, 그 얼굴 오른편에 칼자국인 듯싶은 상처까지 칠팔 센티쯤 세로로 패어 있었다. 언뜻 험상궂어 보이기는 했으나, 자세히 살피면 아직 스무 살도 안 됐음직한 동안(童顔)이 첫인상 밑에 아련히 숨어 있었다. 추장 건너편에 나란히 앉은 둘 중 신경질적으로 담배만 빨아대는 축은 얼굴 모양이 역삼각형이었고, 나머지 하나는 긴장했을 때의 버릇인지 시뻘겋게 돋아난 여드름들을 뜯다시피 짜내고 있었다. 둘 다 추장보다는 두세 살 가량 덜 먹은 것 같았다.

아침이어선지 다방은 한산했다. 늦잠에서 갓 깬 듯한 키 큰 레지는 거울 앞에 서서 한가한 동작으로 부수수한 머리를 빗질하고 있었다. 검은 재킷, 검은 미니 스커트, 그 아래 길게 뻗어 내린 두 다리가 전축에서 흘러 나오는 음율에 맞춰 조금씩 흔들거렸다.

"이런 쌍, 뭔 존 일이 있어 다리는 병신처럼 부들거려?"

드름이가 이마 한구석의 여드름을 짜다 말고 침 뱉듯 말했다. 레지는 빗질하던 손을 싹 멈추고는 그들 쪽에 독살스런 눈빛을 보내다가, 상대들이 험악하게 생겨서 겁이 났던지 이내 하던 빗질을 계속했다.

"야! 여기 차 가져오라우."

델타가 피던 담배를 우악스레 제 구두 밑창에다 비벼 끄며 말했다. 그들은 누구라도 꼬투리만 잡히면 시비를 걸고 싶은 듯했다. 무언가를 골똘히 생각하던 추장은 또 한 번 가래를 뱉더니 드름이와 델타 쪽으로 몸을 굽혔다.

"얘들아, 어떡하지? 무슈 문제가 있기는 하지만, 이제 당장 뾰족한 수도 없는 일이고…… 우리가 일단 몸을 피해얄 것 같은데 말야."

"그래. 지금 우린 전혀 나설 입장이 못 돼."

드름이가 이번엔 왼쪽 볼의 여드름을 짜려고 손의 위치를 바꾸며 맞장구쳤다.

"어디가 좋을까?"

추장은 근심스런 표정으로 델타에게 눈을 돌렸다. 델타는 앞에 놓인 담뱃갑에서 다시 한 개비를 뽑아 필터를 먼저 떼어냈다. 입에 물기 좋게 한 쪽을 요물조물 다스린 그는 불을 붙여 깊숙이 빨았는데, 볼따구니가 오목 들어가는 바람에 역삼각형의 얼굴 모양이 더욱 도드라져 보였다.

"글쎄. 글쎄에……."

델타는 입술에 붙은 담뱃속을 퇴퇴 뱉어내며 중얼거렸다.

"새꺄! 늙은 놈처럼 글쎄 글쎄만 말고, 뭐 좀 생각해 봐. 이제 곧 여기까지도 경찰이 쫙 깔릴 거라구!"

"아, 글쎄. 그걸 누가 모른대나?"

"어디 그럼, 니 생각을 좀 말해 보란 말야!"

"글……."

델타의 말이 끝나기도 전에 추장은 그의 머리통을 힘껏 쥐어박았다.

"넌 입 닥치고 있어!"

매우 답답한 표정이 된 추장은 한 손으로 자기 이마를 짚었다. 흘낏 추장의 눈치를 살핀 델타가 자기 머리를 문지르며 말했다.

"하긴 돈 액수가 너무 컸지이. 사백만 원이 어디야, 사백만 원이. 그 집 쥔네가 눈이 뒤집힐 만도 하지. 그래도 그렇게 잽쌀 줄 알았나, 원."

"씨, 내가 똥 누고 와서 걸려 본 적은 한 번도 없었는데……."

드름이가 델타의 말을 받았다.

"똥도 똥 나름이라구. 그렇게 많이 눠 버려서 산통 깨졌어."

"뭐? 이 새끼가 이젠 별걸 가지고 트집이네. 때맞춰 똥 누는 게, 너 그리 쉬운 일인 줄 알아?"

"똥 잘 누는 것도 자랑이다 그래. 이 나팔똥구녕 같은 놈!"

델타와 드름이는 한바탕 붙을 기세였다.

"병신 같은 새끼들. 관두지 못해!"

추장은 숙였던 머리를 쳐들며 빽 소리를 질렀다.

따뜻한 커피를 마시자 그들은 갑자기 사지가 녹아들기 시작하는 걸 느꼈다. 대책 없는 긴장이 제풀에 풀려 가는 것이었다. 그들은 의자에 몸을 깊숙이 파묻고, 게슴츠레한 눈을 때때로 치켜뜨며 육중하게 누르는 피로를 겨우겨우 이겨내고 있었다.

다방은 퍽 단출하게 꾸며져 있었다. 홀 가운데 테두리의 파란 페인트가 벗겨지고 있는 수족관이 몇 마리 붕어를 품은 채 게으르게 자빠졌고, 사면 벽에는 싸구려 액자가 하나씩 붙어 있었다. 중국 여배우 공리 사진과 어떤 항구, 그리고 교향악단을 지휘하고 있는 카라얀의 흑백 사진. 나머지 하나…… 그 나머지 하나의 그림을 보다가 추장은 무슨 기발한 생각이나 떠올랐는지 무릎을 탁 쳤다.

"됐다, 됐어!"

델타와 드름이도 차례로 몸을 일으키며 기쁨이 커피색으로 감도는 추장의 얼굴을 쳐다보았다.

"됐어. 산으로 가자. 눈이 굉장히 쌓였을 거야. 산으로 가자!"

사진은 어느 물레방앗간이 눈에 파묻힌 풍경을 찍은 것이었다. 초가 지붕을 완전히 덮어 버린 깨끗한 눈. 회전을 멈춘 물방아의 아래쪽엔 보기만 해도 이빨이 시려 오는 겨울물이 투명하게 흘러내리고 있었다. 그 물줄기의 양 옆으로는 두껍게 쌓인 눈이 조금씩 침식을 당한 모습이 세밀하게 확대돼 있어서 마치 장관을 이룬 기암 절벽을 보는 듯하였다.

"아니, 산이라니…… 눈이 쌓였으니 놀러 가자는 얘기야?"

드름이가 이해할 수 없다는 표정으로 물었다.

"잔말 말고 가자, 가. 뭐 별달리 수가 없잖아. 어딘가 갈 곳이 생각났다는 것만도 다행이지."

추장은 드름이와 델타의 어깨를 툭툭 치고는 먼저 일어섰다.

지난 삼사 일간 굉장한 눈이 내렸었다. 팔 년 만이니 십 년 만이니 하는 소리들을 그들도 방송에서 들었다. 터미널에서는 폭설 후 처음 운행하는 거라 했다. 어젯밤부터 오늘 아침까지 몇 시간 동안 눈이 그친 틈을 타서 제설작업을 일차 마무리한 것이었다. 출발을 기다리며 모여 선 사람들이 이야기를 할 때면 그 입 모양을 따라서 파아한 안개 같은 입김이 춤을 추었다.

버스가 시내를 벗어나 산길을 접어들자, 차창으로는 온통 눈밖에 볼 수가 없었다. 거의 차 높이까지 눈이 치워져 있어 꼭 불 밝은 터널을 지나가는 기분이었다.

버스 안은 산을 넘어 서귀포시로 넘어가려는 사람들과 오랜만에 트인 제2횡단도로를 통해 어리목에 눈 구경 가려는 이들로 꽉 차 있었다. 그들은 엄청나게 쌓인 눈을 보며 연방 감탄을 아끼지 않았다. 이런 아름다운 자연을 맛보기 위해서라면 때때로 삼사 일씩 교통이 마비된다 해도 얼마든지 감수할 수 있겠다고 말하는 축도 있었다.

맨 뒤쪽에는 대학생으로 보이는 한 무리가 시끄럽게 떠들면서 그들의 캠프를 어디로 정할까 의논하고 있었다. 여자가 넷, 남자도 넷이었다. 그들 중 금테 안경을 걸치고 바싹 마른 남학생이 가느다란 목소리로 말했다.

"아무래도 정상까진 어려울 거야."

"그럼. 우리 장비로도 정상까진 힘들 거구, 순경들이 허락을 안 해 줄 걸."

"산장에서 며칠 지내기로 할까?"

"지루하지 않겠어?"

"지루하지만 어떡해. 눈싸움도 하고 춤도 추고 하면 괜찮을지도 몰라."

"자식, 스텝이란 스텝은 하나도 모르는 놈이 밝히기는."

그들 한 무덩이는 와아 웃어 젖혔다.

"쳇, 드럽다. 누구는 왕년에 까이 데불고 어리목 한번 안 가봤나.

되게 지랄들 하네."

델타가 뒤에 들으라고 일부러 언성을 높였다.

"야야 관둬. 괜히 시끄럽게 만들지 말구."

드름이가 델타의 다리를 툭툭 쳤다.

버스 안에는 마침 뉴스가 흘러 나오고 있었다. 그들은 신경을 곤두세웠다.

"……제설작업이 마무리된 일부 구간에서 노선 버스들만 체인을 감은 채 운행되고 있습니다. 한편 연 사 일째 내린 폭설로 이 미터의 눈이 쌓여 야생 조수들이 먹이 부족으로 어려움을 겪게 되자, 각 단체에서는 대대적인 먹이 주기 운동을 벌이고 있습니다. 특히 십 년래 최고의 적설량으로 수많은 노루들이 먹이를 찾아 내려오고 있는데, 일부 밀렵꾼들에 의한 피해가 늘고 있어 노루 서식지 먹이 운동과 함께 이에 대한 단속도 바라지고 있습니다."

"제길, 노루한테는 먹이 주기 운동까지 벌이면서…… 우린 뭐야? 사람이 노루보다 못하단 말야?"

드름이가 투덜대는 순간 델타가 그의 입을 막았다.

"쉿."

"……경찰은 현금으로 바꾸려던 열일곱 살 문모군을 붙잡아 조사 중이며, 현장에서 도주한 공범 한 명을 도 전역에 긴급 수배했습니다."

델타와 드름이는 숨을 죽이고 서로 눈을 마주쳤다. 갑자기 차 안도 조용해지는 듯하다고 둘은 똑같이 느꼈다. 그들 둘의 앞에 앉은 추장의 뒷모습이 아직도 당당해 뵈는 것만이 적잖은 위안이었다.

드름이가 델타에게 속삭이듯 말했다.

"어리목엔 순경이 있을 텐데…… 괜찮을까?"

"걔들이 뭘 알겠어. 산악 안전이나 건성 돌보는 체하던데."

"하긴 그래. 전에 갔던 때도 놈들은 순경 같지도 않았어. 뭐 좀 얻어먹을 거나 없나 두리번거리구. 꼭 거지 새끼들이다."

"그래도 사람이 많은 곳은 좋지 않잖아. 잘 눈에 띄고."

"그러게……."

"야, 추장아. 늬는 어때?"

앞자리에 앉은 추장은 뒤를 돌아보지도 않은 채,

"어리목 말고, 천왕봉 쪽으로 가자. 거긴 절간이 있으니까 굶어 죽지는 않을 테니."

하고 조용히 말했다.

체인을 철거덕거리며 느릿느릿 움직이던 버스는 멀리 톨게이트가 보이는 곳에서 섰다.

그들 셋이 내리자 따라 내리는 사람은 아무도 없었다. 차가 떠나면서 뒤쪽에 앉은 녀석들이 뱀눈으로 그들을 흘겨봤다. 델타는 오른팔을 높이 쳐올리며 엿먹이는 시늉을 했다.

"저놈들 눈치가 이상한데. 혹시 뭐 아는 거 아닐까."

드름이가 근심스러운 듯 추장을 쳐다보았다.

"개새끼. 재수 없는 소리 마!"

"뉴스를 들었다면 혹 알지도 모르잖아."

"임마. 여자들하고 놀러 가는데 그런 생각이 날 턱이 있나!"

추장은 아무렇지도 않은 듯이 소리를 지르고는 있었지만 그다지 편안한 기색은 없었다.

천왕봉 무량사 쪽은 아무런 발자국도 없이 차분히 쌓인 눈뿐이어서 그들이 초행이라는 걸 알았다. 한 발, 한 발 새 발자국을 찍으며 걸어가는 그들은 차츰차츰 그 신선미에 압도되어 자신들이 도둑놈들이고 쫓기는 신세란 것을 잠시 잊어버릴 수 있었다.

이번 일은 졸지에 산통이 깨졌다. 처음에는 그저 텔레비전이나 현금이 얼마 있으면 털 생각이었다. 그 상점에서 밤에는 잠을 자지 않는다는 것은 집 앞 딱쇼들한테서 알아낼 수 있었다. 그런데 막상 금고를 열어 보니까 사백만 원 가량의 수표 다발이 들어 있지 않은가. 십만 원, 오십만 원, 백만 원짜리 자기앞 수표들을 골고루 섞은 묶음이었는데, 현금은 한 푼도 없었다. 앞뒤 생각할 겨를 없이 그저 크게 한탕하는구나만 했다. 그래서 드름이는 일이 순조로이 되기를 빌며 버릇대로 한 무더기 똥을 뉘 두고는 날이 밝기만을 기다렸던 것이다. 잽싸게 은행에 달려갔다고 생각했는데, 웬걸 여행원의 눈치가 이상했다. 떴구나! 하며 튀는데 밖에도 행원들과 사복이 있었다. 추장과 드름이는 다방에서 대기중이었고 텔타와 무슈가 갔었는데, 재수에 옴 붙었는지 무슈는 튀다가 부근에 있던 자전거와 함께 넘어져 붙잡혀 버렸다.

그들은 아무 말 없이 그저 뚝, 뚝, 눈등을 찍으며 한 발 한 발 올라갔다. 눈은 무섭게 쌓였지만 햇볕이 따가왔다. 그들은 옷소매로 이마에 송송 돋아나는 땀방울을 연신 훔쳐내었다. 한참 가다 잠시 뒤돌아보면 아침 햇살을 받고 있는 노오란 안개 속의 시가가 눈에 담겨 왔다. 그 한가운데 괴물처럼 우뚝 하늘로 치솟은 빌딩이 아늑한 시가의 평형을 깨고 있었다. 빌딩은 따뜻하고 눈부신 햇빛을 온통 차지해 버리고 그 뒤에 자리잡은 야트막한 집들에는 자기 몸통보다 더한 그늘을 드리우고 있었다.

그렇게 아래를 보고 있는데 이상한 일이 생겼다. 버스가 한 대 내려오고 있는 것이었다. 가까이 오는 걸 살펴보니 분명히 아까 그들이 타고 온 차 같았다. 그들이 내렸던 곳에서 버스는 잠시 멈추고 여덟의 알록달록한 파카를 입은 사람들을 뱉어냈다. 그러고서 버스는 떠났다.

"저런, 버스가 가다가 돌아왔네."

"지독히 쌓였는가 봐."

"저 길 위쪽에서 다시 눈이 내리기 시작했는지도 몰라."

"근데 저치들 아까 우리 뒤에 앉았던 놈들 같은데?"

"그런가부다!"

"씨팔, 정말 께름칙한데."

"아냐, 오히려 잘됐어. 놈들을 구슬러서 밥도 먹고 잠자리도 구하자."

"미쳤어? 사람들하고 접촉하면 안 돼. 눈치챈단 말야."

"바보 같은 소리 마. 그 반대다."

추장은 엄숙하게 말하면서 다시 선두를 이끌었다.

나뭇가지에도 골고루 눈이 덮혀서 큰 산호군을 보는 듯했다. 햇볕에 간간이 반짝이는 나뭇가지는 볼수록 탐스러웠다. 그것은 유리 부스러기를 잘게 부수어 이런저런 가지 모양을 낸 것처럼 생각되었다.

무량사가 보이는 곳부터는 등산 코스였다. 그들은 잠시 휴식하기 위해 눈이 덜 묻은 산악 표지판에 걸터앉아 담배를 빼어 물었다. 얼굴뿐만 아니라 등에까지 축축이 밴 땀은 눈 위를 굴러 오는 바람을 따라 조금씩 식어 갔다. 그리고 얼마 있는데 여덟의 파카들이 숨을 헐떡이며 다가왔다. 맨 앞의 키슬링을 맨 남학생이 그들을 보자 움찔하더니 자기네 뒤를 돌아보았다.

추장과 델타는 징그럽게 웃으며 그를 쳐다보았다. 키슬링은 우선 자기들 숫자에 안심이 되었는지 불끈 용기를 내 다시 발을 옮겼다. 키슬링 뒤를 뚱뚱한 여학생이, 그 뒤를 금테 안경이 따르고 있었다.

추장은 남자들 사이사이 낀 여자들의 위아래를 주욱 훑어내렸다.
"비교적 괜찮은데."
"흐흐흐. 다들 핑핑하게 살이 올랐어."
델타는 쩝쩝 입맛을 다셨다.
남자들은 내심으로 지지 않으려는 듯 한 번씩 눈을 희뜨며 지나갔고, 여자들은 하나같이 고개를 푹 숙인 채 황급히 지나쳤다. 그 중 맨 나중에 가던 여자는 추장의 불타는 눈길을 힐끗 보더니 낯을 붉히며 앞을 따라 뛰어갔다. 얼굴에 큰 점 하나가 박힌 여자였다.
"허허, 고것들…… 저 맨끝 점순인 참 순진해 뵈는데."
"아깝다, 아까워. 놈들한테는."
델타는 반쯤 탄 담배를 눈 속에 떨구었다. 타들어 가던 빨간 불덩이가 눈에 닿자마자 퍽 꺼지며 검게 변했다.
다시 걷기 시작한 그들이 약간 올라가다 보니, 여덟은 등산 코스 입구에 있는 빈 집에다 짐을 풀고 있었다. 추장은 무심하게 그들을 지나 등산 코스로 접어들었다.
"아니, 추장. 어떡할 거야?"
드럼이가 불안한 듯이 물었다.
"그냥 가는 거다."
"어디루?"
"그저 앞으로 어디든……."
"왜?"
"여기 그냥 있을 수 없으니까."
"그래도 장비도 없이……."
"자식아, 우린 도둑놈들 아냐. 그저 도망 가는 거다."
"아까는 저놈들한테 신세지기루 했었잖아. 그래야 의심도 덜 받는

다고 하지 않았어?"

추장은 그런 드름이를 잠시 바라보다가 크게 숨을 내쉬었다. 그리곤 철부지 동생을 타이르듯이 차근차근 말했다.

"얘들아. 누가 언제 우릴 반갑게 맞이해 주는 거 봤냐? 언제 우리 머물 데가 정해진 적 있었어? 우린 항상 우리끼리 따로 놀라고 낙인 찍힌 놈들이란 말야. 그래서 난 이런 산이 좋다구. 아무나 오케이거든. 도둑놈이든 살인범이든 가리지 않고 말없이, 인상 긁지 않고 다 받아들이거든. 소리를 지르거나 말거나, 화풀이로 나무를 꺾거나 말거나……."

말하다 말고 추장은 하늘을 올려다보았다. 드름이는 그의 심사를 다 이해할 수는 없었지만, 눈빛만은 전에 없이 맑아 보인다고 생각했다.

"그래 그래, 추장아. 네 말이 맞다. 오줌을 누거나 똥을 싸거나…… 하하하."

델타가 드름이를 보면서 웃었다.

"가는 거야. 산 속 깊이…… 가다가 막히면 멈추고. 자, 가자!"

추장은 신호처럼 눈 위에다 가래를 뱉었다. 그것은 마치 수은처럼 주변의 눈가루를 묻히며 동그랗게 되었다. 가래덩이는 곱게 쌓인 눈 위에서의 이단이었다. 추장은 자기네와 그 여덟의 파카를 연이어 떠올리며 누구네가 이 산, 이 눈 속에서의 이단일까 하는 의문을 키워 내고 있었다.

자기도 이 눈 같은 순백의 어린 시절이 있기는 했다. 산자락에서 자란 일곱 살까지 그는 야생 노루처럼 이 골 저 골을 마음껏 누비고 다녔던 것이다. 굴참나무와 적송 사이로 꾸불꾸불 난 비좁은 길을 스키를 타내리듯 신나게 미끄러지기도 했고, 큰 비로 불어난 계곡물을 건너기 위해 마닐라로프에 매달렸다가 급류에 휩쓸리기도 했다. 동물들은 그의 친구이며 장난감이었다. 송악(상록활엽수의 일종)과 배추 잎을 뿌려 두면 노루들이 저절로 찾아왔으며, 콩이나 보리를 깔아둔 곳에는 어김없이 꿩들이 모여 앉아 있곤 했다. 산 전체가 그의 놀이터였고, 쾌락과 공포와 생활의 조력으로서의 기꺼운 노동이 숨가쁘게 교체되던 그 시절—대처에서 온 사람에게 부모들이 땅을 팔아 넘기면서 그 약동하는 삶은 끝나 버렸다. 그는 식구들과 함께 산 아래에 내려갔는데, 그 부박했던 몇 년이 지나자 홀로 떨어져 나온 자신을 발견해낼 수 있었다. 추장은 그 뒤 자신이 홀로 격랑 속에서 살아낸 삶이 다른 사람들의 두 배쯤은 될 거라고 생각했다.

그들은 아무 말도 없이 한 시간여를 걸었다. 드름이와 델타는 발이 아려 왔지만 곰처럼 듬성듬성 눈을 쑤시며 걷고 있는 추장의 침묵이 두려워 차마 말을 꺼낼 수가 없었다.

눈은 갈수록 깊이 쌓여 있었다. 허벅지까지도 푸욱푸욱 빠져들어갔다. 그래도 밑바닥이 닿는 것 같지 않았다. 늪처럼 갑자기 쑥 빠지면 깜짝 놀라 위의 나뭇가지를 재빨리 붙잡곤 했는데, 그때마다 나뭇가지 위에 수북 얹혀 있던 눈이 우수수 떨어지며 뽀얀 눈보라를 일으켰다. 등을 타고 옷 속에 들어간 눈 부스러기가 꼼지락거릴 땐 으시시 몸이 떨렸다. 오버슈즈도 없이 그냥 숭덩숭덩 빠지고만 있었으니 신발과 옷자락은 다 젖었지만, 얼다 못해 감각조차 없어진 듯한 발가락들이 나중에는 오히려 따스하게 느껴지는 게 신기했다.

아무도 건드리지 않은 눈을 밟으며, 오로지 자기의 흔적만을 뚝 뚝 찍으며 걷는 일은 어떤 신선한 즐거움이 있기는 했다. 그것은 어쩌면 십수 년을 고이 가꾸어 온 처녀성을 즐기는 일과 같을지 모른다는 엉뚱한 생각까지 들었던 것이다.

그러나 처녀는, 아니 눈은 곧 그런 그들을 배반하였다. 선녀폭포 근방까지 와서는 발자국이 보이기 시작한 것이다. 선명한 어떤 형태를 갖추지는 않은 그것의 크기는 사람 발자국과 비슷하거나 약간 작아 보였다. 어쨌든 그들은 꽤 큰 실망감을 느끼지 않을 수 없었다.

"딴 사람이 먼저 왔나?"

"글쎄. 우리가 온 길로는 아무런 발자국이 없었는데, 아마 딴 길로 와서 이리 접어든 모양이지."

"혹시 순경이 아닐까?"

"이게 또 재수 없는 소릴…… 그래, 순경이면 어떻단 말야. 우리가 도둑이라고 써붙여 다니냐?"

그러나 선녀폭포가 보이기 시작했을 때 나타난 발자국의 주인공은 순경도 또 다른 누구도 아니었다.

그것은 노루였다.

선녀폭포의 양 옆은 절벽이요, 그 사이는 계곡이었는데, 며칠 간 내려 쌓인 눈은 절벽과 계곡을 아주 완만한 경사로 위장시켜 버리고 있었다. 그 함정 같은 곳을 노루는 뛰어들고 있지 않은가.

"야하! 노루다, 노루."

추장은 달뜬 목소리로 탄성을 올렸다.

"뭐어, 노루라고?"

델타와 드름이는 재빨리 추장이 가리키는 곳을 바라보았다. 그들 둘은 그때까지 한번도 노루를 본 적이 없었지만 그것을 보자마자 〈야! 이건 분명히 노루다〉 하는 확신을 갖게 되었으니 모를 일이었다.

노루는 급경사를 교묘히 위장해 버린 눈무덤에 속아서 위로 오르지 못하는 채, 오르다간 푸욱 빠지고 다시 오르다간 쭈르르 미끄러지는 동작을 반복하고 있었다. 가여운 풍경이었다. 그러나 그들에게는 가엾다는 생각보다는 먼저 머리를 때리는 게 있었다.

"잡자!"

흥분한 추장은 게거품이 이는 입을 쩌억 벌리고 달려갔다. 델타와 드름이는 추장이 꼭 날아가는 것 같다고 생각했다. 그러면서 그들도 따라서 날아갔다.

추장은 다시 깊숙이 눈 속에 빠지는 노루의 뒷다리를 불끈 움켜쥐었다. 노루는 발버둥을 쳤다. 그러나 추장의 억센 힘에서 빠져 나올 수는 없었다.

"빨리 허리띠 끌러!"

추장은 먼저 다가간 델타에게서 허리띠를 받고는 노루의 뒷다리를 꽁꽁 묶었다. 드름이는 추장이 시키는 대로 자기 허리띠를 끌러서 앞다리 두 개를 묶었다.

노루는 필사의 발악을 하며 버둥거렸다. 노루는 지극히 선한 눈동자를 가지고 있었다. 새까만 그 눈동자는 무엇인가를 열심히 호소하고 있는 듯했다.

추장은 시종 미소를 지으며 노루를 꼼짝 못하게 움켜잡았다.

"어, 이 피 봐라."

드름이는 눈 위에 조그맣게 번진 붉은 핏자국을 보며 소리쳤다.

"괜찮아. 허리띠에 다쳤을 거다."

추장은 아무렇지도 않은 듯 말했으나 드름이는 약간 개운하지 않았다.

"하하하! 노루를 잡았다. 노루를 잡았단 말이다!"

추장은 눈 위에 그냥 강아지처럼 나뒹굴며 좋아했다. 그의 얼굴에는 이미 쫓기는 자의 긴장이나 초조함이 사라지고 있었다.

"이게 얼만 줄 알아? 자그마치 이십만 원은 받을 거다. 히히, 노루를 잡다니. 노루 잡았다, 노루!"

추장은 미친놈처럼 날뛰었다.

자세히 보니 노루는 암컷이었다. 배에 주렁주렁 매달린 젖들이 두 툼했다.

"먹이를 찾아 나섰나 봐."

드름이는 노루의 따뜻한 젖을 만지며 중얼거렸다. 이제 아득한, 엄마의 젖을 만지던 그 시절이 떠오를락말락했다. 그래서 드름이는 한 차례 더 노루의 젖을 만져 보았다. 그 시절은 더욱 가물가물해졌다. 숫노루와 새끼노루 몇 마리. 그들이 이 어미노루를, 그리고 어미노루가 가져올 먹이를 어디선가 애타게 기다리고 있을 거야. 눈 속 깊은 어디에선가 노루들의 울음소리가 들려오는 듯하다고 드름이는 느끼고 있었다.

"흐흐흐. 당장 내려가자. 내려가서 이걸 팔자. 이십만 원은 받을 수 있어. 그러면 며칠 쓸 수 있지. 자, 내려가자. 내려가."

추장은 아직도 입가에다 거품을 묻힌 모습으로 떠들었다.

"하지만 차가 없잖아."

제2횡단도로는 적설량이 많을 때면 일방 통행만 허용했다. 제주시에서 산허리를 넘어 서귀포시까지 가면, 그제서야 서귀포시에서 대기하던 차량이 제주시 쪽으로 출발하는 식이었다. 아까 그들이 타고 온 버스는 제주시로 되돌아갔으니 탈것이 아직 있을 리는 없었다.

"차가 있어도 그렇지. 기껏 도망쳐 와놓고 다시 가?"

"참, 그렇지. 그럼 오늘은 여기서 지내기로 하자."

추장은 네 발을 묶은 노루를 둘러메었다. 몸집이 큰 개만큼은 되는 노루는 무게도 꽤 나갔다. 유도로 몸을 다진 추장의 우람한 몸집도 뒤뚱했으니까.

그들은 오던 길로 되돌아갔다. 추장은 콧노래를 흥얼거리며, 무게 때문에 처지는 노루를 바로 메기 위해 자주 등을 치켜올리곤 했다. 노루는 발버둥을 치다 지쳤는지 이제는 멍하니 먼 곳만 바라보며 가만히 얹혀 있었다.

"노루는 이슬을 먹고 산다며?"

드름이는 델타에게 물어 보았다.

"글쎄…… 그럼 눈을 먹으려고 돌아다녔을까?"

"아니, 눈이 오니 강아지처럼 좋았는지도 모르지."

"암튼 골빈 노루군. 아무 장비도 없이 맨손에 잡히다니 말야."

"죽을 운이면 별수있나."

"그래. 우리가 잡힐 운이면 아무리 똥을 눠도 별수없는 것처럼."

그러면서 델타는 낄낄댔다.

밤이 이슥해지면서 온도는 무섭게 내려갔다. 눈 위를 구르던 신선한 바람은 그들의 뼛속을 잔인하게 꿰뚫으며 몸서리를 치게 했다.

델타는 벌써 수십 차례 힘든 기침을 뱉고 있었다. 드름이도 머리를 양다리 사이에 깊이 파묻고 될 수 있는 한 몸의 표면적을 줄이려고 안간힘을 썼다. 그들은 아직 한 끼도 입에 대지 못했다.

"빌어먹을 놈들. 모두 뒈져라, 뒈져!"

추장은 절간에 먹을 것을 얻으러 갔다가 제대로 안 됐는지 뒈져라만 연발하고 있었다.

"중들도 눈치가 이상해서 뭘 주길 꺼린 게 아닐까."

"왠지 절간이 텅 비었길래 부엌으로 먼저 갔었거든. 거기 심부름하는 사동놈 눈빛이 아무래도 심상치는 않았어. 헛, 쬐깐 놈이 풍월은…… 뭐 공양 시간이 다 끝나서 남은 게 없다고? 그래 놓고 나무아미타불? 한대 쥐어박을라다 참았지."

"그렇지만 이대로 동태가 돼 버릴 수는 없잖아."

"……."

"벌써 이렇게 추운데, 조금 있으면 말소리까지 얼어붙을 거야."

"……."

달이 떴다. 달빛은 하얀 눈무덤에 좌악 뿌려지면서 주위를 온통 밝게 하였다. 눈을 치우고 웅크린 커다란 나무의 아래에도 달빛은 그들의 발끝을 타서 기어오르고 있었다. 멀리 물 속에 잠긴 듯한 시가의, 흔들리는 무수한 불빛들이 눈에 다가왔다.

델타는 밭은 기침을 하면서, 기침 때문에 입술 주위에 번진 침을 언 손으로 닦아내면서 시가의 불빛들을 물끄러미 바라보고 있었다. 바로 지금 이곳과 저 시가 사이의 거리처럼 그 무수한, 따뜻한 불빛들은 언제든 자기의 추위나 배고픔과 관련을 맺기엔 너무 멀었던 것이다. 담요 한 장이 절실할 때 따뜻한 웃음들은 담장 저편에서만 넘쳐났고, 주먹밥 한 덩이만 있으면 살겠다 싶을 때 기름진 음식 냄새는 담장 저편에서만 풍요로웠다. 아무도 자기를 담장 안으로 흔쾌히 들여 주지 않았다. 델타는 손등으로 눈을 비볐다. 멀리 보이는 시가의 불빛들이 점점 더 물 속으로 가라앉는 듯해서였다. 눈을 비비고 나서야 델타는 자기 눈이 어느새 젖어 있었음을 알았다.

"에이, 씨팔놈!"

델타는 스스로에게 욕설을 뱉었다. 약해져서는 한 순간인들 살아 낼 수 없다는 것은, 지난날이 뼈아프게 가르치고 그가 뼈아프게 배운 단 하나의 교훈이었다.

노루가 발광을 시작했다. 앞발과 뒷발을 차례로 내저으며 노루는 옆으로 누인 채 언덕을 달려가는 시늉을 했다.

"지랄하구 있네. 병신 새끼가."

추장은 분풀이라도 하려는 듯 노루의 목을 힘있게 비틀었다. 좀체로 짖는 법이 없던 노루는 그제서야 고통에 못 이겨 커르륵커르륵 울었다. 목 안에서 한 줌의 피를 굴려대는 것처럼 왠지 두려움을 주는 울음소리였다.

추장은 노루를 다스리고는 손을 맞비비며 델타와 드름이를 무섭게 노려봤다.

"이봐."

"……."

"아까 우리와 함께 차에 탔었던 놈들 있지?"

"……."

델타와 드름이는 무슨 말인가 하고 서로를 바라보았다.

"놈들을 털자구. 그리고 여차하면……."

추장은 주먹을 불끈 쥐고 라이트 스트레이트를 갈기는 시늉을 했다.

"하지만 놈들은 숫자가 많잖아."

"그깟놈들 숫자만 많았지, 별 볼일 없다. 약골 같았어."

"여자들이 있으면 없던 힘도 나는 법이라구."

델타는 말해 놓고 끽끽 웃었다.

"여의치 않으면 여자들도 따 먹는 거야."

추장도 음흉하게 클클댔다.

눈 위에 반사되는 달빛은 눈이 따가워서 오래 보고 있을 수 없도록 강렬했다. 별세계의 밤이었다. 어둠을 한껏 몰아내는 눈빛. 아니 달빛. 그러나 몹시 추운 그들에게도 밝음보다는 밤이 언제나 더 좋았다. 그 밤의 은폐 속에서만 그들은 살아 있음을 확인해내곤 했었으니까.

여덟의 파카가 묵고 있는 집을 멀리 두고 그들은 덮칠까, 어쩔까 하는 의견으로 잠시 충돌하고 있었다.

"공연히 일만 벌여 놓으면 더욱 위험해."

"이대로 굶어 죽을 수도 없잖아."

"사정해 보자."

"들어줄 것 같애? 아까 낮에도 놈들한테 좋은 인상을 주지 못한 것 같은데."

"임마, 그래도 사람들 아냐."

그들은 집이 잘 보이는 언덕으로 올라가서 동태를 살폈다. 집에서는 간간이 불빛을 타고 떼웃음소리가 쏟아져 나왔다.

한참을 바라보기만 하던 그들은 흠칫 놀랐다. 집에서 사람 하나가 슬며시 빠져 나오는 것이 아닌가.

여자였다.

여자는 조금씩 두리번거리며 그들 쪽으로 걸어 나왔다. 그들은 재빨리 고개를 숙이고 숨을 죽이며 여자를 살폈다. 여자는 손에다 하얀 휴지 뭉치를 쥐고 있었다.

여자는 계속해서 걸어 나오다가 그들이 숨은 아래에서 멈추고는 또 한 번 사방을 휘휘 둘러보았다.

추장은 핏발이 서는 눈동자를 여자에게 고정시키고 있었다. 드름이와 델타도 침을 한 번 꿀꺽 삼키고는 눈을 부릅뜨며 노려보았다. 배고픔보다도 강렬한 어떤 허기가 그들의 미세한 신경들에까지 빠짐없이 퍼져 나갔다. 여자는 발로 눈자리를 다듬더니 그대로 바지를 내리며 엉거주춤 앉았다.

하얀 엉덩이가 드러났다. 엉덩이는 달빛을 받아 눈이 아프도록 고왔다. 줄줄줄줄 개울물 흐르는 소리가 났다. 어찌 들으면 총알들이 눈에다 퍽퍽 박히는 것도 같았다.

추장은 델타와 드름이를 바라보았다. 그들도 추장을 바라보았다. 서로 무표정하게 눈길을 주고받던 그들은 어느 순간 똑같이 흰 이를 드러내며 씨익 웃었다.

여자가 휴지뭉치를 든 손을 움직이려는 순간,

이때다!

추장은 드름이와 델타에게 눈짓으로 신호하며 여자를 향해 뛰어내렸다. 노루를 잡던 때와 마찬가지로 그는 날아가는 것 같았다. 델타와 드름이도 민첩하게 뒤를 따랐다.

여자는 너무도 순간적이라서 소리 한번 못 지르고 추장의 우악스런 손에 입을 틀어막혔다. 델타와 드름이는 여자의 몸통과 다리를 나누어 붙들었다. 여자는 격렬하게 버둥거렸다. 그들은 공포에 질린 여자의 몸짓으로부터 발산되는 들큰한 암내를 맡아내었다.

자세히 보니 그녀는 낮에 추장의 눈길을 받고 얼굴을 붉히던 여자였다. 왼쪽 눈 밑의 검은 점이 달빛을 받아 더욱 선명해졌던 것이다.

그들은 노루가 있는 곳까지 여자를 끌고 가 눕혔다.

"살려 줘요."

겁에 질린 여자는 목 졸리는 음성을 냈다.

추장은 더 못 참겠다는 듯 여자를 덮치고 파카를 벗겼다.

필사적으로 버둥거리던 발이 조용해지자, 잠시 후 추장은 바지를 추스리며 일어섰고, 이어 델타가 바지를 내렸다.

달빛은 구름에 가려지는 듯 잠시 어두운 표정을 지었다. 묶인 두 다리를 무력하게 허우적이며 노루가 마침 커르륵커르륵 울었고, 그에 화답하듯 먼 데서 이름 모를 짐승의 울음소리가 워우, 들려왔다.

"드름아, 니 차례……"

델타가 가쁜 숨을 몰아쉬면서 드름이에게 다가와 속삭였다.

“……난, 안 할래.”

드름이는 그새 욕망이 시들어 있었다. 아까부터 머릿속에서 어떤 인상적인 장면 하나가 잡힐동말동하며 그의 신경을 붙든 때문이었다.

“뭐어?”

저편에 앉아 있던 추장이 발끈 소리를 지르며 드름이를 쏘아봤다. 드름이는 아차했다. 그들은 어떤 일에서건 똑같은 행동을 해야만 했던 것이다.

“너 정말 맛 좀 봐야…….”

벌떡 일어선 추장이 주먹을 문지르며 다가오기 직전에, 곁에 섰던 델타가 먼저 드름이의 배를 냅다 올려찼다. 헉, 숨이 막힌 드름이는 그대로 눈 위에 엎어졌다.

“이 똥구녕 같은 놈! 혼자만 살 궁리나 하고.”

델타가 발을 들어 드름이의 몸을 찍으려 하자, 드름이는 황급히 두 손으로 막으며 말했다.

“아, 알았어. 하, 하, 할…….”

드름이는 곧 흐트러진 자세로 누인 여자 위에 올라가 뭉기적거렸다. 추장과 델타는 말없이 드름이의 동작을 지켜보고 서 있었다. 드름이는 자꾸 눈물이 솟구쳤고, 꼼짝 않고 자기 밑에 있는 게 여자인지 그냥 눈덩이인지도 잘 구별할 수 없었다. 그제서야 드름이는 잡힐동말동하던 장면 하나를 비로소 부옇게 떠올릴 수 있었다. 그것은 큰누이의 젖이었다. 그는 엄마 대신 큰누이의 젖을 만지며 컸다.

그러다가 어느 날, 누이는 버릇처럼 자기 가슴에 손을 대려는 그의 뺨을 매섭게 때렸다. 한 대도 아니고 열 대쯤이었다. 죽일 새끼, 큰누이는 그 말을 열 번도 더하며 영문 몰라 하는 그의 뺨을 쳐댔다. 나중에야 겨우 깨달았지만 당시 누이는 이 비슷한 일을 당했던 것이다. 그 시기를 분기점으로 어린 동생 둘을 부모처럼 보살피던 이전의 큰 누이는 지상에서 없어져 버렸다. 그와 함께 따뜻한 시절은, 또한 엄마의 것이든 누이의 것이든 따뜻한 젖은 쉽사리 잡히지 않는 추상적인 이미지로 그의 머릿속에서 멀어져 갔다.

"이봐."

드름이가 일어선 뒤에도 거의 움직임이 없는 여자를 추장이 발길로 툭 찼다. 여자는 슬며시 눈을 뜨고 멍하니 하늘을 쳐다보았다. 검고 선한 눈동자였다. 드름이는 그 눈동자가 어쩐지 낯익었다. 어디서 보았지? 그렇지. 노루의 눈. 무엇인가를 열심히 호소하던 노루의 새까만 눈동자. 묶인 노루가 발버둥치며 또 커르륵커르륵 울었다.

여자는 다시 눈을 감더니, 이윽고 피씩 웃음지었다.

"아니, 저게?"

그들이 약간 놀라는 사이, 여자는 갑자기 자지러지게 웃기 시작했다. 피 맺히게 우는 듯한 웃음소리였다. 드름이는 노루가 목에 칼침을 맞는다면 아마 그렇게 울 것이라는 생각을 하고 있었다. 물결치듯 몸을 꿈틀거리던 여자는 그예 눈 위를 제멋대로 뒹굴며 처절하게 웃어젖혔다.

"이년이 미쳐 버렸나."

당황한 추장은 두 발을 이리저리 이동하며 여자의 몸을 움직이지 못하게 하다가, 하얀 달빛과 하얀 눈빛 그리고 그 사이에 역시 새하얗게 드러난 여자의 허벅지 사이에서 뭔가를 알아냈다.

"이런…… 재수 없게."

추장이 가리키는 곳을 델타와 드름이도 들여다보았다. 델타는 엉

거주춤한 자세로 자기 샅에다 손을 가져갔고, 드름이는 울컥 구토가
치밀어오를 듯이 절박해졌다. 순간 드름이는 머릿속에 큰누이의 젖
을 불끈 움켜쥔, 거칠고 뭉뚝하고 새빨간 손을 너무도 선명히 그려냈
다. 그 손에 의해 모든 따뜻한 시절이, 모든 튼실한 울타리가 허망하
게 결딴나기 시작한 것이다. 으흐흐! 괴성을 지르며 드름이는 아래
로 뛰어내려갔다.
　"아니, 저 새끼 어디로 내빼는 거야!"
　"드름아, 게 서지 못해!"
　완만하게 경사진 설원을 미끄러지듯이 달리는 드름이는 점점 가속
도를 붙여 갔다. 가래를 퇴악 뱉은 추장은 여자의 파카로 노루를 싸
들었다. 델타와 추장은 노루를 마주 잡고 드름이가 달려간 곳을 따라
바삐 뛰었다. 달빛 속에 뽀얀 눈보라를 일으키며 드름이는 그들과 사
이가 많이 벌어져 갔다. 헉헉 드름이를 쫓는 추장과 델타 뒤에서 여
자의 웃음소리가 끈질기게 달라붙어 오는 것 같았다.
　눈 덮인 관목숲 지역이어서 평원처럼 전망은 좋았다. 자꾸만 작아
지기는 했으나 드름이의 도주로를 잃어버릴 것 같지는 않았다. 그러
나 성큼성큼 달리는 추장에 비해 델타는 다리가 짧아 보조를 맞추기
힘들었다. 갈수록 노루의 무게도 더 무거워졌다.
　"추, 추장아. 나 숨 가빠!"
　마침 나뭇가지에 발을 걸려 고꾸라질 뻔한 델타는 붙들고 있던 노
루의 뒷다리 쪽을 아예 놓아 버렸다. 그 사이에도 드름이는 계속 달
려 내려가 저쪽 깊은 어둠 속에 녹아들고 있었다. 추장은 망연한 표
정으로 델타와, 드름이가 달려간 쪽을 번갈아 바라보았다.
　"제길, 놓쳐 버렸잖아!"
　추장은 파카로 싼 노루를 내동댕이치며 말했다. 두 손으로 양 무릎

을 짚은 채 가쁜 호흡을 내쉬면서 델타가 중얼거렸다.

"드, 드름이는…… 어차피 곧, 잡힐 거야."

추장은 눈을 번쩍이며 그런 델타를 내려다보았다.

"……녀석. 그새 많이 자랐네. 그 동안 드름이가 좀 약한 듯해서 신경이 쓰였는데, 그래 차라리 잘됐어. 우리에게 영원한 게 어디 있어? 이제 드름이하고도 결별이다. 우린 우리끼리 가자."

"좋아! 근데, 어디로?"

"일단 이 노루를 팔아야 돼. 내가 어렸을 때 살던 마을에 노루 밀렵으로 밥벌이하는 사람이 있었어. 늘 산 아래 부자들이 노루 생피를 마시려고 그 집에 들락거렸지. 지금도 살아 있을 거야. 아마 폭삭 늙었을 테지만."

"노루 생피?"

"그게 정력에 좋다잖아. 미친 새끼들. 배 불러 터질 지경이 되면 그쪽으로만 신경이 발달한다구. 요즘은 이 산에다 노루 천국을 만든다 어쩐다 해서 단속이 세지는 바람에 부르는 게 값이다. 당분간 우리 둘이 지낼 만한 돈은 생기지."

"이 노루가 죽지 않아야겠네."

"그럼. 죽은 건 똥값이야."

델타는 새삼 파카를 들치고 노루의 상태를 살폈다. 다행히 몸뚱이에는 아직도 온기가 남아 있었고, 숨쉬는 기미도 확실히 느껴졌다. 그들은 다시 노루를 앞뒤로 붙든 자세로 드름이가 사라진 방향과 직각으로 꺾이면서 걸어갔다.

그렇게 얼마쯤 걷고 있는데, 갑자기 달빛이 짙은 구름에 가려지면서 퍼뜰퍼뜰 굵은 눈발이 날리기 시작했다. 그들이 가는 방향을 거슬러 슬슬 불어 오는 차가운 바람까지 예사 기세가 아니었다. 만 하루

동안의 소강 상태를 끝낸 폭설의 조짐이었다.

"이크! 이거 큰 눈이 오겠어."

델타는 뺨에다 눈에다 처억처억 달라붙는 눈발을 바삐 쓸어내며 두려운 음성으로 말했다. 추장도 긴장하는 기색이었다. 아직 확실한 길을 잡지 못했는데 폭설을 만나면 위험하기 그지없었다. 사방에서는 눈보라가 서서히 일어나고 있었다.

"빨리 내려가자!"

그들은 속도를 높였으나, 산 아래로부터 눈 덮인 관목숲을 거세게 밀어올리며 몰아치는 눈보라에 자꾸 전진을 방해당했다. 더구나 달이 숨어 버리고 눈까지 제대로 뜰 수 없어 도대체 방향이 가늠되지 않았다. 추장과 델타는 눈보라에 맞서지 않으려고 사선으로 비끼면서 나아갔다. 몇 초 간격으로 빨라지는 바람의 속도를 따라 공포도 꼭 그만큼씩 증폭되고 있었다.

눈발은 하늘에서 날리는 게 아니라 땅으로부터 맹렬하게 치솟아오르는 것 같았다. 그들은 서나무와 개서나무 같은 키 큰 나무들이 빽빽한 숲으로 들어섰다. 주위는 더욱 음침해졌다.

델타는 눈 속에다 허벅지를 푸욱푸욱 빠뜨리고 빼고 하는 사이 잊었던 배고픔을 되살려냈다. 허기를 느낀 뱃속으로 덩달아 매서운 추위가 파고들었다. 노루를 붙잡은 손가락들은 이미 감각이 마비된 상태였다. 나뭇가지들이 날 선 칼처럼 얼굴과 목과 팔뚝에 예리한 상처를 냈다. 델타는 바싹 언 뼈들이 우둑우둑 부러지는 것 같은 아픔을 느꼈다.

"추, 추장아. 이 노루…… 버리고 가자."

추장이 걸음을 멈추고 흘낏 델타를 뒤돌아보았다. 추장은 그 자세로 우뚝 서서 한참이나 델타 쪽을 응시했다. 어둠과 눈보라에 묻힌 그의 표정은 거의 읽을 수 없었으나, 델타는 그가 어떤 잔인한 결정도 내리고 말 거라는 예감이 들었다. 추장은 아무 말 없이 혼자서 노루를 끌고 가기 시작했다. 가끔 고통스러운 울음을 조그맣게 흘리던 노루는 이제 거의 움직임이 없었다.

델타는 추장에게서 조금씩 떨어지며 졸음기와 함께 몽롱한 환상 속으로 빠졌다. 막대기처럼 뻣뻣해진 팔과 다리, 머리와 얼굴과 몸통 위에 엄청난 눈발이 쉴새없이 달라붙어 눈사람이 되는 장면이었다. 그래 난 언제나 눈사람이었어. 숯검댕 같은 얼굴과 낡은 모자, 그리고 구멍난 장갑…… 하지만 이제 졸면 안 돼. 졸면 죽어! 속으로 맹렬히 외쳐 보았지만 델타의 눈은 자꾸 감기었다.

앞서가는 추장의 뒷모습이 어지러운 눈보라에 차단되었을 때, 델타는 내디딘 발이 바닥도 없는 곳으로 쑤욱 빠져들어 가는 걸 느꼈다. 비틀, 균형을 잃은 델타는 왼편으로 쭈르륵 미끄러지더니 어둑한 계곡 밑으로 데굴데굴 굴러 내려갔다.

'추장아!'

델타는 온힘을 다해 소리를 질렀으나, 입이 얼어 있어서 자신에게도 들릴락말락했다. 다만 엄청난 속도로 회전하는 하늘 한 자락을 마지막으로 보았을 뿐이었다.

얼마 뒤, 추장은 델타가 보이지 않는다는 걸 알았다. 열 살 무렵, 식구들이 제각각 흩어졌을 때처럼 다시 혼자로 돌아온 것이었다. 그도 거센 눈발과 추위, 그리고 허기에 기력이 다해 있었다. 더 이상 노루를 끌고 갈 수 없다고 추장은 판단했다. 그는 잠시 우두커니 서 있다가, 노루에게서 손을 뗐다. 노루를 감싼 파카는 금세 눈더미에 파묻혀 버렸다. 추장은 역시 눈에 파묻혀 가는 여자의 모습을 짧은 순간 떠올렸다.

세찬 바람이 사방에서 윙윙거리고, 눈발은 쉬지 않고 퍼부어졌다. 무릎까지 빠지던 눈은 허벅지에서 허리를 거쳐 거의 가슴 부분으로 깊어져 있었다. 추장은 더 이상 앞으로도 뒤로도 한 발짝 움직일 수 없었다. 눈발은 두 눈 속으로 콧구멍 속으로 다물어지지 않은 입 속으로 가득가득 들어찼다. 세상은 오직 눈과 어둠뿐이었다. 그가 열 살 때 처음 본 세상처럼 그를 구원해 줄 아무것도 보이지 않았다.

추장은 굴참나무와 적송 사이로 난 비좁은 길을 세 마리 노루와 함께 앞서거니 뒤서거니 달려가는 어린 시절을 생각했다.

적들을 찾아서

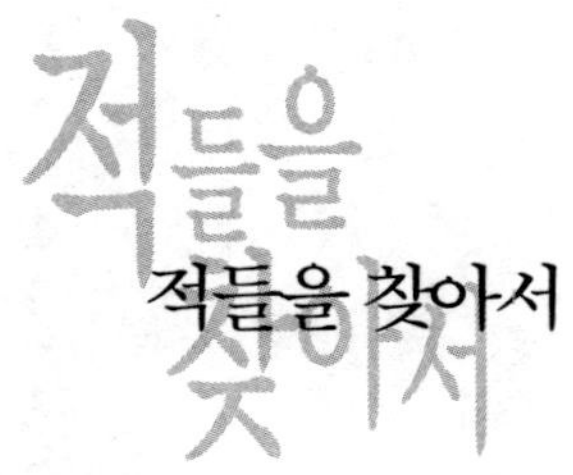

적들을 찾아서

아침이 되자, 밤새 줄기차게 내리던 비가 뚝 그쳤다. 분초(分哨)의 좁다란 연병장은 중대 본부에서 출동한 오분대기조의 군화들에 온통 짓눌려 버렸다. 짙은 색안경을 쓴 중대장은 뒷짐 진 자세로 당직 소대장의 지휘를 묵묵히 지켜보고 있었다. 곧잘 걸쩍한 농담을 하던 여유도 잊은 듯, 그는 굳어 버린 안면 근육을 가끔씩 실룩거릴 뿐이었다.

시체의 위에는 엉성한 거적대기 한 장이 비스듬히 얹혔다. 머리부분부터 아무렇게나 가렸기 때문에 탄탄한 다리가 도발적으로 내밀어져 있었다. 밀려왔다 빠지는 파도의 움직임을 따라 다리도 약간씩 꿈틀거리고 있는 것 같았다. 사병 하나가 시체의 중간에서 말아 올려진 흰 치마를 밑으로 끌어내렸다. 곁에는 고무신 한 짝이 어린아이의 장난인 듯 뒤집혀 있었다.

"중대장님이 찾으신다."

오분대기조를 따라온 중본 정보병 황 상병이 장승처럼 서 있는 변

영우 상병에게 달려와 전했다. 그는 입대 동기인 영우가 관련된 일이라, 대기조도 아니면서 부러 출동에 낀 모양이었다. 영우 옆에는 어젯밤 함께 근무를 섰던 방위병 춘호가 질린 입술로 떨고 있었다.

"너도 가 봐."

춘호는 운이 없었다. 어젯밤이 마지막 근무였던 것이다. 낮에는 조그만 식품가공공장에 다니며 밤에만 출근하던 그는 일 년 반의 지겨운 야간 근무를 바로 오늘부터의 제대를 위해 버텨 왔다. 그는 두어 달 전부터 초읽기 하듯 이날을 기다렸었다. 마지막 근무는 쉬는 게 관례였으나, 어제는 하필 달이 완전히 숨어 버리는 취약 시기였던 것이다. 더구나 매복 진입 직전에 작전하사로부터는 한 명의 열외자도 없이 진입시키라는 전통이 날아왔다. 녹음기(綠陰期)에는 해상으로의 침투 사례가 빈번하니 어쩌니 했다. 중대장도 요사이 매일처럼 "한 새끼 잡자"라는 훈화를 계속해 오고 있었다.

"이, 인상이 어떻등교?"

춘호가 황 상병에게 다가들며 허겁지겁 물었다.

"말 잘해야 헌다."

그는 춘호의 물음에는 대답도 없이, 영우에게 걱정스레 다짐했다.

"말 잘하면, 죽은 사람도 다시 살아날 수 있을까."

영우는 혼자말처럼 중얼거렸다.

"아, 그러엄! 군대라는 게 그래서 좋은 곳 아닌가. 여태 그걸 몰랐으니……."

황 상병은 정색하며 츳츳 혀차는 소리까지 내는 등 열심이었으나, 그도 어떤 두려움의 그늘을 끝내 감추지는 못하고 있었다.

"필, 쏭!"

영우와 춘호는 중대장을 향해 어느 때보다도 정중하고 힘찬 경례를 붙였다. 중대장은 영우와, 비 맞은 새처럼 초라하게 구부린 춘호를 천천히 내려다보았다. 색안경 너머로 그의 눈빛이 보일락말락했다. 영우는 그의 커다란 몸집에 압도되어 슬며시 눈을 내리깔았다. 그 시선을 거슬러 중대장의 목울대가 상승하며 꿀컥, 생경한 소리를 냈다.

영우는 중대장이 이 일로 충격을 받고 있음을 확실하게 느낄 수 있었다. 그가 지금 소령에의 진급을 위해 백방으로 노력중이란 것은 대원들이 다 아는 사실이었다. 군인은 다만 진급하는 희열로 산다던가……. 영우는 저도 모르게 가슴을 쓸어내렸다.

"십 분쯤 후, 연대 순찰차가 무포(霧浦)로부터 이 분초에 도착한다. 너희들을 후송할 연본 정보장교가 탔으니 그의 지시대로 따르도록."

"네, 알겠습니닷."

"그리고."

중대장은 잠시 눈을 내리뜨는 것 같았다.

"괜히 헛소리하지 말고, 아까 분초에서 내게 보고한 대로 진술하라. 알겠나!"

분초의 보고라는 건, 피해자인 상점 아주머니의 평상시 수상쩍은 행동 거지에 관한 내용을 주로 하여 작성되었었다. 밤늦어 바다를 관찰하는 일이 잦았다는 것, 항상 손전등을 가지고 다녔으며 그것으로 바위의 앞뒤를 면밀히 조사하곤 했다는 것, 주의라도 주려면 취해 있음을 핑계로 슬슬 빠져 나갔다는 것, 정도 이상으로 군인들과의 접촉이 빈번했고, 그것은 거의 전부 피해자의 일방적 접근에서 비롯되었다는 것 등이었는데, 위 사실들은 인근 마을에 고정 첩자가 있을지 모른다는 상급 부대의 정보가 훌륭하게 뒷받침해 주었다. 또한 당일 변영우 상병과 이춘호 이병은 세 차례의 암호 수하를 하는 등 규정대로 근무를 이행했다는 사실이 첨가되었다.

“네, 알겠습니닷.”

중대장은 삐뚜룸히 웃었다. 긴장한 사람이 그걸 은폐하려는 듯 어색한 웃음이었다. 들리어진 입 안에서 금빛 의치 하나가 마침 퍼지기 시작하는 햇살을 받아 반짝였다.

그의 안경알에 서서히 떠오르는 태양은 둘이었다. 태양을 둘씩이나 품은 그는 아마 실패하지 않을 것이라고 영우는 생각했다.

연대 순찰팀이 탄 트럭이 구부러진 해안 도로를 따라 달려오고 있었다. 아까부터 그쪽 도로를 주시하던 동초(動哨)가 급히 손나팔을 만들어 매끄럽게 소리쳤다.

“복, 써기동차아 분초향!”

잔뜩 긴장한 채 도로 밑 연병장에 대기하고 있던 분초장 김 하사는 황망히 길 위로 뛰어올랐다. 영우와 춘호, 그 밖의 대원들도 우르르 뒤따랐다.

멀리, 길을 돌아나오는 기동 트럭의 바퀴에서 젖은 먼지가 뭉게뭉게 피어 오르고 있었다. 활처럼 가슴을 불룩 내밀고 있던 김 하사가 영우 쪽으로 머리를 돌렸다. 묵은 기계가 움직이듯 부자연스런 동작이었다.

“죽은 사람은, 어쨌든 죽은 거여. 이젠 그저 니가 살아야 돼. 무조껀 헛바꾸 돌리고 잡아떼는 기야!”

죽은 사람은 다시 살아날 수 없다는 사실이 새삼 충격적으로 다가들었다. 영우는 고개를 돌려 챠리 매복대와 모래밭, 그 위에 불룩한 거적대기가 놓인 풍경을 생소한 듯 바라보았다. 그것은 철조망이 두너져내린 곳에 세로로 뉘어 있었는데, 마치 격렬한 전장(戰場)과 절대의 안식을 한몸에서 나누고 있는 상징적인 정물 같았다.

출동 임무를 마친 수십 명의 오분대기조는 중본으로 돌아가기 위

해 정렬한 채 인원을 점검하고 있었다. 핫둘세네다엿, 핫둘세네다
엿……. 파도 소리가 번호를 삼켰지만 철모들은 도미노 골패처럼 빠
르게 무너졌다. 끝줄에 선 사병의 어깨에는 대검 꽂힌 총이 기대어
있었다. 햇살이 그 대검에서 날카로이 굴절하며 눈 속에 꽂히자, 영
우는 반사적으로 손을 눈가에 가져갔다.

물새 도안이 박힌 앙바틈한 기동 트럭이 껄떡거리며 그들 앞에서 멎
었다. 김 하사는 어디라 없이 팔꿈이 부러져 나갈 듯 경례를 붙였다. 철
모에 댄 그의 손가락들이 그대로 영원히 파르르 떨고 있을 것 같았다.

트럭 앞문이 발칵 열리더니, 반질반질하게 닦인 군화가 한 켤레 내
려섰다.

"변영우 상병, 이춘호 이병은?"

주머니를 뒤적여 꺼낸 메모지를 또박또박 읽어내며 군화는 오만하
게 물었다. 김 하사가 어물쩍 뒤에 선 영우와 춘호를 가리켰다. 군화
만큼이나 윤이 나는 장교의 얼굴이 그들에게 햇빛을 반사시켰다.

"셰끼들! 엇다대고 총질이얏."

군복 겨드랑이 부근에 정교하게 재봉된 펜꽂이에서 볼펜을 빼어
든 그는 시계를 흘끗 들여다보곤 무엇인가 적었다. 흔들리는 메모지
를 가누며 볼펜이 민첩하게 움직였다. 그의 확실한 총은 볼펜이리라
생각할 때, 장교가 볼펜 끝으로 영우와 춘호를 겨냥했다.

"뒤에 올라타!"

"하, 한 번만 봐 줍쇼, 한 번만!"

겁에 질린 춘호는 장교의 옷자락을 부여잡으며 외쳤다.

"이거, 순 사제(私製) 아냐!"

장교는 춘호의 정강이를 사정없이 걷어찼다. 그런 행위를 기다리
고나 있었다는 듯 춘호는 아예 길바닥에 나자빠져 버렸다.

"한 번만 봐 줍쇼, 예……?"

흙과 범벅이 된 춘호는 그새 기가 꺾여 힘없이 중얼거렸다.

꾸물거리는 춘호를 다독이며 트럭에 몸을 실은 영우는 도로에 올라 있는 동료들에게 경례했다.

"다녀오겠습니다."

다녀'올' 수 있을까 하는 근심들이 그들의 얼굴에 골고루 떠 있었다. 영우는 한껏 웃음지으려 했으나 어쩐지 일그러져 보일 것 같아 그만두었다.

"머, 대충 이삼 일이면 그 머시기, 수사가 끝날 거야. 그때 보자구……."

김 하사는 스스로에게마저 아무런 확신도 희망도 묻어나 주지 않는 말들을 뱉았다. '수사'라는 말은 영우에게 단단한 구둣발과 메마른 욕설을 연상케 했다.

"집사람헌티 연락 쫌 해주소. 머 그리 걱정할 일 아니락꼬 헛바꾸 돌리고예."

춘호는 그러나 손만 대면 와앙 울음을 터뜨릴 기세였다.

먼지를 배설하며 트럭은 차츰 속도를 붙여 나갔다. 영우는 아스라이 멀어지는 동료들에게 손짓을 했다. 그들의 손도 하늘하늘 답했다.

군함으로부터 차츰씩 밀려나는 부두에는 수많은 손과 손들이 어우러져 하늘거리고 있었다. 군함 뒤에 오른 영우는 이리저리 시선을 옮기며 아직도 촉감이 살아 있는 경이의 차가운 손을 찾았다.

경이는 자꾸 자신의 시야를 가려 버리는 머리카락에 묻은 바람을 떨쳐내고 있으리라고, 그래서 손을 허공에 내밀지 못해 안타까운 발돋움만 하고 있으리라고 영우는 애써 생각했다. 반달이 떠 있던 숲

근처 어디, 혹은 먼지 낀 수은등의 불빛이 기어가는 경이네 집 담장 아래서도, 은밀하게 스민 바람이란 얼마나 자주 그가 힘들여 내미는 손을 밀어 버리곤 했었는가. 첨탑의 십자가에서 부는 바람—그래서 바람은 '교조적'으로 불었고, 그의 투명한 젊은 가슴에 타오르는 붉은 장작불마저 눅여 버렸다. 우린, 가능하지 않아요. 서로가 아무것도 보지 못하잖아요? 영우 씬 제 가슴에 숨어서 타오르는 불만큼은 붉었을 눈자위를 보면서도 보지 못하고, 끝내 손짓조차 하지 않았어요. 아, 그건 바람 때문……. 경이는 천천히 뒷걸음으로 잦아져 갔다. 바람이 자고 나면 담장에 찍혀 있곤 하던 경이의 안타까운 손자국. 영우가 달려들어 자신의 손으로 맞추어 볼 때면 다시 드센 바람이 찾아와 그를 밀어냈고, 확실한 약속처럼 경이는 없었다.

"악수……하자."

예기치 않게 나타나서는, 자신도 무책임한 바람에나 내몰린 사람처럼 서슴거리는 경이에게 영우는 불쑥 손을 내밀었다. 내심은 그녀의 입술을 더듬는 것이었으나, 다시금 담장에 찍힌 음각화에 뒤늦게 달려드는 쓸쓸한 입술이 되기엔 지쳐 있었다.

영우가 악수하자고 내민 손은 한참이나 허공에 떠서 부르르 경련했다. 민망해진 그의 손을 부러 외면하며 경이는 부스럭거리기만 했다. 그러다 겨우 잡힌 손이 섬뜩하리만큼 차가웠을 때, 영우는 그녀를 이해할 수 있을 것도 같았다. 경이의 눈망울은 서서히 영우의 어깨를 건너, 이제 곧 수많은 우울을 적재할 군함의 우중충한 빛깔에 섞여 버렸다.

영우에게 경이는 환상의 그물을 드리운 성녀(聖女)였다. 누가 연옥을 두려워하지 않고 성녀를 간할 수 있으랴. 영우의 따가운 눈길을 따라 죄스러이 비트는 긴 다리, 그 어눌함, 엉덩이를 가리기 위해 자

꾸만 셔츠의 뒷깃으로 옮아 가는 손……. 영우의 온갖 감각에 묻어
나는 경이는 관능이었으되, 관능을 저지하는 엉뚱한 부조화는 안타
까운 아름다움이었다. 교회에서 경이를 볼 때면, 영우에게는 환영 하
나가 또렷이 떠오르곤 했다. 그것은 첨탑의 십자가에 오른 관능적인
성녀 주위에서, 눈부신 권위가 후광처럼 빛나는 것이었다. 절대의 순
결과 그에 대한 맹종의 도그마―경이에의 환상은 의당 파멸로 이르
는 징검다리였고, 징검다리와 파멸 사이에 구원처럼 풀빛 전쟁의 띠
가 놓여 있었다.

　바다가 경이의 눈 밑까지 차올라 출렁이고 있다 싶을 때에야, 그녀
는 부끄러운 듯 그물에 구멍을 내고 영우를 바라보았다. 싱싱한 생선
의 비늘 같은 눈빛으로 바람이 아연 물러가고 있었다. 외로운 패자처
럼 물결을 탈 때가 아니다. 허물어야 한다…….

　"용감한 군인이 되세요."

　경이는 서툴 수밖에 없는 별사(別辭)를, 또 하나의 도그마를 가슴
아프게 건넸다. 눈부시게 흰 원피스를 입은 경이 앞으로 아지랑이가
피어 오르는 듯했다. 그녀의 몸이 천천히 주름잡혀 가더니, 엄청난
흰 나비 떼로 변해 영우의 눈앞에서 어지러이 난무했다.

　그 어지럼증에 몸이 빙글 돈다고 느끼는 순간, 영우는 앞뒤 없이
섬찟한 환영을 떠올렸다. 날카로운 칼 하나를 든 그가 경이의 흰 원
피스를 목 부분에서 종아리께까지 부욱 자르고 있었다. 내장이 갈라
지듯 좌우로 열린 원피스 사이로, 아무것도 걸치지 않은 그녀의 속살
이 아리게 드러났다. 융기한 두 젖가슴 가운데에서 핏물이 불쑥 솟아
오르더니, 칼날이 지나간 궤적을 따라 편편한 들판과, 어두운 계곡
과, 그 끝에 걸린 맑은 폭포를 흠뻑 물들였다. 붉은 폭포에 들어선 영
우는 흰 이만 온전히 드러내어 웃고 있었다. ……아아, 무엇 때문일

까. 완고하게 맞물린, 저 소름 끼치도록 눈부신 적의(敵意). 영우는 저도 모르게 끄응 신음을 토해냈다.

영우와 경이 사이로 바다가 점점 넓어져 가기 시작했다. 영우는 오래지 않아 발견한 경이의 흰 모습을 보며 용, 감, 한, 군, 인, 이, 되, 세, 요 를, 그 생경함을, 그 무의미를, 그 의미 없음의 의미를 찬찬히 뜯어보고 있었다. 하늘에 박혀 버릴 듯하던 낱낱의 별사들이 민첩한 새들처럼 후두둑 어디론가 날아갔다. 속살 가까이의 조그맣고 하얀 깃털만 몇 개 떨어뜨리며.

가물가물한 띠로 떠 있던 사람들의 모습이 점차 녹아들더니, 곧 가뭇없이 사라졌다.

기동 트럭 안에는 중사 한 사람과 하사가 둘, 그 외 두어 명의 순찰병이 타고 있었다. 그들은 바닥에 세운 소총에 몸을 기대고, 울퉁불퉁한 비포장 도로가 만드는 진동을 따라 저항 없이 흔들렸다. 간밤 순찰의 피로가 눈처럼 쌓인 그 안에서 유독 중사의 안광만은 살아서 번득이는 것 같았다. 중사는 가까운 거리에 무엇이 있음을 감지한 기민한 세퍼드처럼 콧구멍을 벌룽거렸다.

"어제는."

그는 유기적인 솜씨로 기지개를 켜며 하품한 후, 두 눈의 눈곱까지 말끔히 떼어내고 말문을 열었다.

"상황인지 뭔지로 한숨 못 잤네."

"참, 박 중사님. 어젯밤 상황이 무엇이었는지 아십니까? 전 브라보 대대 쪽으로 나가서 잘……."

고참인 듯, 시원하게 물이 빠진 작업복을 입은 하사가 물었다.

"하긴 나 역시 브라보에 나갔었네만, 감은 대충 잡았지. 군대란 다

밥그릇 숫자가 말해 주는 거니깐, 알파는 대대장이 그 동네 출신이어 선지, 보안에 꽤나 신경을 쓰는 통에 알아내기 수월찮지만 말야."

"전 비상 훈련이 아닌가 했죠. 좀 이상하다 싶으면서도……."

"뭐, 훈련이랄 수도 있겠지. 강도 높은 실전 훈련……. 사단장님 최우선 방침이, 힛힛, 실전 훈련 아닌가."

중사는 저 혼자 실소하면 천천히 영우 쪽에 눈길을 돌렸다. 그의 얼굴에, 탐색점을 포착했다는 희열이 솜털처럼 잔뜩 곤두서 있는 것 같았다.

"그러니까 자네가……."

"넷. 아홉 중대, 상병 변영웁니다."

영우는 진작부터 그를 의식했었기어 때맞춰 대답할 수 있었다.

"그리고, 그 옆……."

춘호에게 눈망울이 굴렀다.

"옛. 이이병 이, 춘, 홋!"

춘호의 목소리는 비명에 가까왔다. 그는 발악이라도 하지 않으던 감당할 수 없으리만치 절망하고 있는 듯했다.

"하사, 이들일세. 어젯밤 실전 훈련의 주인공 말이야, 하하하."

하사가 어리둥절한 가운데서도 뭔가를 알아차린 표정을 지었다.

"……쐈군요."

"쐈지. 적의 가슴에다, 정통으루."

중사는 가늘게 눈을 뜨고 무언가를 잠시 회상하는 모습이었다가, 느릿느릿 영우에게 물었다.

"어찌 됐는가? 그 아주머닌, 완전히……."

"죽었습니다."

스스로도 냉혹하다 싶게 불쑥 내뱉아 놓고, 영우는 자신이 혹 죽

‘였’습니다 하지 않았을까 조바심이 생겨났다. 중사는 노엽게 그를 쏘아봤다.

“수사대에 가서도 그따위로 지껄일 참인가! 그 여자 가슴이 커서, 표적으론 안성맞춤이었다고 말이야.”

중사는 카멜레온처럼 얼굴을 암갈색으로 물들이며, 상의 주머니에서 빠지락거리는 담배갑을 꺼냈다. 곁에 앉은 사병 하나가 날렵하게 군용 라이터를 들이댔다. 영우는, 가령 중사가 카멜레온이라면 자신은 끊긴 꼬리쯤 미련 없이 버리고 줄행랑을 놓는 도마뱀이어야 할지 모른다는 생각이 들었다.

“제 무덤을 파는 짓이다, 그건.”

중사가 만드는 연기 고리는 토성환 같았다. 기동 트럭의 진동 때문에 원지름은 조금씩 넓어져 갔다. 차내에 괸 바람도 흡인되는 듯한 어둑한 토성환 속으로, 영우는 줄기차게 내리고 있는 밤비를 보았다.

분초 상황실 전화기를 잡고 근무하다가 교대한 영우는 침상 벽의 사물함에 다리를 걸친 채, 사추리에 들어간 손가락들을 꿈지럭거리고 있었다. 그때, 누군가 황급히 분초 벙커로 들어왔다. 대대 이발병인 정 병장이었다. 그는 안개비 속을 허위허위 달려오느라 함빡 빗물 먹은 야전 재킷을 벗을 생각도 않고, 곧장 영우의 머리맡으로 다가갔다. 정 병장은 영우를 빠끔히 굽어보다가 시선이 겹치자, 세모꼴의 눈을 짐짓 크게 해보이며 그의 얼굴에다 무얼 슬쩍 올려놓았다. 빨판 같은 것이 찰싹 달라붙는 촉감에 영우는 화들짝 일어났다. 꼬리가 약간 잘린 암회색의 도마뱀이었다. 매복대 경계 근무를 마치고 반쯤은 졸면서 벙커 문고리를 붙잡을 때면, 시멘트 벽에 붙어 있다가 기척에 놀라 이리저리 내빼거나 혹은 멋모르고 손등에도 달라붙던 도마뱀.

동료들은 곧잘 화를 내며 개머리판으로 내려치곤 했는데, 절단된 꼬리를 놔두고 미련도 없이 도망치는 모습은 정작 처연할 따름이었다. 정 병장은 문짝 부근에 붙어 있었을 그놈을 용케 생포한 모양이었다.

"이눔아야. 바지 속에 손 디밀고 있으모, 뜨끈해서 좋제?"

영우는 동자가 움직이도 않는 도마뱀의 큰 눈을 보기가 역겨워, 짧아진 꼬리를 잡고 빙글 창틀 너머로 던져 버렸다.

"정 병장님처럼 워낙에 능력이 있으면 모르지만, 저야 아쉰 대로 이게 뒤탈 없고 그만입죠. 헛."

영우는 쓸쓸하게 웃었다. 입대 후, 그 거대한 본능의 축제에 심신을 섞으며 여태까지의 모든 도덕적 금기를 파괴당한 경험은 그에겐 실로 충격적이었다. 순결 따위의 말들은 부끄러워 차마 입에 올리지도 못하는 동안에 흔적 없이 바래 갔고, 후광처럼 빛나던 그 눈부신 권위에 대한 적의가 대신 들어차는 것이었다. 그러나, 이제라면 경이도 극복할 수 있겠다는 자신감이 생겨났을 때에야, 영우는 자신이 또 하나의 눈부신 권위에 들어 빠져 나갈 수 없다는 사실을 깨달았다.

"야야, 어쨌던 거거는 안 좋다. 자주 그라지 말그래이, 뭐니뭐니 해싸도 그저어 실전이 최곤기라."

영우는 경이와의 쓸쓸한 만남에서 분비된 아쉬움을 보상이라도 하듯 짬이 날 적마다 농염한 상상에 파묻히곤 했었는데, 정 병장이 들어온 게 그 절정인 때여서 입맛이 썼다.

"실전이 최곤 줄, 누군들 모르겠어요? 요즘은 세상이 개명해 놔서, 해안 버스들도 물오르기 무섭게 도회로 나가 버리지 않습니까?"

"허어, 기래도 눈먼 사슴은 어덴가 반드시 있는 법인기라."

정 병장은 달관한 도인처럼 느긋하게 말했다. 그의 대추빛 얼굴을 보고 있노라면, 정녕 그칠 줄 모르는 정염의 불길이 기관차의 화덕에서 와랑와랑 타오르는 것 같았다. 그는 이를테면 엽색의 명인이었는데, 이 발병으로 대대 작전지역의 해안을 돌아다니며 "아무거나 걸리는 대로 먹는다"는 소문이 왜자하게 나 있었다. 외박이나 휴가 등 바깥바람을 쐬었다 하면 당연히 그의 입술은 마를 새 없이 달싹였고, 쏟아지는 이야기 또한 입 모양처럼 짤깃짤깃해서 밤새워 들어도 물리지 않았다.

"어때. 빚도 갚을 겸, 오늘 내 실전 훈련 시키주까?"

정 병장은 주위를 살피는 체하며 낮은 소리로 말했다. 빚이란, 영우가 그의 이력에 오래 빛날 명문 여대생 점령 작전에 일조한 데 대한 것일 터였다. 어느 신병한테 위협적으로 불펜 신고를 받아낸 게 하필 그의 사촌 누이였고, 그녀는 이름난 대학의 무용과 삼학년이었다. 정 병장의 호기심과 성취욕을 만족시킬 여건이 두루 갖춰진 셈이었다. 서너 차례의 편지는 영우가 내키지 않는 마음으로 쓸 수밖에 없었는데, 언젠가의 외박에서 돌아온 후 정 병장은 작전의 성공적 완수를 대추빛 득의의 웃음으로 암시해 주었다. 그 신병의 참담해진 얼굴이 못내 가슴아프기는 했으나, 영우는 허망하게 무너지는 여자들에 대한 분노와 경멸, 은밀한 선망 등으로 어지러웠다.

"실전은 뭐고, 빚은 다 뭡니까. 괜찮아요. 후임으로서의 당연한 도리를 한 것뿐이니까요."

"와따, 그 가시나 엉뎅이 한분 앗싸하게 생깄드라. 게다가 이건 틀림없는 아다라시야. 내사 척 보믄 안다."

정 병장은 영우의 말은 들은 체도 않고 숨죽여 속삭였다. 백열등을 등진 그의 어둑한 얼굴에서도 눈빛만은 또렷이 발광체였다.

"쪼깨 아깝지만서도, 변 상병헌티 진 빚 갚는 셈 치고이."

그는 세모꼴의 눈을 더욱 각지우며 입맛을 쩝 다셨다. 목울대가 툭 불거지게 상하로 이동하는 것을 보면서 영우는 그의 강건한 성기를 연상했다.

물론 정 병장의 말 중 어느 대목은 거짓임이 분명하다고 영우는 느꼈다. 그간의 행태로 미루어, 그 여자의 싱싱한 암내도 정 병장의 몸 가득 스며 들어가 그 대추빛 맑은 기운을 북돋워 주고 있을 것이었다. 영우는 그러나 얼핏 경이의 모습을 악연처럼 떠올리고 있었다.

"제기랄! 그, 그 아다라시 어디 있어요?"

그는 자신도 알지 못할 힘으로 발딱 일어서며 화난 듯이 물었다. 딴전 부리면서도 예의 귀 기울이던 동료들이 깜짝 놀란 표정으로 돌아봤다.

영우는 손전등을 들고 정 병장이 일러준 굴바위로 나섰다. 정 병장은 그녀 남동생들의 머리를 깎아 주며 '껀수'를 올렸노라고 귀띔했다.

굴바위에는 아무도 없었다. 바닷가에 꽂힌 커다란 바위의 앞면이 작은 굴의 입구처럼 패여 있어서 굴바위였다. 사주 경계가 잘되기 때문에 적의 침투 가능성은 비교적 희박하다고 판단된 지역이었다. 그래서 건성으로 만들어진 매복대 부근에 간혹 위장등의 불꽃만 펄럭일 뿐, 바닷물이 들어차지 않을 때면 두 사람쯤 드러누워 단잠 들기 알맞았다. 영우가 들어섰을 무렵엔 위장등 심지도 차분히 내리는 밤비에 까맣게 젖어 고개를 늘어뜨리고 있었다.

영우는 심란해지는 가슴을 진정키 위해 담배를 꺼내 물었다. 부주의하게 넣어 둔 성냥갑이 젖어 버려 대여섯 개비나 소비한 그는 불을 켜댈 적마다 어디랄 것도 없이 욕설을 퍼부었다. 밤비가 조금씩 굵어지기 시작했다.

연이어 넉 대의 담배를 태운 그는 개새끼를 연발하며 일어섰다. 빗발은 굵은 소리로 굴바위를 때리며 달려갔다. 무슨 기척을 느낀 건 그때였다. 여자의 음성이었다.

"……정 병장니임."

대낮이었으면 휫휫휫 바람을 타고 떠다닐 법한 목소리가 분말이 풀리듯 밤비에 녹아들고 있었다. 빗물은 걸쭉하게 점액질로 변하며 농염한 내음을 피우는 것 같았다.

"여, 여기요."

잔뜩 긴장한 채 영우는 아직 정체를 드러내지 않는 여자 쪽에 대고 말했다. 한참이나 아무런 움직임도 없었다. 그는 바짝 애가 타는 것을 느끼며 한 걸음 앞으로 나섰다.

"이쪽으로 오세요. 정 병장님은 사정이 있어서……."

여자가 후다닥 움직인다 싶더니, 자갈들의 마찰음이 이가 시리게 들렸다. 잠시 후에 신발 뒤축이 툭 부러지는 듯한 소리, 요란하게 넘어지는 듯한 소리가 연이어 났다. 미련하게도 여자는 자갈밭에 나오면서 굽 달린 구두를 신은 모양이었다. 영우가 달려갔다.

모로 누운 여자는 한쪽 다리를 손으로 만지면서 끙끙거리고 있었다. 쓰러진 여자를 훑어본 영우는 그녀가 상당한 거구임을 알았다. 여자는 군용 우의를 잘라서 만든 우장으로 머리와 어깨를 감싸고 온 듯했다. 희뜩희뜩한 여자의 옷에서 우장이 덮힌 얼굴 쪽만 새까맸다.

여자를 일으키려고 몸을 구부리던 영우는 이끼처럼 붙은 바닷말에 미끄러져 버렸다. 그녀가 둔탁한 비명을 질렀다. 뭉클뭉클한 살집에서 여자의 내음을 맡는 순간, 그는 아찔하게 몸이 한 바퀴 도는 것을 느꼈다. 그는 얼마간 떨리는 손을 뻗어 여자의 다리를 적신 빗물을 훔쳤다. 옆 소초의 서치라이트 벙커에서 빙글빙글 쏘아대는 불빛이 굴바위를 훑어 오면 다리가 아연 하얗게 빛났다.

"안…… 돼요."

여자는 다리를 비틀면서 무력하게 말했다. 그의 눈길을 따라 고혹적으로 비틀던 경이의 긴 다리를 떠올리자, 낱낱의 별사들이 민첩한 새들처럼 날아와 누운 여자의 흰 옷에 줄이어 박혔다. 영우는 날카로운 칼을 들고 목 부분에서 종아리께까지 부욱 그어 내렸다. '요가하구이'와 'ㅇㅁㄴㄴㄴ'이 대나무 쪼개지듯 쩌억 벌어지더니, 그 사이로 빗살들이 급격하게 빨려 들어갔다. 빗살은 무수한 탄환처럼 그의 등에도 박혔다.

소리 없는 음모이기나 한 듯 바람이 조금씩 일렁이기 시작했다. 낮은 데를 떠다니며 빗발을 피하던 바람은 서서히 굴바위 위로 몰리던서 급격한 회오리를 이루었다.

"이거 무시것고!"

나이 든 여자의 새된 음성이 엎치락뒤치락하던 그들의 움직임을 고정시켜 버렸다.

딸깍, 알루미늄 소리와 함께 샛노란 불빛이 왈칵 쏟아졌다. 그들은 화들짝 일어나며 아무렇게나 얼굴을 가렸다. 여자는 영우의 등 뒤로 몸을 숨긴 채 파들파들 떨었다. 목덜미에 닿는 여자의 머리카락으로부터 그는 채우지 못한 욕망의 숨결을 느꼈다. 그는 손에 잡히는 대로 돌멩이를 집어 불빛을 향해 쏘았다.

불빛이 꺾이자, 영우는 굴바위 위로 뛰어 올라갔다. 어깨를 감싸쥐고 씩씩거리고 있는 여자는 상점 아주머니였다. 그의 눈은 분노로 이글이글 타고 있었다.

"미친 놈!"

아주머니는 이를 앙다물고 힘들게 욕설을 내뱉았다.

갑자기 빗소리가 둔해지면서, 어디선지 꼬리가 끊겼을 도마뱀의 울음이 솟아나듯 들려왔다.

밤새 비가 내린 날일수록 아침의 태양은 더욱 큼직하게 바다를 뚫었다. 그 장관을 매일 하나씩 거두어들이는 재미로 영우는 다시금 일과를 시작할 수 있었다. 밤 내내 어두운 바다를 응시한 동료들이 물젖은 솜 같은 몸을 질질 끌며 철수하기 직전, 영우는 해안 곳곳에 지난밤 꽂아 두었던 위장등을 수거하러 나서는 것이다. 뿌유스름하던 하늘이 붉게 타오르면서 가져간 그물도 그을린 위장등으로 가득 찰 때쯤, 수평선 위에는 날마다 새롭게 탄생하는 커다란 태양이 경이롭게 떠 있곤 했다. 네 홉들이 소주병에 석유를 붓고 실심지를 늘어뜨린 위장등은 매일 몇 개씩 불에 달구어져 부서지는 통에 못 쓰게 되었다. 바람이 조금 세게 불 때면, 위장등을 꽂고 돌아서자마자 자갈밭에 고꾸라지며 석유를 모조리 토해 버리는 경우도 많았다. 깨진 틈으로 석유를 흘리며 모로 누운 위장등은 내장을 다 꺼내 놓고도 아직 숨이 남아 있는 충직한 개의 모습과도 같았다.

적들이 팔락이는 위장등의 불꽃을 보고 행여 근무지역이라 오인해주길 바라며 그 도로를 계속한 것은 아니었다. 어쨌든 시간만 흐르면 되는 노릇이었다. 위장등의 불꽃을 나부끼게 하는 바람의 의미는 '시간을 실어가 버리는 마차'였다. 마차가 불꽃을 보고 달려올 때의 찝찔한 자갈밭과 석회가루를 흠씬 뒤집어쓴 돌무지에도 나름의 사연들이 켜켜이 쌓여 있었겠으나, 시간을 부리는 마부는 아무것도 보고 싶어하지 않았다. 한 개의 불꽃을 스치면 앞에 다른 불꽃이 기다리고 있었고, 바람은 그를 학살하기 위해 채찍을 달게 받으며 달려갔다. 시간의 마차가 스쳐 지나갈 때마다, 영우들은 "좆퉁소는 불어도 세월은 간다"고 노래했다. 수 년 전, 혹은 십수 년 전의 침투 사례나 그 경로가 빛바랜 포스터로 그려져 있을 뿐, 전쟁은 없었다.

"……그때, 순찰로가 그치는 곳에 있는 제법 큼직한 바위에 부딪치는 물소리가 아무래도 수상했다. "

　중대장은 정훈시간만 되면 그 지리한 '침투 사례'를 되풀이했다. 그것만이 유일하게 전쟁을 일깨워 줄 수 있는 묘약인 것처럼, 펄펄 뛰는 생선이오, 외치는 것처럼. 가장 최근의 그 생선에선 그러나 이미 비린내가 풍기고 있었다. 영우들은 중대장의 눈길이 못 미치는 구석진 자리에서 눈치껏 졸았다. 쩌억쩌억 벌어지는 중대장의 입 안이 그들에게는 차츰 연한 조개의 속살로 느껴지기 시작했다.

　"철거덕거리는 품이 무슨 금속인가 바위에 닿는 소리 같았다. 적은 이쪽에서 관측하기 어려운 바위의 앞면에 상체만 물 위로 내밀고, 보트를 저어 갈 준비를 마친 때였다. 탐조등의 강렬한 불빛이 쏟아졌으나, 지형 탓으로 바위의 꼭대기만 비출 뿐 상황을 파악할 수 없었다. ……고 소위는 탐조등 불빛이 도달하지 않는 앞면으로 서서히 접근했다. 바위의 앞쪽을 가늠하며 고 소위는 손전등을 비췄다……."

　전쟁은 없었다. 침묵하는 총구가 녹이 슬면 즉시 닦아내고는 했지만, 닦아내는 만큼 고스란히 녹이 슬었다.

　총구가 향하는 곳은 항상 그 넓고 검은 밤바다였다. 야간에 조업하는 선박들은 사정거리가 미치지 않는 수평선 끝에서 붉은 등이나 파란 등을 항해 방향의 표시로 매달고 긴장한 영우들의 눈길에 안도감을 주곤 했다. 가끔 우리 어선의 조타수가 깜빡 졸기라도 하여 해안 쪽으로 선수가 기울어졌다 하면, 영우들은 긴장을 넘어서는 그들 삶의 기쁨 같은 것으로 가슴이 사뭇 뛰게 마련이었다. 침묵하는 총구에게 말을 시킨다는 건 어쨌거나 흥미로운 일이었으니까. 온몸의 각 부분을 골고루 발달시키는 전신 운동처럼 탐조병은 탐조등을 한껏 그 가련한 배에다 퍼붓고, 60밀리 박격포는 몇 개월 손때만 묻힌 조명탄 한 알을 금방 집어삼킬 듯이 아가리를 벌리고, HMG사수는 총신을

덮은 낡은 판쵸우의를 걷어내며, 영우들은 M16의 자물쇠를 열고 '자
동'에다 끼르륵 맞추어 두는 것이다. 더욱 상황 판단에 둔한 선원들이
승선한 배라면 그들의 재미는 농도가 짙어져, 새까만 밤하늘을 구멍
내는 예광탄의 불꽃놀이를 즐길 수 있었다. 총구는 비록 하늘을 향하
지만 가슴과 팔뚝은 격렬한 기계적 운동으로 뛰놀고, 불현듯 가벼워
진 총신에선 오랫동안 참고 눌러온 적의들이 수억의 정자처럼 배출되
는 것이다. 표적이 무엇인가는 둘째 문제였다. 오른편 가슴 부근에서
튀어올라 왼쪽 어깨 뒤로 가라앉으며 포물선을 그리는 탄피의 정연한
군무를 보고, 그저 전쟁은 예술이라고 감탄하기만 하면 되었다.
　이윽고 바다가 조용해지면, 득의에 찬 그들의 후각은 이상하게 예
민해져서 총구에서 뿜어 나오는 화약 내음을 달디단 술 향기로 맡아
내곤 했다. 그리고 그것은 살아가고 있다는, 살 의미가 있다는 뿌듯
한 확인이었다.

　"이 미친 놈덜아! 이 환장한 놈덜아. 재미로 사람 죽일 놈덜아. 제
발 그 총소리 쫌 그만두지 못 헐탸! 총 쏘지덜 말앗."
　악에 받친 여자의 음성이 밤하늘을 가로찢으며 그들의 귀에 꽂혔
다.
　"아니, 저건 상점 아주머니 아나?"
　열에 달구어진 둔덕 밑 모래밭에서 아주머니가 그들을 올려다보며
삿대질을 해댔다. 그윽한 화약 내음을 움켜쥐고 내려간 바람이 아주
머니의 치마를 펄렁이게 하고 있었다. 간간이 드러나는 탄탄한 다리
가 모래에 꽉 박힌 채 터질 듯 팽팽했다.
　"대체, 델타 매복대에 있는 자식들이 누구야? 근무 서다 싸그리 돼
진 거야 뭐야? 한 놈도 빼지 않고 총살이다, 총살!"

분초장 김 하사의 얼굴이 흉하게 일그러졌다.

"긔여, 그 말 잘 했쥬! 다 뒈졌더라, 뒈졌어. 이 미친 놈덜! 네놈덜도 몬딱 뒈져불라. 아, 네놈덜 총구녕을 네놈덜 눈깔에도 처박아 브주기. 네놈덜 눈깔에서도 피눈물 흘려보주기!"

아주머니는 잔인한 웃음을 떠올리며 계속 악을 썼다.

"완전히 갔군."

누군가 빈정거렸다.

"저치, 참 큰일이야. 보자보자 하니까 끝이 없구만. 언제 되게 혼이 나야 정신을 차리려는지."

"어림없는 소리. 교체 부대의 인계 사항이 뭔지 아나? 저 여자 아무도 못 건드니, 고이 모시는 게 상책이라는 거야."

"염병할 할망구 같으니! 미친 척하고 꽝 쏘아 뿔까."

듣다 못한 영우가 외쳤다.

"아주머니이, 민간인이라도 작전지역에 들어오면 발포할 수 있습니다!"

"발포오?"

아주머니는 가소롭다는 듯 소리를 빽 지르며 되받았다.

"거 좋쥬. 쏘라, 쏴! 이제사 잃을 거 다아 잃은 내가 무엇 하나 아쉬울 게 없다. 긔여, 제발 쏘라, 쏴! 이 미친 놈덜아. 총쌈에 환장헌 놈덜아아, 쏴부러!"

그리고는 저고리를 훌훌 벗어던지며 가슴을 내밀었다. 아주머니가 간직한 사연들은 모조리 그의 가슴에 몰려 있을 것이다. 한 줄기 바람이 가슴께에서 동글동글 맴돌고 있는 것 같았다. 바람에게도 연민이 있을까, 각이 거의 무너진 가슴 언저리에서 바람은 그만 당혹하고 있었다.

“허이구, 불쌍헌 내 새끼……. 그 무심헌 양반 허고는.”

아주머니의 목소리가 조금 떨리기 시작했으나, 부딪칠 벽을 찾지 못해 우왕 좌왕하는 바람에 오히려 벽이 되어 그들에게는 분간할 수 없는 웅얼거림으로밖에 전달되지 않았다.

“네놈들은 아무것도 모른다. 저, 전쟁이 뭣산디도 모르곡, 총소리나 뻐엉뻥 내면 다 되는 중 알암쥬만, 그 소리에 사름 가슴 터지는 중도 모르곡, 그놈으 소리가 나 뼈엔 뼈는 몬딱 가, 갉아먹어 부는 중도 모르곡…….”

아주머니는 모래 위에 털썩 주저앉았다. 처연한 울음이라도 한바탕 터뜨릴 기세였다. 그때, 델타 매복대 쪽에서 자동 소총을 철거덕거리며 사병 하나가 부리나케 뛰어왔다.

“저 셰끼, 이제야…….”

김 하사가 뿌드득 이를 씹었다.

사병의 부축을 받으며 아주머니는 질질 끌려나갔다. 조금 떨어진 곳으로부터 연이은 총소리가 들려왔다. 옆 분초에서 야간 사격을 시작한 것이었다. 아주머니가 멈칫하며 잠시 사병과 실랑이하는 듯했으나 곧 유순해졌다.

바람을 타고 화약 내음이 영우들에게 날려왔다. 영우는 코가 시큰거리도록 매웠다. 썰물이 빠지는 갯벌처럼 비어 가는 가슴에 어둠이 꾸역꾸역 몰려 들어왔다.

“벤 상병은 고향이 어디라?”

상점 아주머니는 영우의 술잔에 맥주를 부어 주면서 물었다. 맥빠진 거품이 보그르 일다가 곧 잦아들었다. 마지막 매복 근무를 끝내도 새벽 한 시가 조금 넘었을 뿐인 운 좋은 날이어서, 영우는 분초로 돌아오는 길에 불 꺼진 상점문을 두드렸던 것이다. 썩 내키지 않는 곳이긴 했으나, 아무리 밤 깊어도 문을 열어 주는 데는 그 상점밖에 없었다. 칼칼하게 말라 버린 목 안을 적셔내고 한숨 깊이 잠들기 위해선, 어디서든 몸을 적당히 마비시켜 줄 필요가 있었다.

"어디 같습니까?"

영우는 입 안에서 슬슬 방어회를 녹이며 되물었다. 이야기가 길어지지 않게 하려면 자구 중동을 끊어 놓는 게 방법이었다. 아주머니는 머리를 써야 하는 건 귀찮은 노릇인지 한 번 걸쭉한 하품을 하고 나서,

"글쎄에…… 충청도? 아니면, 강원도?"

아무 곳이어도 그다지 상관은 없다는 듯 되는 대로 짚었다.

"훨씬 남쪽입니다만, 아주머니도 이곳 분은 아닌 모양이죠?"

"아니쥬. 나도 저어 먼 디서 왔수다. 그저 헤엄만 치단보난 어느새 이꺼지 왔입쥬, 하하하."

아주머니는 호쾌하게 웃었다. 영우는 인사로 아주머니에게도 잔을 권했다. 당연한 일인 것처럼 아주머니는 덥석 술잔을 받아 고개를 뒤로 젖히며 껄떡껄떡 들이켰다.

소문으로는 제주 출신의 해녀라고 했는데, 그렇다면 영우와는 동향인 셈이었다. 제주 해녀들이 여러 이유로 타관의 바닷가에 흩어져 있듯이, 아주머니도 적잖은 사연을 지니고 있음은 분명할 터였다. 그러나 붙들고 앉아 이것저것 캐어 볼 마음은 전혀 나지 않았다. 아주머니는 평상시 행동이 실로 괴팍스러워, 월급이 빤한 병(兵)들에게도 외상을 잘 준다는 점을 제외한다면 도대체 가까워지고 싶지 않은 사람이었던 까닭이다. 간혹 꽤 많은 외상값을 남겨 둔 채 제대해 버리는 축들도 있었는데, 영우들이 안달을 했으면 했지 정작 아주머니는 태평이었다. 이문을 남기는 장사를 하고 싶은 건지, 손해 보는 재

미로 가게를 열고 있는 건지 도시 모를 일이라고 그들은 쑥군거렸다.

"자아, 한잔 받아."

술잔이 돌아오면서 완전한 반말도 함께 묻어 왔다. 영우는 약간 불쾌해졌지만 내색하지는 않았다. 아주머니와 대작할 기회를 만들어 버린 서툰 행위가 후회스러울 뿐이었다.

"벤 상병은 고향에 이쁜 애인이라도 있어?"

상투적인 질문이었겠지만, 아주머니의 눈가에 질긴 욕망이 끈적하게 어려 있다고 느껴졌다. 그 느낌은 그러나 생경하고 불편한 것이었다.

"아, 예. 고향엔…… 엉덩이가 기가 막힌 기집애가 있습죠, 하하."

영우들을 안타깝게도 하고 아주머니를 경멸하게도 한 또 하나의 사실은 아주머니가 꽤나 사내를 밝힌다는 것이었다. 그것도 영우 또래의 젊은이들이 아니라, 가정을 가진 고참 하사나 중사 등의 분초장들을 상대로 해서였다. 영우가 배속되어 왔을 때도 아주머니는 전임 분초장하고의 짙은 염문을 퍼뜨리고 있었다. 덕분에 식탁엔 늘 맛깔나는 사제 반찬이 오르기도 했고, 할퀴고 뜯고 잡아채는 여자들간의 그 처절한 싸움을 심심찮게 구경할 수도 있었지만, 동향 사람이란 점이 영우에겐 입맛과 재미를 모두 앗아가 버렸다.

"그런데, 아주머니껜 아저씨나…… 누구 안 계세요?"

영우는 노출된 환부에 바늘을 찔러 보는 잔인한 심사로 내뱉었다. 아니나 다를까, 아주머니의 얼굴이 일순에 당혹과 노여움으로 버무려졌다. 영우는 내심 쾌재를 올리며 술잔을 들었다. 그러나 기습당한 혼란도 잠시, 노회한 솜씨로 수습한 아주머니는 능글맞게 웃으며 말했다.

"무사 없어? 잘도 많쥬. 저기나 봐 보라."

아주머니는 친절하게 손까지 들어 구석방을 가리켰다. 방문 아래에는 과연 슬리퍼 등속과 어우러진 한 켤레의 군화가 불결한 느낌으로 놓여 있었다. 때마침 풍뎅이 한 마리가 그들에게 부웅부웅 달려들었다. 영우는 발딱 일어서며 풍뎅이를 후려쳤다.

"더러운……!"

둔탁하게 내팽겨쳐진 풍뎅이가 비실비실 기어가는 모습이 칙칙해 보였다. 영우는 술잔의 것을 아주머니의 면상에 끼얹고 싶은 충동을 힘들게 억눌렀다. 앉은 채 미동도 없이 영우를 쳐다보는 아주머니의 얼굴은 그러나 오히려 해맑기만 했다.

일찍 과부가 되어서 그래. 얼굴이 뻔뻔스레 해맑은 건…… 껵. 어떤 아픔도, 네, 세월이 약이겠지요. 뭐, 남편이 군인이었다고? 상륙 작전…… 흥, 말씀도 잘 하셔. 그렇다면, 제주, 그 오명의 역사를 씻어 내려다 죽은, 결백한 청년이셨겠군요. 그런데, 그가 남기고 간, 저 늙은 창부는 뭐야…… 껵. 이걸 알아 두라구! 당신의 흰 한복과, 투박한 군화가 어울려 어느 골목으로 사라질 때…… 내 열 손가락이 모두 증오로 벌벌 떤다는 걸. 방아쇠가 너무 차갑지만 않으면, 혹은 숨 한 번만 덜 쉬면, 일은 간단히…… 껵. 여자여, 견딜 수 없을 때는…… 헤엄을 치는 거야. 드넓은 바다에 속살을 풀어 넣고, 농밀한 바닷물과 살갗을 비비는 거야…… 헤엄을 쳐. 껵!

해질녘에 영우는 지형이 몹시 험한 소초 벙커 부근의 해안으로 나갔다. 휘여엇 휘여엇, 숨비 소리가 크르렁거리는 높은 파도에 잠겼다 솟았다 하고 있었다. 숨비 소리는 잃어버린 짝을 찾아 방향도 없이 비상하는 물새의 울음을 닮아 있었다.

영우에게 그때는, 경이를 잃었으되, 하늘거리는 부두의 손짓으로 영원히 얻었다는 억지가 잔혹한 겨울의 눈더미에 눌려 와해되고 있을 무렵이었다. 그것은 또한, '이교도들처럼 욕정에 빠지지 말라'는 눈부신 권위의 말씀이 후광처럼 빛나던 첨탑의 와해이기도 했다. 요란한 붕괴 소리에 눈을 뜨자. 다만 경이는 눈앞에서 다리를 비틀고 일부러 엉덩이에 손을 가져가는 관능적인 창부에 지나지 않았다. 그 관능적 몸짓에 달려들어 '창부의 몸의 지체'가 되어도 상관 없다는 조포한 욕망은 그러나, 이제 사방을 둘러 촘촘하게 박혀 있는 철조망의 눈부신 새 권위에 꼼짝없이 차단당해 버렸다. 칼날 같은 바람은 견고한 창들을 넘어 씽씽 진군했고, 그는 솜 누빈 방한복 속에 웅크려 정신을 부패시키지 않을 수 없었다. 그는 눈, 코, 입, 귀 등 뚫려 있는 모든 곳으로부터 모락모락 노린 연기가 새는 환상에 자주 시달렸다. 그럴 때마다 자신의 손가락들이 완강하게 삶을 붙들고 있음을 깨닫고 그는 진저리를 쳤다. 단 한 가지 자기 모멸을 벗어나는 방법이 있었다면, 경이의 흰 몸을 한가운데로 쩌억 갈라내는 환영을 실감나게 그려 보는 일이었다. 이상하게도, 온몸이 적의로 팽만했을 때야 머리는 비로소 건조해지고, 삶을 버틸 어기찬 발상들이 가능해지는 것이었다. 그 환영은 그러나 자주 난폭한 섹스로 변형되어 나타나 버렸다. 견딜 수 없을 정도로 눅눅한 본능들이 무성하게 번식할 때면, 영우는 바람 부는 바다로 나서곤 했다.

영우는 바위 사이로 발이 빠지지 않도록 조심하며, 바닷물이 자신을 으깨어 무수한 물꽃을 만들고 있는 곳까지 나아갔다. 지는 햇살이 뿜어내는 마지막 기운으로 창백한 물꽃들은 발그스레 물들어 있었다.

그는 높은 파도에도 의연히 버티고 있는 유난히 몸집이 큰 바위 위에 올랐다. 바람에 날리지 않게 중심을 가누며 영우는 숨비 소리가 나는 방향을 찾아 두리번거렸다. 몇 미터 되지 않을 가까운 곳에 사람이 길게 떠 있는 것이 보였다. 아주머니였다.

아주머니는 겨울임을 의식하지도 못함인지 흰 무명저고리와 속곳
만 걸친 차림이었다. 물 위에 죽은 듯 떠 있다간 잠수하고, 한참 후에
다시 올라와 휘여엇 휘여엇 소리를 내는 동작을 반복하고 있었다. 잠
수할 때마다 잠망경처럼 솟아나는 두 발바닥이 유난히 하얀 게 영우
는 자못 신기했다.

영우는 두 팔을 싸안아 힘들게 담태를 붙여 물고는, 아주머니의 동
작을 유심히 관찰하기 시작했다. 해녀들의 통상적인 작업 같지는 않
았다. 물안경만 걸쳤을 뿐 손에는 연장이 없었고, 숨을 몰아쉴 적마
다 잠깐씩 의지하는 태왁의 그물에도 잡힌 것이라곤 보이지 않았다.
영우가 서 있는 육중한 바위로부터 몇 미터의 반경을 따라 돌며 무언
가를 찾는 시늉이었으나, 실은 맹목적인 유영임을 알 수 있었다. 아
주머니는 영우의 존재 따위는 아예 무관심한 듯했다.

조류에 몸을 맡긴 채 출렁이는 아주머니를 망연히 바라보다가, 영
우는 어떤 연상이 섬광처럼 스치는 걸 알았다. 물에 부푼 속곳이 엉
덩이를 감싸며 둥두렷이 솟아오르고, 번질번질 물이 발린 등과 다리
가 미묘하게 꿈틀거렸다. 양 손을 뻗어 붙잡은 태왁은 사람의 머리
같았다. 그것은 이를테면, 바다를 상대로 한 거대한 성희였다. 아주
머니의 매끄러운 동작에 맞춰 바닷물이 점점 경쾌하게 출렁이기 시
작했다. 영우는 자신의 가장 깊숙한 곳에 박힌 황금빛 스크루도 윙윙
윙 회전하고 있음을 느꼈다. 회전의 속력이 제어할 수 없는 지경에
이르렀을 때, 영우는 열기에 휩싸여 들끓는 바다로 뛰어들었다. 그는
물길을 내며 살내음을 쫓아 휘저어 갔다.

아주머니가 얼굴을 돌리는 것과 동시에 영우는 아주머니를 덮쳤
다. 손에 잡힌 듯하던 살이 매끄럽게 빠져 나갔다. 영우는 갑자기 아
뜩하게 물밑으로 끌어내려졌다. 거품이 보그르르 일다가 잦아드는

술잔이 떠올랐다. 시간은 완벽하게 흐름을 멈춘 것 같았다. 바닷물이 눈 밑에서 찰랑거린다 싶으면, 다시 끌어내려지길 여러 번…… 영우는 의식을 잃고 말았다.

"벤 상병, 벤 상병. 정신 채려!"

둔탁한 아픔을 느끼고 영우는 따가운 눈을 겨우 떴다. 아주머니가 툭툭 볼을 치고 있었다. 영우는 아주머니가 등진 하늘에 시선을 주며, 색깔이 저리도 노랄 수 있을까 하는 생각만 났다.

"니미, 시상이 다 노오랗대이!"

"안됐구나. 마지막 근무를 매복대에서 보내다니……."

영우는 춘호와 함께 무장을 꾸리면서 진심으로 그를 위로했다. 춘호는 야참까지 마련하고 분초대원들과 마지막 밤을 지낼 요량에 들떠 있었는데, 근무를 내보내자 왈칵 풀이 죽어 버렸다.

"툇, 좆 같대이! 제대 말년에 이게 뭐꼬."

춘호는 매복대 진입로에서 걸리는 돌멩이마다 발로 차며 침을 뱉었다.

"오늘 밤 전쟁이나 꽝, 터져 뿌러라!"

"자식, 미쳤나."

"변 상병님요, 전쟁이 나모, 군인이 대낄 아잉교. 똥방위, 조또방위 해쌓는 쌔끄덜 씨끕묵게 헐 거구마!"

영우는 춘호의 얼굴에 떠오르는 섬짓한 적의를 보며, 적은 확실히 그의 안에 있다고 느꼈다. 보이지 않는 적은 잊혀져 가고, 제 가슴을 향한 치열한 적개심만 불타오르고 있는 것이었다.

"불만이 많았었군."

"하모요. 아모리 방위라캐도 군인은 군인인디, 이기 먼교? 사람 취급 돈 받고, 온갖 구박질에다가, 매복대선 간첩 대신 순찰 잡음시로 잠이나 자고, 분초에 부식 조달이나 허고, 편지 배달에 처자 붙여 주기 등등등등, 우리 안 허는 기 머 있능교? 전쟁만 빼놓고.”

“그…… 전쟁이란, 대체 뭘까?”

혼자말처럼 물어 놓고, 영우는 가슴이 갑자기 답답해졌다. 바다 쪽에서 싸늘한 바람이 불어 오고 있었다. 영우가 심호흡을 하는 사이, 두어 번 몸을 추스린 춘호는 잔뜩 화난 음성으로 내뱉었다.

“아 머긴 먼교, 총쌈이지! 여기서 빵빵 하모, 쩌기서도 빵빵…… 그러고서 지인격! 와르르륵, ‘자동’으로 쓸아뿔고…… 이겼다아, 기 꽂고…… 히힛! 아따, 그러코롬헌 일 한 분만 잇어도 군대 생활 헌 듯헐 끼구마.”

춘호는 입맛을 쩝 다셨다. 그러나, 정작 말을 해놓고 보니, 썩 성에 차지는 않은 표정이었다. 그는 짐짓 엄숙한 체하며 영우를 쳐다보았다.

“근디, 변 상병님은 전쟁이 머라 생각헌다요?”

영우는 누군가에게 쫓기다 장애물을 만난 듯 맥이 탁 풀렸다. 추적자의 발소리는 점점 가까이 들려오는 것 같았다.

“……어, 글쎄, 뭐 그런 총싸움 아닐까. 다만, 빈 바다에 마구잡이로 갈기는 식이 아니라, 적을 쏠 수 있는 정도와 마찬가지로 적도 자기를 쏠 수 있다는, 뭐랄까 어떤 긴박감 같은 거…… 일테면, 어떤 진실 같은 거. 어둠 속 이리에 관한 풍문을 뿌려 놓고, 김 빠진 평화나 할끔거리게 하지 않는…… 규격화된, 그 박제된 적의 따위, 그 눈부신 권위 따위를 강요하지 않는 진실……. 우리들의 본능과 같은……. 아, 진정 모르겠다. 왜 이 가둠이 있어야 하는지…….”

영우는 멋쩍게 춘호를 바라보았다. 되는 대로 쏟아 버린 말들이 왠지 그를 부끄럽게 했다. 춘호는 제대로 듣는 것 같지도 않았다.

"관두이소, 마."

델타에서 챠리 매복대로 경계 구역을 옮겼을 즈음 부슬부슬 비가 내리기 시작했다. 아직 가을이었지만, 해가 떨어지면 바다는 견디기 힘들 정도로 추웠다. 밤비는 추위만 부추기며 감질거렸다.

"비나 억시리 퍼부으민, 철수라또 할낀데……."

춘호의 불평이 이해되기는 했으나, 그냥 놔두면 끝이 없을 것 같아 영우는 역정을 내었다.

"인마, 투정 그만 하고, 거기 판쵸 덮어서 비나 막어."

춘호는 나뭇가지를 몇 개 주워다가 신경질을 부리며 판쵸의 네 귀퉁이에 묶었다. 가운데를 긴 나무로 받치니 조그만 텐트처럼 되었다. 밤바다는 간혹 붉은 등이나 파란 등을 켠 배들이 느릿느릿 오갈 뿐 잠잠했다. 몸을 꿈지럭거릴 때마다 머리가 판쵸에 닿으면, 소리 없이 내려 괸 빗물이 주르륵 흘렀다. 춘호는 발이 시려 오는지 자꾸 자세를 고치며 바닥에 신을 비벼댔다. 얼굴을 다리 사이에 파묻듯이 하고 무슨 생각엔가 깊이 잠긴 춘호를 바라보다가, 영우는 설핏 잠이 들었다.

잠이 들면 그는 언제나 오리온을 향해 날아갔다. 이마에 막대계급장 하나 달랑 긋고 초저녁부터 다음날 아침까지 매복대에 앉아 있어야 했던 실무 생활은 처음에 너무도 힘들었다. 쫓고 쫓아도 잠은 폭포처럼 쏟아졌고, 철모에 내지른 개머리판의 충격으로 번쩍 머리를 들면 경멸에 찬 선임병의 눈빛이 허공에 번득이곤 했다. 방위병들과 매복에 진입하는 날은 왠지 흥겨웠다. 계급은 낮지만 요령이 몸에 익은 그들에게 경계를 맡기고, 영우는 곧잘 하늘을 천정 삼아 드러누울 수 있었다. 하늘에는 어김없이 연(鳶)처럼 오리온이 떠 있었다. 높은 하늘에서 펄렁펄렁, 바람을 오히려 지배하는 연은 그의 괴로운 생활에 대한 위안의 하나였다. 생명선처럼 심장에서부터 솟아오른 연줄은 오리온까지 거침없이 은빛으로 빛났다. 그럴 때마다 영우는 이 적도 전쟁도 없는, 눈부신 권위를 향한 적의만이 무성한 감금의 세월을 끊고, 연처럼 날아가고 싶다는 열망에 사로잡히곤 했다. 조그만 풀꽃들이 무수히 피어 있는 밤하늘은 한바탕 질펀한 들이었다. 가자, 저 푸른 초원…… 자유의 들로. 영우는 바다 쪽 둑에 등을 기대고, 정지된 삶을 한 장 한 장의 스틸처럼 영사하며 그 초원에서 뛰놀았다. 어차피 등 뒤의 바다는 그에게 관념이었다. 바다 밑으로 은밀히 스며드는 전쟁도 한갓 추상에 지나지 않았다.

"접 푸른 초원 우이."

아주머니는 낮술로 벌개진 얼굴을 쳐들고 케케묵은 유행가를 부르고 있었다. 담배를 사러 갔던 영우는 울컥 정나미가 떨어져 발길을 돌렸다.

"가, 가지 말라! 아으야."

입가에 구저분하게 번진 침과 섞여 튀어나온 말들이 영우의 뒷덜미를 낚아채며 악취를 뿜었다. 목소리가 약간 떨리는 것이 술기운 때문만은 아닌 듯했다. 영우를 부르려고 엉거주춤 구부린 가슴으로 흐렁한 젖무덤이 내비쳤다. 왠지 연민에 싸인 영우는 아주머니의 곁으로 가서 흐트러진 옷 매무새를 다듬어 주었다. 기다렸다는 듯, 아주머니가 덥석 영우의 손을 붙잡았다.

"어디, 댕겨 오느냐……?"

"네에?"

영우는 어리둥절해졌다. 아주머니의 눈에 지극한 반가움으로 솟구친 눈물이 그렁그렁했기 때문이었다. 아주머니는 영우의 두 손을 소중하게 모아 쥐고 까칠한 얼굴에다 아끼듯 부볐다. 손을 빼내려 했지만 아주머니의 힘은 족쇄처럼 완강했다.

"어디를 그영 댕기다, 이제사 오느냐, 이 무심헌 놈아⋯⋯."

결코 어느 구석에서도 노여움을 찾아볼 수는 없는 풍요로운 사랑이 떨리는 말 마디마다 가득했다. 걸걸한 음성과, 탄탄한 다리와, 거침없는 행위에 묻혀 아예 꼭지조차 보이지 않던 섬세한 맛이 도대체 이 나이 든 여자의 어디에 도사리고 있었는지 영우는 궁금하기 짝이 없었다. 그러나 아주머니의 살갗에는 들떠서 오락가락하는 치매가 있었다. 손목에 더욱 완강한 힘이 가해졌다.

"아, 아버지는, 만나⋯⋯ 보았느냐⋯⋯ 아덜아⋯⋯."

아버지는⋯⋯ 다음 마디부터는 음조가 고르지 못했다. 높낮이가 제멋대로 흔들리는 서러운 울음의 전조였다.

"아주머니, 아주머니! 접니다, 변 상병이에요!"

영우는 힘들게 빼낸 손으로 아주머니를 붙들고 흔들었다.

"잘⋯⋯ 계시더냐⋯⋯ 아덜아⋯⋯?"

아주머니는 이제 막 울음을 터뜨릴 것처럼 미간을 온통 찡그렸다.

"정신 차리세요, 아주머니!"

영우는 할 수 없이 아주머니의 뺨을 두어 번 쳤다.

사방에 흩어진 정기가 제자리를 찾기 위해 부산히 움직이는 것이 아주머니의 눈에 시나브로 드러났다. 아주머니는 몇 번 눈을 깜박거리다가, 크윽 콧물을 들이마셨다. 그러나 새삼 북받치는 설움을 억제할 도리는 없는 듯, 꺼이꺼이 짐승 같은 울음을 터뜨리고 말았다. 그 굉음을 영우는 말없이 견뎌내었다. 어쨌든 아주머니에게 숨겨진 어떤 진실을 일부 공유하게 돼 버리지 않았느냐는 연대감 같은 것이 번지는 까닭이었다.

아주머니의 어깨는 점차 긴 진폭으로 떨리다가, 얼마 후 아주 가라앉았다. 생경한 침묵이 둘 사이로 기어와 또아리를 틀고 오랫동안 움직이지 않았다.

"이봐, 벤 상병."

아주머니가 한참 만에 갈린 음성을 다스리며 영우를 불렀다.

"예."

"우리, 아덜은 말이쥬, 저 아버지를 그영 닮았어."

"……그럴 테죠."

아들 이야기는 처음 들었으나, 영우는 싱겁게 맞장구를 쳐주었다.

"그 큼직헌 귀 허며, 그 웃는 모양새 허며가, 그영 똑 닮았쥬."

"대체로 아들들은 자기 아버지를 많이 닮아 보이지요."

영우는 아주머니의 아들 이야기가 별로 희귀한 노릇은 아니라는 투로 거들었다. 귀와 웃는 모양이 닮았다는 따위가 무어 그리 대순가……."그것보다 더욱 닮은 건, 그 성질덜이라. 어떻게덜 소나이답게 씩씩허곡, 용감헌지……."

아주머니는 숫제 눈까지 감고, 어느 시절엔가의 강건한 사내들에 대한 추억을 불러들이는 모습이었다. 영우는 갑자기 피가 역류하는 기분이었다.

"그런데, 그처럼 씩씩하고 용감한 아드님은, 지금 대체 어디 있는 거예요?"

영우는 버럭 소리를 지르듯이 물었다. 어머니를 이런 꼴로 방치하는 씩씩하고 용감한 아들의 불효가 괘씸해서, 당장에라도 그를 어찌해야 옳으리라는 심사가 불뚝 솟은 것이었다.

"우리, 아덜……? 어디, 잇이냐고?"

예사롭지 않은 음성에 번쩍 눈을 뜬 아주머니는 영우의 태도가 알 수 없다는 표정이었다.

"……몰라. 어디, 먼 디 잇쥬."

아주머니의 시선이 멀리 수평선을 좇았다. 마치 푸른 초원에 뛰노는 양떼의 평화가 그 눈 속으로 스미는 듯했다.

"멀리 있다면, 외국에라도 나가는 선원인가요?"

아주머니는 어린아이처럼 살래살래 머리를 젓더니, 배시시 웃기까지 했다. 아주머니가 놀리는 것은 아니라고 느껴졌지만, 마뜩찮았던 오랜 인상 탓인지 영우는 왠지 모욕당하는 기분이었다.

"접 푸른 초원 우이, 허는 노래 알지, 벤 상병?"

아주머니는 딴전 부리듯 어깨마저 제법 까불며 장단 맞추는 시늉을 했다. 어린 아들이라면 혀 짧은 소리로 어머니 치마폭에 그런 노래말을 쏟았을지도 모를 일이었다. 그러나, 영우는 이런 모양으로 간직되는 추억이란 환멸스럽기만 하다고 생각했다. 상실을 치유하는 자신의 방법에서도 숨길 수 없는 환멸을 느껴 오던 그였다. 똑같이 상실의 아픔을 겪는 자로부터, 비슷한 또 하나의 환멸을 발견해내야 하는 사실은 이제 연민을 넘어 모욕과 증오밖에 낳을 게 없었다.

"그래, 어머닐 버려 두고, 씩씩하고 용감하게 도망 간 그 아들놈이, 저 푸른 초원 위에, 그림 같은 집이나 지어 준다고 얼릅디까!"

영우는 숨가쁘게 소리를 지르고 발딱 일어섰다. 아주머니의 얼굴이 와락 어두워진다고 느끼긴 했으나 전혀 개의하고 싶지 않았다.

"이, 이, 이런, 백정노므 삿기!"

아주머니의 입에서 쇳소리가 났다. 영우는 뒤도 돌아보지 않고 성큼성큼 걸어 나왔다.

"이, 이런, 백정노므 삿기! 너, 너깟 놈은, 우리 아덜 신발끈도, 맬 수 없느니라!"

아주머니는 영우를 따라 맨발로 뛰쳐나오며, 뒤통수에 대고 삿대질을 계속했다.

"너깟 놈도, 너깟 놈도 군인이냐? 그 짓이나 허곡, 술이나 처먹는 너가, 부끄러운 줄도 모르곡, 스스로 군인이라 헐탸? 개백정노므 삿기! 속이젠 해도, 난 다 안다, 이 제줏놈아……!"

눈앞에서, 거대한 둑이 우를우를 무너지기 시작하는 영상을 떠올린 영우는 다급해진 마음으로 휙 돌아섰다.

"그러는 아주머닌! 그러는, 당신은! 당신이 하는 짓이나, 내가 하는 거나, 다른 게 대체 뭐요! 그, 창부 짓거리는, 남편을 위한 거요? 아들놈을 위한 거요?"

영우는 다시 돌아서서 달리기 시작했다. 아주머니의 발악이 끈질기게 따라왔지만, 무슨 말인지 알아들을 수는 없었다. 눈앞의 둑은 금방 무너져 버릴 것 같았다. 여태껏, 이리저리 구멍나는 둑을 손으로 몸으로 막아 보던 힘겨운 행위도 이제는 소용 없게 되었음을 느꼈다. 영우는 어쩐지 시려오는 손을 자꾸 가슴에 문질렀다.

"변 상병님요, 변 상병님요."

춘호가 흔드는 서슬에 영우는 잠이 깨었다. 잠 속에서 영우는 둑이 무너지는 꿈을 꾸었다. 하늘 끝까지 닿은 듯 엄청난 것이었는데, 웬일인지 한가운데서부터 동그랗게 균열이 지기 시작했다. 파문처럼 급속히 퍼지는 균열로 둑 전체가 슬렁슬렁하더니, 이윽고 웅장한 폭음과 함께 터져 버렸다. 엄청나게 쏟아져 나오는 물의 발굽에 채어 영우도 산산이 부서지고 말았다.

"그리 맥 없이 누웠지 말고, 아 말벗 쫌 하소."

춘호는 쓸쓸한 눈망울에다 빗줄기까지 가득 집어넣고 있어서 한층 애처로워 보였다.

"아직도 비 와?"

"야. 허지만, 쬐게 죽었니더."

춘호는 판쵸를 툭툭 쳤다. 빗물이 미세한 파편들처럼 튀겨나갔다.

"변 상병님허구도 마지막인갑는디, 우리 술이나 한잔 하입시더. 아까부터 마음이 총총험시로 암만혀도 한잔 질어야겠니더."

"……시간이, 얼마쯤 된 거 같애?"

영우가 기지개를 켜며 잠긴 목소리로 물었다.

"철수까정은 하마 멀었니더. 한잔 쫘악 질고 푹 자모, 금무 안 끝나능교."

"순찰…… 안 올까?"

"비도 이레 오고 억시리 추분 날, 은제 순찰 오는 거 봤능교?"

"허긴, 연대 순찰쯤 오는 그 구렁이들이 어련할라구……."

중사의 능숙한 토성환 제작은 이제 끝이 날 모양이었다. 그는 필터까지 바싹 타들어간 꽁초를 기동 트럭 밖에서 냉큼냉큼 멀어지고 있는 소나무숲 쪽에 아까운 듯이 버렸다. 영우도 한 모금 빨고 싶은 생각이 간절했으나 상급자 앞이라 꾹꾹 눌러참고 있었다. 시선을 느꼈는지, 중사가 영우에게 고개를 돌렸다.

"자네, 나이는 몇인가?"

그는 큼큼 목청 다듬는 소리를 내면서 물었다.

"스물 넷입니다. "

"호오, 병치곤 꽤 먹었군. 그래, 사회에선 뭘 하다 입대가 늦었나?"

"……학교엘, 다니고 있었습니다만."

영우는 학생이었다는 사실이 다시금 부끄러워졌다. 은행원이나 말단 공무원, 아니면 세탁소에서 일을 보고 있었다는 쪽이 얼마나 편하고 떳떳할까. 부모 밑에서 어리광이나 부리며 호사하다 끌려온 사회적 미감아로, 혹은 선망을 경멸로 뒤틀어 배설할 수 있는 상대로 여겨지는 게 학생 출신병들의 대부분의 경우였다. 중사는 곰곰이 영우를 뜯어보았다. 무의식적이겠지만, 그 역시 보이지 않게 자신을 무장시킬 것이었다.

"그렇다면, 다 알 만한 자식이……!"

그는 거의 예상대로의 반응을 보였다.

"아, 대학에도 군사 교육이 있잖은가. 더욱, 총 쏘는 법이야 절대로 빼지 않고 가르칠 거구만!"

"마, 말씀 마시소. 그 아짐매가 완전 미쳤능기라요. 원래가 쫌 헤까닥하니더. 술또 억시리 잘 묵고, 미친 짓도 밥 묵듯 헌다 아임니꺼. 어제도 동네 할배허고 진탕 마시가, 헷또가 칵 돌아뿐 기 분맹하니더!"

춘호가 기회를 포착했다는 듯 숨가쁘게 주워댔다.

"……제가 미련한 탓이죠. 교련 학점이 빵꾸나서 도중에 붙잡혀 왔으니까요."

영우는 약간 빈정거리는 투로 중사에게 말했다. 그의 안색이 대번에 달라졌다.

"한심한 놈들……!"

중사는 쓰디쓰게 입술을 빨았다. 치솟는 분노를 빨아들이듯.

너무 화내지 마세요, 중사님. 전쟁은, 과연 있는 건가요? 그 흉내인 교련 시간에 우리는, 제 이차 세계 대전서부터 한국 동란까지 거쳤다는 역전의 M1을 들고, 낑낑거리며 총검술을 했지요. '십 분간 쉬어!'에는, 마음껏 상해도 좋은 교련복으로 잔디밭을 뒹굴며, 그것이 앗아갔을 목숨의 수를 경매하곤 했어요. 한 '사람', 왜냐면 두 전쟁에 한 놈씩. 일고옵, 왜냐면 럭키 세븐, 행운의 숫자, 그리하여 총은 후세에 남겨졌다, 짠. ……자, 자, 자, 열네엣, 열네엣, 더 없습니까…… 경매는 아흔아홉 '마리'로 끝났어요. 공연한 죽음에 대한 비아냥처럼. 그것은 등 밑에 깔린 보드라운 잔디의 감촉과 향그러운 바람, 빠직빠직 타들어 가는 달차근한 담배맛, 전쟁 흉내에 대한 보상으로 일당처럼 지급되는 출석표를 기다리는, 쾌적한 피로 탓일 수도 있지요. 낱낱의 목숨에 관한 상상력 같은 건, 아무의 목숨도 지켜 주지 못한다는 확신으로 묵직하게 들리는, 낡은 소총 무게에서 이미 저지당해 버렸으니까요. 그러기에, 슬픔은 슬픈 자에게 슬픈 것, 죽음은 죽는 자에게 죽는 것…… 중사님, 전쟁은 있나요, 진정? 쥐 보시죠, 한번. 전전전전전, 쟁쟁쟁쟁쟁…… 전쟁은, 혹 꽹과리는 아닌가요? '보지 않고 믿는 자는 진복자'라는, 눈부신 권위의 말씀, 제발 치우세요! 그 권위가 나의 진실, 나의 본능을 꼼짝 못 하게 얽어맨 사이, 저 관능적인 성녀의 몸은 어딘가에 열려 버렸어요. 그 상실의 공동을 채우기 위해, 권위님은 대체 무얼 해주셨나요? 남겨진 건, 다만 감금과, 환멸과, 증오뿐…… 그러기에 적은, '눈부신 권위'예요. 전쟁이 있다고 말하지 말아요! '보이지 않는 적'에 대한 또 다른 권위로, 더 이상 나의 진실, 나의 본능을 억압하지 말라구요! 나의 적은 언제고, 칼날처럼 빛나는 도그마예요. 그것들에 대한 내 '눈부신 적의'예요. 총구를 들이댈 곳은, 그러니까 저 깊은 밤하늘, 혹은 평온한 잠을 발길로 깨울 자들이 오는 순찰로……!

"이렇게 오래 걸리면 어떡해, 인맛!"

술을 사러 간 춘호가 한참 만에야 큼직한 봉투를 안고 돌아오자,

내내 순찰로에 눈을 주고 있던 영우는 빽 소리를 질렀다. 춘호는 잠깐 머쓱해 하더니, 봉투를 내려놓으며 짐짓 심각하게 말을 꺼냈다.

“아짐매가 억시리 수상헌기라요.”

“수상하다니?”

“무신 제사상 겉은 거 채렸는디, 궁상맞게 창가만 불러쌓고예.”

“제삿상 차려 놓고, 창가를 불러?”

영우가 화를 조금 눅인 듯하자 춘호는 더욱 열을 올렸다.

“예에! 쩌그, 접 푸른 초원 우이 허는, 남머시긴가 부른 유행가 있잖 능교. 그림 겉은 집을 짓고, 어쩌고 해쌓는 초잡스러분 거 말입니더.”

춘호가 몸까지 흔들며 흉내내는 바람에 영우는 피씩 웃지 않을 수 없었다.

“……아주머니 혼자뿐이든?”

“아니예. 이장 할배도 있디더.”

춘호는 이빨로 익숙하게 소주병 마개를 톡, 따서 뱉고는 바닥에다 술을 약간 흘렸다.

“아짐매가 버얼써 반쯤은 헷가닥 했디더, 창가 뽑음시로, 울기는 또 억시리 울어쌓고예.”

“우리는 모르는, 어떤 슬픈 사연이라도 있는 거겠지.”

“영길아아 영길아아 해쌓는디, 날보고예. 꼼짝없이 붙잽히는 갑다 고 씨꿉묵은니더.”

“영길이라…….”

“영길인지 뭔지가, 그 아짐매 아아 이름인가 보지예?”

“……아들이 있긴 있었나 보더라만, 죽어 버린 모양이군…….”

“죽어도, 아조 원통허게 죽은 거 같던데예. 쫌메만 기다리라꼬 하 드이, 집또 짓고 보란 듯이 살자꼬 하드이…… 허면시로 마, 억시리

우디더. 오늘이 아마 그 아아가 죽은 날인갑지예?"

"이장 영감은 뭐 하고……?"

"머 헐 끼 있능교. 우지 마소, 우지 마소 헐 뿐이제. 등이나 토닥거리고, 아까분 술만 축내데예."

그들은 수통을 받친 캔컵을 빼내어 술을 따랐다. 밑창에 붙어 있던 먼지와 검불이 수면을 따라 오르며 둥둥 떠다녔다. 빗살이 다시금 거세졌다. 머리 위 판쵸에 부딪치는 빗소리가 뚜닥뚜닥 났다. 영우는 술을 한 모금씩 아끼듯 마시며 통조림통에 든 마늘을 씹었다.

바다는 풍랑이 점차 거세게 일기 시작하더니, 수평선 끝에 어물거리던 선박의 불빛들을 모조리 감싸 버리고 말았다. 눈을 감으나 뜨나 새카만 어둠뿐, 아무것도 보이지 않았다. 오늘 밤도, 전쟁은 없을 것이다……. 영우는 거센 빗소리를 들으며 습관처럼 입 속에서 중얼거렸다.

"……결국, 몸서리치는 전쟁일 뿐이다. "

중사는 깊이 들이마신 차내의 공기를 탄식처럼 내뱉으며 말했다. 영우는 그를 유심히 바라보았다. 오랜 군생활로 질겨진 얼굴에도 우수의 그림자가 어른거리고 있었다. 기동 트럭이 크게 흔들렸다. 큰 돌들이 아무렇게나 널린 비포장 도로를 지나는 모양이었다. 그 기운에 중사의 몸이 영우 쪽으로 쏠렸다. 눈빛이 맑았다.

"그러니까…… 육 년 전, 나는 지금 자네들 분초의, 분초장이었지."

영우는 예상밖의 말에 당황했다. 그러나, 중사는 영우의 이어질 생각을 막아 버리듯 내처 진지하게 물었다.

"자네, ○○소초사건 아는가?"

그건 이른바 정훈용 '침투 사례', 비린내 나는 생선이었다.

"자주 들어서, 대강은 알고 있읍니다만."

"내가 자네 분초에 근무하고 있을 때, 우리 소대에서 그 사건이 터진 것이네. 당시 소대장은, 고영길 소위. 바로, 그 상점 아주머니의 유복자였다."

"네엣……?"

영우는 호흡이 딱 멈춰 버리는 것 같았다.

"……모친을 위하는 정성이 끔찍하기로 소문났었어. 거의 매일 고향에다, 고향이 제주라고 들었네만, 편지를 써서 안부를 전했지. 홀로 해녀 노릇 하며 오로지 저 하나 바라고 사는 모친이, 한시라도 외로워지지 않도록 말이네. 아버지는 동란 때 상륙 작전에서 전사했다더군……. 그 사건 후, 사단장례식에 참석했다가 쓰러지기도 했던 아주머니는, 무슨 생각인지 여기 아주 눌러앉아 버렸지. 아마, 남편과 자식을 차례로 앗아간 바다…… 전쟁에 대한 원망, 또 그들에게의 미련을 어떻게든 다스리고자 한 때문이 아닐까?"

영우는 자신의 몸 가득 채워져 있던 붉은 액체가, 어딘가에 뚫린 작은 구멍으로 줄줄 빠져 나가는 듯한 소리를 들었다. 물을 밀어내며 팽창한 공간에선 숱한 기포들이 허무하게 터지고 있었다.

"……군인들과 늘 가까이 지내면서 남편도 그려 보고, 아들 빼앗긴 곳에서 아들의 흔적도 찾아보며, 살아갈 힘과 이유를 얻고 있었을 게 분명하네. 다만, 그 지독한 진실의 표현이 너무 껄끄러웠다고나 할까……."

중사는 천천히 머리를 들어 기동 트럭을 씌운 천막을 응시했다. 미세한 먼지들이 조금씩 낙하하고 있었다. 영우는 자신의 몸도 무수한 미립자로 분해되어 버리지나 않을까 두려웠다. 중사는 상의 주머니에서 빠지락거리며 담배갑을 꺼냈다. 한 개비 빼어 물자, 곁에 앉은 사병이 다시 날렵하게 군용 라이터를 들이댔다. 그의 깊숙한 내장을 휘돌아 온 희푸른 연기가 영우의 시야를 흐리게 했다.

"처음엔 그렇게 부지런하고, 표정도 없더니만……거, 여자의 외로움이란 도리 없는 노릇인가……. 내가 자네 분초를 떠난 뒤 일, 이 년만에, 그 아주머니에 대한 소문은 우리 하사관 사회에 빠짐없이 퍼져버렸네. ××분초에 가면, 고물이지만 해안 버스가 하나 있다……. 남자들, 더구나 군인들은 솔직히 그것밖에 더 있는가. 아주머니에게야 그 짓으로 위장한 진실이 있건 없건, 보이지도 않거니와 보려고도 하지 않는 법……."

중사는 아쉬운 듯 희미하게 혀를 찼다. 그는 영우와 춘호를 깊숙이 바라보았다. 그에게 더 이상 노여움은 없는 것 같았다. 보일락말락 눈동자에 어른거리는 잔광……, 그것은 그저 떠다닐 뿐인 그윽한 허탈이었다.

"누굴 원망해야 할까. 그 남편을? 아들을? 자네들을? 아니면, 무엇을……."

영우는 가슴이 터져 버릴 것만 같았다. 대체 누가 던진 창인가. 이 억눌린 전율은, 어느 투명한 창 끝에 묻어 온 것인가. 모든 게 어디서 비롯됐는데, 결국 무엇으로 인해, 결국 누구로 인해 마감된단 말인가…….

고영길 소위는 알오티시 출신 신임 장교였다. 그야말로 에스오피, 모든 일을 원칙대로 시행했다고 한다. 소대 대원들은 그의 밑에서 꽤나 괴로움을 당했을 것이다. 그러나, 제군들도 알다시피, 신임 소위가 기합 들어야 부대 전체도 기합드는 것이라, 커다란 불만들은 없었다고 한다.

그날은 달이 없는 취약 시기였는 데다 비까지 조금 왔었다. 고 소위는 순찰, 순찰 하며 대원들을 다그쳤지만, 일기도 나쁜데 어쩌랴 싶어 그냥 눌러앉아 버린 분초장들도 한둘 있었다. 고 소위는 소대본부 분초장과 함께 마지막 순찰을 나갔다. 제군들도 가 봐서 알겠지만, 소초에서 서치라이트 벙커까지는 길이 얼마나 험한가. 순찰은커녕, 바위 틈새로 미끄러지지나 않으면 다행일 정도이다. 랜턴이 없으면 도저히 길을 분간할 수 없어 가지고 나갔는데, 결국 그게 화근이었다. 나중에 수집된 정보로는, 그 석 달 전에 서해안으로 침투했던 적들 중 하나였다고 한다. 이게 공작을 끝내고 빠져 나가기 위해 지형이 험한 그곳을 선택한 것이다.

고 소위와 분초장이 서치라이트 벙커 밑까지 겨우겨우 나갔다가 막 돌아올 참이었다. 그때, 순찰로가 그치는 곳에 있는 제법 큼직한 바위에 부딪치는 물소리가 아무래도 수상했다. 철거덕거리는 품이 무슨 금속인가 바위에 닿는 소리 같았다. 고 소위는 분초장을 서치라이트 벙커로 보내 바위 부근을 탐조하도록 하라고 지시하고, 스스로는 그 밑을 향해 더듬더듬 내려갔다. 적은 이쪽에서 관측하기 어려운 바위의 앞면에 상체만 물 위로 내밀고, 보트를 저어 갈 준비를 마친 때였다. 이윽고 탐조등의 강렬한 불빛이 쏟아졌으나, 지형 탓으로 바위 꼭대기에만 비출 뿐 상황을 파악할 수 없었다.

"변 상병님요, 변 상병님요!"
춘호가 다급한 목소리로 영우를 흔들어 깨우고 있었다.
"아, 퍼뜩 잠 깨소! 억시리 수상하니더!"
춘호는 겁이 목줄기에까지 차 올랐는지 꿀꺽 침을 삼켰다.

“뭔데……?”

“쩌, 쩌기 먼교?”

줄기차게 내리는 밤비 속이었지만, 그들의 챠리 매복대와 위장 매복대 중간쯤에서 무엇인가 희뜩한 물체가 움직이는 것 같았다. 영우는 숙취했던터라, 사방이 도무지 명확하게 보이지 않았다. 자꾸 눈을 비벼 보았으나, 눈망울에 엷은 막이 겹겹이 쌓여 가기만 했다. 귀에는 날카롭게 빗살이 꽂히고 있었다.

“……내 총.”

춘호는 바닥에 놓인 소총을 털썩 안겨 주었다. 비에 젖어 여느 때보다 훨씬 무거워진 듯한 소총을 들고, 영우는 힘들게 노리쇠를 잡아당겼다.

“망할……! 탄창 장전, 여태 않고 있었잖아! 빨리빨리 캔통 열어.”

춘호는 탄창이 든 풀빛 탄통을 열려고 끙끙 애를 썼다. 그러나, 아직 손이 제대로 말을 듣지 않는지 일없이 덜컹거리기만 했다.

“얀맛, 소리내지 말고 침착하게 하란 말얏.”

영우는 쉽사리 맑아지지 않는 정신으로 허둥허둥 춘호를 닦달했다. 머릿속에선 수백 개의 드럼통이 요란하게 굴러다니는 것 같았다.

갑자기 그물이 씌워지듯 판쵸가 폭삭 주저앉았다. 가운데의 지줏대를 누군가 건드린 때문이었다. 거미줄에 든 벌레처럼, 그들은 절박한 몸짓으로 판쵸를 걷어내려고 애를 썼다. 물주머니를 만들며 괸 빗물이 매복대 안으로 주르륵 쏟아졌다.

그들은 어렵사리 장전된 총을 들어 물체의 방향에 겨누었다. 자물쇠를 풀고, 습관처럼 ‘자동’에다 끼리릭 내질렀다.

“어, 그기 시방, 얼로 사라져 뿌렀능교?’

물체가 보이지 않았다. 그들이 북적거리는 사이, 어디론가 몸을 숨긴 듯했다.

"안 되겠다. 일단, 상황이 있다고 분초에 보고하자."

춘호는 한 손에 소총을 꼬옥 붙든 채, 뒤에 놓인 전화기를 들려고 몸을 틀었다. 그와 동시에 춘호는,

"으, 으……"

목이 졸리듯 짧고 낮은 비명을 삼키며 나자빠졌다. 어느 틈엔지 그들 뒤까지 와서 우뚝 서 있던 흰 물체가, 미처 윤곽도 잡힐 겨를 없이 두 눈 가득 차들어왔다. 딸깡, 알루미늄 소리와 함께 강렬한 불빛이 왈칵 쏟아지는 것 같았다. 영우는 별안간, 아주머니의 흰 치마와 투박한 군화가 어두운 골목에서 나오는 장면이 떠올랐다. 바람에 치마가 펄렁였다. 탄탄한 다리가 언듯언듯 내비쳤다. 불쑥 영우에게 다가온 아주머니는, 저고리를 훌훌 벗어 던지며 가슴을 내밀었다. 미친놈덜, 쏘아라, 쏴부러……!

영우는 평온한 잠을 깨워 버린 자에게 가벼운 적의 하나 내던지듯, 방아쇠를 건 손가락에 힘을 주었다. 방아쇠는 아무런 저항 없이 무너졌다.

자동 소총이 타타타타, 불을 뿜었다. 덩달아, 눈을 질끈 감은 춘호의 총에서도 타타타타타, 예광탄이 토해졌다. 흰 물체가 퍽 쓰러졌다.

그들은 엉겁결에 일어서서, 중동이 어긋난 표적을 멍하니 내려다보았다. 물체는 무엇인가를 가늘고 길게 부르다가, 빗소리에 눌려 뚝 그쳐 버렸다.

고 소위는 탐조등 불빛이 도달하지 않는 바위의 앞면으로 서서히 접근했다. 앞쪽을 가늠하며 고 소위는 손전등을 켰다. 딸깡, 알루미늄 소리와 함께 불빛이 왈칵 쏟아졌다. 바위 앞에서 검은 물체가 불

쑥 솟아오르더니, 고 소위를 향해 여러 발의 총알이 날아왔다. 이어서 탐조등도 요란한 소리를 내며 깨져 버렸다. 고 소위가 한마디도 못한 채 어두운 물 속으로 빠지는 소리가 났다.

영우는 목이 타올라 침을 삼키려 했으나, 식도에도 이미 불길이 번져 있음을 알았다. 불은 걷잡을 수 없는 기세로 옮겨 붙으며, 영우의 내부를 속속들이 태웠다.

갑자기 수평선이 사선으로 기우뚱했다. 구부러진 해안 도로를 따라 기동 트럭이 급히 방향을 틀었기 때문이었다. 단애에 오른 트럭은 약간 속력을 늦추었다. 짓푸른 거대한 바다가 영우의 눈 가득 들어찼다.

……바로 저기, 늘 푸른 전쟁이 오열하고 있는 것을……. 그러나, 이제 내가 더불어 오열한다는 것은, '눈부신 적의'로 지탱한, 실존의 나락이 아닌가. 드리울 적의도 거세된 진공에, 이제까지의 그 어떤 것보다 완벽한 도그마는 움트고야 말겠지……. 아아, 새롭게 불태워 줄, 적들을 찾아서!

영우는 의연히 일어서더니, 민첩하게 기동 트럭의 입구로 다가갔다. 새장으로부터 비상하려는 새처럼 그는 두 팔을 쫙 펼쳤다. 기동차 안에 있던 모든 사병들의 눈이 경악으로 터질 듯했다.

어둠의 입술

어둠의 입술

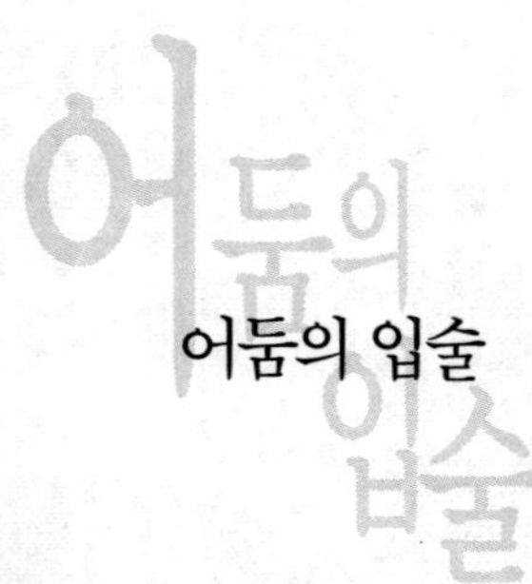

어둠의 입술

1

　호텔 승강기를 이용해 내려갈까 하다가, 북받쳤던 기운이 다리를 통해 줄줄 새어나가 버리고 있다는 당혹감을 무시하기 위해서인 듯 그는 일부러 8층이나 되는 계단을 택했다. 일단 산꼭대기에 오른 다음에는 오직 내려가는 일밖에 남지 않는다는 사실이 새삼스레 떠올라, 그는 오래 벼르던 일을 너무 싱겁게 해치우지 않았을까 허망해지고 있었다.

　자칫 앞으로 고꾸라질 것처럼 위태하게 걸음을 옮기며 그는 별 의미도 없이 계단의 수를 하나하나 헤아려 보았는데, 숫자는 서른하나, 서른둘, 서른하나, 서른둘…… 자꾸 멎어 버리곤 했다. 그 숫자가 바로 자신의 나이를 나타내는 걸 알아차리고 한숨인지 신음인지 내뱉으며, 그는 이것이 깨끗이 과거를 씻어낸, 바야흐로 새로운 삶의 시작이라는 의미인가 아니면 자신의 삶이 여기서 정체되어 마냥 썩어 가리라는 의미인가 혼란하여 머리를 절레절레 흔들었다.

넓직한 호텔 로비로 나와 걷기 시작했을 때, 거울처럼 내비치는 대리석 바닥에는 낯선 사내가 그림자로 숨어 그의 구두 밑창을 끈질기게 달라붙었고, 뚜벅뚜벅 발소리는 그의 것과 그림자의 것이 미묘한 시차로 얽혀 이중으로 들렸다. 그는 걸음을 빨리 해서 귓속 공동을 울리는 발소리로부터 벗어나려 했으나, 그럴수록 미묘한 그 시차도 더욱 빨라져 얼핏 여러 추적자들이 한꺼번에 우르르, 그를 체포하기 위해 행동을 개시한 듯이 느껴졌다.

뻑뻑한 바람개비 같은 회전문의 비좁은 공간에 박혀, 어찌해야 빠져 나갈 수 있는가 망연해 있는 그의 뒤에서, 짜증스런 표정의, 비대한 중년 여인이 손수건을 쥔 통통한 손으로 몇 번인가 유리문을 쳤을 무렵에야, 그는 쫓기듯 밖으로 내몰렸고, 들큰한 도시의 악취가 밀려 왔고, 호텔 밖 낙엽진 가로수들엔 한 점 바람도 걸려 있지 않았다. 그는 드문드문 불이 들어온, 잠자리 눈알 같은 자동차의 헤드라이트들에 시선을 보내며, 딱히 무슨 생각을 한달 것도 없이, 한 그루 가로수, 낙엽진 모습으로 길가에 꽂혀 있었다. 마침 앙바틈한 몸집의, 얼굴에 분가루가 더께로 앉은 여자가 그의 앞을 독한, 천박한 향내를 풍기며 스치자, 생경한 무엇이, 조포한 욕정 같은 것이 욕지기처럼 치밀어올라, 그는 절망적으로 격렬한 그 여자와의 섹스를 연상하고서, 연상 속에서 나뭇가지 하나 떨 듯 팔까지 제법 부르르 떨었지만, 천박한 향내는 아직도 코를 들쑤시고 있었지만, 이미 그때 앙바틈한 여자는 사람들 속에 사라져 보이지 않았다.

"음……."

그는 비로소 무슨 생각이 떠올랐는지 시계를 들여다보며

"로사를 만날 시간이군."

중얼거리고는, 손을 들어 택시를 잡으려 했으나, 택시들은 수없이 오가고 있었으나, 어느 차도 속력을 늦추는 기미가 보이지 않았다. 그리하여 그는 미친 들소처럼 길길이 날뛰는 택시들 속으로, 역시 미친 들소처럼 냅다 뛰어들었다.

쇠톱날이 콘크리트를 자르는 것 같은 소리를 내며, 미친 들소 하나 그의 코앞에서 급정거하고는, 미쳤어 당신? 금록색 딱정벌레의 더듬이처럼 허공에 삐져 나온 팔이 요란하게, 죽어 볼래 당신? 흔들리는 걸, 합승 급해욧! 그는 펄쩍 들소의 등에 올라탔다.

2

택시에서 내려 코트의 깃을 한껏 치켜올린 채 잰걸음을 옮기는 그의 주위로 말간 어둠은 켜켜이 내려앉았고, 잠들었던 바람이 바닥에 내려앉는 어둠을 거슬러 일렁이며 은밀히 사람들의 아랫도리를 적셨다. 로사와 만나기로 한 호텔 부근 건널목에 서니 충혈된 눈을 부라린, 빨강 신호등이 그를 오래 노려보는 바람에, 그는 빨강 투시 안경의 시계(視界)에 갇혀 내장까지 낱낱이 드러내고 있다는 느낌을 지우려고, 애써 신호등을 외면했다. 오후 한 차례 좍좍 뿌린 웃비가 걷은 아스팔트 위로, 육중한 일식 관공서 건물에 박힌 전자 시계의 숫자가 덜 마른 잉크 자욱처럼 번져, 18:47, 18:47 껌벅이는 것이었지만 그는 일없이 자신의 손목 시계를 확인했다.

녹색불이 들어오자 사람들 틈에 끼어 민첩하게 횡단하면서, 그는 일찍 불을 켠 네온 사인의 얼기설기 떠 있는 형해(形骸)를, 옷을 벗은, 조야한 화장만 남은 창부에게나처럼 흘겼는데, 이윽고 표정도 없는 어둠이 꾸역꾸역 빈틈마다 들어찼으므로 형해는 사라지고 빨강, 노랑, 초록, 하양의 분식만 남아, 덩달아 그의 마음도 한결 부드러워졌다. 사람들은 무엇의 내면을, 혹은 진실을 보고 싶어 안달하면서도, 정작엔 자신의 감추고 싶은 거친 속살과 똑같은 진실이나 내면을 상세히 들여다보길 두려워한다는 게 퍼뜩 떠오른 그의 생각이었고, 그러자 빨강, 노랑, 초록, 하양의 네온은 그런 색깔의 화장을 한, 순진한 어린이 합창대의 짓까부는 입술들로 선명히 보이는 것이었다.

요들레이, 요들레이, 요들레잇히, 요들레잇히—

3

—요들송?

로사는 노랑제비꽃 한 송이를 꺾어들고 자기 콧등을 간지럽히다가, 그의 서투른 노래가 끊기는 틈을 타 까르르 웃어 버렸는데 그 때문에 그는 어색한 어깻짓으로 서양 배우의 흉내를 냈다.

—우린.

그가 마음속으로, 계속 이어질 요들송의 가락을 조심스레 잡아 보고 있을 때, 깊숙한 하늘로 눈을 옮겨 왁자하니 몰려왔다 사라지는 새 떼를 쫓던 로사는 말했다.

—우린 마치, 요들송의 그 급격한 선율 위에서 위태로운 줄타기를 하는 것 같애.

단발머리 밑으로 드러난 흰 목덜미가 별안간 해쓱해진다고 느낀 그는, 감색 교복과 하얀 칼라 위에 놓이어야 더욱 눈부실, 맑고도 붉

은 피톨이 돌돌돌 선회하는 동맥이 보일 듯 말 듯한, 투명하고 창백
한 그 자기(瓷器)에 입술을 올려놓아 따스한 애무를 해주고 싶은 안
쓰러움에 휩싸였다. 입술은 빨판이 되어, 돌돌돌 흐르는 피톨을 빨아
들이며 자신의 몸 안을 휘돌게 할 것이고, 덥혀진 피톨이 그의 가슴
께에서 불쑥 로사의 가슴으로 태어날 것이고, 그의 다리께에서 불쑥
로사의 다리로 태어날 것이고…….

 ─멋진 얘기야. 흔들거리기는 하겠지만 끝내 선율의 범위에서 벗
어나진 않거든. 아슬아슬함은, 우리 사이를 지탱하는 견고한 뿌리가
있는 한, 궤도 열차의 잔재미와 같은 것.

 ─억지예요, 그건.

 진지해질 때마다 무의식적으로 경어를 쓰던 로사는, 노랑제비꽃을
멀끔히 바라보다가 그의 손에 쥐어 주고, 그리다 만 수채화처럼 한
켠만 칙칙해진 석양 풍경 속으로 달려갔다. 기다란, 어두운 구름이
낮게 떠 있는 지평선을 향한 그녀의 실루엣은 조금씩 침식되다가 끝
내 폭, 꺼져 버렸는데, 어느새 그의 발 밑에서 낭자히 으깨어진 노랑
제비꽃은, 피를 토하며 박살나고도 아직 다리를 꿈틀거리는 벌레처
럼 자닝스러웠다.

4

 호텔 입구가 가까워지면서, 초록 견장에 꿩털 꽂은 모자를 쓴 도어
맨이 속속 도착하는 택시문을 유기적인 솜씨로 열고 있는 모습이 보
였고, 기다란 커피 숍 통유리창에는 일식 건물의 전자 시계가 거꾸로
박혀 **18:52, 18:52** 껌벅거렸다.

8분이 남았군.

무심코 중얼거린 그는, 8이란 숫자가 잠시 머릿속에 머무는 것과 아까 빠져 나온 호텔이 8층이었음을 새삼 확인했는데, 그 8층에서 쏟아 냈던 자신의 목소리가 참으로 낯설게 그의 귀에 복사되는 걸 들었다.

더 말할 게 있다면 해보세요!

그는 스팀이 들어오기 시작한 호텔방에서, 이미 흐느적거리고 있는 사내를 붙잡아 턱을 받쳐들고 냉랭히 말했다. 보기에는 실팍하던 늙은 사내의 턱은 힘주어 누르면 손가락이 쑥 박혀 들어가 버릴 듯이 헐렁해져 있었다.

당신이 저지른 용납 못 할 행위들! 한심한 건 그걸 알아차리는 데만 삼십 년이 걸렸다는 사실이오. 내 그런 미망과 함께 당신의 파렴치는 계속돼 왔죠. 그 세월이란, 내겐 영원히 아물지 못할, 사무친 동통의 시간이었어요.

그는 끓어오르는 증오를 다스리기 어려운 듯 늙은 사내의 턱을 내질렀으나, 기력을 잃은 눈꺼풀, 흐린 눈동자로 직수굿이 그의 거친 행위를 받아들이는 것이 이미 자신의 의지는 아닌 것 같았다. 양탄자에 나가떨어진 사내는 마치 사람 몸뚱이 모양으로 뿌려 놓은 재처럼 조금씩 사위어 갔다.

5

─공부나 해, 째캬!

로사의 사촌 오빠인가, 주먹을 쓴다고 그를 떼어내는 일에 해결사로 나선 얼금뱅이가 자신의 얼굴 같은 다공질 현무암으로 쌓은 얕은 담이 있는 어두운 해변에서, 소금기가 느껴지는 꺼끌꺼끌한 어둠을 묻혀내며 몇 번이고 그의 턱을 내질렀다. 수평선은 가로 놓이었다 싶으면 세로 놓였고, 그는 하릴없이 누군가의 억센 손에 채여, 깊은 바닷속으로 무자맥질을 당하는 느낌뿐이었다.

—로산 니허군 그게 안 맞아, 흐힛! 왜 안 맞는 겐지 공부나 해봐, 인맛!

흙먼지와 코피가 범벅진 학생모를 씌워 주며 주먹은 야비하게 얼렸다.

그는 털끝마다 곤두서는 분노를 억제할 수 없었으므로, 잠들지 못하는 느꺼운 밤에 거리로 내몰리어, 끈끈한 바닷바람이 열에 뜬 그로부터 옷가지를 하나씩 벗겨내는 대로 놔두었다. 거듭 생각을 해봤댔자 전혀 알 수 없는 일이란 분노로만 뭉뚱그려지는 것인지, 벌거벗은, 응결된 분노 하나, 돌멩이처럼 깊은 우물로 빠뜨렸는데, 한참 후에 우물에선 처녀가 파열하는 듯한 소리가, 부드럽게 들려왔다.

—던졌지, 돌? 우리 집에.

어두운 길 저편에서 헤드라이트가 빠르게 다가오자, 곁에서 말없이 걷고 있던 로사는 그의 옆얼굴을 바라보며 물었다.

—그런 바 없음.

—아냐. 던졌어, 돌. 우리 집에.

로사는 집요하게, 확신에 찬 목소리로 물고 늘어졌다.

—깊숙이도 날아왔어. 현관 유리를 뚫고, 마루를 건너, 내 구석방 앞까지 굴러 있었으니까.

로사는 다시금 앞쪽의 깊은 어둠을 응시하며 야릇하게 웃음지었고, 웃음을 깨무느라 비틀린 입술 새로 펑펑 터지는 거품 같은 치아가 그의 눅눅한 욕망을 부풀렸다.

—날 떨구려.

그는 심연으로부터 서서히 상승하는 불길과, 그 불길 속에 언듯언
듯 번득이는 칼날을 차례로 연상하며 되도록 장중한 목소리로 말했
다.

—날 떨구려, 왜 그토록 미개한 수법이 사용돼야 했나?

칼날이 춤추듯 불길을 다스려, 불은 핏물도 떨어뜨리는 일없이 뭉
텅뭉텅 잘려 나갔다.

—모르는 일야!

로사는 그에게 바싹 다가들며 붙잡고 몸을 기댔다.

—모르는 일야, 모르는 일야!

로사의 몸피는 풍선에서 바람 빠지듯 점차 졸아드는 느낌이었지
만, 거세게 도리질하는 숱많은 머리카락의 미세한 몸놀림 때문에 싱
싱한 암내가 솟구쳐, 그는 헛헛하다 못해 현기증이 났다.

—모르는 일야, 모르는. 진정코!

칼날이 한 번 날카롭게 번득였으나, 이내 높이 치솟은 불길에 녹기
시작하는 장면을 떠올리며 그는 달팽이처럼 오그라든 로사를 안고,
오싹하니 가볍고 창백해진 자기의 돌돌돌 선회하는 피톨이 보일락
말락한 가늘은 목덜미에 입술을 대었다.

6

—로산가 허는 애와는 교제를 끊도록 해라.

어머니는 등을 돌린 채 바느질손을 멈추지도 않고 그에게 말했는

데, 떨리는 음조를 가누기 위하여 모진 애를 쓰고 있는 것이 거칫한 손의 흔들림으로 드러나, 바느질 땀땀도 제대로 떠 가질 못했다.

—왜요, 어머니?

—이유는 묻지 말아라. 그만두도록 하렴.

—로사를 사랑합니다, 어머니.

별안간 움찔하더니 어머니가 자신의 손을 움켜쥐었다. 수십 년 인고로 모지라진 손가락 그 어느 마디에 바늘로 찔릴 연약한 살이 있었는지, 어머니는 송곳으로 허리를 찔린 곤충처럼 형편 없이 짜부라든 모습이었고, 그는 밭은 기침과 함께 핏덩이가 울컥울컥 쏟아지던, 어렸을 적부터의 어머니에 대한 기억이 떠올라, 소스라치며 황급히 다가갔으나 어머니는 여전히 등을 돌린 자세로 완강하게 손을 저을 뿐이었다.

7

"도와 드릴까요?"

엷은 주황 색소가 든 커피 숍의 유리벽에, 코를 찌그러뜨린 채 손을 대고 있던 그에게, 초록 견장과 꿩털 모자가 유기적인 움직임을 보이는 도어맨이 다가와, 진정 도와주고 싶은 생각은 없는 꺽진 음성으로 말을 걸었을 때, 그제서야 바깥의 낌새를 챘는지 유리벽 밖을 바라보는 나이 든 여자의, 몹시 놀라서 벌어진, 깊은 우물처럼 팬 어두운 입 안이, 추악하게 그의 눈에 들어왔다.

"입구가 어디요?"

그는 땀이 축축하게 밴 손바닥을 옷깃에 문지르며, 여급처럼 번질

번질 얼굴을 다듬은 꿩털에게 입내를 훅 끼쳐 주었다.

"입구가……?"

"손님은 눈도 없어요? 저기!"

몹시 불쾌해진 꿩털은 기어이 언성을 높이고 말았다.

그가 먼지 한 점 없이 잘 닦인 커다란 문 앞에 서자, 가슴께의 공중에 떠 있던 오렌지빛 화살표 두 개, 간부(姦婦)의 허벅지처럼 스르륵 열리며, 어서 오세요, 어서. 순간 그 속으로부터 튕겨오른 왁자한 소음, 부패한 공기가 잽싸게 문 밖에 빠져 나오더니 한길 쪽으로 도망쳤다. 물길을 거슬러 유영하듯이, 힘들게 소음과 공기를 밀치고 나아가던 그의 눈앞에서 프런트 위에 걸린 전자 시계의 빨간 눈알이 **19:00, 19:00** 껌벅이며 그를 마주 바라보았다.

흔해 빠진 남자의 이름이 김, 동, 식 분필로 쓰인 작은 게시판을 들고 통로를 지나는 여종업원의 뒤로 그는 홀린 듯 바싹 다가갔다. 보랏빛 원피스의 등을 세로로 그어내린 흰 자크선이 끝나는 어름에서, 흐벅진 엉덩이가 숫접게 꿈틀꿈틀, 할 때마다 그는 그 여자의 향긋한, 무성한 샅의 흔들림으로부터 솟아난 내음이 포도주 향기처럼 자신의 코 언저리를 감돌며 넘실넘실 출렁이는 것을 느꼈다.

8

—이거 한잔 하고 있었어.

로사는 빨개진 눈자위가 어둠에서도 부끄러운 듯, 들창을 넘고 들어선 그에게 변명이나 싶게 속삭였는데, 반쯤 비어 버린 포도주병 하나가 로사의 베개 곁에 먹빛으로 놓인 것이 눈에 띄었다. 그는 그걸 들고 이리저리 흔들며 찰랑이는 소리를 듣다가, 무슨 충동엔 듯 술이라곤 처음이면서도 남은 것을 병째 들이켰지만, 어쩐지 술 마신 것 같지는 않다고 생각했다.

　―이담엔 좀 독한 걸로 하지 그래.

　로사는 숨죽여 조금은 과장스레 웃었으나, 그는 어떤 긴장 때문에 따라 웃지 못하고, 어둠에 눈이 익어 갈수록 셔츠 한 장에 가리운 젖가슴이 팽팽하게 돋아나는 데 한참 눈을 주다가, 얼마간 떨리는 손을 뻗어 소담한 로사를 붙잡고는, 서툴고 거칠게 그녀를 다루며 웬일인지 이것은 어둠 속에 만난, 알지 못할 입술 같다고……, 어둠 속에 만난 입술이라고, 어디선가 인상적으로 본 구절을 떠올리고 있었다.

9

　"왜 이러시는 거예용!"

　커피 숍의 통로가 그치는 곳에서 무심코 돌아서다 그가 바싹 따라 붙은 걸 발견한, 작은 게시판을 든 여자가 기겁하고 소리를 지르자, 그는 두 팔을 벌려 머쓱한 표정으로 그녀의 어깨를 살짝 붙잡았다.

　"놀라지 말아요. 앉을 자리가 없어서……."

　진저리를 치고 빠져 나가는 여자의, 더욱 꿈틀거리는 뒷모습을 멀거니 바라보다가, 겨우 자리를 잡고 앉은 그는 이제껏 어디엔지 잠복해 있던 해일과도 같은 피로가 덮치는 걸 느끼며, 눈을 감고 손대중으로 주머니에서 담배를 꺼내 물었다. 성냥개비가 이 시린 소리로 긁힌 후, 나른한 마파람 같은 연기가 한 점씩 그의 몸으로 틈입해 들어와, 욕망과 허탈의, 좁고 너른 골짜기를 샅샅이 순회하다가는 발끝에

다다라서 절로 스러져 버리곤 했다.

　차가운 바깥 날씨에 노출되었던 입술이 바짝 말라 균열지고 있었으므로, 혀를 사용하여 몇 번이고 입술을 축였지만, 축이자마자 물기는 금방금방 말라 버려서 그는 더욱 길게 혀를 뽑아낼 수밖에 없었다. 주문만 외면 얼마든지 길어지는 마술에 든 것처럼, 혀는 부채꼴로 활짝 피어 올라 입술을 덮으며 적시고, 콧등을 적시고, 눈썹을, 이마를, 머리를 적시면서 쓰윽쓱 회전했다. 꺼끌꺼끌한, 거대한 혀에 들쓰인 그는 두레박을 타고 우물 속으로 빠져들 듯이 어둑한 미궁으로 미끄러지며, 그 벽에 차례차례 적힌 **99, 98, 97, 96**…… 의 숫자를 빨간 담뱃불빛과 그 냄새 속에서 읽어 내려갔다. 담배를 힘주어 빨 때마다, 빨간 불꽃은 오히려 그의 몸 안에서 와라라락, 와라라락 터지는 것 같았다.

　—담배를 꺼 주세요.

　미궁으로 하강하는 승강기 안에 비품처럼 놓인 여자가, 입도 거의 달싹이지 않고 말하는 것이 마치 정교한 로봇 같아서, 그는 그 여자의 앞가슴에 억세게 돌출한, 말랑말랑한 버튼을 꾸욱 누르고 싶었다. PLAY, 담배를꺼주세요담배를꺼주세요담배를꺼주세욧, STOP.

10

　"꾸짖어 주세요, 너무 늦었죠?"

　민틋한 빈 들에, 겅성드뭇이 자리한 관목 사이를 요리조리 피하며 씽씽 달려나오는 듯한 바람 소리, 그녀는 로사였다. 바람을 이끌며 치닫는 살별처럼 로사의 함치르르한 머리칼은 뒤를 향해 날카롭게 뻗어 있었는데, 체취인지 비누향인지 모를 알싸한 내음이 자극이 되어 그는 가까스로 혼돈에서 벗어났다.

"로사!"

"퇴근 시간이라 차들이 영 빠져 주지 않았어요. 게다가 두더지들같이 땅 속은 왜 그리 못 살게 파 놓는지, 호홋."

로사는 왼팔을 들어 갸웃이 시계 바늘의 위치를 읽으며,

"저런! 꼭 십팔 분 지각이군요. 이를 어쩌죠?"

바람처럼 말했는데, 그 강풍을 맞아 그는 오래 눅여 두어 꺼져 가던 정염의 불씨가 마지막 안간힘인 듯 와라라라락, 연소하는 걸 느꼈다.

"대체 이게 얼마 만이에요? 십 년? 아니, 십일 년? 아, 참으로 놀랍기만 해요. 세월이 이렇듯 살같이 흐른다는 게……."

그 시절 어느 때, 맑고 좁은 계곡물 위에 동동 떠내려가던 노랑제비꽃 한 송이를 떠올리며 그는 로사가 얼마간 불안해 있는 것 같다고 생각했다.

"전화 받고 당황하잖았어?"

전화 받고 나오기까지, 거울 앞에서 차 속에서 지하도에서 그리고 간부의 허벅지처럼 스르륵 열리는 유리문 앞에서, 로사가 얼마나 다양한 첫 마디의 연습을 필요로 했을 것인가 하고, 그는 일종의 그녀에 대한 연민이 솟아나는 걸 느끼긴 했으나, 묵은 세월의 먼지를 털고 가급적 부패한 냄새로 지우려 애쓰는 흔적이, 오히려 아직까지 아물지 않은 지리한 자상(刺傷)을 더욱 아프게 확인하는 때처럼 허망하기도 했다.

"사실, 너무너무 당황했죠. 당황인지 당혹인지, 곤혹인지, 아니면 그 셋을 다 합한 크기인지……. 글쎄 몇 년이에요, 그간의 세월이? 생각지도 않은 이런 일이 제게 벌어지다니요."

"목소릴 용케도 알아보더군. 난 혹시 몰라보면 어쩌나 조바심도 했
지. 내게 로사의 목소리가 잊혀질 리는 없지만 말야. 핫핫."

쓸쓸하게 그는 웃었다.

"정말이지 이상해요. 늘 낯선 사람들에게서 받는 전화인데, 로사씨
바꿔 주세요라는 말, 로사…… 까지만 들어도 뭔가 예사롭잖은 감정
을 느낄 수 있었던 게. 마치 가느다란 실 한 가닥을 주욱 따라가다 보
면 거대한 유리성에 이를 것이라는 예감처럼 말예요."

로사는 달뜬 표정을 지어내려고, 다소는 호들갑스러이, 무던히 애
쓰고 있었으나 한구석 분명한 긴장과 두려움, 혹은 그 그늘까지를 모
두 덮어 버리지는 못하고 있었다.

"어떻게…… 결혼은?"

아무렇지도 않은 듯 물어 놓고, 그는 로사의 눈가에 어리는 감정의
편린들을 예의 살폈는데, 결혼이라는 말이 아마도 그녀에게는, 희미
한 호기심과 쇠잔한 욕망, 더불어 그 의무와도 같은 질투를 부추기지
는 않을까 기대해 보는 것이었지만, 그녀의 얼굴에 짧은 순간 떠오른
복잡한 표정이 정작 그것들인지는 확실히 알 수 없었다.

"거기는요?"

"아직."

"저두요."

그들은 모두, 어쩔 수 없이, 아직 얼굴이 구체적이지 않은 두 사람
의 예식의 장면을 그렸는데, 두터운 검정 예복과 눈부신 흰 드레스,
조화다발 몇 개를 갖춘 장중한 의식이 늘 그 이면에 거느리는 허위
따위가 동시에 떠올라, 누가 먼저랄 것도 없이 한참이나 침묵에 빠져
들었다.

11

잡풀과 색깔 고운 꽃들이 덜퍽지게 핀 너른 들을 지나고, 발 시린 개울을 건너서, 키 큰 나무들이 빽빽히 에두른 산장에 이르렀을 때, 붉은 노을은 진초록의 여름을 어지러이 헤살 놓고 있었다.

—칵 죽어 버릴까.

—무슨 소릴! 뚱딴지 같은.

로사는 그의 가슴에 묻혀, 조그맣게 조그맣게 파고들며 앙살을 부렸다. 무언가, 말하지 않은 중요한 속내가 있다고 느끼긴 했지만, 이럴 때일수록 의연해야 되는 게 아닌가 하고, 소년다운 생각이 근거도 없이 든 까닭에, 그는 내처 묻지도 못했다.

하긴 로사는, 다가가면 꼭 그만큼은 물러서는 수평선처럼 언제고 그와의 사이에 일정한 거리를 두고 싶어하기도 했으므로, 아무리 그 어둠 속의 탐닉을 기억하고 있기는 해도, 그걸 내세워 로사를 함부로 할 수도, 그럴 필요도 없는 일인 것이, 이를테면 그것은 안타까운 기쁨과도 같아서 로사에 대한 끝없는 갈망을 오히려 유지하게 한다는 걸, 조숙하게도 그가 이미 깨닫고 있기 때문이었다. 그래서 그는 아무 말 없이 어쩌면 추상적이기조차 한 그녀의, 어둠의 입술을 더듬는 것이었으나, 이때 로사의 입술은 바싹 말라 너무도 생생히 갈라져 있었고, 그 미세한 틈새로 마치 낡은 문짝이 닫히는 듯한 소리가 삐걱삐걱 새어 나왔다.

—죽였어, 우리 아이.

"그래, 요즘 하시는 일은 어떤 거예요?"

로사가 머리칼을 한 번 흔들어 뒤로 넘기며, 비누향인지 체취인지 모를 그 알싸한 내음을 풍기는 바람에, 비로소 그도 앙금처럼 가라앉은 침묵으로부터 일깨워졌다.

"어떤 개인 병원에서 일하고 있지. 서무도 보아 주고……."

"아, 생각나요. 가슴앓이 하시는 어머님을 위해 의사가 되시겠다던 꿈. 그런데……."

"결국 도중에서 그만둘 수밖에 없었어. 너무도 힘든 과정의 연속이었지. 어머닐 위한다는 게 되레 당신을 해치는 결과를 가져 왔달까."

"……."

"오직 돈 때문이었어. 원체 없는 집안에서 의사가 되겠다고 꿈꾼 자체가 만용이었는지……."

"……."

그는 흘낏, 고즈넉이 놓인 자기와도 같은 로사를 훔쳐보며 그 정갈한 자기로부터 쩌억 금이라도 생겨날 듯한 기미를 기대했으나, 그녀는 어느새 눈을 내리깔고, 듣고 있는 것도 듣지 않으려고 노력하는 것도 아닌 그저 어정쩡한 표정이었다.

"어머닌, 치기어린 것이지만 의사가 되는 내 효도도 받지 못하고 돌아가셨어. 꼭 일 년 전에."

"어쩜!"

"어쨌거나 삼십 년간을 용케도 버텨 오신 셈이지. 내가 제아무리 유능한 의사가 되었다 해도, 그 시덥잖은 의술 따위로는 도저히 어찌할 수 없는 병. 그 지독한 삼십 년을 잠복한 악령과 싸우며 서서히 썩어가신 거야."

13

　─잊을 수 없는, 그러나 이젠 잊어야 하는 일 하나, 네게 일러 주고 가겠다.

　희미하고 맥빠진 햇빛마저 가뭇없이 사라진 늦가을 저녁, 죽음의 냄새가 어둠처럼 슬몃슬몃 방 안으로 틈입하고 있을 때, 어머니는 저 승까지 따라올까 두려운 악령을 떨치려는 듯 그를 불러 자신 곁에 앉 혔다.

　─네 아버지 얘기다.

　그가 지상에 태어남과 더불어 아버지의 없음이 상쇄되기라도 했는 지 결코 아버지에 관한 이야기를 한 적이 없는 어머니였다. 그래서 그는 어머니를 유일한 신앙처럼 삼았고, 그 어머니를 덜 다치게 하는 노력은, 아버지에 대한 궁금증을 꾹꾹 눌러 참는 일로 나타냈는데, 고등학교를 마치자 대학 진학을 이유로 낯선 지방에 주거를 옮긴 것 도, 따지고 보면 머리 굵어 가는 아들의, 아버지에 대한 버릴 수 없는 추적을 내심 끊어 보자는 의도에 다름 아닐 터였다. 게다가 일가가 양 편에 드문 것도 한 원인이었겠으나, 때없이 울컥울컥 피고름을 쏟 아내는 어머니 곁에서 그의, 아버지에 대한 궁금증이 뿌리가 굵어질 도리도 없는 노릇이었다.

　─네 아버지는 참말 잘생긴 남자였단다. 수려한 용모에 언변도 유 창하셨지. 가문 또한 뼈대가 있어서 마을 처녀들의 열렬한, 유일한 선망의 대상이셨댔다.

어머니의 거뭇한 입술이 힘들게 달싹이는 사이사이, 쪽빛의, 희미하지만 행복한 미소가 떠올랐다 사라지곤 했다.

—고향땅, 그 궁벽한 섬 바닥에서 다행히 네 할아버님, 드물게 개명한 어른이라 아버지를 일본에 유학 보내셨단다. 방학 때마다 네 아버지를 잠깐씩 만나는 게 어떻게나, 가슴이 울렁울렁하면서도 좋았던지, 오직 그, 방학을 기다리는 것만이 내 생활, 그 보람 전부였어.

어머니는 살포시 눈을 감고, 다복솔 깔린 따사로운 산등성이로 흐드러진 웃음과 어우러져 그 끌밋한 청년의 뒤를 따르는 자신의 모습을 그려내는 듯싶었다.

—오, 그놈의 세월!

어머니는 번쩍 그 퀭한 눈을 뜨면서 수십 년간에 처음 보는 것 같은 섬뜩한 살기를 띠었다.

—해방 직전에, 학병에 끌려갔다가 만난, 누구라든가 그 한라산 폭도대장 하나이와 맺은 연분 때문에 네 아버진 거기에 가담, 해방 후 어지러운 고향땅 깊은 산 속으로, 들어갔단다.

어머니는 죽음의 예고랄까, 시큼한 냄새가 풍기는 깊은 우물로부터 짜낸 것 같은 힘으로 말을 하면서 밭은 기침을 뱉았다. 아아, 그렇다면 이 땅 누구나, 그 건조한, 절대적 증오의 언어를 마음껏 쏟아 부어도 좋은, 깊은 산 속, 그 깊은 우물과도 같은 동굴에 아버지가 있었단 말인가, 하고 그는 아예, 치를 떨 기력조차 빼앗긴 듯, 너무도 급격하게 허탈해져 버렸다. 삼사십 년간을, 오히려 부끄럽게 살아남은 자들에 의해서, 산 속의 그들에게 일방적으로 뱉아졌던 저주의 언어들은, 바로 그 세월 동안 어머니의 제웅에다 수도 없이 침을 찔러, 당신을 거덜나게 하는 주술에 지나지 않았으므로.

—왜 숨겨 오셨습니까, 어머니.

─너는, 빨갱이의 아들이라기보다는, 내 아들이었기 때문이다. 또 하나, 이 땅에 살기 위해 갚아야 하는, 그 원죄와도 같은 빚은, 내 한 몸, 썩어, 물크러지면서, 갚으면 되지. 너는 결코, 네 아버지가 될 수도, 혹은 내가 될 수도, 없는 까닭이란다.

─그건…….

그건 억지라고 말하려다, 어머니는 지금 잊어버리기 위해 밝혀야 하는, 그 악령과 생애 마지막 안간힘으로 싸우고 있다는 생각에 그는 입을 다물었다.

─그러나, 지도부와 필경엔 뜻이 맞지 않았던 네 아버지는, 그들의 어떤 원칙에 반대하고, 그 깊은 산 속, 동굴을 탈출, 하산했단다. 그리고 막바로 친정으로 와서 나를, 만나곤…… 아, 그 짧고도 길었던 밤. 그게 네 아버지하고 지낸, 처음이자 마지막 밤이었는데, 난국을 일단 피하려, 곧장 배를 타다가…….

기력이 떨어지는지, 어머니가 자주 말을 쉬는 틈으로 그는 낡은 장총과 죽창, 함성과 정적, 어둠과 핏빛, 그리고 흰 깃발, 흰 띠, 흰 옷, 거기에 번지는 붉디붉은 피, 피, 피, 어둠을 헤집고 물살을 가르는 창백한 청년, 총성과 죽창의 난무, 갈래갈래 찢기운 시신 따위를, 마치 자신의 머릿속에 소중히 수십 년 갈무리해 두기나 했던 것처럼 빠른 속도로 연상했다. 어머니는 철 지나 떨어져 누운 꽃잎처럼 바싹 이울어, 햇살이 잔인하게 한번 내리쪼기만 하면, 자취 없이 바스라질 정도로 메말라 있었다.

─그때, 날 쫓아다니던 한 사내, 그는 토벌대로 온 청년이었는데, 끈덕지고 절절한 구애이긴 했지만, 사투리가 어쩐지 역겨워, 멀리한 것이, 소문에 따른 것이다만, 배를 탄 네 아버질 붙잡고, 조사고 뭐고, 이 빨갱이는 자신이 안다며, 참혹하게 죽인 다음, 오히려 우리에

게 밀어닥쳐, 폭도를 내놓으라고, 다 죽여 씨를 말리겠다고, 친정과 네 아버지 집안을 쑥밭으로 만들고, 피도랑을 파고, 그 가멸던 가세가, 그래서 하루 아침에, 폭삭 주저앉아 버렸단다. 홀로 남은 내게. 그 사람, 좋은 말 갖은 위협으로 다가왔지만, 네 아버지 생각, 짧으나 불꽃 같던, 그 어둠의 기억 떨칠 수 없어, 너를 낳고, 여태껏 근근이, 아버지 기억이나 쫓으며 살아왔어. 잃어버린 한 생, 위안이라면 오직 너 하나, 거침없이 살아갈 수 있게 하는 것이었는데, 하지만, 하지만⋯⋯.

격앙된 어머니는 벅찬 숨결을 가누기 위해 한참이나 말을 끊었다가,

─요령 좋은 그 사람, 우리 재산도 몽땅 차지하고, 섬땅과 도회를 오가며, 사업인가 뭔가 일구어, 유지로 행세했는데, 순정인지 후안무치인지, 간혹 돌보아 주겠다고, 그, 그 손을, 디밀기도 했단다. 그가, 그가 바로, 로사 애비다.

오⋯⋯ 정녕, 가련하도록 츱츱하고 추레한 역사라고, 그는 신음인 듯 울음인 듯, 우우 하고는 또다시 짐승처럼 우우 할 뿐이었다.

─그를, 용서해라.

어머니는 헐벗은 나뭇가지를 떨듯이 앙상하게 말하곤 굳게 입을 다물어 버렸고, 그는, 그 육중한 짐을 홀로 짊어지고 물크러지는 가슴을 핏덩이로 울궈내며 수십 년을 썩은 결과가 과연 이것이냐고, 과연 이것이어도 되느냐고, 어머니에겐지 누구에겐지, 북받치는 설움을 토해내고자 했으나, 차마 말이 되어 나오기도 전에, 속의 열기로 녹아 버려, 목구멍까지 치민 무엇이 다만 쓰디쓴 침으로 괴기만 했다. 썩은 가슴을 거름으로 무언가 피어난다 한들, 제 가슴을 물어뜯으며 자란, 죽음의 꽃 한 송이가 무슨 의미가 있을 것인가, 결단코 용

서할 수, 없다고, 결단코 용서할 수 없다고, 그는 자신도 모르게 불끈 쥔 주먹을 부르르 떨었다.

14

승강기를 타고 올라, 그 호텔 8층에서 내렸을 때, 복도에 걸린 전자 시계의 새빨간 눈알이 **18:04, 18:04** 껌벅이며 그를 응시했다.

─당신의 앳된 정부(情婦)가 아니어서 안됐군요.

늦은 오후의 은밀한 정사를 더욱 농염히 만들기 위함인 듯, 향기로운 시가 연기를 방 구석구석에 절이고 있던 늙은 사내는 문을 열고 예기치 않게 그가 들어서자, 무자치나 물고 있었던 것처럼 으으, 비명까지 지르며 입의 시가를 떨구었다.

─네, 네레, 여기는 어캐 와서?

─제가 누군지는 알아보시는군요. 토벌대원 나으리.

입꼬리가 말리는 차가운 웃음을 띠고 다가가는 그로부터 사내는 맥없이 주춤주춤 밀려났다.

─공작은 당신만 하는 줄 알아요? 댁의 호색한 식성을 참고해서, 나도 조그만 공작 좀 했지요. 싸구려 미끼에도 걸려드는 걸 보니, 형! 대어축엔 끼지 못하는 것 같군요.

얼이 빠진 것 같은 사내를 소파에 앉히고, 투명한 잔에 옅은 보랏빛 술을 따르며,

─어머니는 돌아가셨어요. 꼭 일 년 전에.

하고는 사내의 반응을 주의 깊게 살폈는데 미동이랄까, 술잔이 약간 흔들리는 것이, 그래도 아직 희미하게는 남아 있는 어머니에 대한 어

떤 감정의 여운일지도 모른다고, 그는 애써 그렇게 생각하려 했다.

—돌아가시기 전에 남긴 말씀에는, 당신에 대해, 경악과 찬탄을 금할 수 없는 것도 많았죠. 경악이란, 당신이 저지른 구지레한 행위들에 관한 것이고, 찬탄은 그런 당신이 여태도 뻔뻔스레 살아 있다는 사실에 의한 거예요.

—어, 어지러운 세상이었댔디.

사내는 위축당할 수는 없다는 듯 덤덤히 말하려 했지만, 목소리는 어김없이 떨려 나왔고, 갑자기 더욱 늙고 추레해진 용렬한 노인의 표정을 지었다.

—기 뉘기레, 온전한 리성을 가질 수 없는, 기런 미친 세상이었던 거이야.

—그 잘난 이성, 그렇다면 그게 돌아온 후 당신이 한 일은 대체 뭔가요? 당신이 저지른 일에 대한 갚음은 어떤 것이었죠? 고작 어머니가 가진 약점이나 들쑤시며, 아물지 못하는 상처만 덧나게 할 뿐이 아니었어요? 잔인하고 파렴치한, 더러운 수단으로.

—네, 내레, 자네 오마닐 진정 좋아했댔으니 어캐가서?

—시끄러워요! 당신이 저지른 비열한 사랑의 복수로 수많은 사람이 죽었고, 내 어머닌 수십 년 가슴앓이로 피를 토하며, 자신을 썩어 문드러지게 했어요. 더구나 당신은 남의 재산까지 노략질하고는, 그걸로 고작 어린 정부나 사서 더러운 정욕을 배설하는 데 썼어.

—기 말이레, 지나치다이! 내레 월남해가지구서리 그 섬으로 간 거이, 다아 빨갱이 때문 아니가서? 반공한대문 빨갱이 멫 놈 해쳐워야디 어캐 당하고만 있갔네.

—능갈맞은 소리 하지 말아요. 반공이라고 백정같이 사람 죽이라는 면허겠소?

—기, 기건 다 리론일 뿐이고, 철없는 소리에 불과한 거이야. 죽느네 사느네 허는, 처절한 순간순간임메. 어드러케 냉정히 군자 행세헐 수 있가서. 그땐 다아 그랬드랬디. 어지러운 세상이었드랬어야.

—그따위 너절한 변명 더 이상 들어줄 수 없어요. 세상은 변했지만 당신을 털끝만치도 변하지 않았군요. 혹, 로사와 나 사이를 이간하는 방법이 지저분하고 야비하지만 않았어도 무언가 조금은 달라졌을지도 모르겠어요. 그러나 당신은…….

그는 솟구치는 증오를 다스리려고 숨을 깊숙이 들이마셨고, 그의 몸 속을 한 바퀴 휘돌며 불길을 평정한 바람은 마디마디 끊긴 소리가 되어, 다시 입으로 흘러 나왔다.

—그러나 나는, 당신을 용서하기로 했어요. 그 용서는, 당신이 내 앞에서 자신의 길을 선택하는 기회를 제공하는 것이오.

그가 코트의 안주머니에서 투명한 액체가 든 조그맣고 길쑴한 유리병을 꺼내자, 어떤 다급한 직감이 드는지 사내의 얼굴이 핼쑥해졌다.

—어머닐 위해 의사가 되겠다고 소년다운 바램을 품었었지만, 내가 할 수 있는 건 고작 이 따위나 만드는 일이었어요. 생물을 서서히 말려 죽이는 이걸, 스스로 당신의 술잔에다 섞어요. 어서!

숨죽이고 있던 사내가 거의 본능적 발악인 듯 술잔을 내던지며, 이 간나아! 소리와 함께 달려들었으나, 이미 그런 반응을 예상한 그는 날렵하게 몸을 회전하고 사내의 턱에 발길을 날렸다. 둔탁한 비명을 지르고 무너진 사내 곁으로 가서, 그는 깊은 우물 같은 그 입 안에, 돌멩이나 떨어뜨리듯 투명한 액체를 방울방울 따랐다.

—앞으로 한 시간 반, 여덟 시까지면 족할 거요. 서서히 죽어 간다는 건 또 어떤 건지 직접 느껴 보시오. 당신이 숱하게 남에게 그랬듯이.

무슨 말인가, 절박하게 하고 싶은 것이 있는 표정이었으나, 사내는 재갈이나 물린 것처럼 아뭇소리도 내지 못하고, 그의 생각으론 아마 생애 처음 흘려 보는 것일, 진정한 애원의, 인간적인 눈물을 한 방울 떨어뜨릴 뿐이었다.

—그 동안 난 로살 만나겠어요. 로사와 만난 후, 로사가 어떻게 나오느냐에 따라 당신은 이대로 죽을 수도 있고, 혹은, 만의 하나, 목숨만은 건질 수도 있어요. 여덟 시까지, 내가 이곳에 다시 돌아올 수 있다면…….

무너진 사내는 간절한 표정으로, 눈물 한 방울을 더 떨어뜨렸다.

—당신이 아니었다면 생겨나지도 않았을 로사를 아직 내가 사랑하고 있다는 게, 바로 이런 세상에 내가 존재하는 것과 똑같은 모순일지 모르겠군요.

15

"우리가 다시 만날 수 있을까?'

그는 왠지 절망적인 기분이 되어 억지나 부리듯이 말해 놓고는, 로사가 눈을 크게 뜨고, 무슨 의미죠? 하며 목덜미까지 해쓱해지는 것이, 아니나다를까 예기치 않은, 놀라운 말을 들은 표정이어서 그는 이내 후회했으나, 엎지른 물이었다.

"무슨, 어떤 의미죠?"

다시 로사가 다그쳐 물었을 때 그는 엉뚱하게도 그 투명한 자기와 같은, 로사의 수삽한 속살로 빨려 들어가 마음껏 유영하고 싶은 갈망에 휩싸였고 그럴수록, 우리는, 어쨌든 다시 만나야만 한다고, 밝음

속에 선연한 입술들로 다시 만나야만 한다고, 그런 안타까운 조바심
도 덩달아 솟아나는 것이었다.

"말하자면……."

"말하자면?"

"결합."

"결합?"

어처구니없다는 듯 소리를 높이며 발끈한 로사는,

"생각지도 않은, 있을 수도 없는, 있어서도 안 되는 일예요, 그건!"

창백한 목덜미로부터 동맥이 툭툭 튀어나올 것처럼이나 흥분하고
나서, 숨을 한 번 가쁘게 몰아쉬며, 세월도 이제는 너무 흘렀구요, 말
했다.

"세월이, 아니 세월이 너무 흘렀다고? 고작 십일 년에, 세월이?"

가라앉아 있던 그의 음성이, 한결 높아지려고 쩍쩍 갈라지는 바람
에 얼핏 들으면 울음이라도 마악 터뜨린 것처럼 느껴질 지경이었다.

"고작 십일 년에? 난 단 하루도, 온전히 로사를 잊을 틈이 없었다.
알 수 없던 우리의 헤어짐, 그 깊이 모를 어둠을 헤아리며, 메아리조
차 없는 기다림이었지만, 언제고 성취되리라, 빛이 열리리라 희망하
면서."

"있을 수 없어요!"

"이미 이 자리, 우리의 만남으로 있는 것이야!"

그는 모질음쓰며 말했으나, 숨길 도리 없는, 건조한 절망이 온몸
가득히 들어차 바싹 마른 목구멍이 찢어질 듯이 아파 오는 걸, 쓰린
속에서 솟구치는 독 같은 침으로 몇 번이나 축이곤 했다.

"없어요! 안 돼요!"

비명처럼 소리를 내지르며, 한 번 파르르 몸을 떤 로사는, 제대로

가누지도 못하는 한 손을 올려 수그린 이마에 대려고 했지만, 그곳에
쉬이 닿지 못하는 손가락 두엇이 송글송글 맺힌 땀방울에 미끄러지
기만 했다.

"이젠, 이젠 그만 잊을 때가 되었어요. 그 무섭고 가슴 저미는 악몽
같은 나날들…… 그만 잊어야 해요. 각자의 길을 가면서."

로사는 이마에 손 얹기를 포기하고 상체를 고쳐 앉으며 그의 어깨
뒤 먼 곳으로 시선을 주었는데, 그녀의 눈에는 깊숙한 하늘, 어두운
구름이 한 점 떠서 움직이지 않고 있었다.

"피멍이 들도록 맞았어요. 그때 아버지한테……."

그만두랬디? 내레, 기러케 기러케 그만두랬디? 왜 또 만나개지구서
리 이 야단이가야! 모든 거 앗아간 빨갱이, 무섭구 지겨워 월남해가지
구서리 이 야단이가야! 왜 또 뻘갱이 아새끼래두 날라 이, 야단이가야!

"로사!"

비감하게 로사를 불러 놓고, 그는 갑자기 생각켰던 말을 까맣게 잊
어버린 듯 망연히, 한참이나 그대로 있었다.

"어른들의 세계는, 이제 끝나야 해. 아니, 이제는 끝났어. 완벽하
게. 그들의 업은 그들이 지면 돼. 우리끼린 그러므로 결합해야만 한
다. 이쪽과 저쪽이 상쇄된 자리엔 사랑을 놓고."

"뭔가 크게 오해하고 있군요. 물론 제게도, 이쪽 저쪽은 털끝만치
도 없어요. 아버지의 과거도 당연히 아버지의 것이구요. 하지만, 하
지만 제겐 그냥 소중한 아버지세요. 그 나름으로, 누구도 훼방 놓을
수 없는, 사랑의 윤리가 있는."

"……."

"또 한 가지 명백하고도 중요한 사실은, 제가 이젠 더 이상 당신을
사랑하지 않는다는 점이에요. 그 십여 년을 끈질기게 쫓아오던 모진

기억으로부터 조금씩 조금씩 해방되어 가고 있어요. 아니, 이미 완전하게 풀려나 있는지도 모르지요. 진정코 저를 사랑하신다면 이 평온, 그러나 어쩔 수 없이 아직은 불안하기만 한 이 평온을 깨뜨리지 말아주세요, 제발!"

로사는 괴로운 표정으로 어지러이 머리를 흔들었고, 늦가을 억새 밭에서처럼 숱 많은 머리칼로부터 스산한 바람이 불어 나왔다.

"소름 끼치도록 무서운 어린 날들이었어요. 우리들의 추억은, 그저 화석과도 같은 그런 시절의 희미한 흔적으로만 여기고 싶어요."

"……."

"역시 제가 얼뜬 기집애죠? 아직까지도 어쩌지 못하는 센치함이 남아서, 이렇듯 어설픈 자리를 피하지도 못하구선."

일부러 환하게 웃음까지 지으며 말하고 나서, 훌쩍 일어서는 로사의 눈자위는 붉은 달무리가 진 것처럼 잔뜩 부풀어 보였다.

목례도 없이, 총총히 걸어 나가는 로사를 황급히 따라 나섰을 때, 그는 무엇인가 강렬하게 얼굴을 때리는 것을 느끼고 고개를 쳐들었는데, 프런트 위쪽에 걸린 전자 시계의 새빨간 눈알이 **19:54, 19:54** 껌벅껌벅 그를 응시하고 있었다. 그는 숨결이 한순간 뚝 멎는 걸 깨달으며, 어둠 속으로 녹아 버릴 듯한 로사를 붙들고 무언가 대단히 절박한 이야기 하나 해주고 싶었으나, 가위 눌린 사람처럼 목 안을 꿈쩍도 할 수 없었다.

16

　로사의 윤곽이 어둠에 완전히 스며 들어가 버리자, 한 줄기 뜨거운, 십여 년 가슴에서 짜올린 듯한 눈물이 그의 볼을 타고 흘렀고, 어머니 음성이 희미하게 들렸고, 그때야 자신이 급히 가야만 할 곳을 퍼뜩 떠올린 그는, 미친 들소처럼 날뛰는 택시들 속으로, 역시 미친 들소처럼 냅다 뛰어들었다.

"합승, 급해욧!"

미처 속력을 늦추지 못한 들소 하나, 날카로운 뿔을 내밀고, 그를 향해 무서운 속도로 돌진했다. 헤드라이트의 강렬한 불빛이 잘디잔 화살들처럼 날려와 무수히 박히는 것 같았으므로, 그는 부신 두 눈을 꾹 감았다. 그 어둠 속에 빨강, 노랑, 초록, 하양의 기름 물감이 마블링으로 뒤엉킨 입술이 커다랗게 떠서, 요들레이 요들레이 요들레잇히 요들레잇히!

요들레이, 요들레이, 요, 요, 요, 요…….

순간, 쩌억 벌어진, 그 깊고 어두운 입 속으로 그는 맹렬하게 빨려 들어갔다. 빨려 들어가는 속도만큼 괭렬하게 그는 자기 가슴속도 텅 비어 가는 듯, 이윽고 껍질만 남은 육체가 그예 산산이 부서져 버리는 듯, 편안함을 느끼고 있었다.

17

오후 늦게 좍좍 뿌린 웃비가 걷은 아스팔트 위로, 육중한 일식 관공서 건물에 박힌 전자 시계의 숫자가 거꾸로 비쳐 **20:00, 20:00** 껌벅였다.

불타는 기린

불타는 기린

불타는 기린

1

보세요! 얼마나 아름답습니까. 황홀할 지경이군요. 저 석양—제주
를 찾았던 사람들이 떠날 때면 어디를 제일 기억에 남는 장소로 꼽는
지 아세요? 목석원(木石苑)이란 데와 바로 이곳 서 부두 방파제랍니
다. 도심에서 도보로 불과 5분이면 이렇게 바다 한가운데에 이를 수
있는 곳이 어디 흔한가요. 이 방파제에 자리 깔고 앉아 각종 활어회
를 저작하며 소주를 들이키는 맛이라니—더구나 저 석양을 보세요!

태양이 가장 겸손하게 자신의 아름다운 얼굴을 드러내는 시간입니
다. 도대체 우리 일상 위에 군림하는 태양이란 마치 군주와도 같아
서, 똑바로 쳐다볼 엄두조차 내지 못하니까요. 그럴 때 태양에겐 적
의밖에 둘 게 없지요. 아니, 적의를 둘 수 있는 자도 고작 손가락으로
꼽을 정도에 지나지 않을 겁니다. 눈 부릅뜨고 태양을 바라보려는 불

손한 저항아가 흔치 않은 세상이니까.

그러나 하루 한 번씩 그 절대 군주도 저렇게 겸손한 얼굴로, 오히려 여성적인 아름다움마저 띤 채 우리들에게 위안을 제공한다는 게 흡사 무슨 조물주의 희롱이나 아닌가 싶을 때도 있기는 합니다만. 어쨌든 이 시간의 충전으로 인해서 우리들의 일상은 또다시 내일의, 그 동일한 태양의 표변한 압제를 견디는 힘을 얻는 것이 아닐까요?

아, 이거 초면인데 제가 너무 장광설인 것 같군요. 아직 통성명조차도—전, 김(金)입니다. 김 민. 옥돌 민(珉)자를 씁니다만, 댁은— 네에, 유 선생이시군요. 버들 유를 쓰신다고요? 하하, 그럼 선생도 성씨 표기할 때, 류냐 유냐 갈등을 겪던 치기어린 시절이 있었겠군요. 사람들이 심심하면 무슨 일인들 못 하겠습니까. 우리만 해도 ○김이니 △김이니 서로 상놈이네 종놈이네 하는 절차들을 겪어 오는 바이지요. 혈연처럼 끈끈하고 거북살스러운 게 또 어디 있겠어요. 혈연처럼—.

자자, 한 잔씩 쭈욱 들이켭시다. 이야기가 이상한 데로 흐를 것 같군요.

그런데, 요 낙지란 놈이 끈끈하고 거북살스러운 데가 있단 말예요. 생명력이 뭔지, 도막도막 절단난 다리들이 입천장에 쩌억 붙어 버릴 때는 꼭 피라도 빨아대려는 것 같아요. 혀를 말아서 그놈의 낙지 다리를 떼어낼라치면, 목구멍 속으로 콱 쑤셔 들어가는 듯 헛구역이 올라오기도 하지요. 하지만 살아 있는 그놈을 기어이 튼튼한 이빨로 점령하여 여유 있게 씹는 맛이야, 그 무력한 저항을 그대로 꿀꺽 내장으로 들이미는 맛이야 비할 데가 있나요? 가급적이면 완전히 놈을 작살내지 않은 것이 좋습니다. 내장을 휘휘 돌아 무형태로 안착할 때까지, 몸 속 독성액이 한몫 할 기회도 줘야 하니까요.

그것들도 역시 살아 있음을 확인해야 할 필요가 있을 테니까요. 제가 아는 어떤 사람은 육식을 할 때 꼭 생피가 알맞게 번져 있는 걸 요구하곤 한답니다. 그래야 씹는 맛이 난다나요. 그건 아마, 사는 맛의 다른 표현일 겁니다. 사는 맛을 위해선 유 선생도 자주 치과 신세를 지셔야 해요. 튼튼한 이빨이 절대적으로 필요하니까.

어쨌거나 살아 있다는 거, 그건 축복이고 살아 있는 어떤 걸 먹는다는 행위는 그러니까 축복을 먹는 셈입니다. 그러니 그 논리대로라면 축복 받는 인생이란 새디스트라야 가능하다는 게 되나요?

살아 있는 걸 먹고 싶다—. 유 선생에게 이런 최초의 경험은 언제 있었습니까? 아, 아무거나요. 생각이 별로 안 나신다고요? 그럴지도 모르죠. 그러나 이거 무리한 추측이긴 합니다만, 선생의 깊은 의식 속에 잠들어 있는 기억을 건져 올려 본다면 제 경우와 비슷한 면도 있지 않을까요. 물론 유 선생 개인의 독특한 사춘기의 모양에 관계되는 것이긴 하지만.

헌데, 우리가 아까 혈연—이란 얘기를 꺼냈었던가요? 우리가 아니고 제가 말했다고요? 참, 그렇군요. 늘 이렇다니까요. 전 말이 많아지면 앞엣걸 간혹 잊어버리는 수가 있습니다. 아까 왜 제가 선생을 불렀는가 하면, 댁의 그 어정쩡한 모습에서 얼핏 연상되는 단어가 있더라구요. 혈연—. 이유는 저도 알 수 없습니다. 단지 선생의 그 어정쩡한 모습, 해지는 광경을 보는 것도 아니고, 저기 경찰들이 막고 있는 방파제 끝으로 관심을 두는 것도 아니고, 그렇다고 방파제 위에 자리 깔고 앉은 사람들에게 딱히 시선을 보내고 있는 것도 아닌 그 모습에서 엉뚱하게 떠오른 겁니다. 그래서 불렀죠. 혈연이란 단어와 선생을 부른다는 행위 사이에 무슨 연관이 있어야 하는 것도 아닌데 말입니다. 충동적이었다고 말씀드릴 순 있을 것 같습니다.

그리고 이건 물론 실례가 될 얘기입니다만, 이해해 주실는지요. 전 술의 힘을 빌어 아무 말이나 해버리는 못된 버릇이 있습니다. 편리한 건 대개의 남자들이 너무나 단순해서 '관용을 베풀라'는 역사가 오랜 교훈에 길이 잘 들어 있다는 점이에요. 그래서 주석에서의 무례는 거의 다음 기회에 적절한 사과로 상쇄되어 버리는, 또는 상쇄되어 버려야 한다는 관습에 우리 모두가 익숙해져 있습니다. 그러나 솔직히 말해서 그게 그리 쉽게 되는 건가요? 다만 쌓아 두고 숨겨 둘 뿐인 경우도 적지 않아서, 마지막 한 방울이 그들 인내의 물통을 넘치게 할 때는 원시적 폭력으로 배출되고야 마는 법이 아니겠어요? 교활한 것은, 그런 경우에 그 원시적 폭력이 반드시 합리의 탈을 쓴다는 겁니다. 차곡차곡 쌓아 두었던 분노의 연대기가 파노라마처럼 펼쳐지고, 당위적인 폭력이 복리로 계산되어 퍼부어지는 거예요. 기억 속에서 끌어 올려지는 그 연대기가 얼마나 다양하고 휘황한 파노라마이냐에 따라서 급기야 그 남자의 값, 인내의 용적과 관용의 질량이 결정되는 거죠. 그래서 한 남자를 알려면 시간을 두고 그를 분노케 하라, 그 폭발력을 가늠하라, 하는 말이 생겨난 겁니다. 근데, 이 말 어디서 들은 적이 있습니까? 어느 책에서 본 건지, 아니면 단순히 제 말인지 저 역시 아리송합니다만.

이거 죄송합니다. 또 딴길로 새는 버릇이 나왔군요. 우리가 아까 실례―라는 말을 했었죠? 참 제가요. 실례가 될 얘기입니다만, 선생을 보는 순간 그 이상한 부조화가 마음을 끌더라구요. 전혀 낭만주의자가 아닌데도 낭만적인 표정을 지으려고 애쓰는 듯한 부조화 말입니다. 이를테면 홀로 하는 여행 따위는 전혀 즐길 수 없는 사람이 어쩔 수 없이 홀로 하게 된 여행에 대한 피로 같은 것을 선생에게서 발견해 버렸다, 이거지요. 어떻습니까, 제 분석이?

　반은 맞고 반은 틀렸다구요? 어느 쪽이 맞은 반인가를 구태여 물을 필요는 없겠죠. 사실 그건 제게 중요하지 않습니다. 저는 다만 제 고향을 찾은 외래객에게 베푸는 어떤 친절이랄까, 더구나 댁은 혼자인 것이 분명하니까 불렀던 것이지요. 혼자에 익숙하지 못한 것은 바로 제 자신 같다구요? 하하하, 선생도 꽤나 유머가 있으십니다. 그 말씀도 반은 맞고 반은 틀린 것 같군요.

　저런! 저 태양을 보세요. 누군가가 위에서 그 겸손한 얼굴을 힘주어 누르는 것 같지 않습니까. 밑이 짜부라지고 있어요. 겸손은 때로 화를 불러일으키기도 하는군요. 아침부터 저 해가 수평선 너머로 사라지기를 기다리던 침묵의 하늘이 기회를 잡은 모양입니다. 힘의 공백은 누군가가 채우게 마련이라면서요? 그러니까 일주(一晝)가 일야(一夜)에 의해 획이 그어지는 순간입니다. 그런데, 저들의 투쟁은 아름답기만 하군요. 소리 대신 장엄한 빛으로 암시만 하니까. 미래가 보장되어 있으니 그렇다구요? 그도 그렇겠군요. 해는 또다시 뜬다는 확고한 믿음이 쌍방에게 모두 있을 거니 말입니다. 그들에게는 그러므로 저 투쟁의 빛깔이 다만 장엄한 의식(儀式)의 폭죽과 같은 것이 되겠군요. 하지만, 하지만 말예요. 진정코 저들 쌍방에게 임무 교대의 시간대가 명확하게 인식되고 있다면, 그래서 영원히 아무런 목적성도 없이 동일한 의식이 동일한 시간대에 치러지고 있기만 할 뿐이라면, 저 석양빛이 지나치게 화려하고 황홀한 것이 아니겠습니까? 필사적인 저항과 필사적인 말살의 폭력이 맞부딪치는 것이 아니기엔 지나치게 아름다운……. 그래서 이런 생각도 가능하지 않을까요. 우주는 매일 새롭게 탄생하며 매일 영원히 죽어 간다, 언제나 고유한 우주가 고유하게 등장하고 고유하게 장악하다가 고유하게 말살된다. 그리하여 행복스럽게도 간특한 지혜는 축적되지 않는다―. 어떻습니까?

유 선생은 선뜻 동의하는 데는 인색한 편이군요. 실상 그 우주 속의 인간도 마찬가지 아니겠어요? 역사적으로 볼 때, 인간의 선과 인간의 악은 발달도 퇴보도 없이 항상 고만고만하게 균형을 이루어 왔다, 삶은 곧 악이며 선이니까, 그 총체가 곧 삶이니까, 이런 생각이 든단 말예요. 왜냐하면 이 삶 전체가 선을 향해 가고 있고 언젠가는 선 그 자체가 우리들의 삶이 돼 버린다면, 그때야말로 선은 존재할 필요가 없으니까요. 마치 천국에서 보장되고 있다는 영원한 복락이, 지옥을 상정해야만 그 존재 가치를 겨우 유지할 수 있는 따분한 것인 거나 마찬가지로.

악의 찬미—자라고요? 아닙니다. 구태여 그런 식으로 이름 붙여야만 한다면 악의 탐험가라고나 할까.

유 선생은 참 묘한 분이에요. 아까도 말씀드렸습니다만, 그 부조화스러운 표정이 자꾸 제게 말을 시킵니다. 뭔가 흡족하지 못한 듯한, 또 여태 대단히 흡족해 본 적도 없는 듯한 그 표정 속에서도 만만찮은 호기심이 번득이고 있으니까요. 좋습니다! 오늘 제 파트너는 선생이십니다. 허락해 주시겠죠? 제 말을 들어 주실 인내력만 있으시다면 밤새 선생께 이야기를 해드리겠습니다.

자, 한 잔 또 드십시다. 요 낙지 다리는 꽤나 저항이 심하군요. 입술을 처억 감아 버리는 걸 보니 제 이야기에 심통이라도 난 것 같군요, 하하. 낙지에게도 한마디 해줘야겠어요. '살아 있다는 것은 저항한다는 것이다. 그러므로 저항하지 않는 자는 낙지보다 못하다.' 그 다음에는 이렇게 씹는 거죠. 이 꿈틀거리는 반항을 씹는다는 건 언제나 전율을 동반하는 기쁨을 가져다 줍니다. 그만큼 그 삶은 증폭되고 오래오래 저장되고 그래서 소멸에 대비하니까요.

그러고 보니 아까 살아 있는 걸 먹고 싶다, 이런 얘기 한 것 같은데 기억나십니까? 제가 물었고, 선생은 역시 대답하지 않으셨죠. 제 경우에 생겨난 그 최초의 대상은 여자였습니다. 살아 있는 여자를 먹고 싶다—.

바로 저기, 방파제 끝에서 돌아오다가 석양을 바라보기 위해 멈춘 듯한 여자가 보입니까? 옷을 입었으면서도 어쩐지 다 벗은 것 같은. 저 출렁이는 가슴, 꿈틀거리는 엉덩이를 보세요. 그야말로 살아 있는 몸이군요. 자세히 관찰하면 곤두선 유두까지 다 보일 것 같습니다.

제 사춘기는 불행했습니다. 당시 저렇게 살아 있는 몸을 가진 여자를 보면 매번 증오가 불타 올랐었으니까요. 꿈틀거리는, 출렁이는 저것들을 산 채로 씹어 먹고 싶다—. 특히 지금과 같은 여름이면, 적당히 그을린 팔과 다리를 온통 드러낸 채 거리를 오가는 증오덩이들을, 그 먹이들을 찾아서 밤새 헤매야 했습니다. 끈끈한 밤바람이 발기시켜 주는 건, 그러니까 아랫도리와 함께 내 마음이었어요. 발기된 마음은 얼굴로 부풀어올라 터져 버릴 듯했죠. 물론 손을 대기도 섬뜩할 정도로 얼굴은 시뻘겋게 달아올랐고.

열을 식힐 수 있는 방법은 오직 한 가지. 그 살아 꿈틀거리는 몸을 씹는 것뿐이었습니다. 이렇게, 이렇게 말입니다. '격한 충동'을 경험해 보신 적이 있습니까? 그 충동이 시작된 순간을 기억하지 못하는 것이 바로 그런 때입니다. '씹고 싶다'와 '손아귀에서 가슴이 씹히느라 버둥치고 있다' 사이에 끼인 것이 바로 그런 때라 이 말입니다. 물론 기억할 수 없는 그 충동의 순간이란 배설과 같아서, 그 직후 급격히 냉정해지는 시선에 잡히는 건 단지 공포의 눈망울뿐이지요. 공포는 이미 저항을 버린 것이기 때문에 아무런 의지도 유발시키지 못합니다. 그러면 그날의 사냥은 끝나고, 그날 분의 증오도 끝나고, 남겨진 건 오직 비린내밖에 없습니다. 이럴 경우, 탈진의 그 밤이 녹아들고 새로운 태양이 떠오르면 동시에 내 증오도 새롭게 살아 꿈틀거리기 시작할 것이라는 사실—그 사실을 안다면 그건 또 얼마나 절망적이겠습니까.

왜 그랬느냐구요? 글쎄 그걸 어찌 명쾌하게 알 수 있을까요. 단지 이렇게 말할 수는 있겠군요. 그 몸들이 온통 드러난 채 꿈틀거리고, 출렁이고 있었기 때문이라고.

그런데 버나드 쇼란 작자는 옷을 입은 것은 성을 자극하고, 몸을 드러내는 것은 성을 죽인다고 했다는군요. 단지 그 말 그대로만 볼 때 머리를 끄덕거린 경험은 후에 있었습니다.

방콕엘 가 보신 적이 있습니까? 아시아의 세계 인종 전시장, 세계의 정액 은행이라고나 할까요. 쏟아지는 그것들을 빨리빨리 씻어 가 버리기 위해 클롱이라는 운하가 발달되었는지도 모릅니다. 고작 해발 1미터의 방콕을 거미줄처럼 이리저리 횡단하는……. 그곳을 들른 사람치고 밤에 호텔에 박혀 중국 무술 영화나 보는 바보들은 없어요. 본국에서부터 잔뜩 채워 온, 자신을 향한 적의와도 같은 정액을 쏟아 버릴 기회는 무궁무진하니까요. 유 테이크 옵, 쉬 테이크 옵— 호텔 로비는 이런 바람잡이들의 직장인 셈이죠.

넓직한 택시에 앉아서 5분 내지 10분쯤 가면 수많은 승용차들이 납작납작 엎드려 있는 곳에 닿고, 한 20평 가량 되는 어둑한 장소로 안내가 됩니다. 그 안에는 30~40명의 각종 인종들이 전시되어 있구요. 일본인들이 많이 눈에 띄죠. 비대한 그들 옆에는 으레 여자들도 끼여 있습니다. 시작할 때부터 상기된 여자들의 얼굴빛은 쇼가 끝나고 나올 무렵까지도 가라앉지 않아요. 섹스란 오히려 여자를 위해 존재하는 것이다라는 생각마저 듭니다. 수컷들은 오로지 봉사하기 위해 있는 거고요. 얼마나 봉사할 수 있느냐는 자신감의 크기가 곧 그들의 성감일 테지요.

한쪽 벽에서는 쉴새없이 16밀리 영화가 돌아갑니다. 영화의 내용이야, 아시겠죠? 수없이 돌린 탓인지 흡사 동시 상영 극장에서 보는 영화처럼 주룩주룩 비가 내리는 화면들은 그야말로 원색의 향연입니다. 살 비린내라는 것이 실제로 있는지 모릅니다만, 가득가득 풍겨나는 건 다름 아닌 우리들의 창자, 숨겨져 있을 뿐 죽어 가는, 곧 썩어 가는 그것의 냄새였어요. 하지만 우리의 후각은 연약하기 이를 데 없습니다. 그 냄새에 익숙해지자마자, 20평을 가득 채운 열기는 또 하나 새로 떠오르는 태양의 우주로 존재하지요. 일주가 일야와 교대하고, 혼란은 수습되어 새로운 힘이 부상해 버리는 겁니다. 그 새 질서는 우리에게 지나온 십 분 전의 욕망을 순화하고, 우리들 평소의 삶처럼 무감동 무감각의 세계로 안내할 뿐이죠.

원형의 낮은 무대 위에선 말라깽이 여자들이, 그러니까 내 사춘기의 입장으로 보면 완벽한 증오덩이들이 실 한 올 걸치지 않고 갖은 몸짓으로 꿈틀거리며 '격한 충동'을 유혹했습니다만, 가슴에 번지는 건 가당찮게도 외경이었다 할까요. 우리가 어렸을 적 서커스단에서 본, 불을 먹는다거나 통 속에서 여러 개의 칼에 찔리고도 살아난다거나 할 때 느껴지는 감정과도 같은……

여자들의 그곳은 힘든 훈련을 통해 잘 발달된 손이나 입에 다르지 않았습니다. 실에 연결된 수십 개의 납작한 면도날이 한뭉텅이 그곳에 들어갔다가 마치 마술가의 입에서 끊임없이 나오는 만국기처럼 꺼내진다거나, 탁구공 서너 개가 삼켜졌다가 하나씩 삐죽삐죽 나온다거나, 콜라 한 잔을 빨대를 통해 다 빨아들인 다음에 여러 차례로 나누어 찔끔찔끔 쏟아낸다거나, 매직펜을 물고 쪼그려 앉아 파타야의 아름다운 풍물을 스케치한다거나……. 가관인 것은, 거기에 꽂아 놓은 젓가락으로 비스킷을 집어서는 어떻게 하는 줄 아세요? 손과 발을 등 뒤로 해서 바닥을 짚고 엉금엉금 기어, 아니 누워 다니는 거죠. 결국 가슴 높이쯤의 원형 무대 맨 앞줄에 앉아 구경하고 있던 사람들 중 누군가가 희생양이 되어야 합니다. 젓가락에 잡힌 비스킷을 손을 대지 않고 먹어야 하지요, 히히히히. 몇 번 사양이야 해봅니다만, 배우의 표정은 근엄하기 이를 데 없습니다. 결코 손해는 보지 않겠다는 상인의 표정 그거지요. 옷을 입은 채 국외자처럼 냉정하게 관람하던 그 가련한 희생양은 자기도 옷을 입고 있되 벗은 거와 마찬가지라는 깨달음이 오고, 만장의 박수 속에 그걸 먹습니다, 먹어요! 기묘한 표정으로. 박수는 여러 번 터져 나왔어요. 운동 선수의 묘기를 보았을 때처럼. 여자의 그것이 음료수 병마개를 뻥, 따는 순간은 마치 샴페인을 터뜨리는 축제 같았습니다.

그 축제는 라이브 쇼로 막을 내리지요. 우리 모두는 숨을 죽이고, 남자의 그 거대한 성기와 여자의 견고한 몸이 마찰되는 소리를 들었습니다. 중학교 시절 실험실에서 생물을 해부하는 소리를 들으려는 듯한 호기심과 긴장으로 말예요. 어디나 피날레는 그다운 데가 있는 법이죠. 인간들이 고안해낼 수 있는 온갖 체위를 전후 좌우로 보여주는 '숙달된 조교'들의 시범인 그 쇼는 마지막으로 이렇게 끝납니다. 남자가 여자의 등 뒤에서 허리를 잡고 그 말라깽이를 빙글빙글 돌리는 거죠. 물론 아직도 둘의 몸은 단단히 얽혀 있는 채이고요. 말라깽이는 두 손을 입에 가져갔다가 관객들에게 펼치는 동작을 반복하며 빙글빙글 돌아갑니다. 박수, 박수, 박수—. 사타구니께만 겨우 가린 여자들이 남자 관객들에게 접근하는 건 그 전후예요. 수컷들을 모독하기 위해서라 할까요. 그녀들은 서슴없이 우리의 샅을 뒤집니다.

그러나 이미 내게 증오는 터럭만큼도 남아 있지 않았죠. 여자의 눈은 당혹해 하는 것도 같더군요. 쇼는 옳았습니다. 그들은 옷을 벗음으로써 내 섹스를 죽여 버리고 만 겁니다. 소위 '여자들의 불근신 속에 그네의 결여된 성이 폭로되기를 두려워한다'는 쇼의 말은 의심의 여지가 없어요. 모든 걸 벗어제낀 그 여자들에게서 저는 살아 꿈틀거리는 아무것도 발견할 수 없었습니다. 결국 참된 그네들의 성은 존재하지 않았던 거지요. 여자들은 한마디로 그네들의 견고한 그것일 뿐이었습니다.

그런데 바로 저 여자, 저 출렁이는 가슴과 꿈틀거리는 엉덩이, 그리고 손에 잡힐 듯한 땅콩 같은 유두의 저 여자 말예요. 그녀는 좀 바보가 아닐까요? 자신의 노출로 말미암아 그 결여된 성이 술꾼들 입에서 낙지 다리 씹히듯 씹히고 있다는 사실을 감지할 수 있을까요. 이를테면 모독되고 있다는 사실을 감지할 수 있을까요. 아니면 그녀가, 거리에서 맞닥뜨리는 모든 다양한 수컷들과의 가상의 음일을 즐기는 창부이거나.

저런! 우리 말을 들은 것 같습니다. 고개를 이쪽으로 휙 돌리고 표독스러운 눈빛을 보내는 걸 보니……. 사실 시선이란 독 발린 투명한 화살이에요. 맞으면 따끔거리고 서서히 독이 퍼지면서 내장을 썩혀 버리지요. 여자가 갈 모양입니다. 현명하지 뭡니까. 벌써 2대 1, 도저히 승산은 없거든요. 지금까지 맞은 화살의 독기운만으로도 그녀의 오늘 밤은 충분히 불행할지 몰라요. 밤새 침대 위를 뒹굴며 살아서 꿈틀거릴 저 여자의 모습은, 그러니까 저의 오늘 밤 일용할 양식이 되는 겁니다. 저는 이제 다만 머릿속에서 저작할 뿐이에요.

이제야 시원한 바람이 불기 시작하는군요. 우리가 그나마 여름을 견딜 수 있는 건 서늘한 저녁과 밤이 마련되어 있다는 위안에서가 아닙니까. 오늘은 참 무지하게 덥더군요. 어제의 폭풍 뒤라 그런지, 제주는 무려 35점 4도였습니다. 16년 만의 혹서라고들 해요. 십육 년—우연이지만 묘하지 뭡니까. 제가 거의 그 햇수 만에 고향을 찾았으니까요.

말씀드리지 않았던가요? 저는 여기에서 고등학교를 거의 마칠 무렵부터 죽 제주를 떠나 있었습니다. 살아 움직이는 어떤 걸 찾아 헤매야 했던 제 사춘기는 불행했었으니까요. 아버지는 살아 있되 죽은 거나 마찬가지였으니까요. 네 살 밑의 남동생은 저 혼자 커 가고 있었습니다. 생명 있는 어떤 것도 우리 손에 쥐어지지 않았었고, 앞으로도 영원히 그럴 수밖에 없으리라는 예감은 견디기 어려운 것이었습니다. 살아 있어야 가능한 출렁임이라든가 꿈틀거림, 혹은 활짝 웃는 웃음 등은 견고한 유리벽 저편의 것이기만 했기에 선망이 증오로 가면을 썼는지도 모릅니다. 가면은 오래 쓰고 있다 보면 저 자신도 본디의 얼굴을 잊어버리게 마련이죠. 지금 우리 얼굴도 그러하듯 말예요. 그래서 고교 시절에 자주 찾은 곳이 바로 이 방파제였습니다. 이곳에 오면 분명한 '살아 있음'이 출렁이는 물결로, 솟구치는 날치로 증명되고 있었으니까요. 저는 이곳에서 많은 걸 보고 느꼈습니다. 대개는 열린 성, 그러니까 노출된 증오덩어리와 모독에 대한 열망이었습니다. 혹은 바다를 건너고 싶다는 다분히 추상적인 충동도 끓어오르곤 했었죠. 그런데, 그런데 말입니다. 언젠가는 바로 그런 일을 목격하게도 되었어요.

아주 깊은 밤이었습니다. 애초부터 제주엔 통행 금지가 없었어요. 새벽 두세 시까지도 이 방파제 위에서 얼마든지 취하는 게 허용이 되었지요. 대학생으로 보이는 청년 서넛이서 스넥 과자 등 값싼 안주를 놓고 술을 마시고 있는 것이었습니다. 그들은 왁자하니 웃기도 하고,

흘러간 노래들로 장단을 맞추기도 하고, 고래고래 소리지르며 상대가 불분명한 혼전을 벌이기도 하면서 꽤나 취한 모양입니다. 그러다가 그 중 한 청년이 느닷없이 일어서더니 점퍼를 벗어던지지 않겠어요? 그게 어떤 행위의 전조인지도 저는 알지를 못했어요. 그건 그들 일행 누구도 마찬가지였던 모양입니다.

그 청년이 거대한 시멘트 삼발이를 디딤대 삼아 첨벙, 바다에 뛰어들 때까지도 별다른 대응이 나오지 않았었으니까요. 첨벙, 하는 물소리가 들린 후에야 제가 그곳으로 가까이 가 본 것 같습니다. 새벽 두세 시의 깊은 바다에 술 취한 몸으로 뛰어든다는 것—냉정한 눈으로 보면 분명한 자살 행위였지만 그들은 너무 취해 있었고, 저는 이상하게도 전혀 절박한 마음이 생겨나지 않더군요. 더구나 그 유영이란, 제가 당시 가슴속에서 추상적으로만 키우고 있었던 '바다 건너기'라는 충동의 구체화된 모습이 아니었겠습니까. 이거 그 청년에겐 죄송한 표현이 되겠지만, 저는 갑자기 아뜩했습니다. 아마 황홀의 순간이었겠지요. 우리 같은 속물들의 이해를 돕기 위해 비유하자면, 오르가슴이라고나 할까—살아 있는 것의 방사(放射), 이런 느낌이 들더라니까요. 청년의 일행들은 잠시 후에야 안절부절 못 하는 몸짓과 울부짖는 듯한 괴성들을 반응으로 나타냈지만, 청년은 이미 기막힌 유영 솜씨로 보이지 않는 곳에 나아가 버린 뒤였어요. 그는 물론 죽었습니다. 그날 새벽 시체가 떠올랐지요.

저는 그 청년들과 함께 취조를 받았습니다. '방조'라는 생소한 낱말 하나를 얻어들을 기회도 거기서 생겼어요. 다행인지 불행인지 제게는 그후 아무런 일도 벌어지지 않았습니다. 그건 그 일행에게도 마찬가지였던 모양이에요. 우리들은 서로 다시 만난 적이 없습니다. 만난다는 게 다만 고통을 확인하는 서툰 짓이어서일까요. 세월이 좀

더 지난 다음에야, 저는 그들 살아남은 일행을 완전히 이해할 수 있었습니다. 청년이 빠지는 순간 그들은 활짝 술이 깨었을 테지만, 심정적으로는 자신들을 아직도 술 취한 자라고 여겼겠지요. '살아남기' 위한 복잡한 갈등이, 아니면 계산들이 상상하지도 못할 빠른 속도로 그들 가슴속에서 벌어졌을 겁니다. 결국 그들은 살아남기로 결론을 내렸겠죠. 울부짖음은 그 표현이었을 거고요.

그러나, 지금은 이런 생각도 들 때가 있습니다. 살아남은 건 오히려 그 청년이고, 영원히 죽어 가는 건 살아남은 일행이라고. 그 청년은 아직도 바다 건너기의 유영 중에 있다는 느낌이에요. 그건 사실이 잖아요? 내 기억에 남은 그는 언제나 어둠 속 세벽 두세 시의 바다를 건너고 있습니다. 살아 있음의 방사로서 말예요.

그런데, 놀랍고도 이상한 일은 제가 십수 년 만에 찾은 고향, 더구나 이 방파제에서 오늘 또 시체가 떠올랐다는 겁니다. 아신다고요? 유 선생도 일단은 방파제 저 끝까지 다녀오셨군요. 경찰 몇이, 죽은 자에 대한 경의인 듯 버티고 선 그곳까지. 더구나 그 놀라운 장면까지 보셨어요? 혈연—이라고 했습니다만, 그 거북살스럽고 끈끈한 혈연의 잔해를 보셨어요? 그렇게 참혹한……. 선생의 그 부조화한 표정은, 그러니까 거기에서부터 비롯된 건지도 모르겠군요.

그 젊은 여자와 그 여자의 몸에 꽁꽁 묶인 아니, 한두 살쯤 되었다지요. 그 아이는 어젯밤 투신한 걸로 추정된다고들 말하고 있지요. 어젯밤— 그 폭풍우에 말입니다. 물론 타살의 혐의도 배제할 수는 없다는군요. 이미 시체는 옮겨졌습니다만, 바로 그 이유 때문에 저렇게 무의미한 현장에 바장이고들 있는 겁니다. 하지만, 현장이 도대체 어디겠어요. 그건 저 너른 바다일 뿐입니다. 타살이건 자살이건 그 바다가 용의자의 하나랄밖에요. 주도 면밀한 그는 전혀 지문이란 걸 남기지 않습니다. 영원한 완전 범죄는 오직 바다에 의해서만 가능하지요. 그러니까 당연히 그 시체가 발견된 곳만이 우리의 지각으로 감지할 수 있는 현장의 범위가 되는 겁니다.

유 선생은 제주가 초행이십니까? 그렇죠? 대개 외래객들은 한 번 보면 알 수 있습니다. 적어도 몇 번 제주의 바닷바람을 맞은 적이 있는 사람들은 그걸 절대 우리한테는 숨기지 못해요. 제주적 우수라고나 할까, 그 연민을 불러일으키는 우수의 그늘을 제주 사람들은 누구나 발견해낼 수 있다 이 말입니다. 저는 가능하면 선생께서 즐거운 여행을 하시길 비는 마음밖에 없습니다. 저의 집에 오신 손님이나 마찬가지니까요.

자, 한 잔 더 드시죠. 혹 제 말에 술맛이라도 떨어지지 않았으면 좋겠습니다. 낙지들도 거의 뻗어 버린 것 같군요. 씹히는 맛이 없는 낙지는 이미 낙지가 아닙니다. 그렇다면 안주감으로 제가 아까 한 이야기 계속해 드릴까요? 〈안주감〉이란 말에 제발 노여워하지는 마시길. 선생은 아직 제주를 스쳐 가는 분에 불과하니까, 우선은 이 일을 색다른 풍경으로만 받아들이시는 게 좋겠다는 제 배려일 뿐입니다.

제가 고등학교 다닐 무렵엔, 이 방파제로 이르기까지의 납작납작한 집들이 거의가 유곽이었지요. 지금은 깨끗해졌다고 합니다만, 아직도 이 일대는 선원들 혹은 인생이라는 배를 탄 사람들 모두의 하룻밤 침대 구실을 떠맡고 있지요. 바다가 가까이 있으니 더욱 좋지 않겠어요? 마치 방콕에, 배설되는 각색의 정액들을 씻어 갈 클롱이 이리저리 얽혀 있는 것처럼. 거듭거듭 새로워질 수 있다는 믿음을 주는 곳이니까요.

제 생각엔 그 젊은 여자가 이 부근에서 피어나는 밤의 꽃들 중 하나였다고 여겨집니다. 이렇게 단서를 달면, 다음은 아무리 바보라도 줄거리를 이어 갈 수 있어요. 더구나 한두 살 먹은 아이까지 곁들였으니……. 어떤 어리석은 놈팽이가 제가 쏟은 배설물에 비싼 값을 치르는 셈이지요.

우선 그 여자가 택할 수 있는 투신의 장소로는 용두암 부근이거나, 저 화북포 쪽 별도봉 자살터 두 군데가 유력합니다. 현장인 바다는 실상 편재성을 띠고 있으니까, 그 두 곳의 구별조차 불필요하긴 합니다만. 제가 만약 선택해야 한다면 별도봉 자살터를 꼽겠어요. 수십 미터의 낭떠러지인 그곳에서 떨어지면 완전히 부서져 버립니다. 단단한 검은 돌들이 아가리를 벌리고 있지요. 제가 다닌 학교가 바로 그 뒤에 있어서 심심찮게 들러 보았던 곳입니다. 졸업반이었을 땐, 그곳에서 떨어지며 여기저기 부딪치고 깨어져 가루가 돼 버린 채 그 단단한 검은 돌들의 아가리로 들어가는 환영을 심각하게 그려 보곤 했죠. 살아 꿈틀거릴 수 있는 최대치, 마지막 발악 같은 걸로 말입니다. 선생께 아직 말씀드리지 않았던가요? 제 사춘기는 불행했었다고. 그렇군요. 말씀드리다가 또 약간 샛길로 나간 것 같습니다.

그러니까, 제 아버지는 살아 있되 죽은 거나 마찬가지였어요. 나는 그의 얼굴조차 기억할 수 없으니까. 그는 내가 다섯 살, 동생 관이—성까지 합치면 '金冠'이죠. 이름으로만 본다면 녀석은 대통령이 되어야 합니다, 하하—관이가 한 살 때 기어이 일본으로 가 버리고야 말았어요. '기어이'라고 표현하는 건, 그가 이전에도 수없이 밀항을 기도했고, 그때마다 실패했었다는 말을 듣고 하는 소립니다. 모든 일은 그것이 시작이었어요. 아버지는 아직도 돌아오지 않고 있습니다. 물론 많은 이들이 그러하듯이 그곳에서 여자를 만나 애도 몇 낳았다는 소식만은 알지요. 그런데, 아버지가 돌아오지 않은 이유가 묘해요. 한국이 자길 죽였다는 겁니다. 한국에 오면 자기는 그 순간 죽어 버린다는 거예요.

그가 일본에서 무얼 하는지는 잘 모르지만 그게 궁금한 건 아니죠. 뻔하잖아요? 저임금의 유태인, 슬럼가의 푸에르토리코인. 불과 손에 꼽힐 정도였지만, 어렸을 땐 일제 팬티를 입고 일제 양말을 신었던 기억도 납니다. 그 시시껍질한 소포가 끊어진 이유가 또 그렇더군요. 옷가지 몇 벌을 싼 신문지가 말썽이었어요. 조총련계 신문이더랍니다. 조총련—임진 왜란 때 사용한 총의 이름에 그 비슷한 게 있죠, 아마? 조총 새총 화승총. 저는 그때부터 머릿속에 생경한 총소리를 담고 다녀야 했습니다. 조총새총화승총— 딱, 딱, 딱.

제 아버지란 사람, 조총을 잘 다룰 줄 아는 능란한 포수였던 것 같습니다. 사실 여부야 고사하고, 아무것도 기대할 수 없는 후진 한국에 돌아가지 않아도 되는 명분으로 그걸 살려냈으니까요.

"나는 한국에 가면 당장 총에 맞아 죽어이."

그는 우리를 버리기로 작정했습니다.

"일본으로 아이들을 데리고 오라. 먹고 산다는 일에 큰 걱정은 없으니."

어머니한테 밀항하라는 얘기였죠. 제가 재일교포 2세가 아닌 걸 보면 어머닌 가지 않은 게 분명합니다. 그런데 문제는 거기에 또 있었어요. 오라고 할 뿐 밀항 자금을 보내 주지 않는 것이었습니다. 알쪼 아니겠어요? '나는 죽었다'는 선고였습니다. 어머니 입장에서야 가고자 하는 마음이 있었다 한들 바다만 바라보고 있을 수밖에……. 그때부터 어머니는 죽어 가기 시작한 겁니다.

아아, 그 끔찍한 나날들을 어떻게 이야기해야 할까요. 살아남기 위한 날들인지 죽어 가기 위한 날들인지 알 수 없었던 때를.

어머니에겐 친척이라곤 없었습니다. 사삼 사건의 돌풍이 몰아치고 있을 무렵, 아버지는 용케 육지의 어느 항구 도시로 피신해 있었는데, 거기서 어머니를 만났던 거예요. 어머니는 그때도 홀로였다고 합니다. 아버지가 항구를 전전했던 이유야 뻔하지요. 일본으로 가기 위한 발버둥이었습니다. 형님 두 분이 모두 그곳에 있었던 게지요. 제주에는 중풍으로 드러누운 할머니와 출가한 고모 한 분, 아직 나이 어린 작은고모가 있을 뿐이었고요. 두 분 더 계시던 아버지의 형님들은 사삼 사건과 곧이어 터진 한국 동란 때 각각 목숨을 잃었다고 합니다. 할아버지는 해방되던 해 돌아가셨다고 해요.

일본에의 밀항이 여의치 않던 중 전쟁이 터졌죠. 아버지는 어쩔 수 없이 어머니를 데리고 귀향해야 했습니다. 어쩔 수 없다는 건 이미 어머니 뱃속에서 제가 자라고 있었기 때문이에요.

전쟁 때 어버지의 모습이었다는 것도 가관입니다. 그는 동네 가까운 야트막한 산에 조그만 굴을 팠어요. 전쟁에 나간다는 건 곧 죽는 일인데, 아직 죽기는 이르다는 겁니다. 살아남기 위해선 아군으로부터도 적군으로부터도 보호 받을 필요성이 있었죠. 갖은 시중은 어머니가 도맡을 수밖에요. 핏발 선 많은 사람들의 눈을 피해야 하는 어려운 일을 어머니는 군소리 없이 해나갔다고 합니다.

전쟁이 끝나고도 아버지는 제대로 햇빛을 볼 수가 없었습니다. 아버지라는 인간의 값에 따라서는 그게 혹은 부끄러움일 수도 있고, 혹은 공포일 수도 있지요. 선생은 어떻게 생각하십니까. 그 둘 다가 얼마씩 있었을 거라고요? 댁은 늘 그렇군요. 영리한 양시론자(兩是論者). 이 혼란한 시대에 살아남는 방법으로 체득한 건가요? 좋습니다. 사실 우리는 아직 서로를 잘 안다고 할 수 없으니까요. 아직은 적인지 동지인지 판단을 내리기엔 이른 때니까요. 아무리 조심해도 지나치지 않다, 이거군요.

밤에만 몰래 활동하던 그는 관이를 낳고 얼마 후, 끝내 우릴 남겨
두고 떠났습니다. 이어서 할머니가 세상을 하직했고 작은고모도 생
계를 위해 육지의 해안으로 물질을 나가 버렸습니다. 출가한 고모가
남아 있었지만, 거기도 빈한하기 이를 데 없었어요. 그나마 아버지가
일본에서 자리를 잡고 새 가정을 꾸몄다는 걸 알자, 완전히 등을 돌
렸습니다. 애당초 어머니를 못마땅해 하기는 했지요. 어머니는, 아까
도 말씀드렸듯이 항구에서 만난 여자였으니까요. 어머니는 노래를
잘 부르고, 모두가 청승맞은 노래뿐이었지만, 술도 꽤 마시는 편이었
습니다. 그러니까 당신이 생계를 위해 할 수 있는 일이란 이미 정해
져 있는 것이었어요. 살아 있되 살아 있는 것이라고 할 수 없는 시절
들이 보다 구체적으로 나타나기 시작한 겁니다.

유 선생, 이 방파제로 이르는 납작납작한 집들 이야기를 기억하시
죠? 우리 집, 그나마 소유할 수도 없었던 우리 집도 그곳에 납작납작
하게 숨어 있었던 거요.

관이와 저의 어린 시절은 밤에 대한 부끄러움과 공포, 그리고 증오
로 치를 떨던 그런 때였습니다. 거리에 나와 손님들의 소매를 끌기엔
이미 너무 나이가 들어 버린 어머니는, 중국이나 일본 선원들이 항구
에 들어오기만 기다렸었지요. 오랜 시간 바다와 싸우다 온 그들에게
는 여자라는 사실만으로도 크나큰 위안이었을 테니까요. 그런데, 그
들이 항구에 들어오기 위해서는 폭풍이 몰아쳐야 했습니다. 선생도
아시죠? 제주의 여름은 태풍 서너 개를 반드시 거쳐야 끝납니다. 그
중 팔월 말이나 구월에 오는 게 가장 위력이 세지요. 어머니는 여름
이 되면 얼마 동안은 싱싱하게 살아서 꿈틀거렸다고 기억이 됩니다.
푹 꺼져 있던 볼은 바람이 든 듯 팽팽해지고, 늘어진 가슴도 번쩍 고
개를 쳐드는 듯싶었어요. 그럴 때의 어머니의 밤은 온통 하얗다고나

할까요. 아무리 많은 물개들에게 물리고 뜯기어도 어머니는 끄떡없어 보였습니다.

그러나, 일 년 동안 근근이 모아 둔 당신의 기(氣)는 여름 그 몇 밤에 온통 소모되어, 미처 더위가 다 가시기도 전에 번데기가 빠져 나간 허물처럼 돼 버리곤 했어요. 우리의 부끄러움과 공포, 그리고 증오는 그때부터 시작이 되었던 겁니다. 어머니는 퀭한 눈에 핏발을 세우며 저한테 무언의 요구를 했어요. 외국 선원들도 떠나 버린 거리에 서면 사방의 어둠은 바로 거대한 벽, 또는 거대한 불꽃이었습니다. 거기에 부딪치자면 몸이 깨어지는 아픔이나 전신에 입는 화상 같은 끔찍한 고통을 감내할 용기를 쥐어짜야 했어요. 그래서 어머니의 핏발 선 눈을 대할 때마다 저는 별도봉 자살터에서 부서지느냐, 방파제의 어둠 속 바다로 유영하느냐의 갈등에 시달리곤 했습니다.

어느 쓸쓸해 보이는 나이 든 사내의 소매를 붙들고 어머니 방에 들여 보낸 후면, 저는 한참이나 울렁이는 가슴을 안고 그 바깥에서 기다려야 했습니다. 대개의 경우는 들어가자마자 도로 나와서는 내 멱살을 움켜쥐었으니까요.

"이 나쁜 놈! 그걸 여자라고……."

저는 제발 그 사내들이 뺨이라도 치고, 발길질이라도 했으면 하고 바랄 때가 많았습니다. 그 사내들이 하는 대로 받아들이고서는 어머니가 있는 방으로 뛰어들어가 그대로 갚아 줄 수 있게 말입니다. 그래서 가슴 가득 차오르는 부끄러움과 공포가 해소될 수 있게 말입니다.

"죽어 버려! 죽어 버려!"

그러나 어머니는 이미 죽어 있었던 걸요. 푸욱 꺼진 볼에 밋밋한 가슴을 드러낸 채.

그것이 우리의 삶의 모양, 부끄러움과 공포의 모양이었던 셈이지요. 그런데, 이상한 일입니다. 그 와중에서도 저는 어머니가 가능하면 살아서 꿈틀거려 주기를 바랐던 것 같으니까요. 그 쓸쓸한 사내도 함께 살려내면서 말예요. 살아서 꿈틀거리는 여자들에 대한 증오의 씨앗은 아마도 그때쯤 뿌려진 게 아닌가 싶습니다.

아니 선생, 왜 눈을 감고 계십니까? 설마 이깟 술에 취하신 건 아니겠죠? 제 이야기는 아직도 많이 남아 있어요. 일단 맥이 파트너로 정해진 이상, 제 입이 쉽사리 멈추진 않을 겁니다. 그러나 너무 걱정하진 마세요. 여름밤은 무척 짧으니까.

이젠 완전히 어두워진 것 같습니다. 저 어화(漁火)를 환히 켠 배들을 보세요. 멸치를 잡는 겁니다. 불빛을 따라 몰려드는 은빛 고기떼를 적당한 시간까지 기다렸다가 투망 작업으로 훑는 거예요. 수많은 멸치들이 어둠 속에서 번쩍번쩍 몸뚱이를 빛내며 살아 꿈틀거리는 건 과연 이 여름밤의 독특한 정취지요. 물론 어부들에겐 생활일 뿐이겠습니다만. 제가 어렸을 적 이 일대에는 갯지렁이가 많았어요. 우린 개수리라 불렀죠. 빈 깡통에다 모래를 넣고, 그 위에 개수리를 잡아 넣은 다음엔 오줌을 갈깁니다. 방파제 끝에서 주낙을 할 때 낚시 미끼로 쓰는 거예요.

그간 저기를 매립했더군요. 도로를 닦고, 방파제를 쌓고— 여름밤의 관광 명소가 될 만합니다. 득실득실한 저 사람들이 보입니까? 괜찮으시다면 저쪽으로 자리를 옮기고 싶습니다. 바다에서 멀지 않은 곳에 적당한 카페가 있을 거예요.

2

들어오실 때, 이 카페의 이름이 '환상'이란 걸 보셨나요? 저기 카운터에 앉은 마담이 좀 흥미가 있더군요. 저는 어젯밤에도 여길 들러 술을 마셨습니다.

이보시오, 교양 있고 우아하신 마담! 당신이 애호하는 그 화가의 존함을 이분께 말씀드려요. 환상적 리얼리즘의 거장, 그로테스크한 화풍을 지녔다는 그 스페니쉬 말이오.

저 마담은 요즘의 시위 사태를 볼 때면 〈내란의 예감〉에 빠졌었다나요? 그 그림은 저편 구석에 조그맣게 붙어 있지요. 골 비워 놓고 술 마시는 작자들의 눈에는 잘 안 띄도록 말입니다. 〈내란의 예감〉 곁 커다란 판넬에 들어 있는 여자의 유방은 금방 터져 버릴 것 같군요. 그러나, 아직 내란은 예감뿐 일어나지 않았고, 여자의 유방도 잔뜩 부풀었을 뿐 터져 버리진 않았습니다. 흥미롭지 않으세요? 터지지 않은 유방이나 예감뿐인 내란이나 절대적으로는 똑같은 심리의 양을 간직하고 있다는 게…… 마담의 음모는 거기에 도사리고 있는 것 같습니다. 술 마시는 자들에 대한 시력 감정인지 조롱인지……. 방콕의 밤 이야기 기억나시죠? 저 부푼 유방의 여자도 역시 자신의 성을 드러내 놓고는 은밀한 곳에서 날카로운 발톱으로 무엇인가를 모독하고 있는 셈이죠. 아니 뭐라구요? 어쩐지 매저키스트 냄새가 난다구요? 아, 유 선생은 정말 눈물나게 유머가 세십니다.

참, 아까 이 카페에 들어오기 전, 그 격렬한 시위를 보셨지요? 듣기로는 매일 이 중앙로에서 철야한다는군요. 어젯밤의 그 비바람 속에서도 강행하는 걸 저도 보기는 했습니다만, 이곳 국립대 여학생 하나가 전경이 맞받아 던진 돌멩이에 한쪽 눈을 크게 상했답니다. 그에 대한 해명과 전경의 처벌을 요구하며 저런다고 해요. 그러고 보면 세상이 많이 변하기도 했어요. 흡사 십이륙 이후 같잖습니까. 그때는 물론 내란의 예감 따위도 떠오를 겨를이 없었지만 말예요. 간혹 저들이 부러워지는 때도 있습니다. 그만한 양의 부끄러움과 함께……. 저의 대학 시절은 그들과 사뭇 달랐으니까요.

유 선생은 당시, 대통령이 그렇게 허망하게 죽으리라고 상상이나 해보았습니까? 그는 한마디로 막강한 태양이었죠. 적의를 다다르게 하기만도 벅찰 정도의 너무 먼 거리에 자리한 우리들의 일상—. 태양은 은밀한 데서 적의를 불태우는 음지 식물들을 용납하지 않았습니다만, 애석하게도 그의 그늘 밑에 음습한 표정의 재규어 한 마리가 사육되고 있었던 셈이죠. 재규어는 사육사를 물어죽인 겁니다. 얼마 전 수해 때, 동물원 우리를 빠져 나온 재규어 기억하세요? 그 맹수는 며칠 간 시민들을 공포로 떨게 하다가 끝내는 포수의 총에 사살되고 말았습니다. 어쨌거나, 태양을 물어뜯은 만용의 재규어도 같은 운명이었달밖에요. 당시 그의 행위가 우리들에게 준 예감은 어떤 것이었을까요. 제 경우만 두고 말한다면 그건 바로 기사 회생의 복음, 그 종소리와 다르지 않았습니다. 선생의 이해를 돕기 위해선 이야기를 다시 거꾸로 돌려야겠군요.

제 사춘기의 불행을 잠깐 말씀드렸습니다만, 그 시절의 마무리 또한 기억하기 싫을 정도로 끔찍했어요. 고교 졸업반이었을 땐가요, 애들이 머리가 굵어지다 보니까 그 치솟는 무분별한 욕정을 배출할 대상을 찾아 밤 거리를 헤매는 축도 몇 있었습니다. 그 중 한 녀석이 제 주위를 빙글빙글 돌면서 이유도 없이 기분 나쁜 웃음을 뿌리곤 하는 것이었어요. 녀석의 잇새에 물린 웃음은 마치 탁하게 엉긴 가래덩이 같았습니다. 주위에서 녀석을 발견한다는 것은 그 끈끈한 가래를 온몸에 뒤집어쓰는 일과 매한가지 느낌을 주었어요.

"왜 기분 나쁘게 웃어, 임마!"

녀석이 대답했습니다.

"캬캬캬, 난 니 애비다! 큰절 해봐, 캬캬캬캬!"

난, 니, 애비다……. 저는 눈에 보이는 게 없었습니다. 녀석의 멱살을 쥐고 학교 뒤로 끌고 갔어요. 자살터가 있는 별도봉과 학교 사이에는 개울이 흐르고 있었습니다. 귀에는 바람 소리가 윙윙거렸고, 손에 집히는 모든 것이 녀석의 몸뚱이에서 박살이 났죠.

녀석의 몸이 빈틈없이 피칠갑이 되어 칙칙해졌을 때야 겨우 정신이 돌아왔습니다. 빗발이 굵게 떨어지기 시작하더군요. 물론 여름이었어요. 거센 비가 자주 내렸고, 태풍이 하나쯤 올 무렵이기도 했습니다. 점점 굵어지는 빗줄기 사이로 녀석이 가늘게 신음을 뱉어 내고 있는 어두운 개울을 떠나, 저는 집으로 달려갔습니다. 어머니는 핏발 선 눈으로, 습관처럼 무언의 요구를 하고 있었습니다. 번들거리는 눈빛은 이렇게 말했어요.

이놈아, 태풍이 오고 있잖니.

바람 소리는 귓가에서 더욱 거세게 윙윙거렸습니다. 태풍은 제 가슴속에서 몰아치고 있었던 거예요. 저는 충동적으로 어머니를 걷어찼습니다. 역시 그 〈격한 충동〉의 순간을 기억할 수는 없는 일이었죠. 죽어 버려! 죽어 버려! 피가 터져 오르자, 제 눈에는 방바닥에 고꾸라진 어머니가 개울가의 녀석으로 보였습니다. 죽어 버려! 죽어 버려!

그날 엄청난 바람과 비가 이 섬을 뿌리째 흔들었습니다. 어둡고 광포한 바다에 내몰린 일엽 편주—. 비가 멎고 바람이 잔 뒤 고운 모래가 깔린 해안에 표착한 쪽배에는 어머니도 없고 녀석도 보이지 않았

습니다. 어머니는 방파제로 나가, 그 광포하고 어두운 바다의 아가리
에 당신을 공양했고, 녀석은 급격히 불어난 개울물에 휩쓸려 역시 그
바다로 스며들어 버린 거예요.

 제겐 아무런 죄의식도 없었습니다. 이미 가슴속에 몰아치던 태풍
도 가라앉았고, 그 바다의 살의에는 익숙해져 있었던 때니까요. 용의
자는 다만 바다일 뿐이었습니다. 저는 그저 또 한 번의 〈방조〉를 겪
는 셈이었다고 할까, 그리고 제 사춘기는 막을 내렸던 것입니다.

 유 선생, 맥주가 맘에 안 드시면 다른 걸로 한 잔씩 하실까요? 이
보시오, 교양 있고 우아하신. 마담! 미스 지는 어디 갔나요? 마담의
우아함과 미스 지의 생기가 반반씩 섞인, 빨갛고 향긋한 칵테일 두
잔. 물론 운반은 미스 지의 몫이고.

 댁이 그 아가씰 보면 한눈에 반하게 될 거요. 미스 지는 이 카페의
특제 칵테일 〈살바도로 달리〉처럼 향기롭고 상큼한 몸을 가지고 있
어요. 저는 어젯밤 그녀와 잤습니다. 머리끝에서 발끝까지 생기가 넘
치는 여자였죠. 물론 약간 굵은 허리와 잘 무르익은 몸으로 보건댄
필시 사내가 있다고 느끼긴 했습니다만, 어젯밤 이후론 생각이 달라
졌을 게요. 그녀는 밤새 몇 번이나 까무라쳤으니까, ㅎㅎ.

 오, 드디어 나타났군, 미스 지! 그대의 길고 갸름한 손가락에 꽉 끼
인 술잔은 다시금 내 잠든 정열을 불러일으키는구료. 내 붉은 정열은
그대의 길고 갸름한 하얀 손가락에 얽혀 들어 매끄럽게 출렁거리
고⋯⋯. 저런 저런. 선생, 어떤 여자들은 화를 낼 때면 더욱 아름답
다고도 합니다만 미스 지야말로 그런 유가 아닐까요. 그 꿈틀거리는
아랫배를 보셨지요? 하지만 선생도 동감하실 거요. 여자들은 고작
우리 삶의 삽화일 뿐이라는 사실을. 향긋하고 상큼한 한 잔의 〈살바
도르 달리〉― 자, 또 계속할까요.

저는 학교를 그만두고, 중학생이었던 관이와 함께 서울로 갔습니다. 한국에서 삶에 패배한 사람들이 마지막 기항지로 제주를 찾듯, 우리도 밑바닥에 이르면 또 하나의 익명의 섬에 지나지 않는 서울로 갈 수밖에 없는 거지요.

그때부터 저는 가슴속에다가 살아 꿈틀거리는 것들에 대한 증오 대신에 조용한 불꽃 하나를 키웠습니다. 그 불꽃의 힘을 빌어 가능하면 가슴속에 채워진 모든 과거의 기억을 불사르고, 그 잿더미 위에서 네 발로 높직하게 서려고 말입니다. 긴 다리와 긴 목을 가진 짐승, 기린 한 마리가 나타나기 시작한 거예요. 그후 제가 눈을 감기만 하면, 기린은 아뭇소리도 없이 넓고 검은 땅을 경중경중 뛰어가는 것이었습니다. 광활한 청색의 하늘을 배경으로 한 실루엣처럼.

서울에서 처음 시작한 일은 때밀이였습니다. 관이는 총명한 아이였기 때문에 어떻게든 그의 학업은 계속 시켜줘야 한다는 게 제 의무같아 보였습니다. 사람들은 어쩌면 아무것도 지니지 않았을 때 가장 큰 힘을 낼 수 있는 것이 아닐까요. 사람들의 몸에 더께로 앉은 건 시기, 증오, 야수적 욕망의 찌끼들뿐이었습니만, 실상 그것들은 살아남는 데 절대적으로 필요한 방패들이지요. 그러나 자신이 그 방패 안에 안주하고 있다는 사실을 의식한다는 건 반드시 수치심을 동반하게 되고, 그것은 또 익명이 가져다주는 악의 의지를 약화시켜 버립니다. 그래서 사람들은 주기적으로 그 거북살스런 더께들을, 수치심이 덜 하도록 남의 손에 의해 벗겨 내기를 원하는 거예요. 아무런 방패 없이 순수한 살로 문 밖을 나서면서 그들은 새로운 악의 하루를 열 의지로 충만하게 됩니다. 일야가 새벽에 씻겨 버리면서 가장 강력한 힘 하나가 우주적으로 떠오르는 거지요. 그렇다, 내 삶도…… 할 때, 기린 한 마리가 지상에서 가장 높은 어깨를 우쭐거리며 아카시아가 드문드문 자라난 사바나를 경중경중 질주했습니다.

열탕을 전전하다 힘이 빠져 드러누운 비대한 사내의 몸은 그 완전한 허락의 상징이었어요. 저는 그 사내들의 몸을 정성들여 비누칠하고 꼼꼼하게 닦아내 주었습니다. 그대의 묵은 시기, 증오, 야수적 욕망들이여 말끔히 씻겨 나가라. 그리하여 다시금 새로운 악의 우주를 열라. 이전에 없던, 가장 치열한 시기와 증오와 야수적 욕망들이 그대의 살 위에 다시금 더께로 앉게 하라ㅡ. 저는 그 징표로 사내들의 몸 어느 구석엔가 거친 올의 수건 자국을 꼭 남겼습니다. 우리 모두가 공모자가 아니냐는 낙인으로서 말예요. 실핏줄이 드러난 그 부분은, 그러니까 지크프리트의 허술한 등판인 셈이었습니다. 끝내 믿을 수는 없는 게 사람들이기도 하니까.

그후 3,4년 간은 그런대로 행복한 나날들이었다고 말씀드리고 싶군요. 저는 열심히 닦아 내며 열심히 공모자들의 숫자를 불리는 재미에 취할 수 있었고, 관이도 공부를 잘 해주었습니다. 촌놈이 그 사막에서 입신할 수 있는 길이란 뻔하지요. 공부를 뛰어나게 잘한다거나 돈을 움켜쥐는 수밖엔. 거기 덧붙여 그 절대 권력의 구석진 자리에서나마 기생할 수만 있다면 금상 첨화가 아니겠습니까.

관이가 좋은 성적을 내서 일류 대학의 법과에 입학할 때까지 세상은 대통령 선거와 유신을 거치고 있었어요. 어두운 시절의 서장이기는 했습니다만, 사람들은 처음의 충격이 가라앉자 사태를 그냥 받아들이는 편이더군요. 욕탕에 드러누우러 오는 사람들은 정치 감각도 뛰어나기 이를 데 없습니다. 모든 일의 내면과 모든 일의 미래를 낙지 다리 씹듯 수월하게 씹어 넘기거든요. 분노는 대개 단발성이고, 꼬솜한 재미는 실상 새로운 정보의 교환에 있을 뿐이었습니다. 흥미 있는 건, 이것저것 잡다한 정보를 두루 꿰고 있는 사람일수록 분노를 표현하는 일이 드물다는 점이에요. 아는 게 병이라더니, 뗏국물 같은 저자거리의 소문들이 자신의 무기력을 암처럼 확산시켜 버리는 것입니다. 자신의 무력함을 안다는 점에서 오히려 그들은 현명한지도 모르지요. 변화하는 세상에 잘 맞춰 살아남는 방법들이 금방금방 가시적으로 드러났으니까요.

입으로는 분노하는 체하면서도 끊임없이 유력한 물꼬를 찾아 눈빛을 번들거리는 그들은 저에겐 위안이었습니다. 동일한 낙인이 찍힌 공모자들이 많아지면 많아질수록, 그렇게 형성된 세계에 걸맞는 새 윤리가 생겨나는 법이니 말예요.

저는 애초 관이에게 육사를 권했었죠. 군인들이 득세하는 시절인 데다가 앞으로도 그 길이 전망이 있어 보였습니다. 그리되면 학비 등 경제 문제도 해결이 쉬웠으니까요. 관이는 마뜩찮은 것 같았어요. 더구나 가능하지도 않다는 냉소적인 반응이었습니다.

살아 있되 죽은 거나 마찬가지였던 아버지의 망령, 다시 조총 새총 화승총의 딱, 딱, 딱 하는 소리가 머리를 감싸고 돌기 시작했습니다 그는 그런 식으로 자신의 살아 건재함을 자식들에게 알리고 있었던 거예요.

관이와 저는 촌놈다운, 그 유연하지 못한 상상력으로 이런 꿈을 키웠지요. 법과 대학엘 합격해서 좆이 빠지게 공부를 한다, 가급적 재학중 고시에 패스한다, 군복무 후 이 사회에 이미 자리를 잡은 계층의 여자를 택해 결혼한다, 검사로 능력을 발휘한다, 어느 정도 기반과 명성을 쌓았다 싶으면 변호사로 개업, 좆이 빠지게 돈을 번다, 적당한 시기에 정계로 진출한다—. 그 다음은 알죠 아니겠어요? 권력의 핵심에 근접하기 위해 가능한 수단 방법을 모두 동원하는 거죠. 각종 이권에 개입하여 소위 떡고물을 많이 묻혀 내는 거야 그 세계의 기초 과정 아니겠습니까. 이 땅에서의 출세란, 선생도 동의하시겠지만, 그 방면에 능란한 솜씨를 지녀야만 가능한 거예요. 게다가 사람들은 그런 일에 분노하는 듯하지만 실은 선망과 다르지 않다는 사실을 이미 저는 알고 있었습니다. 모든 일의 내면을 낙지 다리 씹듯 저작하는 자일수록 흑막을 매우 잘 이해하고 오히려 관대한 편이에요. 그런데 관이와 저라고 했지만, 이건 모두 관이가 합격하는 걸 보면서 혼자 그려 본 것에 지나지 않았습니다. 하지만 관이라고 다를 리 없다는 게 제 확신이었어요.

그 확신은 관이의 합격 후 한 학기도 채 지나지 않아 깨져 버리고 말았습니다. 녀석은 소위 열렬한 운동권 학생이 되었던 거예요. 서얼 출신들을 박대하던 시대와 조금도 다를 게 없다는 논리였습니다. 이 시대에 살아남기 위해선 큰 그늘에 기생하는 어두운 몰골의 미물이 되거나, 주인을 살해하는 노예와 같은 혁명아가 되는 수밖에 없다고 관이는 종종 말했어요. 해답은 물론 관이의 말 속에 그대로 있었습니다. 응달의 미물이 되기엔 녀석의 이름이 너무 빛났으니까요.

저는 조마조마해서 견디기가 힘들었습니다. 관이가 합격한 대학의 뱃지는 이를테면 망망한 바다에서 난파당한 후 기갈과 오한을 겪다가 만난 구원의 판자조각이었어요. 녹이 슬지 않게 갈무리만 잘 해두면, 이 시대의 웬만한 파도쯤은 타고 넘기 수월한 보증 수표였습니다. 녀석은 그러나 어린 만큼 낭만주의자여서 자신이 이 신종 계급 사회의 중상부에 이미 턱걸이했다는 사실을 모르거나 모른 체하려고 했었죠.

"짜샤, 위험허다."

저는 가부장적 권위를 가지고 관이에게 말했습니다. 녀석에겐 제가 형이며 아버지인 셈이었으니까요.

"위험하다고 모두가 움추려 있는 게 더욱 위험한 겁니다, 형님."

"뭐가 더욱 위험하다는 말이냐."

"나라죠. 이 나라."

"거창허다. 좀 욕심이 있긴 하나 엳민한 나랏님도 계시고, 이 나라 사람 모두가 한 번 더 쳐다보는 대학의 뱃지도 니 가슴에 빛나고 있잖어."

"형님은 바로, 그 교활한 군주의 미끼에 걸려든 가엾은 고기떼의 하나에 지나지 않습니다."

"조신만 잘허면, 웬만큼은 살 수 있다."

"웬만큼은 살 수 있을는지 모르지만, 그것은 언제고 누군가의 시혜에 의한 신기루와 같은 것이라는 불안감을 지닌 채일 수밖에 없어요. 변덕스런 군주가 혹 심통이 나서 걷어차지나 않을까 하는……."

관이의 심장에 박힌 조총의 탄환은 막강한 힘을 발휘하고 있었습니다. 그것은 녀석의 가슴속에서 금빛으로 번쩍이며 더욱 싱싱해져 가는 듯이 보였어요. 그러다가 끝내는 관이의 몸 전체가 커다란 탄환이 돼 버리지 않을까 하는 생각마저 들 지경이었습니다. 어떤 불의한 세상이든 반역아를 용납할 수는 없는 법이죠. 아니, 불의한 세상일수록 반역아를 응징하는 방법은 악랄하기만 할 뿐입니다.

관이와 같은 작은 홍길동이 동에 번쩍 서에 번쩍 하는 걸 보다못한 권력은 긴급한 조치를 남발하기 시작했고, 녀석이 용빼는 재주가 없는 한 칼과 족쇄를 차고 들어앉을 수밖에요. 국기를 뒤흔드는 불순아들을 대다수 선량한 국민들로부터 격리코자 한다는 조치란, 실상 권력을 위협하는 자들을 거세하기 위한 긴급한 방편이라고 관이는 의연히 말했습니다만, 제게는 그저 무력한 푸념으로밖에 들리지 않았어요. 가능하면 제 사춘기적 불행을 관이에게까지 확산시키지 말자고 했던 배려가, 마침내 이런 얼뜨기 낭만주의자의 배신을 낳고 있었다고 생각되자 저는 녀석이 와락 미워졌습니다. 대응 방식이란 항상 상대적인 게 아니겠어요? 광기로 부풀대로 부푼 강력한 시대에 강력하게 대응한다면 부러지는 결과뿐이라는 사실을 인정 못하는 녀석이 한편 불쌍하기도 했습니다만.

그런데 문제는 관이가 잡혀가고 나자, 그때까지 관이의 삶에 내 삶을 송두리째 걸고 있었다는 자각이 드는 것이었어요. 관이가 꺾이는 것이 바로 내 자신이 꺾이는 것이다. 저는 어쩔 수 없이 선택에 부심해야 했습니다.

유 선생, 선택이라는 말에 너무 긴장하진 마세요. 혈연 운운을 자주 해왔듯이 그래도 이 세상에 유일한 피붙이는 관이 아니겠어요? 제가 말하는 선택이란 이제 내 삶이 온전히 내 앞에, 내 수중에 떨어졌다는 데서 오는 결의 이상이 아닙니다. 관이에게 걸었던 기대를 돌려받고, 오로지 내 방식에 의한 살아남기에 힘을 모으자는 것이었어요. 관이는 도리 없이 이 시대가 만든 죄의 값을 치른 후, 갱생하든지 더욱 폭발력을 지닌 화약으로 단련되든지 할 것이다, 혈연이긴 하지만 관이는 관이의 고유한 삶이 있을 것이고, 그걸 방해할 권리는 아무에게도 없다, 이런 생각이 들었던 겁니다. 아버지의 삶이란 것도 우리가 비난해 오긴 했지만 나름대로의 고유한 방식인 것처럼 말예요.

그후 3년 반의 실형을 선고받은 관이의 옥바라지를 하며 곰곰이 생각한 끝에 키운 내 방식이란, 이 시대의 논리에 철저히 밀착해서 대응해 보자는 것이었습니다. 지형을 따라 도는 물굽이처럼, 유연한 흐름으로 대세를 좇아보자. 어쨌든 큰 바다에 이르기만 하면 될 것이 아닌가. 그러기 위해 필요한 첫째 조건은 관이를 통해 대리 만족을 얻으려던 대학엘 제가 직접 가야 한다는 것이었어요. 온건한 학생들을 필요로 하는 시대였으므로, 욕탕의 때밀이에서 대학생이 된다는 건 그런 시대를 움직이는 계층에도 몇 점 먹고 들어가는 방식이 될 테니까요. 〈어려운 환경을 초인적 의지로 뚫고, 이 열린 사회에 견실하게 자리잡으려는 한 청년〉을 빌미르 시대의 논리는 더욱 단단하게 굳어 갈 것이었습니다. 분수를 알고 상한선만 유념해서 착실히 지켜 내면 그럭저럭 평화는 유지할 수 있는 법 아닙니까? 이 세상의 중간쯤에라도 진입해 보고자 애쓰던 제게 있어서 통치 권력의 음험한 광기 따위는 너무도 먼 거리에 있는 장애물에 지나지 않았던 겁니다.

앞서 말씀드렸듯이 고교 과정을 다 마치지 못한 저는 우선 대입 검정부터가 선결 문제였죠. 그야말로 주경 야독이었다 할까요. 낮시간에 부지런히 사람들의 살갗에 더께로 앉은 때를 밀어 내는 작업은, 그러니까 씨 뿌리기 위한 밭갈이에 다름없었습니다. 그들의 맨살 어느 구석에 거친 올의 수건 자국을 남기는 건 잊지 않았지만, 힘을 주는 순간 고통스러워하는 그들의 모습에다 저는 어느덧 연민의 씨앗 하나씩을 뿌려 넣고 있었습니다. 끝내 신뢰할 수도 없는 공모자들의 숫자를 불리는 단순한 일에서, 한층 그들과 가까워졌다는 징표였지요.

관이의 수감으로 혼자 지키게 된 방에서 나와 아예 욕탕에서 숙식을 해결하며 애쓴 보람이 있었는지, 일 년 반 만에 검정 시험을 돌파했고 다시 일 년 후에는 이류쯤 되는 곳이었습니만 대학 합격이라는 목표를 달성하고야 말았습니다. 그 기쁨이야 이루 말할 수 없을 지경이었지요. 세상은 또 알맞게 허수룩한 구석도 있어서, 예상한 대로 기자들이 떼거리로 찾아와 인터뷰를 하고 신문에 사진까지 내고 야단들이었습니다. 기자들의 관심은 당연히 가족 관계에 뻗쳤는데, 저는 가급적 비참한 상황임을 역설했어요. 어려서 부모를 다 잃었다, 하나뿐인 혈육인 남동생은 너무도 배고픈 시절 저지른 일로 복역중이다……. 이 대목에선 금방이라도 울음을 터뜨릴 것처럼 눈자위를 붉게 물들이기도 했죠. 그만하면 이 세상의 흐름에는 유연하게 몸을 섞은 것 아니겠습니까. 제아무리 삭막한 세상에도 어딘가 아킬레스의 건 같은 누선은 잠복해 있다는 사실을 이미 통달한 거죠. 잔뜩 억눌린 사람들을 살아가게 하는 방법이란, 그들보다 못한 환경에 처한 비참한 군상의 모습들을 시시때때 적절히 제공해 주는 겁니다. 그래서 그들의 누선을 자극하고, 감상에 물들게 하는 거예요. 그래, 인생이란…… 어쩌고 하며 술잔이라도 기울이게 되면 위험 수위의 폭발력은 발달된 위장으로 모두 흡수돼 버리고 세상은 다시금 평온을 되찾게 되지요.

어쨌거나 매스컴의 덕택으로 각지에서 심약해진 사람들의 동정이 쏟아져 들어왔습니다. 때를 밀던 힘으로 열심히 책밭을 갈아 보아라, 이 시대가 필요로 하는 건실한 일꾼이 되어라. 다시 속물들의 이해를 돕기 위해 비유하자면, 그때가 바로 대목이었고 호황기였다 할까요.

아, 너무 문법 학자 같은 얼굴을 하지 마십시오, 선생. 세상살이가 다 리듬을 타는 방법에 길들여지는 과정 아니겠습니까? 솔직해지지 않기 위해 아득바득하는 세상에, 저 같은 사람이 존재한다는 것도 일견 희망의 하나일 테지요. 그러니, 술이란 얼마나 좋은 건가요. 생면부지의 우리들을 진실이라는 끈으로 대번에 묶어 버리니 말입니다. 선생의 그 딱한 표정은, 이를테면 제 말씀이 지나치게 윤색되지 않은 진실이어서, 여태껏 이런 인간형을 접해 본 적은 없는 데서 오는 당혹이랄까, 뭐 그런 종류의 것이겠지요. 일단 꾸며진 것을 분석해서 진실을 유추해야 하는 우리들의 익숙한 인간 관계와는 거리가 먼 것이니까요.

　네? 과연 제 말이 진실 그 자체냐구요? 진실을 말하는 자가 거듭 진실, 진실을 외치느냐구요? 정말 선생은…… 대체 뭐하는 분이시죠? 끝내 동화되기도 거부하고, 그렇다고 이 자리를 마다하는 기색도 없는 걸로 보면, 댁은 뭔가 융통성은 없지만 인간의 기미와 관계된 직업에 종사하고 있을 것이라는 생각이 듭니다만. 혹시 세리는 아니신가요? 아니면 율법 학자? 하하하, 농담입니다. 직업이 뭐든 무슨 상관이겠어요. 선생이 형사가 아닌 다음에야 교묘한 취조중에 있다는 우려 따위는 사치스러운 장식 안주에 불과하겠죠.

　하여간 당시 답지한 성금들은 무리하지만 않는다면 대학을 마치기에 족할 액수가 되었습니다. 경영과에 합격한 만학도답게 인생 경영의 싹수가 파릇파릇했던 셈이죠. 더구나 아버지가 없음으로 해서 이미 군대까지 면제받고 있었으니, 그후 일 년쯤 있다가 만기 출옥할 관이만 얌전히 있어 준다면 만사가 그림처럼 깨끗이 넘어갈 판이었습니다. 아니, 관이가 얌전히 있어 주지 않는다 하더라도, 녀석과 한 줄에 목매지 않으리라는 결심이 단단히 있었던 터라 그닥 큰 문제가 될 건 아니었어요.

　또한 관이는 제가 가부장적 권위를 가지고 감싸 주거나 꾸중할 수 있는 한계를 벌써 벗어나 있었으니까요. 우려하던 바대로 관이는 무서운 폭발력을 지닌 화약으로 더욱 단련되어 있는 것 같았습니다. 실상 우린 모두가 가부장의 존재 없이 자라온 환경을 공통적으로 지니고 있었어요. 이미 말씀드렸다시피 우리에게 아버지란 적의의 대상일 뿐이었습니다. 존재하지도 않으면서, 온갖 보이지 않는 제약으로만 더욱 확실히 존재하는 아버지에게서는 사랑의 흉내조차 배울 수 없으니까요. 그러니까, 제가 관이에게 어설프게 흉내낸 가부장적 권위는 녀석에겐 좋지 않은 교육이 되었을 뿐이겠지요. 인간 조건의 하나인 가부장의 사랑이란 게 녀석에겐 전혀 결핍되어 있었으니, 모든 권위와 압제에 대항하는 적의만이 무성할 수밖에요. 철저한 고아의식에서 출발하여 아버지의 존재를 무화하고, 가장 큰 가부장일 국가에까지 그 논리를 연결시킨 건 관이의 입장에서 본다면 순리일 수도 있습니다. 녀석이 제발 무정부주의 따위에까지 이르지는 않기를, 제발 어느 시대고 존재하는 반정부세력의 수준에서 멈춰 주기를 바라는 게 고작 제가 할 수 있는 역할의 전부였다고 하겠죠. 그러고 보면 저는 불행히도 제 아버지를 유전적으로 많이 닮아 있는 것 같습니다. 얼뜨기 낭만주의 같은 것은 아예 뿌리내릴 영토도 없고, 바람에 쓸리는 억새처럼 유연한 몸가짐으로 살아남기에 능숙하니 말예요. 기껏 자식들로부터 적의나 받은 당신이 그래도 남겨 주고자 했던 내리사랑의 씨앗일까요. 아니면, 자신이 짊어져야 할 이 땅에서의 업보마저 아들에게 남겨 버린 저주의 씨앗일까요.

출옥한 관이 역시 군대를 가지 못했습니다. 모호한 사상을 가졌다 여겨지는 이들에게는, 잠시 경제적인 도피가 되는 군문도 열리지 않았던 것이죠. 관이는 우여 곡절 끝에 어느 공단의 선반공으로 취직해 착실하게 살아가려는 것 같았습니다. 제 가슴속에서도 다시금 사바나의 기린이 경중경중 뛰어가기 시작했고요.

당연한 얘기지만, 대학에서 제가 택한 방식은 공부에 매진한다는 유가 아니었습니다. 장기적으로야 그게 확실한 것 같지만, 제가 가진 여건으로는 가장 미련해 보이는 방식일 수밖에 없었지요. 웬만큼 해서는 표도 나지 않고, 완행 열차를 타기엔 시간도 아까웠으니까요.

기억하시겠죠? 당시엔 학생회 명칭이 학도 호국단이었다는 걸. 학원을 병영의 체제로 얽어맨 그 시절엔 물론 투표라는 행위도 없었어요. 학생 간부들은 대대장, 연대장, 사단장으로 불렸습니다. 그들을 선발하는 권한은 학생이 아니라 교수들에게 있었고요. 요즘의 시각에선 어불성설이지만, 당시에는 누구에게나 무리 없이 받아들여지던 안정된 제도였습니다. 언제고 권력 지향적인 해바라기들은 자라나기 마련이어서, 그 〈대장〉 자리에 연연하는 축들도 없지 않았고, 때로는 치열한 경합이었다는 후문이 새어 나오곤 했었지요. 대학내 실력자 모모 교수의 후광이었다느니, 기관에서 추천했다느니 하는 이야기들은 제가 그때껏 보아 오던 바대로, 경멸과 선망이 반반씩 배어 있는 반응이었고요.

이거다 싶었어요. 이 시대의 논리는 병영의 체제와 구호에 거부감이 없어야 된다는 사실, 더구나 대학생인 자체가 호국단원이 되는 거니까, 그 체제의 사병 하나가 되는 거니까, 누가 누굴 경멸하고 침을 뱉을 수 있단 말인가, 인간이면 누구나 가지고 있는 상향 의지를 다만 남보다 좀더 적극적으로 나타낸 것에 불과하지 않은가, 이런 식의 논리가 서더라니까요. 잘만 되면 적어도 그럴싸한 취직 자리 하나는 보장 받는 셈이고, 여차저차할 경우 소위 떡고물을 흠씬 묻혀 낼 수도 있을 것이라는 계산이 쫙악 나왔습니다. 게다가, 압니까? 여자들은, 그것도 권력이랄 수 있는지는 모르겠지만, 권력에 약하다고들 하는데, 지능은 중간쯤 되고 밤에 색이나 잘쓰는 악세사리들을 여럿 꿰어찰 기회가 될지도.

저는 일단 장기전을 벌이기로 작정했습니다. 학과에선 나이로 노털그룹에 속해 궂은 일은 하지 않아도 되었는데, 그런 걸 놓쳐서는 곤란하지요. 누구나 처음엔 선뜻 나서지 않는 대의원을 자원했고, 강의실과 교수 연구실과 학과 사무실을 뻔질나게 드나들며 바삐 움직였습니다. 물론, 일이 있든 없든 학호단 사무실에도 번번이 얼굴을 디밀었고요. 휴강을 받아 내는 건 어느덧 저의 장기가 되어 버렸습니다. 끊임없이 단대와 총단의 소식들을 물고 와서 학과에다 뿌리며, 그들의 호기심을 만족시켜 주는 것도 게을리 하지 않았어요. 학생들은 등교하면,

"형님, 오늘은 먼 일 없소?"

라고 묻기 시작하죠. 그러면 저는 미리 짜두었던 스케줄을 낭독하고, 소용될 회비를 염출하고…… 좌우간 불알에서 요령 소리 나게 돌아다녔습니다, 하하.

교수들한테 빌붙는 노릇이야 또 어땠게요. 때를 밀다 보면, 사람들이 손을 대 주기를 좋아하는 구석진 곳이 몇 군데 있는 걸 감각적으로 발견하게 되는데, 심사도 이와 비슷해서 그 요지(要地)가 어디인지를 역시 감각적으로 알게 됩니다. 교수란 자들도 일부 존경받을 만한 소수를 제외하면 속물이나 진배 없지요. 턱없는 권위로 무장한 소심장이들이어서, 논문에 자주 등장하는 용어 몇 개를 조합해 이야기를 맞춰 주면 대개는 입이 헤벌어집니다. 말상대가 된다는 신호예요. 깍듯한 예절이 곁들여지면 더할 나위 없지요. 예절과 품위 있는 말투를 잊지 않을 경우, 무리한 요구라 해도 의연한 척 들어 주지 않을 수 없습니다.

말상대가 되고 사회도 좀 아는 영특한 제자가 마치 친자식처럼 귀여워져서 말입니다. 그들에게 슬쩍슬쩍 이런 얘기를 해주는 것도 빼놓을 수는 없어요. 총단이나 단대 사무실에 들러 보면, 간부들이란 작자들이 하는 행태가 눈 뜨고 못 봐줄 정도다, 고작 일 년의 임기가 영원하기라도 할 것처럼, 어제까지 학점에 전전긍긍하던 녀석들이 그 교수 되겠어 안 되겠어 말 같지도 않은 소리를 한다, 행사 따위도 구태 의연하고 소비적인 기성 문화의 모방에 급급할 뿐이다, 게다가

모든 면에서 관련 업자와의 유착이 너무 심하다, 지나치게 학생들과 유리되지 않기 위한 인기 작전으로 시위를 준비하는 중이다—. 마침 다행스럽게도 우리 과의 중견 교수가 다음 학생처장의 물망에 오르고 있어서, 저는 주로 그를 공략했지요. 제게서 얻어들은 시시콜콜한 정보들은 그의 발언권을 높이는 데 일조할 것이 분명한 노릇이었습니다. 입 뻥끗 잘못하면 골로 가던 그 시절에도 뻥끗할 것만 잘 골라서 하면, 동상까지는 만들어 주지 않아도 보이지 않는 훈장은 탈 수 있었던 거예요. 바야흐로 〈사단장〉이라는 어마어마한 명패가 눈앞에 그려지기 시작했습니다.

그러나 세상일이 그처럼 물 흐르듯 계획대로만 되는 건 아니지요. 조로한 제가 그런 우려까지 다 씻어 버리고 있었던 것도 물론 아닙니다만, 뭔가 식도쯤에 묵직하게 걸려 있던 막연한 불안감이 현실로 나타나 버렸어요. 그것은 바로 존재하지 않되 독특하게 존재하는 아버지였습니다.

"자네 부친 일본에 계신가?"

"살아 있다면 아마도……."

"기관에서 제동을 걸고 있어."

"저는 그 사람 얼굴도 기억할 수 없습니다."

"그러나, 이 전근대적인 혈연 사회의 논리를 대항하기에는 무력하네."

"아니 그 망령이 이 개명한 세상에서도 활개친단 말입니까?"

"이 시대의 가장 큰 덫에 걸렸다고 생각하게."

재주는 곰이 넘고 돈은 누가 번다더니 빤한 결과가 예상되었던 가장 실속 없는 경영을 해온 셈이었지요.

새 사단장님은 제동을 걸었다는 기관원의 사촌쯤 되었던가 봅니다. 저는 그 일을 겪으면서 시대의 덫이니 뭐니 하지만 단지 실세의 중심에 접근하지 못한 세 불리에 지나지 않았다는 확인을 얻어 냈습니다.

어쨌든 단기 목표 중 가장 컸던 사단장 명패를 달지 못한 저는 대단한 낭패감에 빠지지 않을 수 없었습니다. 더욱이 성취를 확신하고 있었던 터라 대안이라고 뾰족한 것도 마련해 두지 못했었지요.

유 선생, 그런데 이게 웬일입니까! 어느 날 갑자기, 그 막강한 태양이 떨어져 버린 거예요. 그 절대 군주가 자신이 사육하던 재규어의 이빨에 물려 뜯겨 버린 거예요. 제게 그것은 기사 회생의 복음, 그 종소리와 다르지 않았습니다. 태양이 떨어지자 오히려 세상이 온통 밝아지는 것이었어요. 학호단 사무실에 가득 들어차 있던 연대장 사단장의 새 계급장에서도 별들이 우수수 떨어지며 빛을 잃어버렸지요. 당연한 줄거리인 듯 〈어용총단 물러가라〉는 구호가 캠퍼스를 흔들었고, 죄 없는 죄인들인 사단장님 연대장님들은 끈질기게 매도되었습니다. 또 한 가지 기쁜 일은, 관이가 과거의 〈죄〉를 훈장처럼 매달고 학교에 다시 다닐 수 있다는 것이었어요. 관이는 예의 시큰둥한 반응을 보였지만, 적의의 대상으로서의 절대 군주가 졸했다는 것만은 시원하기도 하고 섭섭하기도 한 것 같았습니다.

세상은 참……. 세상이 바뀐다는 게 순식간이었던 만큼 사람들이 바뀌는 것도 순식간이었습니다. 막강한 태양 밑에서 고요히 숨죽이고 있었던 자들일수록, 철책을 넘어뜨린 이리들처럼 이빨의 날을 세우고 아무 놈이나 닥치는 대로 물어 뜯는 거예요. 그 잔인한 성품들이 다만 압제 밑에서 보호색으로 위장했었을 뿐 음습하게 기회만 노리고 있었다는 생각이 들자, 저는 불현듯 인간성에 대한 근본적인 회의까지 들 지경이었습니다. 사람들은 언제고 폭력적 욕망에 경도된다. 다중의 폭력에 몸 담고 있을 때는 죄의식마저 끼어들 틈이 없다. 폭력의 다중이 크면 클수록 죄의식은 그 숫자만큼 미분돼 버릴 것이므로. 그러니까 독재 권력일지언정 무권위 상태보다는 차라리 낫다—.

그런데, 이런 생각만 계속 궁글리고 있을 수도 없었습니다. 사단장 연대장들이 앉은 자리에서 어떻게든 밀려나지 않으려고 버둥거리는 것이었어요. 세상에는 나쁜 술도 많은 법이어서, 일단 그 맛에 도취되면 세 불리의 상황을 얼른 깨닫지 못하는 반편들이 적잖게 생겨나는 법이죠. 이들이 그랬습니다. 수없이 얻어터지고 물어 뜯겨도 이미 거덜난 자신들의 위치를 복원할 수 있을지도 모른다는 희미한 소망에만 필사적으로 매달려 있는 꼴이었어요. 사실 안개 같은 세상의 지류에서는 무언가 심상치 않은 기운이 움트고 있었고요.

어정쩡한 상태에서 겨울 방학을 거치고 새 학기가 되자, 학교는 서클 연합회와 임시 대의원회가 실권을 장악하고 총학생회 구성을 위한 준비 작업에 부산했습니다. 저는 과 대표로 대의원회에 참석할 수는 있게 되었지요. 정부에선 아직도 학호단 폐지를 거론하지 않고 있었어요. 학생대표기구의 이원화를 방치 내지 조장한다는 의심이 들 정도였습니다. 그러나 대세는 이미 분명했어요. 이 학교 저 학교에서 속속 총학생회가 출범하고 있었습니다. 학호단 별딱지들도 잇달아 사퇴하지 않을 수 없었고.

시큰둥한 반응을 보이던 관이는 어쨌든 복학하고 보자는 내 설득에 따라 학교를 다니기 시작했는데, 운동권 선배를 회장으로 미는 눈치였습니다. 저는 얼마간 갈등하다가, 비교적 늦게 불붙은 우리 학교의 선거에 일단 뛰어들기로 했습니다. 그러나 뛰어들자마자 세 불리가 역연하다는 걸 깨달았어요. 오랜만의 직선에는 막대한 자금이 필요했던 겁니다. 저 같은 입장에선 호국단식 임명제가 대단히 경제적이며 실질적인 제도였던 셈이죠. 감옥에 갔다 왔다는 훈장도, 별다른 투쟁 경력도 없는 저는 어용으로 몰리지만 않았다 뿐이지 있으나마나한 군소 입후보자의 하나였으니까요. 더구나 내부 진통을 겪고 있던 선관위가 투표 일자를 자꾸 늦춰 잡는 바람에 물량 작전만이 가장 확실한 선거 운동이었습니다. 스폰서가 없는 한 세 불리는 더욱 가중될 뿐이었지요. 관이의 학교에서 녀석이 미는 후보가 당선했다는 소식이 들릴 때쯤 저는 후보를 사퇴하고야 말았어요. 단기 목표 달성의 마지막 기회를 포기해야 하는 마음이 더없이 아팠지만, 또 한 번 재주를 넘는 미련한 곰이 될 수도 없었습니다. 선거 일자는 오월 말로 확정 공고되고, 한 차례의 합동 유세가 교정에서 벌어졌습니다.

그런데 또 일이 터진 거예요. 이른바 오일칠과 광주 사태였어요. 계엄은 전국적으로 확대되고, 대학은 휴교에 들어가 버리고 말았습니다. 우리 학교에서 선거전에 뛰어들었던 자들은 그야말로 미련한 곰 꼴이 되어, 고작 단 한 번의 유세를 위해 밑빠진 독에 물 붓기로 돈을 부어넣은 결과에 아연할 수밖에 없었지요. 저는 참으로 묘한 감회에 빠졌습니다. 이미 두 번의 기회를 놓쳤지만, 아직도 그것은 저만치서 미소를 보내고 있는 거지 뭡니까!

힘의 공백은 누군가가 채우게 마련이라면서요? 과연 혼란한 세상의 저류에서는 실세가 불끈불끈 움트고 있었고, 드디어는 풍문의 장막을 뚫고 그 모습을 드러낸 것입니다. 이빨을 세우고 날뛰던 이리들은 다시 철책 안으로 기어들어가 숨을 죽이기 시작했고요.

저 굴레 벗은 말 같은 관이는 도대체 세 불리와는 관계 없이 행동하는 녀석인 탓에, 서툴게 대항하다가 당연히 재수감되었습니다. 저는 관이에게 완전히 손을 들기로 했어요. 나아갈 때와 물러설 때도

분간하지 못하고, 그저 상처 입기 위해 광분하는 듯한 녀석한테는 질
릴대로 질린 거지요. 관이에게는 오로지 절대 권력이라는 가부장적
권위에 대한 맹목의 적의 이외에는 없었으니까요. 아무리 새롭게 옷
을 갈아 입어도, 때묻은 몸에선 똑같은 악취밖에 풍겨나지 않는다는
게 녀석의 주장이었습니다. 관이의 말대로라면 살갗을 껍질째 벗겨
내고 대단한 성형 수술로 전혀 새로운 살이라도 만들어 내야 세상이
달라질 수 있다는 걸까요. 녀석의 비관론이 그 정도에서 멈출 리도
결코 없지만 말입니다.

당시 사람들 모두가 눈앞의 사태를 두고 어떻게 처신해야 할지 곤
혹스러워 한 것도 사실이에요. 하지만 대부분의 민초들로선 누군가
큰소리 지를 때 숨죽이고 꼼짝 않는 게 상책입니다. 가타부타 떠들지
말고 말예요. 난세에 큰소리 지르는 자나, 그에 저항의 목청을 돋구
는 자나 모두 〈확고한 신념〉 따위에 스스로 결박당해 있는 경우가 많
고, 또 그 신념이란 어느 정도 광기에 가까운 것이기도 해서 평범한
사람들과는 거리가 있을 수밖에 없습니다.

제 경우야 다시금 암중 모색에 들어가는 일이었죠. 세상이 정리되
면 어치피 기회도 열릴 것이고, 진정 마지막일 그 기회를 놓치지 않
기 위한 발버둥으로서 말입니다. 제게 닥친 가장 큰 어려움이라면 이
미 4학년에 들어서 있다는 것이었어요. 학교가 열린 시기는 2학기쯤
일 테니까요. 그 교수한테 간간이 들러서 아직도 미련이 있음을 암시
해 두고, 다음 총단은 아무래도 과도적 성격의 것이어야 무리가 없지
않겠느냐는 말도 덧붙였어요. 속보이는 짓이었지만, 체면을 차리고
수염만 쓰다듬다간 세상의 냉혹한 물살은 저 혼자 흘러가 버리게 마
련이었습니다.

참, 유 선생은 당시 무슨 일에 종사하고 계셨나요? 짐작컨대는 학

생이었을 것도 같습니다만.

뭐라구요? 계엄군? 아하, 광주 외곽의 계엄군 말입니까! 그러면 사태 진압에는— 네에, 마지막에 청소하러— 그럼, 불행한 그 일에는 관여할— 네에— 방어적 총격요? 머리를 참호에 처박고— 총구만 내밀고요— 아, 옆의 동료가— 저런, 저런— 그 죽음의 순간이란— 그렇겠군요. 너무도 순간적인— 자신도 확실히 느낄 수 없는— 네에— 맞은 것 같애? 그리고선— 저런— 그럼요. 뵈는 게 없겠죠. 두렵기도 하겠고— 애초의 적은, 초월적이고 추상적인 데로 물러앉고— 난데없는 상대가 구체적이고 확실한— 적으로— 서로를—네에— 그 비극의 현장에— 직접— 계셨었군요.

이거 더 얘기하다간 술이 다 깨 버릴 것 같습니다. 괜찮으시다면 자리를 다시 옮겼으면 합니다만, 댁 생각은— 아 삼차는 선생이 사시겠다고요? 조오습니다. 역시 유 선생을 파트너로 정한 게 잘한 일이었다고 느껴집니다. 더군다나 제 이야기가 아직도 얼마는 남아 있고요. 그러면 신제주로 모시겠습니다. 거기엔 새벽까지 영업을 하는 술집들이 즐비하니까요.

3

이 신제주라는 곳은 소위 베드 타운입니다. 몇 개의 관공서를 빼놓으면 주택과 호텔, 그리고 술집뿐이지요. 마시거나 쏟아 놓고는 잠드는 것밖엔 일이 없는 이 곳에, 주말마다 수백 수천 쌍의 신혼 부부들이 몰려와서 사랑인지 섹스인지 퍼마시고, 증오인지 적의인지 잘도 쏟아냅니다. 태평양 너른 바다가 섬을 둘러 질펀하게 깔려 있으니 오죽 좋은가요. 수백 수천의 몸부림 따위로 제아무리 쏟아내 봐야 고작 일밀리의 수면이나 높일 수 있겠어요?

참, 유 선생은 결혼하셨습니까? 아직―이라고요? 그거 다행이군 요,하하. 결혼이란 뭐랄까 인생의 소모를 촉진시키는 일에 다르지 않 다는 생각이 들 때가 있습니다. 물론 인생이 곧 소모이긴 합니다만. 〈불타는〉 결혼이란 말 들어 보셨나요? 결혼은 결코 타오르질 않습니 다. 조금씩 소진되어 갈 뿐이지요. 그런 결혼을 저는 했습니다. 이제 는 제 아내 얘길 해야겠군요.

까오슝(高雄)이란 데를 아세요? 타이완 남단의 국제 항구 도시예 요. 저는 그곳에서 아내를 결딴내 버렸어요. 그러니까 아내도 제 어 머니처럼 항구에서 맺어진 여자입니다. 어때요, 흥미롭지 않으십니 까? 이 기막힌 부전자전― 하하, 선생의 표정이 참 재미있군요.

그러나 아내는 한국 여자입니다. 저와 함께 당시 대학생 해외 방문 단의 일원이었구요. 이제 알 만하실 겁니다. 결국 과도적 학생회 구 성 운운은 먹혀 들어간 셈이죠. 학교는 졸업 준비위와 과도 학생회를 일원화해서 넘어가는 방식을 택했습니다.

직선제의 흥분과 열기, 그 좌절에 따른 충격이 많이 가라앉아 갈 때인 2학기 개학 직후, 학교는 비밀리에 추진해 오던 학생회를 전격 적으로 구성했어요. 학과 교수들이 추천한 과대표끼리 모여 호선으 로 단대와 총단 간부를 선출하는 식이었습니다. 1학기에 나섰던 직 선 후보들은 문제 학생으로 분류되어 자격이 주어지지 않았고…….. 소위 정치 행위 피규제자들이 되었다 할까.

전날 밤에 소식을 들은 저는 쾌재를 올렸습니다. 제 발로 굴러 들 어온 떡이 아니고 무엇이겠어요. 뛸 만한 축들은 다 묶여 버렸으니 뛰고 싶은 의사만 있다면 뛸 수 있는 결정적인 상황이었습니다. 공대에서 올라온 학구파 하나와 저의 경상대가 제휴하는 데는 자판기에서 커피를 뽑아 먹는 정도의 시간밖에 걸리지 않았어요. 그를 회장에 앉히고, 저는 부회장을 따냈습니다. 그는 대학원 진학을 꿈꾸고 있었으니, 전권은 어차피 제게 돌아올 것이었으니까요.

그런데 명칭이 묘하더군요. 사단장 연대장의 계급장 대신 붙은 그 이름은 〈총학생장〉 등이었습니다. 총학생〈회〉를 인정하지 않겠다는 의도인지, 교묘하게 집단의 의미를 거세해 버린 거죠. 집단 의미의 거세—섬뜩한 얘기지만 당시 세상이 곧 그리 되었던 것은 아닌가요? 석둑석둑 거세된 군상에게 실어증까지 만연되고 있던 그 시절. 그러기에 옛부터 성현의 말씀이 있었잖아요. 패가 망신하지 않으려면 그 두 뿌리를 조심해야 한다고 말입니다. 세상의 깊은 곳을 살펴보려는 노력도 없이 아무데나 ×뿌리를 쑤셔 박는다거나 함부로 입을 놀려대면 결국 거세와 실어증밖에 돌아올 게 없는 거예요.

우여 곡절은 많았지만 어쨌든 소망은 실현됐습니다. 기쁨이야 컸지요. 하지만 가슴 저 깊숙한 곳에 뭔지 씁쓸한 구석이 남아 있는 듯한 느낌까지 완전히 지우지는 못했습니다. 저는 그걸 결코 빠져들어가서는 안 될 감상이라고 규정했어요. 자칫 유약해지기라도 하면 살아남기 힘든 세상이니까.

새 대통령과 정부가 정식으로 등장하고, 그 은전으로 관이는 다시 석방되었습니다. 녀석에게는 아무 의미도 없는 것이긴 하지만 말예요. 감옥에 들어갔다 오면 관이는 오히려 얼굴이 해맑아지는 것 같았습니다. 그건 바로 관이의 정신이 해맑아지고 있다는 느낌을 주었어요. 그런데 표정과는 달리 녀석의 입이 날로 거칠어가는 게 이상했습니다.

"매소부군요, 형님은."

관이는 학도 호국단 총부학생장이라는 명패를 달고 있는 저를 보고 웃음기도 없이 말했습니다. 자기는 결코 웃음 따위는 팔지 않는다는 걸 과시라도 해보는 건지. 그럼 너는 뭘 팔고 있냐? 하는 감정적인 언사가 목까지 치밀었습니다만 참을 수밖에요. 이미 거덜나 있기는 했어도 저는 가능하면 가부장적 권위를 스스로에게만이라도 유지하고 싶었습니다.

"살아가는 방법이 다를 뿐이다. 서로 비난할 거는 없어."

"어떻게 사느냐가 더 중요합니다, 형님. 그런 방법으론 죽을 때까지 남의 발바닥이나 핥고 있어야 돼요."

"그런 너의 주장은 뭐냐?"

"온전히 자기 발로 서야죠. 고통스러울지라도."

"순수한 우리 발이 닿을 곳은 다단 저 깊숙한 미궁, 죽음뿐이다. 아니면 네가 드나드는 감옥이거나."

녀석은 감옥이 오히려 편안한 곳이라고 강변하겠지만, 철없는 소리지요. 그 사춘기의 불행이 온몸을 감싸고 돌던 무렵을 생각하면 지금도 치가 떨립니다. 관이는 저처럼 뼈저리게 그때를 겪지 않았을 거예요. 그 미궁에의 유혹과 사방에 들어찬 죽음의 냄새가 곧 감옥이었고, 그곳에서의 탈출이 이른바 바다 건너기 아니었습니까? 관이는 그 점을 잘 이해하지 못하고 있거나 이해하지 않으려고 하는 것 같았어요. 단 하나의 혈육과 점점 멀어지는 현실이 안타깝기는 했으나, 아시다시피 제 가슴에는 사바나를 질주하는 기린 한 마리가 있지 않아요? 그 모든 것에 대한 위한, 그 모든 것에 대한 합리화로서 말입니다.

이후 관이와 저는 한지붕 밑에서 살아 본 적이 없습니다. 녀석에게 정다운 곳이란 따뜻한 거실이라기보다 시가전을 벌이는 것 같은 살벌한 거리였을 테니까요. 매캐한 독가스에 코를 내밀고 화염을 바라볼 때에나 녀석은 삶의 확인을 얻어 냈는지도 모르지요. 〈전투와 전투 속에 맺어진 전우)들이 많아서인지 다행히 굶지는 않는 듯했어요. 제가 경제적으로 어렵지 않게 되었을 때 도와 주려고 몇 번 시도했으나, 관이는 역시 그답게 고개를 설레설레 저었습니다. 매소부의 돈은 사양하겠다는 건지……빌어먹을! 놈이 어렸을 때는 대체 어떻게 먹고 살았나요. 어머니의 그……아, 그만둡시다.

그해 연말에는 거세된 모습으로 얌전히 있어준 데 대한 보답인지 해외 여행이라는 선물이 주어졌습니다. 학구파 회장은 한창 시험 준비에 바빴으니 당연히 제가 가게 되었죠. 뛸 듯이 기뻤습니다. 이미 서울에 오기 위해 바다를 건넜던 제게는 바야흐로 두 번째의 바다 건너기, 제2의 도약의 상징이 아니겠어요? 음험하게 아가리를 벌리고 있는 미궁으로부터는 까마득히 멀어져가고만 있었습니다. 동남아의 고만고만한 나라 몇 군데를 돌아보는 것이긴 했지만, 해외 여행이 아무에게나 허용되던 때가 아니었어요. 이미 선택된 소수의 범주에 턱걸이했다는 뿌듯한 자부심— 사바나의 기린은 더욱 속도를 높여 경중경중 달려갔습니다.

그때 우리 조에 아내가 끼어 있었던 거예요. 아내는 모 대학의 단대 여학생부장이었습니다. 애초에 저는 별 관심이 없었지요. 아내는 예쁘지 않은 얼굴에다 심술이 있어 보였습니다. 게다가 이마 한가운데가 불룩 튀어나온 게 어쩐지 음기를 느끼게도 했으니까요. 그런데 여행중에 중요한 사실을 알아내게 되었습니다. 아내의 아버지가 군부 실력자의 하나인 ×장군이라는 거예요. 그는 언제고 적절한 시기에 요직을 맡을 것이라는 소문도 돌고 있었죠. 이런 찬스가 다시 있을까 싶었습니다. 저는 이 두 번째 바다 건너기의 도약대로서 아내를 택해야 한다는 것을 아무런 망설임 없이 결정했습니다.

저는 우선 아내의 용모에서 느껴지는 음기를 최대한 활용하기로 계획을 세웠어요. 방콕의 밤 이야기 기억하시죠? 저는 그곳에 다른 일행과 함께 아내를 데려간 겁니다. 일본인 곁에 붙은 여자들의 표정에 대해서도 말씀드렸지만 아내도 마찬가지였어요. 벌겋게 상기된 얼굴이 호텔에 돌아올 때까지 풀리지 않았었죠.

싱가포르와 발리 섬, 방콕을 거쳐 타이완에 이르는 코스 내내 아내의 곁을 벗어나지 않았는데, 드디어는 까오슝의 그 일이 있었던 거예요. 폭죽이 터지던 완쇼우산(萬壽山) 공원에서 우리는 우주 여행을 하며 낄낄낄 세상을 거꾸로 바라보았고, 아이스크림으로 서로의 마지막 장벽을 녹였지요. 불쑥 손을 붙잡았을 땐 약간의 앙탈이야 있었지만, 그 공원 구석진 곳까지 나부끼던 만국기처럼 예정된 의식의 데커레이션에 지나지 않았습니다. 더불어 아내도 내 삶의 훌륭한 데커레이션이 되어 주기를, 그래서 기나긴 동굴을 빠져 나오는 어둠의 새의 날개가 되어 주기를 경건하게 빌었어요. 다만, 짧은 의식을 끝내고 일어섰을 때 바람에 실린 바닷내음을 맡고는 이곳 역시 항구이다 하는 사실이 약간 충격적이긴 했습니다만.

여행에서 돌아오자 예상대로 취업 알선 용지가 와 있었습니다. 역시 그 학구파는 해당되지 않는 거였죠. 저는 1지망 2지망 3지망에 모두 국영 기업체를 써 넣었습니다. 정상적인 방법으로 피를 말리는 취업 시험 준비를 해보았댔자 뾰족한 보장도 없는 일반 학생에 비하면 제 경우가 얼마나 현명했는지 모릅니다.

유 선생, 왜 술을 안 드세요? 부지런히 마시고 있다고요? 아닙니다. 제 눈은, 비록 많이 취하긴 했지만, 못 속여요. 댁은 아주 교활한 방법으로 술을 마시고 있습니다. 끝까지 냉정해 있어야 할 어떤 절대적인 이유가 없다면 마음 터놓고 마셔 보시지요. 저는 오늘 무척이나 외롭습니다. 그렇다고 선생께 위안을 얻고자 하는 건 아니니 안심하세요. 그저 쏟아 놓고 싶을 뿐…….

직업이 무엇인지는 묻지 않기로 한 것 같긴 한데, 대체 무슨 일에 종사하시는지 다시 궁금해지는군요. 괜찮으시다면…… 아, 지금은 무직이시라고요? 그렇다면 전에는…… 네에, 공무원……! 언제 그만두셨습니까? 이 나라에 공무원처럼 신분이 보장된 직업이 또 있나요? 배알만 약간 죽인다면. 배알이 뒤틀린다기보다도 허망해서라구요? 아니, 그런 생각은 또 어떤 계기로…… 네에, 육이구요? 저런, 그럼 아주 최근이군요. 선생은 역시 제가 잘 본 것 같습니다. 적어도 예삿분은 아니니 말입니다. 충격을 받은 만큼에 값하는 어떤 행위를 행동화할 수 있는 사람들은 많지 않아요. 부끄럽게도 저 같은 인간들이 득실득실한 게 이 세상이니까요. 흐르는 물처럼 구비구비 돌 줄만 아는 인간들이 있어, 충격적인 역사가 별다른 저항 없이 만들어져 온 것이 아니겠어요? 소위 거세된, 실어증의 군상들이 있기 때문에.

자, 한 잔 합시다. 저도 술이 온몸을 절이는 것 같군요. 머리끝에서 발끝까지 화끈거립니다. 어쩐지 나른해지기도 하고요. 적당히 피곤한 상태는 사실 무척이나 쾌적하지요. 약간의 졸음기와 우리들 남자에게 데커레이션처럼 있어야 되는 부드러운 여자의 몸— 그러고보니 이거 술자리가 허전했었군요. 여자를 부릅시다. 이보오! 펄펄 뛰는 싱싱한 걸로 둘!

뭐, 미스 민? 어쩐지 가명 같군. 그대는? 미스 구? 구기자? 재미있구만. 애썼어, 이름짓느라고. 그 분 잘 꼬셔봐. 총각이니까. 유 선생, 혹 이 아이들이 부러워 보일 때는 없었나요? 누구나가 가지고 있는 걸 상품으로 내놓을 용기만 있으면 분명한 인생의 기쁨을 몇 배나 증폭시킬 수 있으니 말예요. 전 이런 데서 공연히 슬픈 척하는 여자들을 그대로 봐 주지 못합니다. 이왕 선택했으면 직업 의식이 있어야

죠, 프로다운. 누군들 하소연하고 싶은 사연이야 없겠어요. 제아무리
요조 숙녀라 한들 결혼하면 하루 한 번 그거 안 하느냐고 눈에 힘주
는 여자들이 훨씬 마음에 듭니다.

아니, 이, 이게 어딜 만지고 그래!

저런, 토끼처럼 놀라는군. 빌어먹을. 유 선생도 놀라는 것 같군요.
어쨌거나 뺨까지 맞았으니 미스 민은 다시 오지 않을 겁니다. 이런
일은 아마 처음 당해 보는 일일 테니까. 왜냐구요? 저는 그게…… 없
습니다. 그렇죠. 〈환상〉의 미스 지와 잤다는 것도 거짓말이었습니다.
삶이 그렇듯 우리들의 말도 거짓과 거짓이 고리처럼 연결되어 있는
것 아니겠어요.

근데 우리가 어디까지 얘기하다 말았는지 잘 모르겠는데…… 아,
그렇군요.

저는 어느 국영 기업체에 취직하고 난 후, 아내와 결혼하려고 했습
니다. 얼핏 예견했었지만 아내는 그저 여행 중의 객기쯤으로 돌리려
는 것 같았어요. 더구나 장군측의 거부 반응은 대단했습니다. 정보에
관한 거야 그들의 장기 아니겠어요? 그러나 이제 관계니 정계니 마악
진출하려는 자들일수록 의외의 약점이 있는 법이라는 사실은 제가 이
미 통달한 바였습니다. 절대 물의를 일으키지 않고 조용히 넘어가 주
기를 바라는 소심함들―그러니까 저는 결딴나 버린 장군의 딸에 관한
정보를 쥐고 있는 막강한 상대였죠. 그 과정에서 겪은 모욕 따위는 제
가 거기까지 이른 삶의 모양에 비하면 아무것도 아니었습니다.

결혼식날 추레한 모습으로 나타난 관이는,

"매춘부!"

라고 중얼거렸지만 침까지 뱉지는 않더군요. 저는 오히려 녀석에게
그런 행위를 기대했었다고 기억이 됩니다. 그럼으로써 완벽한 절연

을 확인하고 싶었는지도 몰라요. 관이의 존재는, 무시하려 해도 언제나 머리 한구석을 집요하게 차지하고 있었으니 말입니다.

아내와의 결혼 생활은, 선생도 예감하시겠지만 박빙을 밟는 듯한 삶의 소모 과정이었습니다. 언제고 파탄이 준비되어 있는 듯한 불안. 그러나 불안도 익숙해지면 생활에 다름 아니죠. 더구나 여자들은 익숙한 세계에 안주하려고 합니다. 저는 그래서 어서 아이라도 낳아 아내를 묶어 두려고 했지만 그게 잘 안 됐습니다. 누구의 탓인지를 가리는 것도 무의미한 노릇이 아니겠어요? 따져 본댔자 누구에겐가 먼저 열쇠를 쥐어 주는 것에 불과하니까. 그렇게 마냥 기다리면서 몇 년을 보낼 동안 관이는 다시 수감되더군요. 그러나 제게는 아무런 느낌도 주지 않았습니다. 처가 쪽에선 안달을 했지만.

결혼에 대한 불만족과 아이를 낳아 기르는 기쁨을 누리지 못하는 아내는 여러모로 투정을 했어요. 투정은 대개 값싼 허영으로 나타났습니다. 외제 자동차를 구입한다거나, 보석을 사 모은다거나, 고가의 의복을 변덕스레 주문한다거나— 외간 남자들에 대한 끊임없는 관심도 빼놓을 수는 없겠죠.

그새 장인은 군복을 벗고 지역구로 나설 모양이었습니다. 위험 부담이라는 투로 딸네에게 눈을 흘겼지만, 유난한 조심이라면 모를까 그게 무슨 결정적인 하자는 될 수 없는 거지요. 거세된 세상은 침묵으로 일관하고 있었으니까요. 당시 저의 낙이라면 아내가 서둘러 구입한 고급 승용차를 몰고 도로를 전력 질주하는 것이었습니다. 짙은 어둠이 깔린 시각이면 더욱 스릴과 기쁨이 있었어요. 정체된 생활을 뚫고 광포하게 질주하는 흥분 속에서, 저는 다시금 아카시아가 드문드문 자라난 사바나—그 기린의 영상을 떠올릴 수 있었던 겁니다.

유 선생, 기적이란 걸 실감해 보신 적이 있는지요. 아내는 작년에

기적처럼 아이를 가졌습니다. 잠깐이었으나 다시금 상승의 의욕과 힘이 넘쳐났지요. 하지만 기적에는 엄청난 값이 따르더군요. 사내 아이인지 계집앤지 구별할 조차 없는 기형아가, 마치 내 삶의 몫이라는 비아냥으로 태어난 겁니다.

……아녜요. 울고 있지 않습니다. 선생, 우리가 아무리 발버둥쳐도 끝내 변화시킬 수 없는 게 자연의 섭리 아니겠어요? 그 섭리는 또한 다발성이더군요. 아이의 모습을 보는 순간 떠오른 절망의 영감이 습관처럼 차를 몰게 했고, 그날의 깊고 깊은 어둠 속을 광포하게 질주하다가 저는 기어이 충돌 사고를 내고 말았습니다. 선생이 보시듯 살아나긴 했지만, 의식을 회복하고 나니 제겐…… 그게 없었어요. 궁형(宮刑)이라고 들어 보셨나요? 석둑 하고 잘려 나간 건 바로 그때까지의 저의 삶 전체였습니다.

저는 아직도 병원에 들러 제 샅을 뒤져 보던 아내의 얼굴을 생생히 기억하고 있습니다. 한 마디로는 도저히 표현할 수 없던 그 표정—절망도 아니요 환희도 아닌— 무언가 확고한 결심 같은 것만이 건조하게 떠오르던 아내의 얼굴. 그 이후는 완벽한 삶의 소모 과정일 뿐이었습니다.

유 선생, 궁형당한 자의 심리를 이해할 수 있으신가요? 거세된 시대, 거세된 군상들의 실어증이란 얘기도 했던 것 같습니다만, 제 경우엔 주기적으로 뻗쳐 오르던 그 힘이 배출구를 찾아 이리저리 방황하다가 모두 입으로만 쏠리더군요. 입에서 쏟아지는, 대상이 불분명한 증오의 언어는 꼭 그만한 심리를 키우고, 그 심리는 반드시 폭력으로 나타났습니다. 〈격한 충동〉에 관한 말씀을 드린 바 있듯이 저는 늘 격렬한 충동의 일상을 살았던 거예요. 아내에게는 물론이려니와 직장에서도 마찬가지였죠. 위건 아래건 저와 실랑이해보지 않은 동료들이 거의 없을 지경이었습니다. 그러나 거칠고 천박하게 쏟아 놓는 말이거나, 격한 충동으로 말미암은 폭력이거나 거기에 제 진실은 들어 있지 않았습니다. 그저 말이요 폭력이었을 뿐 진실은 자꾸만 저 아득한 미궁으로 숨어들어 버리는 것이었어요. 자신의 날개도 없이 높이 날아오른 자에게일수록 추락의 속도와 강도는 무섭고 파괴적일 수밖에요.

파괴의 예감은 이미 희미해지던 이성의 눈을 완전히 가려 버렸습니다. 음기와 심술의 이미지를 가지고 있던 아내가 점점 아름답게 보이는 노릇이 그것이었습니다. 아내의 몸은 제 것 이외의 어떤 뿌리들이라도 박을 수 있도록 비옥하고 풍성하고 광활해져 갔어요. 온통 살아서 꿈틀거리는 증오 덩어리! 증오는 씹어 눌러야죠. 이렇게, 이렇게 말입니다!

증오를 확산시켜 주었던 건 또 하나— 언젠가부터 저는 밤마다 똑같은 꿈을 꾸었던 거예요. 그건 아내가 밤에 몰래 제 그것을 석둑, 잘라내 버리는 실감나는 꿈이었습니다. 아내가 시뻘겋게 웃기 시작할 때 소스라쳐 잠을 깨면 몸에는 땀이 흥건히 괴어 있곤 했지요. 벌떡 일어나 앉자마자 흥건한 땀은 제 가운데의 아득한 미궁으로 폭포처럼 흘러들어갔습니다. 그러면 몸도 덩달아 허물어져, 모든 살과 모든 뼈와 모든 피가 범벅이 된 채 그 미궁으로 급속하게 빨려들어가 버리는 것이었어요.

유 선생도 동의하실 겁니다. 결과란 과정 속에 있다는 것을. 그처럼 소중하게 쌓아올리던 살아남기의 탑은, 저의 무분별한 증오와 폭력으로 하루 아침에 허물어지고 말았어요. 직장에서는 쫓겨났고, 아내는 아이를 데리고 잠적해 버렸습니다. 일의 순서는 이미 국회에 진출해 있던 장인의 공작대로였지요. 이미 거덜난 장애물은 그의 앞길을 위해서 당연히 제거되어야만 했습니다. 일단 수긍은 되더군요. 제 삶의 논리처럼 그들의 것도 나름대로의 절대 가치는 있으니까. 그 가치를 인준하라는 듯 종이 한 장이 달랑 날아들었습니다.

그런데 유 선생, 지난 유월을 기억하시죠? 거세되어, 실어증에 걸려 버렸다고 믿었던 세상의 함성. 궁형당한 자들의 그 봉기를 기억하시죠? 저는 그때 알 수 없는 감격에 눈물을 떨구었습니다. 감추고자 감추고자 애를 썼던 내 진실들도 덩달아 봉기하는 듯했었다고 할까. 궁형당한 자들의 그곳에선 마치 새순이 움트듯 신선한 힘들이 불쑥불쑥 돋아나는 것 같았습니다. 다른 감격 하나는 거센 물결로 치닫는 함성 위에 관이의 환영이, 그 너무도 해맑은 얼굴이 뚜렷이 떠오르는 게 아니겠어요. 죽어가기 위해 광분하고 있다고 여겨지던 관이가, 실은 거듭 새롭게 살아남는 확실한 방법을 아는 게 아닐까. 어렸을 적 방파제의 얘기를 했었습니다만, 새벽 두세 시의 유영을 감행한 그 청년처럼 영원한 바다 건너기의 황홀을 아는 게 아닐까. 이런 생각들이 퍼뜩퍼뜩 났습니다. 또 하나의 막강하던 태양은 이제 수많은 거세된 재규어들에게 물려 버린 거지요. 태양이 빛을 잃자 그때까지의 제 논리도 맥없이 부서져 갔습니다.

충격적인 그 선언이 나올 때쯤 저는 새순처럼 움튼 힘을 느끼며 아내를 찾아 나섰습니다. 정확히는 천형을 안고 태어난 아이를 찾아나섰다고 해야 할지도 모르겠군요. 슬픈 삶들을 세상에 뿌려 놓고 방기해버린, 살아 있되 죽어 있는 아버지에 대한 증오가 다시금 떠올랐기 때문이지요. 아이를 찾아서 어쩌겠다는 구체적인 계획은 없었습니다. 맹목의 추적―혈연의 힘이었어요. 혈연처럼 끈끈하고 거북살스러운 게 또 어디 있겠어요. 혈연처럼―.

자, 한 잔 드시죠, 유 선생. 우리 이야기도 종막에 다다른 것 같습니다.

　아이와 아내를 찾는 데는 달포쯤 걸렸어요. 시골의 먼 친척집에서 종이 한 장이 해결해 줄 그 날만 기다리고 있던 아내를 보자 다시 증오가 끓어올랐지만 내색하지는 않았습니다. 사내아이인지 계집앤지조차 분간할 수 없는 아이는 아무렇게나 방치된 채 있더군요. 머리통이 유별나게 크고 손과 발은 바싹 졸아든 모습. 환관이 된 애비의 유일한 흔적은 끔찍했습니다. 어딘가에 잔뜩 쪄 있는 부채의 모습이랄까.

　관계를 차분히 정리해 보자고 아내를 이끈 곳이 바로 제주입니다. 내 삶의 뿌리가 비롯되고 굵어진.

　어젯밤의 그 폭풍을 기억하세요? 파멸과 탄생의 예감이 동시에 잡히던 그 어둠과 비바람 속에 저는 앙탈하는 아내를 붙들고 섰습니다. 방파제를 때리는 파도는 십 미터는 될 것 같더군요. 아내는 아이를 꽁꽁 묶듯이 업고 있었지요. 부적처럼.

　무슨 마음에서였는지 저는 아내에게 같이 바다를 건너자고 얘기했던 걸로 기억이 됩니다. 이미 공포에 질려 있던 아내는 비바람이 거세질수록 악에 받친 음성으로 제게 욕설을 퍼부었습니다만, 제주의 여름 태풍에는 무력하기 짝이 없었어요.

　아이를 내놓으라고 하자 아내는 깜짝 놀라더군요. 그러더니 잔뜩 억눌린 비명을 지르며 방파제 끝 등대 쪽으로 도망치는 것이었어요.

　……바다가 번쩍 빛났을 때, 아아 저는 황홀한 순간을 경험했습니다. 광막한 사바나가 눈앞에 펼쳐지는 것이었어요. 까마득히 먼 곳에서 달려가는 한 마리 기린의 영상―다시 바다가 번쩍 빛났을 때, 기린은 하늘의 불을 맞아 활활 타올랐습니다!

　알 수 없는 격한 충동에 싸여 저는 미친 듯 달리기 시작했습니다. 광막한 사바나로―. 어서 불타는 기린을 따라 잡아야겠다는 생각 하나만이 섬광처럼 물 속을 가르고 있었지요.

4

　선생, 제 이야기는 이걸로 끝입니다. 무슨 말을 더 해야 할까요. 댁의 냉정한 표정을 보건댄 이미 짐작은 했던 것 같습니다만.

　이제 관이만 남았어요. 녀석도 곧 감옥에서 나오겠지요. 이것저것 정리되면 방법이야 어떻든 관이와 함께 살고 싶군요. 관이와 제가 무리없이 만날 수 있는 선에서 다시 출발해야죠. 지상에서 가장 높은 어깨를 우쭐거리며 경중경중 질주해야죠.

　그러나, 세상이 과연 기린이 질주할 사바나를 남겨 둘까요? 모든게 일과성을 지닐 뿐인 이 우주에 다시 그 기린이 살아남을 수 있을까요?

　선생, 이게 마지막 잔입니다. 망설임 없이 들이킵시다.

　마지막 술의 맛은 더욱 각별하군요.

　냉혈한 선생, 자 이제는 잡아가시지요. 저는 당신이 형사라는 것을 알고 있습니다.

　뭐라구요? 오해라고? 잡아 가두고, 풀어 주고 하는 허망한 짓에 염증이 났다고? 그래서 새로운 출발을 모색키 위해 제주를 여행하던 중이라고?

　제기랄! 웃기지 마! 세상은 이제 곧 네놈을 다시 필요로 할 거야. 이 땅에선 아무 놈이나 값싸게 출발할 수 없는 거란 말야! 네놈의 출발은 그저 〈한 건〉 올리는 거야, 쌔캬!

중림만가

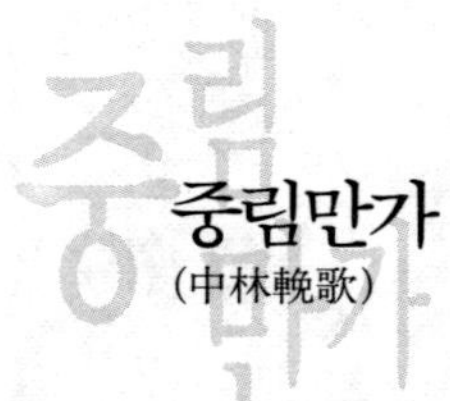

중림만가
(中林輓歌)

……여보세요?

여보세요?

여, 여보세요?

……네, 안녕하세요? 호호……. 연결이 되긴 됐군요. 말씀이 없으시길래 난 또…….

어쨌든 반가워요. 그 수많은 사람들 중에 이렇게, 우리 둘이서 만나게 됐으니까요.

근데 음성이 좀 피곤하신 것 같은데, 혹시 거기서 오래 기다리시지는 않았나요? 그래서 몹시 짜증이 나신 건가요? 네? 꽤 오래 기다렸다구요? 그랬었군요. 그 비좁은 데서 혼자…… 뭐라구요? 앞으로 1분 이내로 통화가 되지 않으면, 나가 버릴 생각까지 하셨다구요? 어머나, 저런…… 하지만, 이제라도 전화가 연결됐으니 정말 다행이군요. 돈도 많이 내셨을텐데…… 안 그래요?

돈이 문제가 아니라구요? 그럼 뭐가…… 시간이? 감정이? 그
럼…… 아, 외로움이……. 그렇군요. 외로움이.

외로우신가 보군요.

네? 아, 네에……. 제 목소리가 예쁘다구요? 고맙군요. 제 목소리
같은 걸 다 칭찬해 주시고……. 목소리가 특별히 예쁘다는 말은 처
음 들어 봤어요. 그쪽 음성도 이제보니 꽤나 장중…… 호호호, 장중
하신데요. 실례지만 나이는 얼마나…….

맞혀 보라구요? 글쎄요…… 한, 서른? 아니, 한…… 마흔? 오, 나
이가 무슨 소용이냐구요? 그래요. 나이가 대체 무슨 소용이…… 이
렇게 남자와 여자가…… 혹은 사람과 사람이 만났다는 것, 어쨌든
그것만이 중요한 일이죠.

제 나이요? 어디 그쪽도 한 번 맞혀 보세요.

네? 스물다섯? 좋군요. 스물다섯…… 하지만, 왠지 꽉 찬 느낌이
드네요.

스물셋? 좋아요. 스물셋! 그쪽이 그 나이쯤을 원하는 것 같으니,
스물셋으로 해요. 그쪽…… 그쪽은 서른과 마흔 사이, 서른다섯이라
하고……. 뭐 어때요? 피차 확인할 수는 없으니까. 그게 좋잖아요.
서로가 알려 주는 만큼만 안다, 나머지는 짐작이나 상상으로만 파악
해볼 수 있다…… 이게 묘미죠 뭐.

이 전화를 자주 해봤느냐구요? 글쎄요…… 자주는 아니지만, 한
열번쯤? 네, 네, 그쪽이 열 번째 상대쯤 될 거 같애요. 네에? 어쩐지
많이 해본 솜씨라 생각했다구요? 호호호홋! 세상에…….

그럼, 그쪽은요? 처음? 에이, 거짓말하지 마세요.

이미…… 이 세상살이에 관한 한, 여유가 담뿍 밴 음성이신데, 이

런 데에 관한 호기심 따위야…… 진작에…… 해결하셨을 테죠. 그렇죠?

첫경험, 진짜 맞다구요? 오, 첫경험……. 정말, 자주 들어도 좋은 말이에요. 늘 새롭고, 긴장되고, 또 두렵기도 한 그 말…….

어머, 제 목소리가 떨리고 있다구요? 그쪽은 참…… 유머가 있으신 분같애요. 하지만, 제 목소리는 원래 좀 떨려 나온다고 해요, 남들이……. 바이브레이션이 있다고…… 누군가는 그래서…… 섹시하다고도 하구요, 호호. 그러니 아무튼…… 그쪽과 대화를 나누면서 특별히 그런 건 아니죠.

'그쪽'이라는 표현이 어쩐지 귀에 거슬린다구요? 그럼, 어떻게…… 좋으시다면 '댁'이라고 할까요? 네? 그건 또 나이 들어 뵈서 싫다구요? 호호, 까다로우시기는……. 하긴 누구나 나이 들어 뵌다는 말을 싫어하죠. 어린 시절 잠깐 동안을 제외하면…… 나이 들어 뵌다는 말을 싫어할 그때부터 어른이 되는 거니까요. 어른이 된다는 건 얼마나 슬픈 일인지 몰라요. 하나의…… 명백한…… 비극이지요. 어떻게 사느냐…… 보다, 어떻게 죽을 것이냐…… 가, 문제가 되는 시기.

아이, 이런 말은 하기 싫었는데…… 죄송해요.

그럼, 어쩌나. 그쪽도 댁도 싫으시다면…… 아, 이렇게 하면 되겠군요. 서로가 새로운 이름을 짓는 거예요, 이제 당장. 여기서만 통용되는 새 이름을…… 네에, 여기서 당장! 우리 이름들도 어차피, 누군가 어느 순간에 지어 준 것 아녜요? 무슨 기호처럼…… 무슨 부호처럼……. 그리고 그 이름들로 이렇게 지금껏 살아왔잖아요. 그 이름으로 살아온 삶이라니…… 그쪽, 아니 댁, 오오 참…… 아무튼 거기는 어때요? 이제까지의 이름으로 버텨 온 삶이 만족스러웠나요? 그 기호가 만들어 준 삶의 형상이 기대만큼이던가요?

물론 아니라구요? 임의로 부여되는 기호가 만드는 건, 영원히 허상에 불과할 따름이라구요? 어머나, 거기는 대체 뭐 하시는 분인가요? 프리랜서? 자유 기고가?

네? 그리고…… 또? 자기 삶에 만족하는 사람이 이런 어둡고 비좁은 데, 혼자, 들어올 리가 없다구요? 만족하는 자는 외로워할 줄도 모른다구요? 말씀을 듣자니, 외로워한다는 게 마치 무슨, 특권인 것처럼 들리는군요.

그건 그렇고, 제 이름은…… 음, 뭐라고 할까. 그래요, 밤이 꽤 깊었으니, 호호, '깊은 밤'……. 이건 어때요?

괜찮다구요? 정말요? 그럼, 그쪽은요? 네에? 그쪽은 '좋은 밤'이라 하시겠다구요? 호홋! 순발력이 있으시군요. 깊은 밤과 좋은 밤…… 하지만 둘다 비슷해서 헷갈릴 것 같지 않아요? 음…… '좋은 느낌'은 어때요, 그쪽?

왜 하필 좋은 느낌이냐구요? 그거야, 좋은 느낌은 아무리 많이 느껴도 늘 좋을 테니까요. 네에, 그래요, 전 좋은 느낌에 주렸어요. 정말예요.

네? 전혀 헷갈리지 않게 아예 영어로 하면 어떻겠느냐구요? 아, 그것도 좋지요. 영어, 인 잉글리시…… 호호. 그러면, 굿 필링이 되나? 네에? 그것도 단어 순서를 뒤바꿔서 '필링 굿'으로 하신다구요? 뭐든 뒤트는 데는 재주가 있으시다구요? 재밌어라. 필링 굿. 그쪽만 좋으시다면 저도 물론, 예스…… 오케이.

오늘은 정말 재미있는 분을 만난 것 같군요, 필링 굿!

……자, 그럼 이제부터 무슨 얘기를 하죠? 전, 늘, 이 순간이 많이

곤란해요. 두 기호에 의해서 하나의 허상이…… 어떤 허상이든……
만들어져야 하는 순간…… 뭐라구요? 제가 경험이 많으니 저부터
하라구요? 오, 얄미우신 분, 필링 굿.

　저는 뭐 대단한 이유가 있어서 이런 전화를 하는 건 아녜요. 밤에
잠을 잘 자지 못하거든요. 이렇게 깊은 밤엔 더욱 정신이 말똥말똥해
지지요. 일종의, 가벼운 불면증? 아까 제 이름을 '깊은 밤'으로 지은
데는 실은 이런 까닭도 한몫 한거죠.

　그렇다고 낮에 잠을 벌충하느냐…… 실은 그렇지가 않아요. 그러
지 못해요. 아, 참으로…… 내 잠은 다 어디로 도망가 버렸는지…….
어디에 가 숨어 버렸는지…… 도대체 휴식이 없는 이 삶에, 전 솔직
이 지치고 말았어요. 누구에게나 당연히 주어진, 인생의 총 3분의 1
에 해당하는 휴식이 없어지니, 남보다 빨리 늙고, 빨리 늙는 만큼 초
조해지고 그렇죠. 그래서 아까, 어느 순간, 수다를 몹시 떨고 싶었나
봐요. 상대는 아무라도 좋으니, 아무튼 몹시 수다를 떨고 싶어 미칠
지경이었지요.

　필링 굿은 어때요? 평소에 잠은 잘 주무시나요 ?

　네? 눈을 감고, 어딘가에 등을 기대는 순간, 그 순간이 바로 잠자
는 시간이라구요? 세상에나! 세상에나! 제가 가장 부러워하는 타입
이 바로, 필링 굿 당신 같은 분이에요! 네에? 그래서 처음에 이름을
'좋은 밤'이라고 지으려 했다구요? 으음, 그랬었군요.

　필링 굿 같은, 좋은 밤에 좋은 느낌을 지니시는 분을 만나서 천만
다행이에요. 그런 분이라야 제 어두운 구석을 감싸 줄 여지도 있을
게 아니겠어요?

　정말 오늘은 제가 운이 좋은 날인가 봐요. 운이 좋으려고, 오늘 그
렇게 입이 근지러워 미칠 지경이었던 것도 같고……. 언제나 밤이

깊으면 새벽이 멀지 않듯이 말예요. 아까 전화 걸기 전에, 혹시나 저처럼 잠도 잘 주무시지 못하고, 늘 외로워하는 그런 분과 연결되면 어쩌나 좀 걱정했었지요. 외로운 사람들끼리라야 외로움을 서로 나눌 수 있다고…… 사람들은 말하지만, 전 왠지 그게 싫거든요. 믿어지지도 않구요. 그런 경우 외로움은 당연히 두 배가 되고 말 테니까요.

아아, 그런데 너무 좋아요, 지금. 필링 굿…… 을 만나서. 내 가슴에 고인 어두운 물줄기 하나를 그쪽으로 향하게 할 수 있어서. 정처 없던 물꼬 하나를 그쪽으로 틀 수 있어서.

정말 답답했던 제 가슴이 다…… 넉넉해지는 것 같애요. 오랜만에 느껴 보는 감정이에요. 이때, 이 좋은 때…… 뭔가, 뭔가 기념이 될 만한 사건을…… 만들고 싶군요. 짜릿한…… 유쾌한…… 그리고 또, 웅장한…… 그런 사건을.

……필링 굿?

듣고 계세요, 지금?

오, 듣고 계시군요. 난 또…….

……저, 부탁이 있는데, 들어 주시겠죠? 네에, 물론 어렵지는 않아요. 제가 지금 목이 좀 말라서요, 물을 한 잔 마시고 싶거든요? 네, 딱 한 잔만 마시고 올게요, 빨리……. 그러니, 그 동안 전화 끊지 말아달라구요. 그거예요, 네, 호호.

……저 왔어요, 필링 굿. 그리 오래 걸리진 않았죠?

네, 물을 마셨지요. 필링 굿이라면 열두 잔쯤 마셨을 시간이라구요? 호호, 전요, 아주 천천히, 한 모금씩 음미하면서, 경건하게 마셨거든요. 왜냐구요? 뻔하잖아요. 오늘 필링 굿을 만나게 해주셔서 감사합니다……. 오, 물론 신을 믿지는 않아요. 그저 어딘가에다가 빌었을 뿐이죠. 신을 믿지 않는 이유요? 뭐 이유랄 게 따로 있나요? 신은, 그분은, 한마디로 신뢰할 수 없는 분이시거든요. 내 지나온 삶에 흔쾌히 개입하셨던 적이 단 한 번도…… 없는 걸로 봐서 말예요. 그냥 저 홀로 존재하는 그런 분.

　……근데, 근데 참 이상하군요. 이해할 수 없는 점이 하나……. 아까 물을 마시면서 생각했는데요, 필링 굿?

　평소 잠도 잘 주무시고, 특별히 외롭지도 허전하지도 않은 분께서 오늘은 왜 거기, 그 비좁고 어둡다는 곳에 들어오셨나요? 더구나 이 깊은 밤…….

　설마…… 설마, 제 외로움을 훔치러…… 오신 건 아니겠죠?

　네에? 뭐라구요? 그곳이 비좁고, 어둡고…… 한 곳인 줄 어떻게 아느냐구요? 아, 그거야…… 알 수 있지 않겠어요? 그저 전화 한 대만 있으면 될 테니까요. 그리고 더 있다면 앉을 의자나 한 개쯤 더? 안 그래요? 아까 필링 굿이 '이런 어둡고 비좁은 곳'이라는 말도 했었구요. 그 말 했던 거 기억 안 나세요?

　기억 안…… 네에? 또 있는 게 있다구요? 그게 뭐죠? 텔레비전? 오, 그렇군요. 편안한 의자와 전화, 전화가 놓인 조그만 탁자, 어두운 조명, 그리고 텔레비전…… 마치 비디오 방 같겠군요, 필링 굿.

　비디오 방보다도 좁다구요? 그렇군요. 비디오는 간혹 둘이서 볼 적도 있으니까. 하지만, 거긴 둘이 들어올 이유는 없으니까……. 혼자라야만 입장이 가능할테니까. 적어도, 겉으로는, 혼자라야만 외롭다는 명찰을 달고서도…… 어색하지 않으니까. 세상은 이처럼 비교적 단순하다는 걸, 전 깨달았지요. 진작에…….

　네? 네에, 물론 비디오 방엔 가 본 경험이 있죠. 혼자서 영화관에 들어서기가 몹시 꺼려지는 경우도 있지 않겠어요? 이를테면, 화창한 토요일 오후, 다들 쌍쌍이서 팔짱을 끼고 있을 때, 남녀가, 혹은 여자끼리…… 남자끼리…… 즐겁게 떠들며 무리지어 휩쓸려갔다…… 휩쓸려올 때, ……전 그 화창한 햇살이, 차라리 증오스럽기까지 해요. 햇살을 죽여 버리고 싶어요, 그땐! 아니, 차라리 햇살 속에서, 햇살처럼 부서지며, 죽어 버리고 싶어요, 그땐!

그래서, 그런 때 빨리, 눈에 띄는 비디오 방으로 들어가죠. 거기서야 햇살을 죽일 필요도, 햇살 속에서 부서지며 죽을 필요도, 없으니까요. 새 영화이긴 하지만, 어디서 본 듯한 장면들에 눈을 줬다 말았다 하며, 커피 두 잔을 계속해서 마시고, 담배 다섯 개피쯤 연달아 피우다 보면, 차츰차츰 마음이 가라앉긴 해요. 아까의 증오스럽던 햇살을 통째로 잊어버리고는, 어둠 속에 편안히…… 편안히…… 녹아 들어가지요. 마치 영원한 휴식 같은 잠 속으로…… 달콤하게…… 편안히……. 참, 신통한 일이죠? 어둠의 힘이란……. 고난의 이면에는 반드시 달콤함이 숨어 있다는 것도, 문득 일깨워주고요.

네에? 제가 담배를 피우느냐구요? 네에! 피워요. 그게 뭐 이상한 일인가요? 필링 굿은요? 물론 피운다구요? 지금도, 담배를 피우면서 통화하는 거라구요? 그러시다면 뭐…… 서로가 문제될 것 없잖아요. 담배 피우는 것 따위에 신경쓰지 말기로 해요, 필링 굿.

참, 말이 나온 김에 저도 한 대 물어야겠군요. 괜찮죠?

침대 머리맡까지 가야겠어요. 거기 담배가 있으니까……. 무선 전화기는 이럴 때 참 편하군요.

제 손가락처럼 기다란…… 이 빨간 갑의 외국 담배를 전 무척 좋아해요. 이 담배 모양처럼, 가늘고…… 길게…… 살고 싶었거든요. 연기를, 내뿜겠어요. 괜찮겠죠?

……전, 기회가 닿으면 시가나 파이프를 물고 싶어요. 멋있지 않
겠어요? 더구나 보통 담배처럼 다섯 개비 여섯 개비, 연달아 빼물지
않아도 되구요. 한 삼십 분이나 한 시간 가량, 계속해서 연기를 만들
어낼 수도 있구요.

네? 아, 지금은 침대에 걸터앉아 있죠. 맞은편에는 텔레비전이 있
어요. 텔레비전을 켜라구요? 뭐 재미있는 거 지금 하고 있나요?

텔레비전을 켠다……? 아무튼, 그것도 좋은 생각인 것 같군요. 우
리 둘 사이의 공통점 하나를…… 확실하게 만들어 주는 일이니.

자, 켰어요. 케이블 티비, 네? 채널…… 네, 알겠어요.

오, 외국 영화를 하고 있군요! 나스타샤 킨스키…… 근데, 저게 뭐
야? 커다란 유리 칸막이를 가운데 두고, 나스타샤 킨스키는 밝은 전
등 아래서, 뭐라고 낮은 목소리로, 유혹하고 있고…… 칸막이 건너,
어두운 곳에서는 웬 남자가 전화통을 붙들고서…… 가만, 이 영화
전에 본 듯한데요?

네? 파리, 텍사스?

그렇군요. 파리, 텍사스! 텍사스에 있는 파리…… 생각나요. 본 적
이 있어요, 이 영화. 그땐 몹시 지루했었죠. 뭐가 뭔지…… 배경 음
악으로 나오는 기타 소리가. 왜 그리 처량하고 청승맞던지…….

근데, 이 장면만은 어렴풋이 기억나는군요. 나스타샤 킨스키……
아이와 함께 남편한테서 도망쳐 나와, 끝내는 아이마저 버리고, 저런
데서…… 저렇게…….

전화통을 붙들고 있는 저 이상하게 생긴 남자가, 나스타샤 킨스키
의 남편이었던가요? 맞죠? 그렇죠? 아무리 배역이라지만 두 사람은
너무 안 어울리는 것 같애요.

어머나, 스웨터를 벗을까요? 나스타샤 킨스키가 말하는군요.

노노노노노노! 호호, 남자가 당황해서…… 자기 아내가 낯선 남자 앞에서 스웨터를 벗을까요? 하고 말하는 걸, 정작 남편이 앉아서 듣고 있으려니, 참.

여자가 있는 곳, 붉은 조명이 아름다운 저 곳이 그러니까 '파리'군요. 남자가 앉아 있는 저 어두운 골방, 의자와 탁자와 그 위에 놓인 전화기 한 대…… 그곳이 황량한 '텍사스' 겠구요.

황량한…… 텍사스…….

오, 그러고 보니, 필링 굿?

지금 필링 굿이 있는 바로 거기가, 저 영화 속의 남자가 있는 곳과 비슷하겠네요? 그렇죠? 어둡고, 비좁고…… 그리고 의자 하나, 탁자 하나, 전화기 한 대…… 호호호!

네? 지금 제 방에, 불을 켜 놓았냐구요?

전화 걸기 전까지는요. 아주 환하게. 아주 눈부시게. 그래서 내 몸의 땀구멍까지도 다 보이게……. 그랬더니 세상에, 칵 죽어 버리고 싶은 거 있죠? 햇살 속에서, 햇살처럼 부서지고 싶듯이.

현기증이 났어요. 천장이 한 바퀴 돌고, 침대가 두 바퀴 돌았지요. 나도 모르는 힘이 소파에 털석 몸을 주저앉히고, 나도 모르는 힘이 불끈 전화기를 붙잡았던 거예요. 그리고 당신, 필링 굿을 만났구요.

지금은, 불을 껐어요. 빨간 꼬마 전구 하나가 스탠드 속에 있어요…… 하지만, 켜 놓은 텔레비전 때문에 방 안이 꽤 밝아졌군요.

뭐라구요? 여기가 어디냐구요? 아, 여기는 물론 서울이구요, 호호. 중림동이에요. 서부역 근처…… 지치지도 않고 수많은 열차들이 왔다가는 사라집니다. 창 아래로 다 보이죠. 전 매일 수많은 열차들이 왔다 사라지고, 사라졌다가 다시 오는 그런 장면을 보면서 살아요.

……오피스텔이에요. 20층 꼭대기. 제가 원했지요. 더 이상 올라갈 수 없는 높이에서, 혼자 살고 싶었거든요. 주위를 둘러보면, 쭉쭉 솟은 빌딩들의 꼭대기가 언제나 제 겨드랑이쯤에 있는 것 같애요. 제 겨드랑이쯤…… 제가 원하기만 하면 언제든 안아 줄 수 있는 위치…… 세상의 모든 것이, 늘 그 자리쯤에 있어 주기를, 전 그 동안 얼마나 바랐는지 몰라요. 하지만…….

뭐, 그건, 이제, 아무래도 좋아요. 근데, 지금 필링 굿이 있는 데는? 어디죠?

네? 신사동? 강남구 신사동? 은평구 신사동? 오, 강남구…… 번화한 곳이군요. 번화한 텍사스……. 제가 있는 곳과 그리 멀리 떨어져 있진 않군요.

하긴 아무리 멀어도 상관 없지요 뭐. 지금 이렇게 서로 가까이 있으니까 말예요. 서로가 서로의 귓속에, 바싹…… 안 그래요?

필링 굿?

사무실이 거기, 신사동 텍사스이신가요?

오, 그저 술 마시러 왔을 뿐이라구요? 술은 많이 드셨나요, 오늘? 많이 마시긴 했지만, 술맛이 영 장난이 아니었다구요? 저런…… 대체 누구하고 마셨길래 그런 뒷맛이 남았나요?

거지발싸개 같은 과장놈하고…… 호홋, 코끼리 뒷구녕 같은 부장새끼하고…… 세상에, 족제비 거시기 터럭 같은…… 대리?

오오, 필링 굿. 좀 심한 것 같지 않아요? 매일 보는 사람들일텐데…… 매일 보기 때문에 그렇다구요? 매일, 여덟 시간 이상을 같이 지내는 녀석들과, 무슨 진정한 감정 교류가 가능하겠느냐구요? 인위적으로 맺어 놓은 관계는 진정한 관계가 아니라구요? 그런 사이에는 오직 관습이라는 괴물밖에 오가지 않는다…… 세상이 공인하는 틀진 규격품, 오직 그 증오밖에 남지 않는다……. 세상은 오직 증오와 경멸에 의해 운영되고 있다구요? 오, 필링 굿……. 당신도 파격과 여운을 몹시 갈망하는, 그런 로맨티스트? 아니면, 시니컬한 데카당스?

시니컬한 데카당스는…… 제가 살아오면서 언제나, 어디서나, 만날 수 있었어요. 그런 사람들은 가난한 시골 동네를 온통 누비고 다니는, 배고픈 개들처럼이나 흔하죠. 그 개들은 하나같이 탐욕스럽고, 또 예외 없이 비굴해요. 그러니, 필링 굿은, 제발, 제발, 로맨티스트이기를…… 호호.

필링 굿은 직급이 뭔데요? 과장? 거지발싸개가 바로, 필링 굿 자신을 일컫는 말이었다구요? 호호홋. 하지만, 발싸개는 춥고 배고픈 거지한테 매우 요긴한 물건이에요.

저기…… 파리, 텍사스에 나오는 트래비스의 몰골이…… 필링 굿을 그대로 빼닮았다구요? 트래비스? 아, 그 남편 이름이 트래비스군요. 그럼, 아름답지만 창녀인…… 나스타샤 킨스키를 거의 빼닮은 저와, 자칭 거지발싸개인 필링 굿은…… 역시 서로 어울리지 않는 한 쌍이겠네요?

오오, 오히려 그래서 어울리는 한 쌍이…… 된 거라구요? 우리가? 정말 필링 굿은, 뭐든 뒤틀기를 잘하시는군요. 역설, 또 역설……이 역설적인 세상에, 필링 굿 당신이야말로 가장 어울리는 훌륭한…… 역설적 인간이세요.

근데, 술자리에서 동석했던 사람들은 다, 어디로 가고…… 필링 굿 혼자 그곳에 왔나요?

뭐라구요?

동석한 개들이…… 호홋, 어디 갔는지는 모르지만…… 전혀 알고 싶지도 않지만…… 술을 많이 마신 날은, 그날은 여자…… 생각이

난다구요? 여자…… 생각이란 게, 구체적으로 어떤 거죠? 네? 뭐라
구요? 낯선 여자와…… 한 번…… 하는 거? 하는 거? 호호호홋!

잠깐!

필링 굿, 그…… 코끼리 뒷구녕과, 족제비 거시기 터럭과…… 호
호, 함께 마신 술집이 어떤 곳이었나요? 그런 데는 대개 여자가 있다
는데…… 늘 낯선 여자들이 술시중을 들지 않아요? 거기서 해결하
면 됐을 것을……. 굳이 그 어둡고 비좁은 곳에, 틀어박히지 않아도
됐을 것을…… 필링 굿, 그렇지 않아요?

오, 낯설고…… 그리고, 깨끗한 여자와? 한 번? 그런데, 그런 여자
를 이런 때…… 쉽게 발견할 수는 없잖아요. 그리고, 깨끗한 낯선 여
자가…… 하필이면 필링 굿을 원할 리도…….

네에? 한 번 더 말해 줘요.

그런 여자들이, 도리어 거지발싸개 같은 섹스를? 원…… 한
다…… 구요? 깨끗하다고…… 여겨지는 여자들일수록…… 지저분
한 것들에…… 목말라 있다구요?

어쩜…… 어쩜…… 필링 굿. 참으로, 역설적인 분…….

역설 속에, 늘 진실이…… 목말라 있다……?

목, 말라, 있다…….

목말라…… 목말라요, 필링 굿. 저도 갑자기 목이 마르는 것 같애
요. 저 물 한 잔, 또 마셔도 돼요?

네? 이번엔 전화기를 들고 마시라구요? 잠시라도 통화가 끊기는
건 원치 않는다구요?

오, 필링 굿. 제 생각과 똑같으시네요. 네에, 그러겠어요.

자아, 전화기를 들고…… 일어섭니다…… 아, 현기증이 좀……
괜찮아요…… 지금 냉장고를 향해서 걸어가고 있어요, 필링 굿……

냉장고 문을 열고…… 물병을 꺼내고…… 물병 마개를 돌리려
니…… 한 손으론 약간 힘이 드는군요…… 하지만 이것쯤이야……
컵은, 컵은, 이제 없어도 되겠어요…… 그냥 마시겠어요…… 목이
몹시 마르군요…….

아, 이런, 옷을…… 옷이…… 젖어 버렸어요. 가슴까지 물이……
차가운 물이…… 흘러내렸어요. 아, 괜찮아요, 괜찮아요, 필링 굿.
젖은 옷은…… 벗어 버리면…… 그만이니까…….

이제 됐어요. 목구멍이 활짝 트인 느낌이에요. 자, 물병을 넣
고…… 냉장고 문을 닫고…… 이제, 침대로 돌아갑니다. 듣고 계시
죠, 필링 굿?

……이제 어떻게 할까요? 전 힘이 좀 빠지는 것 같애요. 괜찮으시
다면, 침대에 누워야 할까 봐요. 아, 물론 젖은 옷은 벗겠어요. 어차
피 잠을 자려면 벗어야 할 것이었으니까요.

아직 파리…… 텍사스가 끝나지 않았군요. 저 남자…… 트래비스
가 또 거길 갔군요. 나스타샤 킨스키…… 자기 아내였던 여자를, 유
리 칸막이 너머에서 만나기 위해……. 여자…… 제인? 제인이라구
요? 아, 네, 기억나요. 제인…… 제인은 저렇게, 하룻밤에 몇 남자를
상대하죠?

네, 옷을…… 제가, 옷을 벗었냐구요? 네에, 벗었어요. 얇은 가디
건과 티셔츠를 한꺼번에 벗었지요. 축축해서요…… 축축한 느낌은
싫거든요. 오오, 그거요? 그건 원래 하고 다니지 않아요. 지금……
제 위는 맨살뿐이에요. 네에, 정말. 근데 그게 무슨 상관이죠? 호
호…….

필링 굿?

필링 굿?

뭐라구요? 지금, 당장, 저랑…… 하고, 싶,다…… 구요? 호호호 홋!

……좋아요! 필링 굿, 우리, 지금, 당장…… 해요. 하지만, 어떻게…….

숨결로…… 서로의 숨결로…… 좋아요, 숨결의 섹스!

숨결의 섹스…… 아, 이야기가 하나 있어요, 필링 굿.

옛날에요, 제가 어렸을 때…… 봉순이라는 친구가 있었죠. 봉순이 엄마는 자식을 무려 아홉이나 낳았어요. 봉순이는 여덟 번째 아이였구……. 봉순이네는 참 가난했어요. 집엘 놀러가 보면…… 방 하나에 도합 열, 한, 명의 식구가…… 살고 있었거든요.

좀 머리가 커졌을 때, 전 이런 궁금증을 가지게 됐죠. 도대체 봉순이 엄마와 봉순이 아빠는…… 어떻게 아기를 가질 수 있나? 방 하나에, 열한 명의 식구가 저렇게 바글거리는데……. 그래서 마침내 이런 결론을 내리지 않을 수 없었지요.

깊은 밤에…… 봉순이 아빠 숨결이, 봉순이 엄마 콧속으로 들어갈 때마다, 봉순이네 식구가 하나씩 늘어난 것이라고…… 호호.

숨결의 섹스…….

그럼, 이제 필링 굿의 숨결이, 전화선을 타고, 내 콧속으로 들어오겠죠? 그러면, 봉순이 같은 착한 딸들이, 내 뱃속에서…… 하나씩 둘씩 생겨날까요?

아직도…… 파리, 텍사스…… 아, 아이가 나왔군요. 네? 헌터? 아이 이름이 헌터라구요? 그렇군요. 생각나요. 제인과 트래비스와 헌터…… 그들은 한때 한 식구였죠. 그렇죠? 그런데, 각자 뿔뿔이 헤어지게 됐어요. 제인이 헌터와 함께, 트래비스를 떠나고…… 제인도 헌터를 놔둔 채 저런 쇼걸이 되기 위해…… 오, 저런 걸 핍,쇼,라 한다구요? 네, 제인은 먹고살기 위해…… 송금할 헌터 양육비를 벌기 위해…… 떠나죠. 저런 핍,쇼,에 출연하기 위해……. 어떻든…… 다들 그렇게…… 뿔뿔이…… 헤어졌어요.

한데, 왜 저 영화가, 이제는, 세세하게 기억나죠? 오래 전에 가슴 아프게 봤던, 저 영화…… 하지만, 그간 까마득히 잊고 있었던, 파리…… 텍사스, 저 영화가…… 왜 이제야…….

네? 뭐라구요? 잊어버리려…… 애쓴 결과라구요? 그렇군요. 저, 영화…… 잊어버리고 싶었어요.

빨리…… 빨리 하,자,구,요? 네, 좋아요. 빨리…… 해요. 필링 굿. 하지만, 가능하면, 천천히…… 해주세요. 지금 제가…… 좀…… 몽롱해지고 있거든요. 아주 천천히…… 오랫동안…… 해주세요…… 필링 굿.

제 목소리가…… 다시 떨리고 있다구요? 아까 말씀드렸는데…… 제 목소리는, 늘 떨고 있다고…… 늘 흔들리는 지표 위에 서 있는 듯이…… 제 목소리는 언제나 떨려 나와요. 그래서 소싯적엔, 삶이란 원체, 이렇게 불안한 것인가…… 하는 멋진 생각도 품어 봤지요.

필링 굿? 네? 지금 가슴을…… 제 가슴을…… 어루만지고 있다구요? 좋아요. 아주 조심조심…… 만져 줘요. 따뜻하게……. 감미롭게……. 네, 느낌이 좋아요. 아, 손톱은, 제발, 손톱은 대지 말아요. 아프니까요.

필링 굿…… 제게도 헌터…… 같은…… 귀여운…… 사내아이가…… 있었…… 어요.

어머, 놀라시기는. 필링 굿.

그렇게, 놀라지 마세요. 나이요? 제 나이…… 아까 얼마로 하기로
했었죠? 아아, 나이 따위…… 제발 신경쓰지 말아요, 네?

아, 손톱을…… 날카로운 손톱을 거기 대지 마세요. 아파요. 그냥
부드럽게…… 만져만 주세요. 입술로 적셔 주어도 좋아요. 헌터……
헌터 같은 사내아이…… 오래 전에, 이 가슴을 부드럽게 만지고, 빨
고 했지요. 촉촉한 입술로, 오래오래…….

오, 트래비스? 저의 트래비스는…… 기억나지 않아요. 전혀…….

젖꼭지가 단단해지고 있어요, 필링 굿. 살살…… 조심조심……
네, 그렇게…… 부드럽게.

하지만, 이건 생각나는군요. 그 트래비스는…… 거칠고…… 날카
로웠다는 것. 다듬지 않은 손톱으로…… 제 가슴과, 젖꼭지와, 그 밑
의 속살들을…… 마구, 마구 후벼팠어요. 트래비스는 그게…… 사
랑이라는 이름의…… 손톱이라고 말했어요. 저는 그걸…… 구속이
라는 이름의…… 날선 톱니라고…… 속으로만 여겼지요. 말하면 안
되었으니까요……. 결코…… 말해선 안 되었어요. 우린 서로가……
이해할 수 없는 언어들을…… 사용했었거든요. 제각각…… 다른 언
어 사전을…… 지니고 있었거든요. 트래비스가 오라고 할 때……
전 그 말을…… 가라는 말로 받아들일 수밖에 없었죠.

아, 느낌이 좋아요, 지금…… 필링 굿.

제 살결이 매끄럽다구요? 호호, 그래요, 고마워요. 혀로…… 혀
로…… 배꼽부터, 네, 그렇게요. 배꼽에서부터…… 서서히 위
로…… 올라오세요. 오, 따뜻한 혀…… 부드러운 혀.

필링 굿. 제 배의 작은 흉터…… 보이세요? 한 2센티쯤 되는 그 흉
터…… 보이느냐구요.

보이지…… 않는다구요?

트래비스는, 우리가…… 할 때…… 그 흉터를…… 혀로 후벼파
곤 했어요. 끈적끈적한 혀로…… 마구 후벼팠지요. 2센티미터의 그
흉터는…… 그래서 트래비스가 혀로 스친 다음엔…… 한 20센티 가
량으로…… 자라나 버리곤 했어요. 트래비스는 내 흉터를…… 무럭
무럭…… 잘도 키워냈어요. 감추고 싶던 그 흉터…… 를. 아무리 씻
어도 씻어지지 않는…… 진액을 걸쭉하게 남기면서.

아, 필링 굿. 몸이…… 아니, 실은 마음인지도 몰라…… 점점 몽롱
해지는군요. 필링 굿, 당신의 혀는 너무나…… 너무나…… 부드럽
군요. 애인한테도…… 언제나…… 이렇게…… 부드럽게 해주시나
요?

그러면, 그러면…… 애인은 행복해지던가요? 아니면…… 행복한
듯한 표정이라도 짓던가요? 아…….

저도 제인처럼…… 떠났어요. 구속이 싫어서였지요. 트래비스의
구속, 그리고 곧이은 헌터의 구속…… 마음껏 자유롭게 살고 싶었어
요. 자유롭게 살다가…… 결혼을 통해 기꺼이…… 구속되는 여자들
이 있는가 하면, 저처럼 구속 속에 살다가…… 그래서 자유를 환상
처럼 꿈꾸다가…… 오히려 이제껏 없던, 새로운 구속 속에…… 내
팽개쳐지는 경우도 있으니까요.

오, 경제 걱정요? 경제는…… 제인처럼 해결하면 되고, 섹스
는…… 얼마든지 아아, 얼마든지…… 섹스에 굶주린 야수들의 세
상…… 이 세상은…… 그렇다고 믿었어요.

안 그래요? 오늘의 야수는…… 바로 당신, 필링 굿.

오, 그렇지 않다구요? 때로는, 때로는 진짜로…… 외로워질 적도
있다구요? 아니라면, 왜 그런 어둡고…… 비좁은 곳에…… 스스로
를 가둔 채…… 자학? 자학이라고 하셨나요, 지금? 자, 학…… 할

이유가 없다…….

그러니까, 뭐예요? 필링 굿의 외로움이란, 뭐랄까…… 일종의 악세사리 같은 건가요? 생활의 안정과…… 정서의 안정과…… 그리고, 섹스의 풍요에도 물리고 물린 나머지?

아, 거기…… 네, 거기…… 를 만져 주세요. 부드럽게…… 제발 부드럽게…… 손길이 있는 듯…… 없는 듯…… 그렇게 부드럽게…… 네, 좋아요…… 좋아요 네에…… 정말.

다들…… 다들…… 남자들은 누구나…… 늙으나 젊으나…… 섹스를 원했어요. 야수처럼 멋진 섹스를 할 수 있다며…… 눈빛을 번들거렸어요. 입술 사이로는 진득한 침도 흘러 나왔어요. 정말예요, 제 눈에는 다 보였거든요.

네에? 언제 그렇게? 아, 제가 원할 때면, 언제든지 당장…… 할 수가 있었죠. 세상에 널린 080…… 세상에 널린 야수들…… 080을 접속하기만 하면, 굶주린 야수들이…… 우글우글 대기하고 있었거든요. 온갖 따스함과…… 온갖 부드러움과…… 온갖 위로와…… 무한대의 자유를…… 그러니까, 이 세상의 모든 아름다움을…… 야수들은 전화기 속에서…… 순하고 푸근한 털북숭이 강아지들처럼…… 속삭였어요…… 노래했어요. 다급한 아랫도리를 그 털 속에 감추고서. 아랫도리가 풀리면, 그 순간 신기루처럼 사라지고 말 언약들을…… 마구마구.

그러니…… 나의 트래비스는 바부…… 나의 트래비스는 바부…… 세상 남자들은 전화기 속에서, 낯선 여자한테…… 가장 부드럽고…… 너무나 관대하고…… 이해심이 많다는 사실을 몰랐던…… 그리고 지금도 모르고 있을, 트래비스는 바부…….

오오, 아네요. 아네요. 울고 있지 않아요, 필링 굿. 제 목소리가 원래 진동이 있어서 그럴 거예요.

　울 이유가…… 도대체 울어야 할 까닭이, 없지 않겠어요?

　제가 원하는 시간에, 제가 원하는 장소에…… 야수들은 하나도 빠짐없이 나타났으니까요. 저마다, 제 외로움을 위무할…… 결정적 무기 하나씩을 비장하고…….

　네. 열 번쯤 나갔을 거예요. 아니, 정확히 아홉 번…… 필링 굿이 꼭 열 번째…… 야수시니까요.

　아, 필링 굿은 결코…… 그런 야수…… 가 아니라구요?

　호호…… 좋아요. 좋다구요. 아무러면…… 어때요? 지금, 필링 굿 당신은 이미…… 제 몸 위에…… 있지 않으신가요? 깃털처럼 가벼이…… 솜털처럼 부드러이…… 이미 제 몸에…….

　아, 근데…… 팔 힘이 점점…… 없어지는 것 같애요. 몹시 졸립구…… 전화기를 떨어…… 뜨릴까봐 걱정…… 돼요. 오, 필링 굿.

　파리…… 텍사스…… 는 끝났군요. 결국 헌터는 제인에게…… 가고…… 트래비스는요? 트래비스는 또 혼자서…… 저…… 황량한…… 텍사스를…….

　하지만, 하지만…… 왜 나의 헌터는…… 내게로 돌아오지…… 않는 걸까요? 필링 굿? 나의 트래비스는 대체 어디…… 있는 거예요, 네?

　……오, 아녜요! 결코, 아녜요. 트래비스를…… 기다리고 있지 않아요. 제가 왜 그 남자를…… 기다리겠어요? 이미 떠나온 자리…… 돌아갈 수 없는 자리…… 돌아가서도 안 되는 그 자리…… 허기진 트래비스가 진작에…… 누군가로…… 그 자리를 채워…… 났을 거예요. 진작에…… 진작에…….

　영화가 문제였어요. 저 영화…… 파리, 텍사스…… 쓸데없는 감상에 빠져 들게 한 저 영화…… 마침 끝나서 다행이군요. 빨리 채널을 돌려요. 채널을 빨리 다른 데로…… 네, 어디로?

아무데나 좋아요. 저런…… 핵이 폭발하고 있어요! 역시 황량한 들판…… 시가지의 모든 건물이…… 허물어지고…… 어른들이 죽어 나자빠져 있는데…… 그 곁에서 아이들은 울고 있고…… 저게 어디죠? 어디서 본 도시인데…… 역시 텍사스?

어딜 가나 텍사스…… 오오, 저 아이…… 헌터! 헌터 같은 아이가 엎뎌 있는데…… 등짝이…… 등짝이 모두…… 화상을 입었군요! 등껍질이 마치 허물처럼 벗겨지고…… 얼룩덜룩한 저 살…… 저 처참한 살…… 어지러운 세계 지도가…… 그 등에 새겨져 있는 것 같애요. 핵폭발로 어수선한 지구가…… 통째로…… 그 어린 헌터의…… 헌터의 등에…….

제인도 트래비스도…… 다 죽고…… 오직 어린 헌터만이…… 그 등에 지구를 올려 놓은 채…… 저렇게…… 저렇게…… 고통스런 신음을…… 하고 있어요.

끝내는…… 끝내는…… 저리 비참하게…… 저리 흔적도 없이…… 다 죽고 말 것을…… 제인은 왜…… 트래비스는 왜…… 저 어린 헌터를…… 등껍질이 다 타 버린 헌터를…… 황폐한 텍사스에 홀로…… 남겨 놓았나요, 네? 필링 굿?

……오오, 필링 굿. 미안해요. 정말 미안해요. 나 혼자 너무…… 떠들었군요. 우린 지금…… 서로…… 하고…… 있었죠? 서로…… 동시에…… 하고 있었죠?

전 늘…… 누구와 동시에…… 하고…… 싶었어요. 동시에…… 절정에…… 서고 싶었어요.

그러니, 필링 굿. 서두르지 말고 천천히…… 제발 천천히…… 해 주세요. 저와 동시에…… 절정에 올라요, 네?

절정에서…… 필링 굿과 동시에…… 똑같은 찰나에…… 핵폭탄처럼 폭발하고 싶어요. 모두가…… 이 세상이…… 전부…… 한꺼번에 없어지는 듯한 그 찰나에…… 그 정점에…… 저도 필링 굿과 함께…… 서 있고 싶어요.

황량한 텍사스에…… 누구와 둘이서…… 함께…… 동시에…….

오, 물론…… 야수들과의 섹스는…… 멋졌어요. 훌륭했어요. 거칠고…… 지저분하고…… 그러면서도 황홀한…… 그런 섹스였지요.

하지만 그 황홀은…… 그저 순간의 환상일 뿐이었어요. 아침이 되면, 아니, 새벽이 밝기도 전에…… 야수들은…… 그 거칠고 지저분했던 야수들은…… 하나같이…… 본래의 선량한 얼굴로 돌아와…… 때로는 조바심치며…… 때로는 공포에 싸여…… 자기들 둥지로…… 서둘러, 서둘러, 기어들어갔지요. 제가 황홀한 꿈에 빠져…… 깊이 잠든 사이…… 도망치듯 황급히…….

그들의 안정과 행복을…… 확인해 주기 위해…… 제 몸이…… 아까 필링 굿의 표현처럼…… 거지발싸개로 쓰인 거지요. 그들은 악세사리 달 듯…… 외로움을 야수의 가면으로…… 내걸었던 것이고, 풍요에 물리고 물려서…… 허기를 잠시 가장했던 거예요. 제 몸만 거지발싸개처럼…… 그들의 아랫도리의…… 행복한 일탈을 감싸 주고, 마침내 제가 원했던…… 제 마음의 외로움은…… 털끝 만큼도 위안받지 못한 거죠.

야수들이 울부짖고난 다음…… 가짜 야수들이, 미명 속에 황급히 사라져 간 다음…… 나의 트래비스로부터 능멸당할 때보다…… 몇 배나 큰…… 허전함을 느끼곤 했어요. 이 세상 전부가…… 아니 이

20세기가 저를…… 저 혼자를…… 처참하게 내동댕이쳐 버린 것만…… 같았어요.

때문에…… 이제, 이 세상에서…… 인간과 인간의 교통은…… 오직 몸과 몸…… 순간과 순간에…… 있을 뿐이라는 사실을…… 그때마다 어렴풋이…… 깨달을 수는 있었지만…….

필링 굿?

필링 굿? 이제 제 몸을 원하지 않으세요? 제 몸이 어느 새, 식어가고 있군요……. 부드러운 손길로, 다시금 덥혀 주세요, 네?

오, 아직 제 가슴과 배에…… 배꼽에…… 필링 굿 당신의 손길이…… 좋아요…… 네…… 더 아래로…… 더 깊숙이…… 다가 오세요. 제 몸의 불을…… 꺼뜨리지 말아 주세요.

……네, 좋아요. 나머지 옷도 벗겠어요. 하지만, 하지만, 손목의 힘이…… 손목의 힘이…… 뜻대로 잘 안 되는군요. 필링 굿, 조금만 기다려요. 제가…… 벗겠어요. 제 힘으로…… 벗고 말테니까요.

아, 정말 몸이…… 몸이…… 말을 듣지 않는데…… 기, 기다려요. 조금만…… 네, 조금만 더 기다려요…… 다 벗을게요, 다…… 모두 다…… 남김없이…… 당신을 위해…… 필링 굿 당신을…… 받아들이기 위해……. 필링 굿 당신이…… 나한테 완전히…… 다다를 수 있도록…… 그래서…… 완전한 둘…… 그리고 완전한 하나로…… 동시에…… 폭발할 수 있도록…… 황량한…… 이…… 텍사스에서.

오, 저 음악 소리…… 들려요? 필링 굿? 위성 방송에서…… 콘서트를 하고 있군요. 옷을 벗다 보니…… 나도 몰래…… 리모콘을…… 건드렸나 보군요. 들려요? 저…… 음악…… 소리……?

위성 방송…… 이에요. 아무데나 돌려봐요…… 채널…… 네…… 찾으셨나요, 필링 굿? 슈베르트…… 예요. 아는 곡…… 이죠. 너무나 잘 아는 곡…… 죽음과 소녀…… 슈베르트…… 현악4중주……
황 박사님…….

아아, 너무나…… 너무나…… 기뻐요…… 필링 굿.

네? 왜 기쁘지 않겠어요. 저 슈베르트…… 죽음과 소녀…… 뮤직
세라피…… 그리고, 필링 굿 당신…… 지금, 내 안에…… 뿌듯하게
들어차고 있는 당신……. 그야말로, 오랫동안 바라던…… 최고의 행
복…… 바로 그 순간이에요.

오, 필링 굿.

힘이 점점, 빠지고…… 목소리마저…… 제대로 내기…… 어렵군
요.

말해야…… 겠어요. 이젠, 말…… 해야…… 죠. 필링 굿, 좋
은…… 사람에게.

황 박사님은…… 제 주치의세요. 제 오랜 우울증을…… 끈질기
게…… 치료해 주시던, 고마운 분…….

놀라시는군요. 역시…….

네, 그 분과 상담을…… 오래…… 해왔어요. 황 박사님은 그때마
다…… 상담을 마치고…… 제게 바름…… 네, 바,름…… 까다롭게
말하면…… 향정신성의약품…… 신경 안정제…… 2밀리그램짜
리…… 하얀 알약…… 그걸 두세 알씩…… 주셨죠. 밤에 잠이……
안 올 때…… 정말 잠이 안 와…… 미칠 것 같을 때만…… 먹으라시
면서…….

아, 필링 굿. 제 몸이 활활…… 타오르고 있어요…… 이 순간……
놓치면 안 돼요. 저와 함께…… 똑같이…… 가야 해요. 서두르세요.

하지만 전, 그 알약…… 하루 6밀리그램 이상은…… 결코 주지 않
는…… 그 알약을…… 저금하듯이…… 차곡차곡…… 모아 두었지

요. 아무리 미칠 것 같을 때도…… 먹지 않고…… 서랍 속에…… 놓아 두었어요.

바로…… 오늘…… 같은 날을 위해. 바로 필링 굿…… 당신 같은 사람을…… 만날 날을 위해.

네, 네, 필링 굿. 열 번째 남자와…… 통화가 되면…… 이 하얀 친구들을…… 그간 100개쯤 모아 둔 그것들을…… 내 안에 몽땅…… 한꺼번에…… 초대할 결심을…… 했지요.

혼자의, 혼자만의, 자유로운 삶을…… 간절히 원했지만, 결국 외로움의 오르가슴…… 그 절정만 신물나게…… 맛보고 말았어요. 돌아갈 수 있는 유일한 자리…… 그 자리도 그 사이 텍사스처럼…… 황폐해지고…… 파리는…… 흔적도 없이…… 사라졌어요.

필링 굿.

그래서…… 그래서…… 나의 오랜 외로움과…… 우울을…… 단번에 씻어 낼…… 정사(情死)를…… 계획했어요. 같이 있음의 절정…… 에로티즘의 절정…… 영원한 동반자가 있는 죽음을…… 꾀했던 거예요. 누군가를…… 내 고유한…… 삶에…… 동반시키고…… 싶었어요.

네, 필링 굿. 아까, 물을 마신다고 할 때…… 그걸…… 그것들을 다…… 입 안에…… 털어넣었지요. 시간이…… 제법…… 걸리더군요. 아무튼…… 열 번째 남자가…… 필링 굿…… 당신 같은 사람이어서…… 정말 기뻐요.

그리고, 슈베르트…… 모든 게…… 너무 좋아요

필링 굿. 제 몸이…… 몹시 흐느적거리고 있어요. 당신 따사로운 손길에…… 온몸이 흠뻑…… 젖어 버린 것 같군요.

오, 저 지금…… 최고조예요. 빨리요. 이 때를…… 놓치지 말아요! 야수처럼 내 몸 안으로…… 돌진해 들어오세요. 마구마구……
침입하라구요!

필링 굿?

네? 뭐라구요? 여기로…… 여기로…… 달려오시겠다구요?

아아, 오세요! 필링 굿!

기다리겠어요! 네!

중림동 20층짜리 오피스텔…… 꼭대기. 서쪽으로는, 종근당 사옥
이 보이는 곳이에요.

필링 굿!

절정까지…… 얼마 남지…… 않았어요. 숨이 몹시…… 가쁘군요.
어서 빨리…… 오세요. 빨리 오셔서 절정까지…… 절정까지…… 당
신과 같이…… 치솟아오르게…… 해주세요. 20층 꼭대기보다……
더 높은…… 그…… 절정에…… 당신과…… 함께…… 이르고 싶어
요, 필링 굿…….

아아, 빨리 오세요. 그래서…… 이 외롭고…… 우울한…… 20세
기를…… 황량한 텍사스를…… 폭발시켜 버리세요. 핵,폭,발……
시켜 버리세요. 어서요! 그 폭발의 정점에…… 저 '깊은 밤'이……
'필링 굿' 당신과…… 함께…… 나란히 서고 싶어요. 아름다운 파
리…… 감미로운 패러다이스가…… 천지 장조 때처럼…… 생겨난
그 자리에…… 당신과…… 함께.

제 마지막…… 아니…… 새 세상의…… 첫 번째…… 소원입니다.
어서 달려 오세요. 빨리요!

필링 굿. 빨리…… 요.

빨…… 리…….

사슬과
춤

사슬과
춤

사슬과 춤

1

깊은 밤 개가 울고 있다.

워우—

밤 깊어 개의 울음소리를 듣는 건 여간 처량하고 성가신 일이 아니다. 아직도 잠들지 못한 깨어 있는 인간은 나홀로란 사실을 끊임없이 일깨우기 때문이다. 개 울음은 귀를 뚫고 집요하게 사람의 머릿속으로까지 침입한다. 그때마다 나는 작은 화살들이 뇌에다 퍽퍽 박히는 모습을 연상하지 않을 수 없다.

워우—

개의 울음을 정확히 모사(模寫)할 수 있을까?

나는 한때 이런 의문을 가져 보기도 했다. 다른 경우에도 종종 그렇듯이, 개 울음을 정확히 흉내낸다면 개를 조롱하는 셈이고, 조롱할 수 있다면 이미 반 이상은 상대를 극복했다는 징표라고 생각해서이다. 그러나 아쉽게도 개 울음 같은 것은 인간의 언어로는 정확히 모사할 수 없다고 한다. 시냇물 흘러가는 소리를 똑같이 말(言)로, 자음과 모음을 갖추어서 표현하지 못하는 것처럼 소위 자연의 음향은 비분절적(非分節的)이라는 것이다.

물론, 이건 책에 있는 말이다. 책이란 이렇듯 쓸모 없는 지식을 까다로운 말을 동원하여 쓸모 있는 것처럼 속이는 행위에 불과하다. 내 그따위 한심한 시절을 입시니 교양 과정이니 하면서 몇 년 전에 통과해 버렸음에 그저 안도할 따름이다. 책은 희망의 봉쇄요 절망의 유희이다—라는 낙서를 나는 다 피운 담배갑에다 써 보곤 했다.

개의 울음은 어쨌든 비유할 수는 있다.

개는 형처럼 운다.

워우!

형을 떠올릴 적이면, 나는 늘 깊은 밤 높은 산 위에 올라 손나팔을 만들어 이렇게 외치는 외롭고도 섬뜩한 모습을 그려내고야 만다. 아무도 그 뜻을 알 수 없는 부르짖음. 혹은 울음.

그 형은 오늘도 집에 돌아오지 않는다. 형이 돌아오지 않는 기간은 열흘인가 보름인가 아무튼 그쯤 되었다. 날짜를 헤아리는 것은 부질없는 짓이다. 누군가의 시간은 흐르지만 또한 누군가의 시간은 멈춰 있곤 하기 때문이다. 어디론가 떠돌고는 있겠으나 형의 시간은 멈춰 있을 게 분명하고, 형을 기다리는 우리의 시간도 당연히 멈춰 있다.

대체 어디로 갔을까, 형은.

형이 없어졌던 사건은 이전에도 한 번 있었다. 십 년쯤 전, 형이 고등학교 3학년 때였으리라 생각된다. 당시 형은 여자로 몸살을 앓고 있었다. 몸살기가 너무 심했던지 형은 학교 공부와는 완전히 담을 쌓게 되었던 모양이다. 50문제 중 너댓 개의 답만을 겨우 알 수 있을 정도라면 누구나 그럴 테지만 어느 중간 고사엔가 전 과목 시험지를 백지로 제출했고, 다음 날은 학교로 가지 않았다. 물론 집안에 처박힐 리도 없었다. 형의 담임이 짜증스러운 목소리로 전화를 걸어왔을 때야 우리는 그 사실을 알 수 있었다. 담임에게는 그저 짜증스럽기만 한 무단 결석이겠으나 우리에겐 사건이 아닐 수 없었다.

초등학교 5학년이었던 내게 어머니가 말했다.

"찾아오너라."

형을 찾아오라고? 형은 나보다 일곱 살이나 많았다. 그 시절 그만한 나이차는 엄청난 것이다. 형은 내가 가끔 학교에서 잊고 오는 도시락 가방이나 우산 정도가 아니었다. 그런 형을 찾아오라고? 나는 몹시 망연했지만 마침내 의연히 출발하지 않을 수 없었다. 고귀한 형을 찾아서. 우리 집에서 형은 아버지의 대리 상징이기도 했으므로.

새처럼 작은 가슴이긴 했으나, 형을 묶는 사슬이 보잘것 없으리라는 오만이 가슴 가득 치밀었었다. 우리는 가당찮게 섬에 살고 있었던 것이다. 동서남북 둘러싸인 바다를 향하여 유영하지 않는 한, 혹은 창공을 꿰뚫어 치솟거나 땅 밑에 스며들지 않는 한 어쨌든 섬 안 어디엔가 머물 수밖에 없었다. 그래서 나는 섬과 바다의 접점 중 몇 개를 아무렇게나 찍고는 걷거나 버스를 타거나 하면서 형을 찾았다. 해안을 따라 드문드문 널린 해수욕장을 두어 개 답사하고 나서 다시 깨

곳한 흰 모래를 초록빛 바다가 부드럽게 핥고 있는 곳에 이르렀을 때, 과연 형의 사슬은 끝나 있었다. 해가 서쪽으로 기울동 말동한 시각이었다.

"혀엉!"

나는 왠지 전에는 거의 가져본 적이 없는 알싸한 기운, 혹은 지독한 연민에 휩싸였다. 형이 만약 우뚝 선 채로 있었다면 옛날 한국 영화에서처럼 손을 흔들며, 웃음인지 울음인지 알 수 없는 멍청한 표정을 지으며, 느릿느릿한 속도로 달려가 형의 품에 탄력감 있게 안겼으리라. 그러나 형은 벌렁 드러누워 있었다. 깜장 교복 단추를 다 끌러 젖히고 모자로는 얼굴을 가렸다. 자세히 보니 형은 반쯤은 모래에 파묻혀 있었다.

"형, 나야!"

나는 부리나케 모래를 긁어 내며 형을 흔들었다. 그대로 두면 형이 모래 속으로 점점 깊이 파묻혀 갈 것 같은 다급한 생각이 들었기 때문이다.

"왜 왔어?"

형은 정말 바보다운 질문을, 모자를 걷어 내지도 않고 뱉았다. 모자 가운데는 송곳 하나가 들어갈 만한 구멍이 나 있었다. 구멍으로부터 쏴아 어두운 바람이 한 줄 흘러나왔다.

"엄마가 찾아오래."

"……."

형은 손어림으로 주위의 모래를 긁어모으고는, 내가 치워낸 빈 곳을 다시 채워 놓고 있었다.

"뭐 하고 있는 거야, 형?"

"잠적 연습."

"잠, 적이 뭔데?"

"없어지는 거다, 제길."

"없어지다니, 왜?"

"나는 이미 없을 수도 있어."

"아니, 형은 지금 이렇게……."

"내 본질 말이야."

"뭐, 본질? 그건 또 뭔데."

"쳇, 어렵군."

"어려운 건 나야, 형."

나는 손을 털었다. 땀이 밴 손바닥에 묻은 껄끄러운 모래 몇 알이 질기게 달라붙어 떨어지지 않았다.

"그렇담, 그 본질인지 뭔지가 모래 속에 있다는 거야?"

형은 모자를 걷었다. 아직도 따가운 햇살에 눈이 부신 듯 형은 가느다랗게 눈을 열고 나를 겨우 들이는 것 같았다.

"그래! 짜식, 내 본질은 모래다, 모래."

형은 엉터리다. 나는 고작 열두어 살이었지만 그 정도는 깨달을 수 있었다. 형은 여자로 앓는 몸살을 과장하고 있다…….

나는 형의 여자를 알고 있었다. 새하얀 얼굴에, 잠자리처럼 다양한 빛깔로 변화되는 커다란 눈을 가진 여자였다. 붉다 싶으면 파래지고, 그런가 하면 연두색 혹은 보랏빛으로 끝도 없이 바뀌는 기막힌 눈이었다. 숨죽여 바라보다 보면, 시간이 갈수록 그 눈은 점점 커지고 나는 상대적으로 점점 작아져서 끝내는 거대한 둥근 유리문 앞에 눈썹한 올처럼 서 있는 내 모습이 상상되곤 하였다. 나는 그 유리문 속으로 스며들어 가 형의 여자의 몸 속 백혈구들과 싸우는 마이크로 결사대가 된 꿈을 자주 꾸었다.

　언젠가 형을 따라 형의 형의 여자와 함께 고궁의 숲길을 거닌 적도 있다. 형의 여자가 원한 일이었다. 나는 따발총을 옆구리에 움켜쥔 채 그들을 앞서거니 뒤서거니 하면서 이리저리 따발총만 쉬지 않고 쏘아댔다.

　"쟨 나한테 관심도 없나봐."

　형의 여자는 자기 주위에 한 번도 가까이 다가오지 않는 나를 두고 이렇게 중얼거렸다지만, 천만의 말씀이다. 나는 여전히 거대한 유리문 같은 여자의 눈으로 스며들어 가 그녀의 몸 속 백혈구들과 싸우고 있었던 것이다.

　볼 만한 여자의 눈은 어쨌든 다 그런가보다 하였다. 나는 당시 교실에서 내 곁에 앉은 약국집 딸을 좋아하고 있었는데, 그 애 역시 형의 여자와 같은 눈을 가지고 있었던 것이다. 그 애가 말을 하면, 한마디가 끝나고 순간적인 휴지(休止)가 올 때마다 그 애 눈은 카메라 셔터 소리를 내가 그때껏 한 번도 본 적이 없는 황홀한 색으로 바뀌곤 했다.

　"이 빵 나눠 먹을까?"

　찰칵.

　"……!"

　"지우개 좀 빌려 줄래?"

　찰칵.

　"……!"

　그렇게 한참을 바라보고 있노라면 내 정신은 최면에 든 듯 몽롱해지고 이유 없이 숨마저 가빠지는 것이었다. 나는 그 애의 환심을 사야만 했다. 그 애의 마음을 사로잡아서 늘 곁에 두고 그 몽롱한 황홀경을 지속시켜야만 했다.

소녀들은 영웅을 좋아할까. 그때는 칼싸움 잘 하는 검객들의 영웅적인 복수를 줄거리로 하는 중국 영화가 유행하고 있었다. 그리하여 나는 검객들을 거느리는 나라의 왕이 되기로 했다. 왕이 되려면 돈이 필요했으므로 나는 어머니를 조르고 또 졸라 많은 돈을 뜯어 내었다. 그 돈으로 시장에서 파는 기다란 장군의 칼들을 수십 자루 사서 애들에게 직급에 따라 배급하고, 아직 구체적인 적은 없는 상태였으나 그들을 훈련시키며 유사시에 대비했다. 유사시가 올 리는 없었지만, 아이들은, 아니 장수들은 학교 옆 동산의 수풀에다 칼을 감추는 재미로 열심히 모였다.

"돌격!"

나의 사자 같은 표효에 아이들은, 아니 장수들은 용맹하게 소리를 질러대며 왕우(王羽)처럼 한 팔을 감추고 하늘을 훨훨 날아다녔다.

생각난다. 학교 수업이 모두 끝난 후 내 왕국이 활동을 개시하던 청소 시간의 광경들이.

책걸상을 여러 개 겹쳐 쌓으면 높직한 왕좌가 마련되고 나는 그 꼭대기에 올라서서 아이들의 청소를 지휘 감독하는 것이다. 손에는 칼 대신 마포 걸레의 자루가 들려 있었다. 내 신호에 따라 아이들은 교실바닥에 두 줄 혹은 세 줄로 꿇어앉아 초칠한 마룻바닥을 미친 듯 닦아댔다. 오로지 학교 옆 동산 수풀에 숨겨둔 장군의 칼을 계속 확보하기 위해서, 땀을 뻘뻘 흘리며 숨을 헉헉 몰아쉬며 아이들은 마룻바닥을 닦아대고 닦아댔다. 땀방울과 초칠과 마찰이 화학적으로 작용하여 눈부시게 반들거리는 마룻바닥은 그대로 내가 이룬 왕권의 광휘에 다름없었다. 그런 청소 시간이면 여자애들은 내 왕좌 주위에 궁녀들처럼 도열해 있곤 했다.

계획대로 왕비를 구해야 겠기에 나는 장수들을 모아 이 사실을 알리고 약국집 딸을 은근히 비쳤다. 모두 동의했으나, 그 애는 때마침 타지방으로 이주하는 부모를 따라 동화처럼 가 버렸다. 어른들은 약국이 파산했다느니, 애엄마가 춤바람 난 때문이라느니 시덥잖은 소문들만 숙덕이고 있었다. 어쨌거나 우리들의 칼은 수풀 속에서 이슬과 비에 녹이 슬었고, 나도 더 이상 쓸모 없어진 왕위를 버려야 했다. 내가 이룬 왕국은 하루 아침에 처참하게 몰락하고 만 것이다.

한 여자 아이로 인하여.

소녀가 영웅을 좋아할 것인가라는 의문은 결국 풀리지 않았지만, 그후 오래도록 내 가슴에 비집고 들어앉은 쓸쓸함은 이런 류의 일에 생기게 마련인 감정 하나를 확실하게 가르쳐 준 셈이었다.

형도 그럴까. 형의 모자에 있는 조그만 구멍은 역시 쓸쓸함이 뚫어 낸 것일까.

내가 왕이었고 영웅이었을 무렵, 녹색 이파리 무성한 우리의 수풀에 형과 형의 여자가 나란히 걸어 온 적도 있었다. 형은 교복을 단정히 입고 모자는 벗어서 가슴에다 댄 자못 우스꽝스러운 모습이었는데, 여자 쪽은 보지도 않고, 혹은 보지도 못하고 조심조심 말을 했다. 형의 여자는 그 큰 눈을 형에게 향한 채, 역시 내가 여태껏 본 적이 없는 무수한 색깔로 눈빛을 변화시켰으며 입가엔 엷고 향기로운 웃음을 띠고 있었다고 생각된다. 나는 이유도 없이 가슴이 울렁였다. 형의 모자로 가려진 가슴만큼의 공간이 내게서 쓰윽 도려지는 것 같았다. 그러나 그들은 우리 구역을 침범한 최초의 적이었다. 영웅은 사사로운 감정 따윈 초월해야 하는 법이다.

"꼼짝들 마라!"

나의 우렁찬 외침에 수풀 속에 잠복해 있던 용맹하고 충성스런 장수들이 형과 형의 여자를 둘러쌌다.

　"너희들은 완전히 포위되었다! 무기를 버리고 순순히 명령에 따르지 않으면 목숨을 유지하지 못하리!"

　적들은 버릴 무기가 없어 어리둥절해 하고 있었다. 나는 비정하게 소리쳤다.

　"저들을 체포하라!"

　장수들이 형과 형의 여자에게 와르르 달려들었다.

　형은 그때 화가 났던 것 같다. 소인국에 들어온 걸리버를 빨래줄로 꽁꽁 묶으려다가 형이 뿜어 내는 괴력에 밀려 모두 나동그라질 뻔 했으니까.

　"이, 이런 조무래기들잇."

　형은 씩씩거리며 장수들을 밀치고 나서 멀찍이 서 있던 나를 붙잡으려 했다. 물론 여의치 않았다. 나는 장수들이 보는 앞에서 영웅적인 모습을 보여줄 의무가 있었던 것이다. 숲의 지리를 속속들이 아는 나는 형의 추적을 따돌리며 요리조리 피해 달아났다. 그 광경을 바라보던 형의 여자는 기어이 참지 못한 웃음을 터뜨리고 말았다.

　！！！！！

　형의 여자의 그 웃음을 정확히 모사할 수 있을까. 그렇지 않다. 여자는 비분절적으로 웃음을 쏟아 냈기 때문이다. 그러므로 그 웃음은 비유할 수밖에 없다. 여자는 두견새처럼 웃었다.

　얼마 후, 형의 여자는 죽었다. 죽는다는 게 무엇인지 알 도리도 없었다. 형의 말로는 피가 펑펑 솟는 거라 했다. 나는 형의 여자의 그 큰 눈과 단정한 코와 입, 그리고 터져 버린 가슴에서 끊임없이 솟아 올랐다간 함박눈처럼 흩어지는 새빨갛고 조그만 종이 조각들을 연상

할 수 있었다. 그 종이 조각 중의 하나가 날카로운 화살로 변해 형이 가슴에 댄 모자를 뚫었는지, 이후 형의 모자는 햇살을 받아들이고 어둠을 뿜어 내는 통로를 하나 가지게 되었다.

 하지만 이는 십 년도 더 지난 일들이다. 형은 지금 서른 살인 것이다. 대개의 옛일은 시간이 지날수록 거품이 빠지고 축소되어 형해만 남는다고 한다. 형해는 그저 건조하게 놓여 있을 뿐이다. 건조한 것에는 감정을 휘둘 만한 힘이 없다.
 그렇다면 형은 왜 없어졌을까. 지금 형의 여자는, 아니 형수는 숨 가쁘게 변화하는 잠자리 같은 눈이 없어서일까. 바다에서 본 형수는 그러나 탄력 있는 가슴과 팽팽한 허벅지를 갖고 있었다.
 "좀 찾아봐 주세요."
 형수가 말했다. 절박하고 절박하고 절박했다. 형수는 형밖에 아무도 없었으므로.
 "찾아봐 줘요."
 형수는 울었다. 형수는 실패만 거듭하고 있었다. 이를테면 자유로부터 벗어나려는 기도의 실패들이다. 우선 형과의 결혼―어떻든 누가 누구와 쉽사리 풀릴 수 없는 장력으로 맺어진다는 게 그렇고, 나아가서 어머니와 형과 형수를, 그리고 나까지 연결하는 단단한 사슬로서의 아이 낳기를 실패하는 것이 그렇다. 또한 이제 남편이 있으면서도 없는 것이다. 형수는 그러므로 혼자였을 때보다 더 혼자이다. 자유로워지면서 지독히 부자유한 형수,
 형수는 울기를 잘한다. 결혼 직후 형수가 내 옆의 형 방에 들었을 때 나는 깊은 밤마다 벽 저쪽 밑에서부터 벌레 소리처럼 일렁이는 형수의 억눌린 울음소리를 들어 했다. 그 시간 잠들지 못한 채 깨어

있는 나는 번번이 형수의 가슴과 허벅지가 또렷이 되살려지는 곤혹
스러움에 시달렸다. 게다가 형의 목소리가 전혀 들려 오지 않는 것도
이상한 일이었다. 형수 혼자 서서히 달아올랐고, 형수 혼자 열에 달
구어져 소리질렀고, 형수 혼자 기쁨의 정점에서 울었다. 상대는, 적
어도 벽 이쪽의 느낌으로는, 존재하지 않았다. 형수의 울음은 열락이
며 동시에 나락이었던 것이다.

　형수의 울음 또한 정확히 모사할 수는 없다. 형수는 태어나지 않은
아이처럼 운다.

　어쨌든 나는 벌떡 일어나 앉아, 미간을 잔뜩 찌푸리고 어금니를 꾹
꾹 씹으며 어둠 속에 방 안의 모든 것이 선연히 보일 때까지 꼼짝 않
고 있어야 했다.

　형의 코 고는 소리가 단속적으로 들려 오면, 나는 그제서야 뻣뻣해
진 목을 전후좌우로 회전시킨다거나 팔굽혀펴기를 30번 한다거나
물구나무를 서서 온몸을 유연하게 풀어 주곤 달디단 담배 한 모금을
빨아댈 수 있었다. 그리고는 코브라의 몸놀림 같은 담배 연기를 바라
보며 이런 의문들을 키워내기 시작하는 것이다. 일용할 관능을 즙처
럼 짜내어 버린다는 건 성취인가 허망인가. 잠든 형과 형수의 탈진한
몸에서 다시금 은밀하게 내일의 관능이 샘처럼 솟아나 괴는 것은 또
한 절망인가 위안인가…….

　개의 울음을 정확히 모사할 수 있을까. 담배 두 개피가 끝나갈 즈
음엔 반드시 개가 울기 시작한다. 이때의 개는 외로워서 미쳐 버린
여자처럼 운다.

　"개가 사람처럼 우는 거 들어 봤니?"

　두 번째 휴가를 왔을 때인가. 중학생이었던 나를 앉혀놓고 형은 군
생활을 들려 주기 시작했다. 형은 처음 몇 달 근무하던 소총중대를

떠나 군견을 훈육하는 부대에 새로 배치를 받은 모양이었다.

"새벽 두 시나 세 시쯤에 우리 쫄병들의 보초 근무가 시작된단다. 정신없이 잠든 중 머리에 무언가 둔탁하게 닿는다 싶으면 겨우 잠이 깨는데, 그건 근무 나갈 시간이 되었다고 선임이 워카발로 차는 거야. 물론 아픔을 느낄 겨를조차 없지. 잘 손질된 기계처럼, 벌떡 일어나 군화를 찾아 신고 철모를 걸치고 탄띠를 매고 M16을 붙잡는 데 십 초나 걸릴까. 동작이 자칫 느려 보이기라도 하면 또 한 번 워카발이 엉덩이에 과당 붙어 온다구. 이 동네는 말이 필요 없어."

형은 심야 보초를 서기 위하여 막사에서 20분쯤 걸리는 높은 초소까지 헐떡이며 오른다. 멀리 보이는 잠든 도시가 거대하고 유장하게 호흡하는 시간이다. 사람들이 하룻동안 몸 안에 받아들인 피로와 권태와 짜증과 악취가 기화하여, 잠들었을 때도 쉬지 않고 숨을 쉬는 땀구멍으로 풀풀풀 배설되고 있다. 형은 한 겹 두 겹 쌓이는 거대한 도시의 하루치 배설물에 발이 빠지고 허벅지가 빠지고 가슴이 빠지고 급기야는 목까지 잠겨 버린다. 콧구멍 바로 밑까지 바싹 들어차 느릿느릿 물결치는 후텁지근한 끈끈한 가스에 질식할 것 같다 하고 느끼면, 수십 동의 견사(犬舍)가 모여 있는 곳에 이르르고 개들은 기다린 듯 울기 시작한다. 잔뜩 억눌려 있던 낮의 욕망이 가성으로 리듬을 탄다.

워우—

"개 울음은 도대체 어느게 진짜인지 모르겠어. 밤 두세 시에 울 때는 꼭 사람 같은데, 낮에는 그야말로 개처럼 짖잖아!"

형은 말하면서 이렇게 투덜댔고, 중학생인 나는 형의 말에 빠져 과연 어느 것이 개의 진짜인지 궁금해 하고 있었다. 그때, 형은 자기가 말해 놓고 그 말 속에서 해답을 찾아내 버렸다—고 나는 세월이 좀 흐른 뒤에 생각했다. 왜냐하면 낮에는 짖는 것이고 밤에는 우는 것이라고 스스로 말했기 때문이다. 짖음과 울음의 차이. 낮과 밤의 차이. 하지만 그래서, 그래서 어쨌단 말인가.

워우!
워워우!

한 마리가 울음을 울면 두 마리 세 마리가 따라 울기 시작해, 드디어는 한 견사에 한 마리씩 수십 견사에 들어 있는 수십 마리의 개들이 일제히 목을 뽑아 울어 댄다. 목관 악기들의 합주 같은 둥근 울음소리가 밤하늘의 날벌레처럼 나선형으로 느릿느릿 비상하며 서로 얽힌다.

용케 달이 떠 있으면 개들의 모가지는 일제히 달을 향한다. 커다란 둥근 달 아랫부분에 개의 모가지들이 돌보지 않는 앞새처럼 헝클어져 있는 광경이다. 개들은 울고, 달의 얼굴은 개 울음소리로 상처를 입어 간다. 상처 입은 달을 보며 개들은 침을 잘잘잘 흘린다. 개의 타액이 빨간 헝겊 달린 비수로 변해 달을 향해 날아간다. 빨간 비수가 무수히 꽂힌 달은 실핏줄 드러나듯 굵은 균열이 진다. 고막을 찢을 만한 광음을 내며 달은 이내 터져 버릴 것 같다.

"아우! 그 순간은 정말 견딜 수가 없는 거야. 내 가슴이 곧 터질 지경이거든."

아우! 나는 깜짝 놀랐다. 형은 자신도 모르는 새 그렇게, 개처럼 소리치고 있었던 것이다.

형은 몸을 구부리고 묵직한 돌을 집어든다. 대포알처럼 돌은 수평으로 날아간다. 검은 소나무 숲 사이에 어둑어둑히 웅크린 견사더미의 어느 곳에 공명 없는 메마른 소리가 터진다. 개들의 합주는 더욱 속도가 빨라진다. 형은 두 개의 돌을 주워 들고 아까보다 더 힘있게 난마 같은 어둠을 향해 내지른다. 개들의 합주는 피스톤처럼 격렬해지고 날카로워진다. 개의 끈끈한 타액이 무수히 꽂힌다. 형의 가슴 한복판에 학생 모자의 둥글기만한 구멍이 나기 시작한다. 뒤뚱거리는 형은 손에 잡히는 대로 마구 돌을 집어 던지고 개들도 지지 않는다.

아우! 아우!

땀에 흠뻑 젖은 형은 이윽고 지친 개처럼 숨을 할딱이며 오른쪽 어깨에 무겁게 걸린 소총을 잡아쥔다. 쓰러지기 전에, 따르르르! 따르르르! 쏴 버리려는 것이다. 그러나 소총은 땅 속에 파고들 것처럼 맹렬히 아래로 빨려간다. 형의 몸도 따라서 빨려들어간다. 그제서야 개들은 교활하게 울음소리를 차츰 낮춰간다. 헝클어진 울음의 가락들이 하나씩 둘씩 짙은 어둠에서부터 녹아간다. 걸쭉한 타르처럼 허공에 발려져 있던 개 울음들이 한꺼번에 주룩 흘러내린다. 땅 속으로 스며들 듯이.

땅에 쓰러졌던 형이 입술에 달라붙은 흙 부스러기를 퇴에퇴에 뱉어내며 몸을 추스른다. 소총은 불현듯 가벼워져 있다. 하룻밤분의 고통이 다시 일과(一過)한 것이다. 형은 고개를 숙이고 초소로 걸어 올라간다. 달은 그새 상처를 회복한 허여멀끔한 얼굴로 형의 뒷덜미를 어루만진다—.

"그래서 결국 나는 말야, 차츰차츰 한 마리 개가 돼 버린 거지."

형은 말하면서 허허허헛! 웃었다. 그러나 표정은 전혀 웃고 있지 않았다. 그 기묘한 부조화가 그 너무나 허허로운 얼굴 모습이 어린 내 가슴을 아프게 했었다.

개가 되다니, 개처럼 울게 되다니. 나는 형의 그 울음이 형수의 밤마다의 울음으로 전이 되었다고 여긴다. 형은 교묘하게 그걸 형수의 뚫린 구멍 마다에 쑤셔 박았을 터이므로, 형은 그만큼 잔인한 면이 있는 사람인 것이다. 왜냐하면, 썩 밝히고 싶은 일은 아니지만, 내가 중학생인 시절 형은 반에서 밑바닥을 헤매는 내 성적을 올리기 위해 나를 개 패듯 팼었기 때문이다. 성적은 오르지 않았다. 형이 팬 것은 내가 아니라 개였으므로. 나를 패는 형의 눈에는 인광 같은 게 번득이곤 하였다.

형은 대체 어디를 찾아 나섰을까. 아직도 들려 오는 어떤 울음이 있어 형을 잡아당긴 것일까. 알 수 없는 아득한 곳, 막강한 구심력을 지닌 은빛 사슬의 힘이.

“수고스럽겠지만 좀 찾아봐 주세요.”

형수가 잦아드는 음성으로 말했다.

“……”

형을 찾아오라고? 나보다 일곱 살이나 더 많은 그 형을 다시? 요청하는 사람이 어머니에서 형수로 바뀌었을 뿐 예나 지금이나 달라진 건 없었다. 실상 인생이 그렇게 쉽사리 달라지는 것도 아닐 터이다.

“입영 때까진 날짜가 약간 남아 있잖아요……”

형수는 간절하게 나를 보았다. 그런 형수에게 대학을 조기 휴학하고 군대에 가려는 남자의 복잡한 심사 따위는 안중에 있을 리 없었다.

형수의 넘쳐나는 관능미도 홀로는 아무 의미가 없나 보다. 자기몸의 보석을 어루만지고 닦아서 빛낼 손바닥의 황홀을 잃고는 나날이 퇴색되어 간다. 그러나 형과 만나기 전의 형수는 홀로 있어도 거침없이 아름다웠다.

형수는 호텔 커피 숍에서 피아노를 연주하고 있었다. 연보랏빛 긴 드레스를 입고 가슴에는 하얀 꽃 한 송이를 꽂아 있곤 했다. 새까만 인조 속눈썹 사이로 형수의 약간 어둑한 눈동자가 보일락말락했다. 형수는 박자기에 맞추어, 끊길 듯 이어지고 높아졌다간 어느새 낮아지는 구슬픈 가락을 조금 빠르게 연주했다. 형수의 불룩한 가슴은 보일듯 말듯 출렁였으며, 건반이 눌리어지고 솟아나고 하듯이 아랫배의 동그스름한 곡선도 활처럼 휘었다 풀렸다 하는 것 같았다. 나는 언젠가 보았던 피아노의 내부를 연상했다. 저절로 눌리어진 건반 하나가 잇고 있는 줄―그 줄을 따라 다시 연이어 있는 나무토막, 그리고 줄―형수는 몸 전체가 피아노와 연결된 하나의 악기였다. 형수의 목덜미와 가슴과 팔뚝과 아랫배와 허벅지와 종아리는, 누르면 곧바로 맑고 영롱한 소리로 되튕겨 낼 건반이었다. 형은 이때 형수의 몸 전체를 뚫어져라 바라보곤 했다. 그럴 때의 형에게서는 오랜 날을 사막에서 방랑한 자의 갈증과 같은 메마른 냄새가 풍겼다.

형은 부지런히 그 호텔 커피 숍을 드나들었으며 번번이 〈바람처럼 자유롭게〉라는 곡을 신청했다.

"GG 씨? 저 경옥이에요."

어느 날 형이 당시 교제하고 있던 경옥 씨에게서 전화가 걸려 왔다. 늘 그렇듯이 그녀는 몸 깊숙이 의혹과 염려를 숨긴 채 차분한 목소리로 나를 좀 보자고 했다. 예사롭지 않은 기미를 눈치챈 것이었다. 전화기 속에서도 그녀의 가느다란 노란테 안경이 또렷이 떠올랐다.

"도대체 BB 씨는 요즘 어디서 뭐하고 있죠?"

“형은 〈바람처럼 자유롭게〉 물 있는 곳으로 날아다니고 있습니다.”
“물 있는 데?”
“물 좋은 데요, 하핫!’
“같이 가 봐요.”
나는 그녀를 호텔 커피 숍으로 데려갔다. 경옥 씨도 역시 형처럼 숨죽인 채 그 피아니스트를 뚫어지게 바라보았다. 눈 한 번 깜빡거리는 일도 없었다. 여자가 여자를 질투로 바라보는 눈이야말로 세상에서 가장 냉혹한 빛을 띠고 있다고, 나는 그때 처음 느꼈다.
형수가 악보판을 덮고 일어설 때 경옥 씨는 포옥 한숨을 내쉬며 물잔을 잡았다.
“멋진 몸이군요.”
“경옥 씨는 훌륭한 이지력을 지녔죠.”
나는 그녀의 정갈한 안경알을 바라보며 말했다.
“호호, 그건 욕이지?”
“아뇨. 칭찬…… 아니, 감탄…… 감응? 제길.”
나는 일없이 허둥댔다.
“알았어요. 하지만 시간이 너무 걸려요. 불길처럼 온몸을 감아대는 힘에 비해선…….’
“불길은 그러나 금방, 혹은 언젠가는 꺼져 버리잖아요.”
“한껏 타오를 때까진 BB 씨에겐 그게 곧 영원이니까.”
“그럼 경옥 씬…….”
“그래요. 지금은 물러서야 할 때라고 생각해요.”
그녀의 눈은 어둠의 열기를 응집하여 만들어진 투명한 이슬을 생각나게 했다. 이슬 속에 굴절하고 있는 보랏빛 풍경이 들어 있었다.
“저는 경옥 씨가…….”

이렇게 말문을 열어 놓고 나는 무척 당황했다. 형수가 되었으면 한다—고 할 참이었으나 차마 그럴 순 없었던 것이다.

"경옥 씨가 전 좋습니다."

그녀는 고개를 약간 쳐들고 눈빛 속에 짧은 순간 부산한 움직임을 보이더니 살짝 얼굴을 붉혔다.

"어쨌든 듣기 나쁘진 않군요."

경옥 씨는 그렇게 형으로부터 물러서고 말았다. 서운하고 안타까운 노릇이었다. 결코 불타지 않는 그 이지에는 어쩔 수 없는 거리감이 느껴졌지만, 돌아앉아 홀로 다독여야 할 그 차가운 고독이 못내 마음에 걸렸던 것이다.

형은 그 피아니스트와 수없이 만나는 듯했다. 밤늦게 귀가하는 형은 늘 술에 젖어 있었으며, 침대 위에 털석 온몸의 무게를 누일 때는 길길이 날뛰는 숫소의 후더운 입김이 먼지처럼 솟아나는 것 같았다.

"형, 경옥 씨는 안 만나 봐?"

"흥미 없다."

"경옥 씨한테 결혼의 암시를 주었었잖아."

"무슨 소용이냐. 지금 그럴 마음 눈곱 만치도 없는데."

"경옥 씨에겐 아직도 형이 이전의 형으로 존재한다면?"

"그럴 수도 있겠지. 하지만 이젠 그쪽 문제일 뿐이야."

"형은 책임이랄까, 뭐 그런 의식도 안 들어?"

"제기랄! 덜 떨어지긴. 책임이냐, 사랑이냐…… 신파군."

"형은 그 피아니스트 사랑하고 있어?"

"아우! 이 찰거머리!"

"사랑하느냐구!"

"그래, 싸랑싸랑한다. 시원하냐!"

"형은 지금 불붙고 있어. 보잘것 없는 관능의……'

"어허! 제법."

"관능의 불길에 몸을 내맡기면, 의사 애정이 몸과 몸 사이에서 묻어나게 돼. 마치 이전부터 그게 있어 왔던 것처럼."

"의사 애정? 말 좀 쉽게 할 수 없니?"

"가짜 애정 말야. 가짜를 진짜로 오인……."

"그렇다고 그 불길을 마냥 두려워 피하기만 할 거야 없잖아. 타오른다는 건 멋진 거야. 사는 게 느껴지니까."

"요는 더 고귀한 무엇이 은폐되거나 소멸해 버릴 위험이 있다. 이 말이지."

"홍, 그럴 법도 하다만. 그게 정 진리의 말씀이란다면 내 스스로에게도 언젠가 신호가 오게 될거야. 나는 지금의 내 감정에 가장 정직하고 충실하다."

형은 몰랐을 것이다. 철거머리처럼 물고 늘어져야 했던 나의 진실을, 나 역시 형과 동일한 문제로 갈등을 겪고 있는 줄을.

여자란 무엇인가. 대개 겉모습이 훌륭한 여자는 거의 모든 남자의 비슷한 관심을 끈다. 그 여자의 훌륭한 몸매는 가려져 있을지라도 벗기어 있는 거와 같다. 숱한 남자들의 끈끈한 욕정의 눈짓으로 인해 여자는 벗기우고 또 벗기운다. 그러므로 여자는 벌거벗은 채 모든 남자의 눈에 훌륭하게 널브러져 있다. 여자는 밤마다 꿈을 꾸고 있지 않을까. 매번 상대가 바뀌는, 휘황하고 자극적인 축제의 황홀을, 여자는 몽환 속에서 화냥년으로 길들여지고, 가련하게도 어느 한 남자가 그 여자를 온전히 소유할 수는 없는 법이다. 여자는 형식상 소유되어 있을지라도 전혀 자유롭다. 바람처럼.

내가 굳이 이런 논리를 발전시킨 이유는 순전히 리사 때문이었다.

그 무렵 내게 있었던 리사는 교제 기간이 길어질수록 다른 남자들의 시선에 훌륭하게 널브러져 갔다. 리사를 곁에 붙이고 시가지를 오갈 때마다, 나는 그녀의 머리끝에서 발밑까지 집요하게 따라 붙는 수캐들의 점액질 타액을 고통스럽게 발견할 수 있었던 것이다. 우리의 외출은 그러므로 매춘이었나, 무상의?

나는 리사와 나를 사방 벽이 있는 밀실에 가두고 헤아릴 수도 없는 힘든 교전을 치러야 했다. 오직 리사를 온전히 소유하기 위하여, 뚫려 있는 그녀의 모든 곳에 나와 육귀(肉鬼)와 파탄하는 정신을 휴지처럼 쑤셔 박았다. 그러나 여자의 자궁은 불붙는 거대한 우주와 같아서, 내가 지닌 모든 것을 다 소모시킨다 해도 그건 아득한 허공에 잠깐 반짝이다 스러져 버리는 시든 별빛의 초라한 몸부림에 지나지 않는다는 걸 인정해야 했다. 리사의 실체는 거대하거나 혹은 투명했던 것이다. 온갖 바람이 자유롭게 리사를 통과할 수 있었다.

나는 돌출한 절망의 벽에 코를 눌렀다.

"GG 씨의 정신은 곧 회복될 수 있어요."

미궁 속에 희미한 입자로 뜬 채 마냥 부유하고만 있을 때, 가까이 있으면서도 화사한 리사 때문에 늘 묻혀 보이던 순영이 다가와 말했다.

"아니, 어떻게?"

"여자의 자궁을 거대한 우주로 비유한다는 건 이미 정신이니까요."

"……"

"절망은 불붙은 육체가 느끼는 게 아니거든요. GG 씨의 현재가 곧 GG 씨의 희망을 고스란히 간직하고 있는 거죠."

나는 밋밋한 순영을 정성스레 쓰다듬었다. 순영은 서서히 달아올랐으나 오래 지속되진 않았다. 그녀도 형의 경옥 씨처럼 결코 불타지는 않는 것이다. 촉촉한 눈을 반쯤 열고 천장의 무늬를 뿌옇게 반사시키고 있을 뿐이었다. 아아, 불타지 않는 건 생명을 자극하지 못한다. 서서히 타오르는 것이야말로 영원하다는 걸 알고 있으면서도, 결국 누구도 선택하지는 못한다. 가증스러운 이 젊음은, 이 젊음이라는 저주는,

　형에게서 어떤 탈진의 기운이 느껴지기 시작한 건 그후 한참 지나서였다. 형은 여전히 술에 젖어 밤늦게 돌아왔으나, 더 이상 수소의 입김 같은 냄새는 뿜어 나오지 않았다. 침대에 파묻힌 채로 포옥 꺼져 버릴 듯한 형은 무척 수척해 보이기도 했다. 그런데 이상하게도 침대로 빨려들어가는 형의 모습 위에 하늘거리는 옷을 입은 그 피아니스트—형수가 사뿐 내려앉는 환영이 자꾸 보이는 것이었다. 부피감은 조금도 없이, 투명하고 기다란 날개가 형의 위로 차곡차곡 쌓여 갔다. 형은 그 투명한 날개의 중압을 느끼고 질식할 것 같은 괴로운 표정을 지었다.
　아우!
　땀을 뻘뻘 흘리고, 깊은 한숨을 내쉬며, 형은 빨리빨리 잠들어 버리려고 애썼다. 빨리빨리 죽어 버리려고 애쓰기라도 하는 듯이. 자유로운 형의 부자유한 밤이 또 그렇게 시작되고 있었다. 그쯤에서 나는 전에 미처 생각하지 못했던 사실 하나를 깨닫게 되었다. 경옥 씨가 그처럼 쉽사리 돌아선 행위에는 형에 대한 이런 응징도 포함되어 있었다는 것. 돌아앉아 차가운 고독을 다독이며, 그녀는 또한 창백하고 서늘한 웃음을 입가에 떠올리고 있었을 게 분명하다는 것. 이지는 오히려 불보다 무서웠다.

　어쨌든 길지 않은 기간이었음에도 형의 집중적이며 부지런한 쑤셔
박기로 자궁이 그새 잔뜩 채워져 버린 것인지, 완벽하게 소유됨으로
써 오히려 형의 관심을 놓칠 뻔 했던 형수—다행인지 불행인지 형수
는 그 끈질긴 낙하 운동 덕분에 기어이 형과 형식적인 매듭을 지을
수 있었다. 협소한 자궁을 가진 여자에게 자유란 아무래도 버거운 것
이었나보다.

　"얼마 안 되지만……."

　"……."

　형수는 내 앞에 두툼한 봉투를 내밀었다.

　"여비로 쓰세요."

　형수는 조그맣게 말아든 벌레를 떠올리게 했다.

　"낮에 회사에 다녀 왔어요. 사장님이 불러서……."

　"뭐라던가요?"

　"너무 놀라서 불쾌해질 여유도 없더군요."

　형수의 눈이 반짝 빛났다. 여자가 생기를 찾을 때는 조심스러워진
다. 특히 형수에게는 더욱.

　"몇 마디 겉치레 위로를 던지더니……."

　형수의 눈이 점점 빛을 뿜기 시작했다. 아연 까맣게 죽은 얼굴이
발그레 상기되더니 돌돌 말렸던 몸도 활짝 펼쳐지는 듯했다.

　"글세, 형님이 없어진 무렵에 경리과에 새로 들어온 아가씨 하나도
종적을 감추었다는 거예요."

　"네에?"

　"꽤 예쁘장하고 영리한 애래요. 형님을 잘 따른 편이고."

　"아니, 그렇다면……."

　"어처구니없어요! 그 젖내 나는 기집애하고 어쩌기라도 했으면 하

는 꼬락서니들이라니.”

　나는 깜짝 놀라지 않을 수 없었는데, 그건 회사에서 들은 말이 정말일까 하는 놀라움이 아니라 형수의 얼굴에, 아니 몸 전체로 타오르기 시작하는 질투의 불꽃을 발견한 때문이었다. 더욱 당혹스러운 것은 형수가 그 불꽃에 몸을 내맡기면서 홀연히 맑은 소리를 되퉝기는 눈부신 건반처럼 아름다워지는 노릇이었다.

　그간 형은 당연하다는 듯 직장을 자주 옮겨 다녔다. 새 직장이 생기면 두어 달은 밝은 웃음으로 일찍 귀가하지만, 대개 반 년이 채 지나가기도 전에 사무실을 온통 뒤흔들어 놓고 술에 온몸을 절여 버렸다.

　“항거해야 하는 거야. 정신까지 옭아매려는 짐승들한테는……..”

　형은 비슷한 말을 하며 여러 회사를 집어치웠었다. 정신까지 옭아매려는, 보이지 않는 사슬을 보는 눈을 형은 가지고 있었던 것이다. 모든 걸 본다는 것, 보이지 않는 것도 볼 수 있다는 것은 축복인가 저주인가. 그렇지만 살아간다는 건 어차피 내가 그 보이지 않는 남의 사슬에 묶이고 남이 내 사슬에 묶인 채, 서로가 서로를 견제하고 견제당하면서 난마처럼 얽히는 게 아닐까. 그러다가 사슬이 끊기면 죽어 떨어져 나간다는 것, 광박한 우주로―. 그러므로 우주야말로 소멸이며 우주만이 해방이다. 형은 그걸 몰랐단 말인가. 아니면 너무나 잘 알기 때문에, 사슬에 묶이지는 아니하되 죽어지지도 아니 하려는 이기적인 몸부림을 쳐 본 것이었을까.

　형은 툭하면 부숴대고 항거하는 모양이었다. 사람들이 인정하는 모든 제도와 규범과 관습, 그리고 자신의 감정에 어긋나는 인간 관계를 거부와 배반으로 일관했다.

　“그것들은 진정한 규범도 제도도 아니야. 자기네들끼리의 편의만을 위한, 그저 사사롭고 사사롭고 사사로운 것일 뿐……. 마치 당위인 듯이 그걸로 날 구속해선 안 돼. 구속할 수 없다."

　형은 그러나 끝내 광대하고 무변한 술의 세계로 잠입할 수밖에 없었다. 이번만큼은 형이 이제껏 맞닥뜨린 어느 괴물보다도 강력했던지, 늦은 귀가 후 변기에 쏟아 놓은 토사물엔 충성이라든가 관계라든가 순응, 희생 따위로 모양을 낸 지독한 악취의 내용물이 어지러웠다. 아무리 삭혀 내려고 내장의 진액을 분무기처럼 뿜어도 입으로 고스란히 되쏟아져 나오는 걸 보면, 그것들은 오래고 오랜 세월 숱한 이단자들의 도전에 단련되고 세련되어 불멸의 탑처럼 우뚝 서게 된 것 같았다.

　"불멸하지 않는 것이 어디 있어? 그렇다면 나 역시 작은 우주이고, 내 우주 속의 모든 것도 불멸한다. 내 영혼, 내 자유, 내 존재―그것들은 당연히 불멸함으로써 존재하는 것이다."

　불멸의 탑 안에 안전하게 둥우리를 튼 사람들은 결사적으로 이 새로운, 그리고 외로운 이단자를 징벌했다. 징벌은 하이에나들처럼 집단적이고 조포하고 어쩐지 음습했을 게 분명하다. 형수가 회사 복도에서 얼쩡거리고 있을 때, 사람들이 형수보고 들으라는 듯이 떠들어 대더라고 전해 준 말들을 보면,

　"세상은 그처럼 BB 겉은 놈의 순진한 철학 속에 있는 게 아냐."

　"철학은 무슨, 개똥이라 해라."

　"자유로운 영혼이라는 게 고작 여자애나 꼬시는 거?"

　"존재하려면 먹고 살아야 하고, 먹고 살려면 돈이 필요하고……."

　"그런 돈은 BB, 그 잘난 BB 겉은 놈의, 잘난 자유를 팔아야만 나온단 말야, 씨팔!"

　"누군들 멋대로 살고 싶은 생각이야 없겠어, 그 놈! BB처럼 말야."

"그래도, 같이 끼고 도망갈 여자는 있으니…… 낄."

높직한 성벽에 일렬로 도열하여 쏘아 대는 그들의 독발린 입살과 사악한 눈총으로 형은 만신창이가 되었을 것이다. 그러니 아무리 형이라 한들 당분간의 엄폐를 위해서라도 잠적하지 않을 수 없었겠지.

형은 어디엔가 있다.

모처럼 생기가 돌아 화사해진 형수를 보며 나 역시 이런 엉뚱한 낙관에 휩싸였다.

형은 군대 시절 이야기를 자주 해주었었다. 내가 성적에 맞춰 이름도 생소한 학과에 입학하지 않으면 안 되었을 때부터 군대는 이상한 마력을 지니고 내 앞에서 흔들거렸는데, 형의 군대 이야기는 나의 입영 일자가 다가오면서 더욱 열기를 뿜고 있었다. 내게 군대는 원시림 안에 감추인 늪과 같아서, 빠지기도 두렵고 한 번 빠져 보고도 싶은 호기심이 동시에 어우러지는 모순 그 자체였다.

"사회화…… 이런 말 알지? 성년식과 같은 통과 제의 말이야. 나에세는 군대가 그러했다. 군에서의 성년식은 피의 축제였지. 고통스럽고도 황홀한…… 흐흐흐."

고통…… 피…… 축제…… 과연 성년식에 걸맞는 말들이었다. 나는 형의 말을 들으며 어디선가 읽은 인디언 부족의 잔인한 성년식이 생각났다.

미주리 평원을 쏘다니며 무소 사냥을 한다는 미국 인디언의 한 부족, 그 성년식―이 마을 젊은이들은 성년의 의식을 위해 우선 4일 동안 잠자지도 못하고 먹고 마실 수도 없다고 한다. 졸리고 배고파 죽기 직전일 이들에게 축제의 날, 드디어 부족의 마법사는 잔인하게 톱칼로 젊은이들의 가슴과 어깻살을 저며 내고, 피가 흐르는 그 살 깊숙이 나무 꼬챙이를 꽂아 놓는다. 그 꼬챙이 끝에는 서까래에 걸친 가죽끈 한쪽 끄트머리가 묶여 있는데, 사람들이 다른 한쪽을 잡아당겨 젊은이들을 천장으로 끌어 올리는 것이다. 마치 우물 속의 두레박을 끌어올리듯. 그뿐인가. 두레박처럼 끌어 올려지는 젊은 인디언의 두 발에는 무거운 추까지 달려 있다. 그리고는 천장에 동동 매달린 그들을 아래 있는 사람들이 빙글빙글 돌려댄다. 빙글빙글 빙글빙글—젊은 인디언들은 꼴깍꼴깍 기절하고 만다. 적지 않는 수가 기절한 채로 죽어 버릴 게 당연하다.

까무러쳤다가 죽지 않고 깨어나면 이번엔 도끼로 자신의 왼쪽 새끼손가락을 잘라 내야 한다. 왼쪽 새끼손가락 없는 게 성인의 표지인 것이다. 마지막은 무소 사냥을 위한 테스트—두 팔목이 묶인 채 젊은 인디언들은 길들이는 야생마처럼 광야를 무작정 질주해야 한다. 기력이 다하여 의식을 잃을 때까지, 달리고 달리고 또 달리는 것이다. 그러고도 죽지 아니하면 비로소 당당한 성년이 된다고 한다.

이쯤 되면 성년이 된다는 건 죽을 때 죽지도 못한 자에게 남겨진 끔찍한 형벌인 것만 같다. 과연 우리는 성년이 되면서야 비로소 살아 있음이 구역질나는 일임을 슬슬 깨닫게 되는 게 아닐까.

형은 어땠을까.

형은 개 한 마리를 데리고, 아니 모시고—왜냐하면 군견의 계급은 하사 내지 중사였고 형은 고작 일등병이었으니까. 병장이 된다 해도 둘 사이엔 뛰어 넘을 수 없는 엄격한 위계가 개입하고 있었으니까—해안을 경계하는 임무를 띠고 있었다 한다.

동해 바다에 오면 고래를 잡고 싶은 건 젊음을 유보당한 이들에겐 공통의 열망이었는지, 해안에는 봄과 가을철에 대대적으로 고래잡이가 성행한다. 덧씌워진 살갗에 움추린 성기란 자신들 존재의 움추린 상징이었을 것이므로, 거추장스러운 껍데기는 마땅히 잘려져 나가야만 되었다.

　형 또한 이스라엘에서처럼 사내아이가 나면 할례를 해서 거침없이 자라게 해주지 않는 이 풍토와, 그렇게 해주지 못한 존재하지 않는 아버지마저 원망하며 시술대 위에 눕기로 결정했다. 결정과 시술까지는 그러나 꽤 오랜 시간이 지나야 했다. 왜냐하면 그 시술이라는 것의 적나라한 모습—이를테면, 한 평쯤 되는 조그만 취사장에 놓인 일 미터가 채 못 되는 나무 의자에 드러누우면, 시술자인 의무병이나 혹은 개인 병원의 조수쯤으로 일하다 은퇴한 돌팔이가, 성기가 빠져나올 만큼만 구멍을 뚫은 신문지 한 장을 바지를 까 내린 그 부분에 꽂아 놓는다. 그 위에 역시 가운데가 뚫린 손수건만한 붕대가 한 장 꽂히면 준비는 다 된 것이다. 혹은 마취를 싫어하며 그냥 견디는 동물 같은 녀석도 있지만, 대개는 주사를 맞고 약기운이 퍼져 가는 대로 숭고하고 경건한 마음도 덩달아 온몸의 구석구석까지 퍼져 가게 마련이다. 구상유취의 시절이여, 안녕. 탄생과 풍요의 신물(神物)이여 머리를 내밀어라—龜何龜何 首其現也 若不現也 燔灼而喫也(거북아 거북아 머리를 내어라 내놓지 않으면 구워서 먹으리), 삭둑삭둑하는 소리를 들으면서도 그것이 현재 자신의 국부에서 거행되는 번작과 같은 전투임을 실감하지 못한다—을 몇 번 본 후, 붕대를 적시고 신문지를 적시는 핏덩이를 혐오한 까닭이었다. 그러나 고통 없는 통과제의가 있던가. 안이한 성인식이 어느 부락에서 행해진단 말인가. 해안의 그것은 국소를 시뻘겋게 적셔야만 하는 것이었다. 형은 의연히 드러누웠다. 자연으로 존재하지 못하는 자신이 일면 슬프기도 했지만, 금방금방 태가 끼고 부패하는 그것은 바로 자연이 부패하는 것이라 여기고서.

　상처 입고 손상당한 신물은 고치처럼 튼튼한 붕대 속에서 몇 주일을 편안히 보내야 한다고 한다. 그런데 위험한 사태가 발생하고야 말았다. 중대장이 예고도 없이 해안 초소를 순시한 것이다. 필경 이 대대적인 고래잡이의 정보를 입수하고 범법자들을 처단 하려는 의도였다.

중대장은 대원들을 비좁은 연병장에 집결시키고는 태권도를 품계에 따라 실시 하라고 명령했다. 격투기를 조심조심 몸을 다치지 않게, 혹은 신물을 다치지 않게 한다는 것이 우스꽝스러운 노릇임은 뻔한 일이었다. 중대장의 지적을 받고 난 형은 다른 대원들처럼 힘차게 솟구치고, 앞차고, 돌려차고, 이단으로 옆차며, 풍요와 탄생의 고귀한 신물이 혹시나 중인환시리에 공개되는 불상자가 없도록 애썼다.

음흉한 웃음을 남기고 중대장이 떠난 후, 형의 군복 바지 그 부분은 동그란 핏자욱이 지름을 늘이며 점점 넓어지고 있었다. 형은 황급히 바지를 내리고 팬티도 벗고 밑을 보았다. 고치 같은 붕대는 완전히 허물어지고 반창고마저 일부 떼어져, 신물은 마치 허물 벗는 무력한 번데기가 시뻘겋게 매달린 채 흔들리는 것 같았다. 아직 아물지 않은 접합 부분에서는 실밥이 뜯기어 핏물이 콸콸콸 뿜어 나왔다. 분수와 같은 핏줄기에 온몸을 적시며 형은 나지막이 중얼거렸다.

"나의 성년식은 피의 성찬."

형은 다시 자연으로 돌아간 것이다. 고통 없는 성년식이란 없다. 형의 그것은 이중고였지만 기막힌 등식으로 자신의 존재를 유지했다. 다시 말하면 형은 손상당했으되 실은 아무것도 손상당하지 않은 셈이 되었다.

나는 형의 그런 이야기를 들으며 손톱이 유리에 긁히는 소리를 환청처럼 듣곤 했다. 뾰족한 바늘이 표피를 슬쩍슬쩍 찌를 때 생겨나는 고통과 쾌락이 혼융된 기묘한 촉감과 더불어.

2

　나는 형수를 동반하기로 했다. 그것은 형수의 펼쳐진 왼손을 보면서 섬광처럼 떠오른 생각이었는데, 어쩐지 관념적인 형의 잠적과 대단히 일상적인 형수의 애증이 겉으로는 확연하게 어긋나 보이지만 그만큼 극적인 합치점에로 이를 가능성도 많지 않을까 하는 기대 때문이었다. 이를테면 극과 극은 서로 통한다는 것―.

　"사장이란 사람 말로는, 앞으로 닷새의 말미를 주겠대요. 닷새가 지난 후에도 직장에 출근하지 않는다면, 그때는 회사 나름으로 처리할 수밖에 없다는 군요."

　이렇게 말하면서 형수는 왼손을 활짝 펴서 다섯 개의 손가락을 모두 내게 보여 주었던 것이다. 정말이지 하루에 손가락 하나씩 꼽아 다섯 개면 꼭 닷새였다.

　내 제의에 선뜻 응하는 걸로 보아 형수 자신도 내심 부쩍 그러고 싶었던 모양이다.

　"사람들이 어쩜 그리도 단순하게 하나의 인간을 바라보기 좋아할까요. 흥미거리만 좇아 다니는 어린애들처럼 말예요."

　"……."

　"그 어린 것하고 정말 그럴 수도 있다는 듯이……"

　"무리를 짓고 다니는 자들은 괜히 힘을 느낀다구요. 착각인 줄도 모르구, 실상은 용기 없는 자들의 선망일 수도 있죠. 그 선망이 집단적인 비난으로 위장돼서 나타나는 경우가 꽤 있거든요."

　"글세, 그 기집애가 이제 겨우 열아홉 살이라던가, 여덟이라던가……."

　형수는 내 말에는 아랑곳하지 않고 집요하게 그 아가씨와 형을 묶어 보는 눈치였다. 바로 형수의 눈 속에 그런 들뜬 확신이 어른거리고 있었다. 그녀로서는 그것이 자연스러운 것인지도 모른다. 형수는 하얀 건반이 달린 순결하고 무지한 악기와 같으므로. 건반을 건드리는 손가락의 강약과 속도에 따라 음색을 충실하게 갖추어 내므로. 형수에게는 형에 관한 그 소문이 유일한 위안이 되고 있지나 않았을까. 자신의 그물이 거두어들일 수 있는 범위에서 날뛰는 싱싱한 물고기와 같은 것이니까. 여자는 필경 여자에겐 강한 것이니까.

내게도 이런 형수가 위안이었음은 확실하다. 우리는 형이 스스로 사회화니 성년식이니 하던 바로 그곳, 군대로부터 추적을 시작하는 게 좋겠다고 첫 난제에 완전한 합의를 브았던 것이다.

그런데 놀랍게도 형수는 어디를 뒤졌는지 묵은 수첩 하나를 내게 내밀었는데, 그것은 형이 군생활 틈틈이 적어 놓은 메모 형식의 일기였다. 형이 왜 그런 실수를 저질렀는지 의문이다. 현존을 중시하는 형으로서 그 수첩은 이미 부서져 버린 과거에 속하는 끊긴 사슬이 아닌가. 매순간 변화하고 전이되고 창조될 뿐인 유일한 삶의 눈으로 보자면, 그것은 벌써 스스로의 색깔만큼이나 퇴색해 버린 죽은 의미에 다르지 않을 터인데.

형수는 반쯤은 형의 형체를 붙잡은 듯 득의에 차오르기 시작했다. 형은 이제 손바닥만한, 낡고 퇴색한 수첩의 비뚤거리는 글씨체로부터도 잠적해야 하는 이중의 어려움을 겪게 되었다.

"여길 보세요! 형님은 일단 태를 탔군요."

형수는 맨 첫장의 첫 줄을 손가락으로 짚었다.

섬은 밀어냄으로써 섬이다. 내 이십수 년의 오인된 대륙에 눈물 한 방울.

우리는 배를 탔다. 육중한 뱃전이 옆으로부터 밀려 나면서 섬은 섬으로 온전히 존재했다. 사슬 하나. 고무줄처럼 늘어지다 뚝 끊기는 소리가 들리는 듯했다.

P는 도처에 있었으나, 이제는 내가 옮겨 온 대륙으로부터 밀어 낸 섬. 그리하여 맑은 눈물 한 방울, 수은처럼 응결된 섬과 같은.

"P가 누구일까요?"
형수는 본능적으로 어두워졌다. P가 누구인지는 나 역시 알 수 없었다. P는 우리말로 대개는 'ㅂ'을 옮기는 기호이니, 병, 보, 붕, 봉, 벽…… 이름의 표기라면 여자에게 그런 것이 있기가 쉽지 않다. 여자이기 위해서는 성씨 표기여야 하는데, 박, 부, 변, 방, 혹은 표, 편…… 나는 그런 성씨를 가진 형의 여자를 기억하지 못한다. 그러나 내가 아무리 형을 관심 있게 보아 왔다 할지라도 형의 모든 삶과, 더욱이 은밀하기 십상인 여자 문제를 두루 꿰기는 어려운 노릇이다. 어쨌거나 정황으로 본다면 P는 여자이거나 남자여야만 합당할 것이다. 도대체 현재를 견디지 못하고 입영해야 하는 상황을 P라든가로 의인화하기는 좀처럼 힘든 법이니까. 밋밋하게 살다가 때맞춰 옷 갈아 입듯 입영하는 남자들은 대개 메모 따위도 남기지 않는 법이니까.
혹은 P가 남자라면 어떨까. 남자는 남자를 사랑할 수도 있다. 그러나 이렇듯 형과 진한 관련을 지닌 남자 역시 기억해 내기가 수월치 않다. 아아 그렇다면, 내가 형을 안다는 것은 얼마나 보잘것 없는 코미디에 지나지 않는가. 내 스물세 해, 전 생애를 형과 더불어 지냈으면서도 형의 알 수 없는 구석이 미로처럼 펼쳐지거늘, 내가 알고 있는 사실조차 수도 없이 모를 형수는 얼마나 가련한 존재인지 모르겠다.

"P는 여자가 아니라, 의인화된 어떤 상황이라고 생각해요."

형수는 눈을 크게 떴다. 그 눈에 수습할 길 없이 헝클어진 실뭉치 같은 것이 부옇게 떠올라 있었다.

형수는 당연하게도 곧 내게 짙은 의혹의 시선을 던졌다.

"말해 줘요. 이건 중요한 실마리가 될 수도 있잖아요."

형수는 단순하지만 바로 그 점이 아름다움을 느끼게도 한다.

"아니, 형수. 병순이나 병자, 혹은 봉희, 봉옥이…… 이런 이름들을 형과 더불어 떠올릴 수 있다고 생각하세요?"

논리에 닿지 않은 바 있음이 분명했으나, 형수에게는 지극히 효과적인 처방이었다. 그녀는 모처럼 이를 드러내며 활짝 웃었다.

하지만, 돌이켜볼 때 형의 주위엔 끊임없이 여자가 있었으므로 P 또한 여자일 가능성이 커진다. 그렇다면 형은 그리도 다치고 상처 입으면서도 또한 부단히 여자를 끌어들이고 있었단 말인가. 그들을 일관하는 무엇을 찾고 확인하기 위해서? 형의 실수는 여기서도 찾을 수 있을 것 같다. 형 자신이 그렇듯이 형이 끌어들이는 여자들도 마찬가지로 하나의 완결된, 특수한, 다른 무엇으로도 대치될 수 없는 작은 우주들이었으므로. 개별적 우주가 개별적 우주들과 교통하기 위해선 단 한 번 쓰일 수밖에 없는 고유한 부호가 있을 뿐일 터이므로.

신병 훈련소가 있는 진영(鎭營)에서 우리는 형의 어떠한 흔적도 찾아볼 수 없었다. 지내기도 수월했던지 형의 수첩엔 당시의 기록이라고 여겨질 만한 구절들도 별로 보이지 않았다. 다만 위병들이 서 있는 출입문 건너편 구멍가게에 앉아서, 군용 트럭을 타고 병정 놀이하듯 신나게 노래를 불러 대며 들어가는 신병들―반쯤은 머리를 깎고

반쯤은 더부룩한 머리칼들을 휘날리는—을 볼 수 있었던 게 수확이
랄까.

"난 혼자서 이곳저곳 휘젓고 다니다가, 날짜에 맞춰 훈련소에 들어
갔지. 개별 입영이란 게 있었거든."

형은 언젠가 이렇게 말해 주었다. 섬에서 입영하려면 이들을 실어
나르기 위한 군함이 하루나 이틀쯤 일찍 와서 승선을 시키기 때문
에—일단 승선하면 사실상 거기서부터 군생활이 시작되기 때문에—
규격에 맞는 벽돌들을 찍어 내는 공장엔 단 몇 시간만이라도 늦게 도
착하고 싶었던 게 틀림없다. 도대체 형은 규격과는 거리가 먼 사람이
으니 말이다.

안타깝게도 이 역시 형과 나의 다른 부분이다. 어차피 규격화되어
야 할 운명인 바에야, 빨리 물과 뒤섞여서 충분히 반죽돼 버리는 것
이 소모적인 갈등을 뛰어넘는 첩경이 아닐까. 진정한 자신은 고도로
농축되어 규격화된 벽돌 속에 잠시만 머물러 있으면 되는 것이다. 그
러나 형은 우회하지 않고 부딪치는 사람, 계산하지 않는 인간형이다.
그건 형이 우리 집의 첫째고 내가 둘째며 막내라는 사실과도 연관돼
있다고 여겨진다. 어쨌거나 형이 겪어야 했던 이후의 모든 낭비가 결
과적으론 이러한 시발에서도 비롯되고 있는 것 같다.

삶에 〈절대적〉 낭비의 총량이라는 게 있을까. 그렇지 않다면 두
개의 낭비를 하나로.

이것은 시간과 관계 없는 형의 메모 구절인데, 스스로도 허망한 세
월에의 아쉬움을 감지한 흔적은 있는 셈이다. 추측컨대 그것은 정체
모를 P로 인한 감정의 낭비와 군생활이라는 낭비를 하나로 묶으려

는 희망이었지 않을까.

"저기, 저기 좀 봐요."

십수 대의 군용 트럭과 그 위에 난간이 무너질 듯 앉아 노래를 부르는 신병들을 흥미롭게 바라보던 형수가 내 옆구리를 찔렀다.

"바로 저기! 가운데 트럭에서 왼쪽으로 하나, 둘, 셋, 네 번째 사람 보세요. 꼭 형님 닮았잖아요?"

나는 건성으로 형수가 가리키는 쪽을 바라보았다. 누구를 말하는지 도저히 구별할 수 없었으나,

"그렇군요. 가리마 모습이라든가. 몸집이 얼핏 형 같군요."

대충 말을 받았더니 형수가 나를 빤히 쏘아 봤다.

"아니, 저 머리 깎은 사람 말예요. 형님 앨범에서 고등학교 때 사진을 본 적이 있는데, 그걸 꼭 닮았단……."

말하다 말고 갑자기, 형수는 두 손으로 얼굴을 가리며 날카로운 비명을 질렀다.

"아악!"

형수가 가리킨 그 청년이 있는 쪽에서, 놀랍게도 신병 하나가 트럭 밖으로 몸을 날린 것이었다. 훈련소 입구가 바로 앞에 보이고 있었기 때문에 트럭의 속도는 별반 없었으나, 그는 트럭 밖 허공에서 짧은 순간 바람을 타고 수평으로 이동했다. 그리고는 이내 길바닥에 떨어지며 떼굴떼굴 굴렀다.

"사람이 떨어졌다!"

"정지! 정지!"

굉음을 내며 트럭들이 멎고 철모를 쓴 기간 사병들이 우르르 몰려들어 땅에 엎어진 신병을 일으켰다. 신병은 그새 죽은 것처럼 축 늘어진 채였다. 기간 사병들이 붙잡아 흔들어도 한동안 반응이 없던 신

병은 좀 시간이 지나자 정신이 돌아오는지 꿈틀 몸을 움직이는 것 같
았다. 트럭 밖으로 얼굴들을 내민 채 넋을 잃은 듯 구경하던 이들 입
에서 절로 한숨이 터져 나왔다.

"살았다!"

으깨어진 신병의 얼굴을 피범벅이었지만, 기간 사병들의 부축을
받으며 절뚝거리는 품이 별 치명적인 상처는 없는 듯했다. 신병은 맨
앞 차 운전석에 태워졌고, 트럭들은 다시 천천히 움직이기 시작했다.
어느새 내 팔을 붙잡고 있던 형수로부터 급격한 진동이 전해져 왔다.
나는 형수의 어깨를 잡고 도닥거리며 괜찮아요, 괜찮아요 할 수 밖에
없었다.

마지막 트럭이 위병소 안으로 들어갈 때까지 신병들의 노래는 더
이상 들리지 않았다. 그들의 노래는 이를테면 두려움에 빠진 스스로
에게 거는 최면이요 주문이었던 것이다. 몸을 날린 신병은 한순간에
그걸, 그 집단적 최면으로 깨 버렸다. 위병소 문 앞에서 신병들은 갑
자기 서너 배로 부풀어진 고통의 양을 실감하지 않을 수 없었으리라.

나는 트럭이 모두 사라진 한참 뒤까지도 망막에서 떠나지 않는 장
면 하나를 오래도록 바라보고 있었다. 그것은 트럭 밖으로 몸을 던진
신병이 바람을 타고 수평으로 움직이는 어느 순간이었다. 두 팔과 두
발을 쫙 펼친 채 그는 견고하게 허공에 떠 있었다. 자세는 약간 오른
쪽으로 쏠려 있고, 머리칼들은 한데 모여 날카롭게 왼편을 가리키고
있었다. 왼편과 오른편, 이쪽과 저쪽 사이―그 공중에 떠 버린 실존
의 모습으로부터 나는 이유를 알 수 없는 전율을 느끼고 말았다.

"술 마시고 싶어……."

형수가 먼저 말했고 나도 두말 없이 동의했다. 술에는 긍정적인 효
용도 많다는 걸 우리 모두 알고 있었다. 보다 긴 여정이 남아 있는데

신경은 좀더 굵어질 필요가 있었던 것이다.

의외로 형수는 술을 아주 조금밖에 못했다. 맥주 한두 잔에 얼굴이 온통 달아올랐다. 목덜미와 팔뚝까지 벌겋게 불붙는 형수를 바라보며 나는 붉은 건반이 달린 악기를 연상했다. 붉은 건반은 어떤 곡조를 연주할까. 형수는 가쁜 숨을 몰아쉬며 내뱉듯 말했다.

"제발, 그 기집애하고 같이 없어진 것이었음 좋겠어요."

나는 형수의 본심을 알고 있었으므로 놀라지는 않았다.

"왜 그런 생각을 하시죠?"

"무엇보다 그렇다면, 적어도 죽은 것은 아니잖아요?"

형수는 나를 똑바로 쳐다보지도 않고 이리저리 고개를 돌리며 말했다.

"죽다니요? 왜 그런 끔찍한……."

그러나 죽음이 삶보다 그렇게 끔찍하단 말인가.

"어쩐지 그런 생각만 자꾸 나는 걸요."

형수는 눈을 질끈 감고 다시 술을 털어넣었다. 긴 목덜미 속에 내장된 투명한 식도를 따라 맑은 거품들이 흘러내려가는 게 보이는 듯했다.

"지나치게 앞질러 결론을 내리진 마세요. 아직은 이르니까. 희망은 얼마든지 있습니다. 두고 보세요. 꼭 찾을 수 있을 테니……."

담배에 관한 명상. 담배는 땅 속에 숨어 있다. 보물을 캐듯 담배를 캐어 인간적 악취와 함께 위안을 들이마신다. 그러나 막상 보잘 것이 없다. 담배가 효용인가, 담배가 숨어 있음이 효용인가.

훈련소 시절의 드문 기록 하나를 떠올리며 우리는 형이 그곳을 떠나 처음 배치 받은 부대로 향했다. 소총중대 소총병……. 이 시기에 형은 수많은 깨알 같은 기록을 남기고 있었는데, 종이가 해지고 물이 묻어 번졌거나 귀퉁이가 불탔거나 질 낮은 볼펜으로 썼기 때문에 기름꽃이 핀 것 등이 대부분이어서 해독이 쉽지 않았다. 그래도 흔히 보이는 단어는 파탄, 침묵, 절망, 쓸모 없음, 에고에고에고 등이었다. 에고 운운은 〈에고이즘〉이나 아닌지 모르겠다. 대로는 INFERNO라는 영문자가 보이기도 했는데, 지옥이란 말인가.

나는 형수에게 이 단어들을 조합해서 문장을 만들어 보자고 좀 짖궂은 주문을 해보았다. 형수는 한참 머리를 조아리더니,

"이 쓸모 없는 생활에 절망한다. 나의 에고가 파탄하지 않으려면 침묵밖에 도리가 없겠지. 여기는 지옥과 같다……."
하며, 어떠냐는 사뭇 자랑스런 표정이었다.

"저도 해볼까요? ……내가 이곳에선 그렇게도 쓸모 없는 존재란 말인가. 나의 이기주의가 인간 관계를 파탄시키고 있다니, 침묵밖에 없는 이 생활은 절망이다. 나는 지옥에서 불타고 있는가."

"너무 안 된 쪽이에요."

형수는 그닥 동의하지 못하겠는 것 같았다. 그러나 형은 남이 보기에 가급적 힘든 삶의 방식을 유지하므로 이번에도 내 편이 보다 진실에 가까울 것이다.

형은 이 시절의 이야기를 침 튀기며 해준 적이 많았다. 석달 간 물을 보지 못한 몸 좀 씻어야 겠다고 말했대서 각 소대를 돌아다니며 선임들 모두에게 가슴을 쥐어박히느라 혼이 빠진 일, 〈뭐 목욕하게 해달라고?〉 가슴을 얻어맞고 심장이 아프다 했다가 정말 심장이 파열할 정도로 다시 얻어맞은 일, 〈히힛, 심장이 어쨌다구?〉 배가 고파 몰래 사온 빵 하나를 가슴에 감춘 채 먹을 기회를 찾지 못하다 근 일

주일 만에 변소간에서 배설물 냄새와 함께 먹어 치워야 했던 일, 그때 휴지통에 남긴 비닐 봉지 때문에 또 한 차례 각 소대를 순례해야 했던 일, 〈혼자서 빵을 처먹었다누먼!〉—형은 어찌하면 어긋난 벽돌이 되어지는 가를 몸소 체현한 훌륭한 표본이었다.

물론 형수에게 이따위 시시한 일들을 말해 주었을 리는 없다. 여자들에게야 군대라면 포탄이 터지는 사이로 계곡을 지나고 물을 건너는 〈전투〉의 이미지로 족한 것이다. 그건 아직 입대하지 않은 내게도 마찬가지였다. 그런데 형의 말을 들어 보면 군대는 사실 전투하기 위해서 〈생활〉하는 곳에 다름 아닌 것이다. 심장이 터질 정도로 가슴을 쥐어박으며 유지해야 하는 그 생활이란 솔직히 보잘것 없고 무가치했다. 목욕을 못 하면 당연히 목욕을 해야 하고, 배가 고프면 PX라는 데서 빵이라도 사 먹어야 하지 않은가. 그마저도 주위의 상황과 형편을 예의 주시하며 숨죽여야 한다면, 오직 눈치만 기형적으로 발달한 노예들이 최고의 적응력을 보일 것이다. 인간값으로 친다면 형이야말로 정신의 귀족이었지 않을까. 귀족이 노예들의 생활에 적응하며 관계를 맺고자 애쓴다는 말은 들어본 적이 없다.

두레박은 왜 자꾸 내 손을 벗어날까. 의도하지 않았는데도 어김없이 미끄러져 빠지는 두레박줄은 내 실○의 ○징인가.

형은 이 무렵 야전 훈련을 나갈 때는 언제나 식사 당번이었는데, 추운 겨울 우물물을 길어 식기를 씻어야 했던 모양이다. 물을 길어 식기를 씻고 밥을 퍼 담아 전우들을 먹임으로써 형의 존재는 그나마 의의를 지니게 되는데, 그게 〈의도하지 않았는데도〉 잘 안 되더라는 말인 것 같다. 아무리 개인이 초연하고자 애써도 막강한 집단의 압력에는 사슬처럼 묶이게 마련이다. 더구나 이단자를 징벌하기 위해 끊임없이 가슴팍을 뚫고 들어오는 그 원시적 폭력에는 누군들 허물어지지 않을 수 있으랴. 그리하여 사슬에 묶이겠다고, 초월에의 꿈을 버린 형이, 혹은 유보한 형이 육체적 파탄을 넘어 정신적 파멸에 면해 보려는 적응에의 몸부림을 해보았는데도 그게 안 되었다면, 이런 절망도 다시 없다. 형 자신이 두레박이 되어 우물 속으로 낙하하지 않은 것이 도리어 이상하게 보인다. 흐려서 보이지가 않는 글자가 몇 개 있지만 뻔한 것이다. 실〈존〉의 〈상〉징……

"형님은 자신을 옭아매는 사슬로 여겼을까요…… 날?"

형수는 고통스럽게 나를 보았다. 형과 사슬에 관한 이야기를 나누면서도 형수는 쉴새없이 스스로를 떠나지 않고 있었다. 아니, 결코 떠날 수 없는 것이다. 형수 같은 여자로서는, 무슨 대답인가 그녀를 위로해 줄 말이 있어야 겠는데 얼른 찾을 수 없었다.

"……그랬을지도 모르겠군요. 형님은 늘 그러니까."

"그렇다면 왜 결혼을 했을까요?"

여자는 급박하면 무척 단순해지는 것 같다. 결혼은 사슬에의 신앙이라고, 굴복의 징표라고 여기고 마는 것이다.

"전 그것까진 잘 알 수 없어요. 다만 확실한 건 당시 형이 형수를 사랑했다는 것 아니겠습니까? 결혼할 만큼은."

"그게 이젠 아닐 거라는 말이에요?"

"아, 그런 뜻이 아니고……."

"GG 씨는 뭔가 알고 있죠?"

"뭘 말입니까?"

"이를테면, 형님이 누굴 새롭게 사랑하게 되었다든가……."

"아녜요. 결단코 그건 아닙니다. 보시다시피 이번 형의 일은 그런

차원과는 좀 다른……."

"사랑보다 더한 차원도 있어요?"

형수는 무척 당당하다. 가슴까지 불쑥 내밀어 보이는 듯했다. 사랑이란 말을 할 때 여자들이 비교적 사랑스러워지는 것은 그 말이 지닌 주력 때문일 것이다. 사랑 사랑 사랑 외다 보면 몸 전체로 사랑의 솜털이 보송보송 일어나는 듯이 보였다.

"전 그 아가씨 음성을 기억할 수 있어요. 집에도 전화가 몇 번 왔었으니까."

"형수."

"회사일 때문이라고는 했지만, 어쩐지 그런 용무치곤 목소리가 달뜬 것 같다고 여기긴 했죠. 여자의 육감이라는 건……."

"형수! 그만하시죠."

"왜요!"

"형수가 생각하는 대로 되었다 해서 좋을 게 뭐가 있겠어요? 아니면 어떤 명분이 생긴다는 건가요. 형수 스스로도 사슬을 끊어 버릴?"

"……GG 씨."

형수는 어처구니 없다는 듯이 눈을 크게 떴다.

"우리가 실상 허망한 여행을 계속하는 건 아닌지 알 수 없군요."

"……."

"형은 그보다……."

아니, 형은 그보다 더한 무엇으로 이 거북한 연민들을 끊고 달아났단 말인가. 보이지 않고 잡히지 않는 고귀한 무엇이 있길래, 남겨진 사람들이 까닭도 모른 채 고통을 받아야만 하는 것일까. 허망한 것은 형 자신이고 내 자신이 아닐까. 오직 형수만이 충만해 있는지도 모르겠다. 감득할 수 있는, 확실한 자를 지니고 있으므로.

"미안해요, 형수."

형수는 울고 있었다. 형수는 참 잘 운다. 마치 우는 것이 살아 있음의 표시라도 되는 듯이. 결코 울지 않는 나는, 형수의 눈으로 볼 때 죽어 있는 것인지도 모른다. 산 자와 죽은 자의 여행.

와해되도다. 영육(靈肉)이 공모한 줄다리기에. 빛 한 송이!

형은 수사(修辭)에 무척 신경을 쓴 듯싶다. 사적인 아무것도 용납되지 않는 곳에서 힘들게 체득해 낸 방법이었을 것이다. 형은 이 무렵 집으로 SOS를 수없이 타전하고 있었다. 어머니의 그 안절부절 못함이란!

듣건대 아버지는 군인이었다. 정글복과 숯검정을 바른 얼굴만 추상적으로 떠올랐다 사라지곤 하는, 기습 특공대의 팀장인 하사관이었다 한다. 까만 고무 보트를 타고 적의 면전으로 기습하는 파도의 사나이—탄탄한 팔뚝과 종아리는 땡볕에 그을고 아프리카 토인처럼 입술만은 하얬을 것이다. 어버지는 거친 파도로 이름난 모의 훈련 장소에서 일파, 이파, 삼파를 견디다가 끝내 물 속에 젊음을 수장해 버렸다. 좀체 없는 일이었으나. 첫 승선한 신참병들이 워낙 침착하지 못했으므로 아버지는 부하들의 목숨을 챙기려 애쓰다 스스로를 버린 것이었다.

어머니는 상처가 덧나는 표정을 지으며 동분 서주하는 것 같았다. 나는 당시 중학생이었기에 형의 작태가 한심하다 못해 괘씸해지기까지 했던 걸로 기억이된다. 우리들에겐 군인이야말로 완성된 남자의 이상적인 모습으로 비치고 있었으니까. 군인의 이미지에 사사롭고 보잘것 없는 사연 따위는 겹쳐 낼 여지가 없었다. 가능한 것은 오로지 조국, 민족, 평화—너무도 거창해서 우리 같은 조무래기들에겐 하늘보다 깊은 곳에 이르러야 실체의 일부만 겨우 볼 수 있을 뿐인 것들, 막대한 가치에의 복종과 충성, 거두 절미된 완벽한 명령만인.

형은 너무도 작아서 아예 눈에 비치지조차 않을 지경이었고, 이런 사실을 입에 담기는커녕 혹 친구들이 알까 조바심이 날 뿐이었다. 친구들에겐 내 형이 현재 군인이라는 그 사실 하나만으로도 충분히 존경과 위엄을 획득할 수 있었으므로 더구나 왕이었고 영웅이었던 내게는 그에 합당한 형의 존재가 무엇보다 필요했다. 시종 여일한 내 상징의 후광으로서 말이다.

그러나 형은, 정확히는 형과 어머니는, 이러한 내 기대를 저버렸다. 아는 이 모르는 이 군과 끈을 맺고 있는 자는 두루두루 찾아다니던 어머니는 끝내 형을 그 불타는 지옥에서 구출하는데 성공했던 것이다.

형수와 나는 그 와해의 위기가 감돌던 현장에 가 볼 것을 묵시적으로 합의했다. 묵시적인 합의일 뿐, 현장을 답사할 방법은 전혀 없었다. 형은 지금 군인이 아니며 우리 역시 민간인이었던 것이다. 하지만 우리까지 그 지옥의 중심에 파고들어 불길에 휩싸일 까닭은 없다. 그저 지옥 주변에서 먼빛으로나마 타오르는 불길만 바라볼 수 있다면 좋겠다 싶었다.

진영을 출발하여 버스를 여러 번 갈아 타고 혹은 택시를 이용하면서 우리는 그 지옥 사단으로 향했다. 철강업이 발달한 중규모 도시의 심장을 관통하고, 잿빛 강물 위에 놓인 다리를 삼엄한 검문을 받으며 건너면 바로 지옥이라 했다.

"저기 위병소가 보이네요."

빨강, 노랑 등 원색의 페인트가 처덕처덕 칠해진 시멘트 기둥과 그

곁에 기둥 높이 만큼 키 큰 헌병의 하얀 모자가 보였을 때, 형수와 나는 각각 서로에게 뭔가를 미루고 있었다. 한눈에 살벌하고 위압적인 분위기가 느껴졌기 때문이다. 부드러운 지옥은 어디에도 없는 것이다. 그래도 나는 형수가, 즉 여자가 접근하면 상황이 조금은 부드러워지지 않을까 속으로 희망하고 있었지만, 겁먹은 그녀의 얼굴을 흘낏 보고는 어차피 이런 짐은 내 몫임을 알았다. 나는 후들거리는 다리를 느끼며 천천히 위병소 앞으로 다가갔다. 머릿속에는 아무 생각도 들어있지 않았다.

"뭐야!"

혼자 이리저리 두리번거리며 문 앞을 서성이는 내 꼴이 수상하게 보였는지 헌병이 큰소리로 외쳤다. 분명히 반말이었는데 그게 전혀 부당한 노릇임도 깨닫지 못할 지경이었다. 길이 경사지기도 했거니와 그 헌병은 까마득히 높아 보였다. 깊숙이 눌러 쓴 바가지 같은 흰 철모 때문에 그의 눈빛을 전혀 짐작할 수 없었다.

"저, 여기 혹시……."

"여기 혹시 뭐요?"

헌병의 목소리가 다소 싱겁게 느껴졌다. 내 행색과 말투로 보아 그들로서는 가치 없는 일 하나가 생긴 것에 불과하다는 판단이 선 듯했다.

"저, 면회……."

준비 없이 다가선 바람에 입에선 이런 엉뚱한 말이 튀어 나오고 말았다. 면회라니. 누구를. 유령을?

"어느 부대요?"

헌병의 목소리는 더욱 싱거워졌다. 이때 나는 적이 불안했는데, 형의 부대 이름이 기억나지 않으면 어쩌나 하는 것 때문이었다. 다행히 중학생의 맑은 머리로 여러 번 위문 편지를 보냈던 터라, 무의미한 기호일망정 실마리가 금방 잡혔다.

"2XX8 부댄대요."

"2XX8 부대?정말 거기 찾소? 허, 요즘 이쪽에서 그 부대 찾는 사람 많은데?"

"……!"

"그 부댄 이쪽이 아니오. 옛날에는 이 부근이었지만, 이젠 한 바퀴 빙 돌아서 반대편 위병소로 가야 한다구. 그리고 여기 면회실은 폐쇄된 지 오래고……."

그 부대의 고유 번호가 변하지 않은 것도 다행이려니와, 무엇보다도 커다란 소득은 바로 형이 이 과정을 먼저 거쳐 갔다는 확신을 얻은 점이었다. 찾는 사람이 〈많다〉는 것이 그 이유였다. 비록 찾은 사람이 형과 나 둘뿐이어도 그게 연속적으로 생겨날 경우는 언어 습관상 〈많다〉고 표현하는 법이다. 도대체 어느 쪽에 가서 어떻게 면회해야 되는지도 모른 채 무턱대고 덤비는 면회객은 드물기 때문에, 그 위압적인 헌병한테 동일한 질문을 던질 수 있는 건 형과 나다—.

"흥미로운 생각이에요."

"보세요. 형은 이제 우리 가까이에 있습니다. 아마도 형은 성년식의 절차를 재현해 보는 것이 아닐까요? 무엇인가 감추어졌던 새 의미를 찾기 위해서 제 삼의 눈으로 자신을 들여다보고자 했음이 분명해요. 그리고……."

"그리고?"

"혼자이고요."

형수의 표정은 알쏭달쏭했다. 형이 혼자인 것이 안도인지 불안인지 그 표정으로선 짐작하기 어려웠다.

"그렇다면 다음은 어딜까?"

"다음은 갭니다. 하하."

"뭐라구요?"

"개 말예요. 월월 짖는 DOG!"

"호호호호!"

형수는 터뜨리듯 웃었다. 내가 개의 몸짓과 소리를 그대로 흉내냈기 때문일 것이다. 아니면 〈전투와 개〉가 주는 엉뚱한 부조화 때문인지도 모른다. 그 부조화는 내게도 늘 우습고 슬픈 느낌을 주었으니까.

"대체 그게 무슨 소리죠?"

"형은 집에 구원을 요청했는데, 어머니가 이리저리 손을 써서 어렵사리 그 지옥을 빠져 나올 수 있었어요."

"개한테로?"

"네, 개를 키우고 훈련시키는……."

"그런 데가 다 있어요?"

"군견이라고 못 들어보셨어요? 뉴스 영화에도 가끔 나오는데, 휴전선 같은 데서 두툼한 군복 입은 군인들이 개 한두 마리씩 철망 따라서 끌고 다니잖아요. 세퍼드, 도벨만…… 그런 군견 말입니다."

人間에의 실패는 어디서 ○구하란 말인가. 새로운 ○○은 인간을 고스란히 되비치는 짐승의 눈빛. 아둔한.

"개는 말이야. 그 주인을 금방 닮더군. 행동뿐만 아니라 마침내 모습까지 꼭 같아지게 돼."

형이 내게 해주었던 말이다. 나는 이 부분을 비교적 소상히 알 수 있는데, 군견들을 훈련시키는 부대로 직접 면회를 갔었기 때문이다. 이모가 한 분 계셔서, 마침 방학중인 나를 데리고 어머니 말씀과 얼마간의 용돈을 전하기 위해 상경중에 들르기로 했던 것이다.

면회실로 나타난 형은 과연 후줄그레한 군복에서 개 비린내를 풍기는 것 같았다. 일그러진 표정은 편지로 그려 본 것을 재삼 확인하는 정도였으나, 형은 무척 외로운 듯이 보였다. 소총중대에서의 선임과 동료들—즉 타인들과의 싸움은 고통스러울지라도 타인들이 없어지는 건 아니니까 외로움이라면 상대적일 뿐이다. 그러나 형은 이제 그 타인을 잃어버리고 만 것이었다. 있는 것이라곤 그저 자신을 고스란히 되비춰 주기만 하는, 아둔한 눈빛을 가진 짐승뿐. 형은 장자(莊子)처럼 이런 궁금증을 가졌을 수도 있지 않을까. 나는 원래 개냐 사람인 개냐, 개인 사람이냐, 절대 고독, 절대 폐쇄의 환경 속에서 형은 아리송한 화두에 갇히고 말았으리라. 형은 또다시 여태 겪어 보지 못한 정신적 파탄의 씨앗을 깊숙한 내면에서 발아시키고 있는 셈이었다.

"이 개가 말예요."

형은 〈사람〉을 만나니 저 역시 사람임을 끊임없이 확인해 보려는 것처럼 다변이 되어 갔다. 이모는 눈을 반짝이며 무척 재미있다는 투였다. 자신이 경험할 수 없는, 혹은 결코 경험할 리 없고 경험하지 않아도 되는 일은 누구에게나 편안한 호기심을 동반하게 마련이니까.

"대체 울어 줘야죠."

형은 그때 분명히 〈울〉어 주지 않는다는 말을 했다. 내 생각엔 개는 〈짖〉는 것인데도 말이다. 형은 어지간히 개와 동화된 상태였다.

"패면 되지. 개 패듯…… 호호호홋!"

이모는 제가 생각해도 대견한 농담을 했다고 여겼음인지 오래 웃었다.

"보통내기가 아녜요, 이게 어떤 때는 하도 화가 나서 목줄을 나무에 걸고 잡아다닌 일도 있어요."

"그래도 안 죽어?"

나는 조바심이 나서 물었다. 내가 형으로부터 군인의 기대를 버린 지는 꽤 되었다. 이따위 이야기나 들어 주고 맞장구쳐야 하나. 적이 아니라, 개? 그 하잘것없는?

"죽다니? 피거품을 물면서도 끽 소리 안해. 지독한 놈야!"

"목에 줄이 걸렸는데 어떻게 소릴 내!"

나는 형을 경멸스럽게 바라보며 소리를 빽 질렀다. 소리가 너무 컸는지 형이 움찔했다. 그리고는 입을 조금 벌린 채 멍한 시선으로 나를 보는 것이었다. 아아, 그 눈. 그 아둔한! 나는 심장이 멎는 듯하였다. 형은 완벽한 한 마리 개의 눈동자를 지니고 있었던 것이다.

형은 왜 내 말에 대꾸하지 않았을까. 진정코 개의 목줄을 잡아 매달면 소리가 나오지 않는다는 사실을 몰랐단 말인가. 개를 개답게 하려면 개한테도 기회는 줘야 하는 것이다. 형은 아마도 내 말에서 어둠의 각질을 깊숙이 뚫고 들어가 앉아 있는 자신의 상태를 퍼뜩 깨닫게 되었는지도 모르겠다. 그때, 형의 기름진 까만 얼굴은 박살나고 또 하나의 숨은 얼굴이 찬란하게 나타나는 걸 보았다고 해두자. 형에게도 그런 동굴의 세월이 한 번쯤은 필요한 것이니까.

나와 형수는 다시 버스와 택시를 번갈아 잡아 타며 형이 머물렀던 곳으로 향했다. 번화가가 이차선으로 되어 있고 버스를 타면 건물들이 모두 눈 아래에 들어차는 작은 읍에 이르렀을 때 우린 차를 내렸다. 대중음식점, 세탁소, 전자 제품 판매장, 다방, 그리고 이어선 간이 술집들, 으레 〈여인숙〉이라 쓰이는 유곽들…… 우리는 포장 도로가 그치는 곳에서 울퉁불퉁한 자갈들이 깔린 샛길로 접어 들었다. 우람한 군용 트럭들이 간간이 보이기 시작하는 것이 부대가 가까워지고 있음을 알게 해주었다. 거칠게 질주하는 트럭 바퀴로부터는 돌멩이들이 사방으로 튕겨나고 있었다. 중학생이던 내가 이모와 함께 찾았던 때에 비교해서 달라진 풍경은 거의 없었다.

먼지 속을 코를 막고 뚫자니 이번엔 한 무리의 탱크들이 요란한 소리를 내며 달려왔다. 둔중한 캐터필러의 재빠른 움직임, 철모와 보안경을 걸친 군인들, 입구를 국방색 천으로 막은 포신들…… 자욱한 먼지를 일으키며 달려가는 탱크들은 사막의 전차 부대를 연상케 했다. 전쟁은 흉내만으로도 이상하게 신이 난다. 사람의 본성엔 끔찍하게도 신나는 전쟁에 대한 열망이 숨어 있는지도 모른다. 어렸을 때나, 조금 나이가 든 지금이나 전쟁과 군인이 가져다주는 이미지는 도취될 정도로 강렬하다.

그러다가 나는 갑자기 우뚝 서서 지나치는 탱크들을 뚫어지게 바라보았다. 선뜻 이해할 수 없는 하나의 이미지가 차츰 선명하게 잡히고 있었기 때문이다. 그것은 포신이었다. 국방색 천으로 구멍을 막고 있는 포신들—도취될 정도로 강렬한 이미지임에는 옛날과 지금이 다르지 않았으나, 그 근거에 차이가 있었던 것이다. 나는 강건하게 허공을 찔러 나가는 포신을 보며 엉뚱하게도 남자의 성기를 연상하고 말았다. 구멍이 막혀 있음으로써 더욱 폭발적인 잠재력이 꿈틀거리고 있는. 이제 곧 시뻘건 불길이 터져 나올 것처럼 절박한.

머리를 세차게 흔들면서 나는 형수를 바라보았다. 무언가 대화를 나눠야만 이미지의 유희에 빠져 드는 위험을 피할 수 있을 것이었다.

"전쟁은 어때요, 형순?"

"전쟁? 비참하잖아요. 전쟁 놀이면 몰라도."

"놀이하듯 신나게 전쟁하면 되겠군요."

"글쎄, 난 GG 씨가 그렇게 말할 수 있다는게 놀라워요. 아버지가 군인이셨던 걸……."

형수의 표정이 어두워지고 있었다.

"아버지는 물론 군인이셨지만…… 군인으로 돌아가시긴 했지만, 결국 아버지나 저나 절대적으로는 별개의 인간이 아닌가요?"

"별개의 인간?"

"네, 그 별개의 인간으로서 말해 보죠. 인간 속에 숨어 있는 보편적인 욕망 같은 거 말입니다. 아버지도 저도, 물론 형수까지도 포함한……."

형수는 슬쩍 미소를 띠며 눈을 깜박깜박했다. 정답을 찾기 쉬운 문제를 만난 학생 같은 얼굴이었다.

"보편적으로 사람들이 전쟁을 좋아하는 성향을 지녔다. 이거군요?"

"맞았어요. 이를테면 파괴의 본능이라는 것, 주어진 질서에 대한 거부랄까, 혹은 질서의 재편성 욕망……."

"저기 길바닥에 깔린 돌멩이들 보이지요? 우리가 세상에 있다는 건 그냥 저 돌멩이들처럼 어디선지 모르게 굴러나와, 이유도 없이 바로 저기 놓여 있다는 건데…… 첨에는 멋모르고 타의에 의한 질서에 묻혀 있다가 어느 순간 자신의 의지와는 어긋난 점이 많다는 걸 깨닫게 되는 거죠. 왜 여기가 아니고 저기 놓여 있어야 하는가…… 큰 돌멩이가 아니라 어째서 이렇게 작은가…… 깨닫는다는 건 파괴의 아주 작은 씨앗인데요, 그게 스스로의 논리에 의해 저절로 성장하다가 파괴하는 거지요. 다 익은 열매가 벌어지듯이. 만약 터뜨리면서 파괴

하지 않는다면, 속에서 제가 곪아서 썩고 말지요. 소멸돼 버리는 겁
니다."

나는 되는 대로 말을 쏟아 놓기 시작했고, 당연히 형수는 함정에
빠져 드는 사람처럼 당혹한 눈길로 나를 바라보기만 했다.

"……."

"그러니까 소멸을 자발적으로 수용하는 자야말로 현자이며 인자이
고, 진정한 자유인인 거죠. 그런 사람은, 그런 진짜 인간은 존재하지
않습니다. 어쩔 수 없이 우리 모두 그저 그런 존재이기 때문에."

"……."

"소멸의 대안은 도피라고 볼 수도 있겠군요. 현명한 선택일 수도
있어요. 파괴는 어차피 피아를 모두 손상시킨다는 수없이 검증된 장
치가 어디에나 있게 마련이니까. 전쟁의 역사가 바로 그거잖아요. 그
래서 손상되는 게 두려워 도피하는 거죠. 영리한 비겁자들은 언제나
그것이 소멸보다는 낫다고 여기니까."

"……."

"그런데, 흥미로운 것은 그 도피의 형태가 대개는 환락, 관능에의
도취로 나타난다는 점이에요."

"……."

"재미있지 않으세요? 시작은 파괴의 본능인데, 결과적으론 관능에
의 도취로 나타난다는 게."

"글쎄. 알 듯도 하고 모를 소리도 같고……."

"형수, 들어 보세요,"

"……."

"형을 끈질기게 괴롭히는 건……."

"……."

"바로 파괴 본능이 우회 끝에 도달한 관능입니다."

"……."

"다시 말하면, 형이 맞닥뜨린 장애 중에서도 가장 막강해서 좀체 영광스런 극복이 보장되지 않는 것이 바로 그거라 이말이에요. 형은 수많은 사슬을 풀고 끊어 내고 벗어나고, 그러면서 다치고 깨지고 꼬꾸라졌지만 그건 아무것도 아녜요. 형의 거대한 절망은 바로 이것이다— 한 발을 내디디면 두 발을 잡아끄는 무서운 육귀!"

나는 좀 정도를 넘어 흥분하고 있었고 스스로도 그 사실을 깨달을 수 있었다. 덕분에 포신으로 인한 이미지의 혼란은 적당히 수습된 듯했다. 무엇이든 표현해 버리면 표현한 만큼은 정리되는 것이다. 비록 그것이 본질과 근사할 따름일지라도. 내 말을 듣는 형수의 눈은 점점 가늘어지다가 아예 질끈 감겨 버렸다. 내가 입을 다물자, 그녀의 몸 전체로 한 차례 짧고 큰 경련이 물결처럼 일어났다. 참았던 오줌을 다 누었을 때와 같은.

인가에 조금 떨어진 곳에 사방이 철망으로 주욱 둘린 부대의 모습이 보이기 시작했다. 진초록과 퇴색한 연둣빛이 범벅지게 칠해진 군 트럭, 지프, 식수 운반차들이 멀리 보이는 위병소로 끊임없이 들락날락거렸다. 우리는 부대 주위의 군용 도로를 걸어가면서, 철조망 안쪽 산비탈에 드문드문 세워진 경계 초소막을 헤아려 보고 있었다.

"바로 저기야."

형은 귀대하기 위해 철망을 따라 길을 걷다가, 이모와 나에게 한 초소를 가리켰다. 면회인과 허락된 세 시간의 외출이 거의 끝나갈 무렵이었다.

"저 높직한 초소막이 내가 주로 야간 보초 근무를 서는 곳이지. 거기 올라서기까지 매번 그 처량한, 그리고 어쩐지 소름 끼치는 개들의 울음소리를 통과해야 하는…….”

몇 년이 지난 사이 제멋대로 자란 잡목과 수풀에 가려서 자세히 알아낼 수 없으나, 네모진 어둑한 공간이 언뜻 눈에 띄는 것도 같았다.

“거기에 서면, 저 아래편에 있는 도시의 불빛이 밤새 꺼지지 않고 시뻘겋게 타오르는 게 보인단다.”

철강 도시 중심에 있는 엄청난 크기의 굴뚝에서 시뻘겋게 타오르는 불은 기다란 혓바닥을 연상케 했다고 한다. 타오른다…… 타오른다…… 타오른다…… 주문에 따라 혀는 더욱 길게길게 뻗어나며 검은 하늘 위에서 시뻘건 춤을 추었다. 그것이 이리저리 거대한 스카프처럼 바람을 타다가, 형이 들어 있는 경계막을 꿀떡 삼켜 버릴 것 같았다고…….

개 울음의 장막을 통과하느라 이미 탈진한 상태였지만, 형은 또 한 차례 온몸을 쥐어 짜는 격렬한 동통과도 싸워야 했을 것이 분명하다. 혓바닥 같은 불길 때문에 철망은 고온으로 달구어져 있고, 형은 부나비처럼 수없이 거기에 몸을 날렸겠지. 고통은 더 큰 고통에 의해서만 잠재워지니까. 그리하여 마름모꼴의 철망 무늬가 형의 살갗을 파고들며 뿌지직뿌지직 찍혔으리라, 낙인처럼. 살 타는 냄새가 코 언저리에 맴도는 것 같다. 그 냄새는 구역질을 불러일으킨다…… 무릇 생명 있는 모든 것이, 타오를 때면 어김없이 구역질 나는 냄새를 풍긴다는 것도 이상하다. 살아 있음은 추악한 것이어서일까.

“사람이란 무서운 거야. 어떠한 환경에서도 본능이 박멸되는 일은 없으니까.”

형이 말했었다. 내가 좀더 머리가 굵어 형과 어떠한 대화도 가능하게 되었을 때, 나는 억압된 욕망이라는 자못 호기심 큰 문제를 건드려 봤던 것이다.

"억압되고 있다고 느끼는 순간, 그건 반드시 끊어 버려야 할 정신
의 사슬이다."

나는 갤리선의 노를 젓는, 사슬에 손과 발이 묶인 노예들을 연상했
다. 그들의 몸은 묶여 있음으로 해서 더욱 관능적이다. 넘쳐 터질 것
같은 관능의 상징으로서의 번들번들한 육체.

누군가 먼저 맹목적으로 땅에 묻힌 철망의 밑부분을 발로 긁어 보
기 시작했다. 그것이 맹목적인 것은, 억압되었다고 느끼면서 저절로
생겨난, 아직은 본능적 행위에 불과하기 때문이다. 또 다른 누군가가
철망 밑으로부터 그 탈출의 미광을 발견하고는, 자신도 잠든 영혼을
일으키며 발로 긁어 본다. 밤마다 많은 사람들이 비슷한 짓을 하다
보면, 철망 밑은 주변의 흙더미가 허물어진 채 건성 달려 있게 된다.
본능의 노출은 일단 부끄럽게 여겨지도록 장치되어 있으므로, 흙이
아닌 나뭇가지나 풀잎 등으로 그곳은 위장된다. 여기까지만으로도
적지 않은 수가 발전하지 않는다. 완벽한 폐쇄가 아니라 어딘가에 희
미한 탈출의 가능성이 존재한다는 사실에 그들은 그만 해방되고야
마는 것이다. 그들은 본능적 욕망이라는 영혼의 사슬보다는 광막한
우주로 떠 가지 않기 위해 묶여 있는 사회적 사슬을 더욱 염두에 두
고 있기 때문이다. 자기 내부의 사슬이야 풀리면 좋고 안 풀려도 그
닥 상관은 없지만, 관계의 사슬에서는 도저히 끊겨 나가서는 안 되니
까. 그러므로 그들은 가짜이다. 그들에게는 이제 해방되기 위해 철망
밑을 긁어 보았다는 사실 자체가 존재하지 않았다는 것과 같다. 사슬
하나를 풀려다가 더욱 견고한 사슬에 묶여 버리고는, 언제든 마음만
먹으면 그걸 끊어낼 수 있다는 가련한 믿음에 잠기고 만다.

형은 어떤가. 그러나 이 대목에 관한 자세한 이야기를 들어 본 적
은 없다.

나는 薯童. 밤마다 채어 가는 善花는 발밑에.

해석해내기 모호한 구절이 수첩에도 있긴 있었다. 〈채어 가는〉을 문면대로 보아야 할 것인가. 다만 어느 짧은 향가의 분위기만 끌어다 가 빗대었을 수도 있다. 이 또한 〈채어갈 수 있는〉 가능성만을 음미 하여 가짜 해방을 누리고 있었던 형의 모습일까.

형수와 나는 경계 초소막이 있는 높은 지대까지 올라가기로 했다. 민가 두어 채가 납작하게 엎드린 사이로 난 오솔길을 따라 채소밭을 건너 지르며 우리는 힘들게 그 어둑하고 네모진 구멍이 있는 초소막 으로 향했다. 경사진 곳을 오를 때 형수는 가쁜 숨을 몰아쉬었다. 호 텔에서 피아노를 연주할 때처럼 불룩한 가슴이 출렁이고 있었고, 동 그스름한 아랫배의 곡선도 팽팽해진 활시위 같았다. 나는 형수를 붙 잡아 주기 위해 손을 내밀었다. 땀이 촉촉히 배인 형수의 손이 보드 랍게 잡혔다. 너무나 자연스러운 행위였지만 놀랍게도 형수의 손을 처음 잡아 보는 순간이었다. 끈적거리는 그 손가락마다에 달라붙은 건반들이 떠올랐다. 걸쭉하게 녹은 건반들이 형수가 들어올리는 손 가락마다 질기게 접착되어 떨어지지 않는 것이었다. 어디선가 물렁 물렁한 피아노 소리가 들리는 듯했다.

초소막 앞은 비교적 넓은 평지였다. 생긴지 오래 됐음직한 아기 무 덤이 하나, 썩어 가는 과자 봉지 두어 개가 흙 속에 반쯤 묻혀 있을 뿐, 듬성듬성한 잔디와 칙칙한 잡초 몇 포기가 고작이었다. 철망 안 의 초소막에도 보초를 서는 이는 보이지 않았다. 낮 시간이긴 했으 나, 철망 안쪽을 따라서 난 황톳길에 풀이 무성한 것으로 보아 지금 은 야간에도 경계 근무를 하지 않게 된 것 같았다.

"전망이 좋아요."

아기 무덤에 비스듬히 몸을 기대고 담배를 피우던 나에게 형수가 말했다. 멀리 신기루처럼 시가의 모습이 가물거리고 있었다.

"형은 밤마다 저 시가의 불빛을 바라보며 시뻘건 혓바닥을 연상했다고 하더군요."

"혓바닥?"

"네. 그것이 점점 커져서 나중엔 자신을 채어가 버릴 것 같았다고 애기한 적이 있어요."

형수는 손수건으로 이마와 목덜미의 땀을 천천히 훔쳐 내고는 깊숙하게 한숨을 쉬었다.

"BB 씨는 언제나 자신이 있는 곳을 떠나고자만 했었군요."

"현재를 떠나고자 한 것인지, 진정한 현재를 찾고자 했던 것인지, 아무튼 형에겐 그런 면이 있긴 있어요."

"아까 철망이란 말을 하던데, 형님은 그 철망을 넘어서 어디로 가고자 했을 것 같아요?"

"갔는지, 아니면 가지 못했는지는 알 수 없지만, 만약……."

"만약?"

형수가 다그쳐 물었다. 형수는 무언가 결론을 내리고 있고, 그것을 내 입으로부터 확인하려는 듯이 보였다.

"만약 형이 이 모든 억압의 장치들을 끊어 버릴 수 있었다면, 그건 저기, 저쪽에 보이는……."

나는 우리가 지나쳐 온 다방, 술집, 전자 제품 판매장 등이 몰려 있는 인근 마을을 가리켰다. 형수의 시선이 민첩하게 이동했다.

"어디를?"

"뻔하지 않아요? 아까 지나치며 보았던 그 유곽."

"유곽……."

형수는 다시 깊은 한숨을 내쉬었다. 형수가 생각했던 것도 바로 그것이었을까. 거대한 혓바닥에 휩싸여 온몸이 시뻘겋게 달구어진 형이 거기로 털썩 떨어지는 환영이라도 그려 보는 것 같았다.

"하지만 이건 어디까지나 가정의 하나일 뿐입니다. 그곳으로 갔을 수도 있지만, 어쩌면 주저앉아 버리고 말았을지도 모르니까요."

"그래도 여러 가정 중에서 유독 가능성이 큰 것이니까 제일 먼저 떠오른 게 아니겠어요?"

"직감도, 검증되지 않은 확신도, 사실과는 어긋나기 쉬운 법입니다."

"아녜요. 형님은…… BB 씨는 충분히 그럴 소지가 있어요."

"그렇게 여겨도 형수만 괜찮다면야 상관 없는 일이지요. 더구나 그건 형이 형수를 만나기 전의 일이기도 하니까."

"잠깐!"

손까지 내저으며 말을 막는 그녀의 목소리가 앙칼지게 느껴졌다.

"GG 씨는 지금 무슨 의도를 가지고 나와 대화를 하는지 의심스러워요. 어느 경우에건 날 위안하려고 애쓸 필요는 없어. 나 역시, 사실인지 진실인지 진정 확실한 무엇을 찾고픈 거예요. 세상은 보는 대로 있는 것이라고도 하지만, 내겐 지금 보고 싶은 현재란 없어졌어요. 그저 있는 대로라면 족해요. 있는 대로만 보고 싶단 말예요."

"……."

"남편의 모든 것을 알고자 하는, 그런 탐욕스런 여자는 되고 싶지 않았어요. 하지만 BB 씨는……."

"……."

"너무나도 많은 면을 내게 드러내지 않고, 혹은 숨기고 있었어."

"……."

"마치 그 동안 몇 년을 형체도 없는 어떤 유령과 생활한 것은 아닐까 섬뜩해지기도 해요."

유령―그렇다면 내 조카가 생기지 않는 이유도 명백해진다. 유령은 자식을 낳을 수 없을 테니까. 옛날에는 발자국만 밟아도 거기에 감염되어 잉태하는 일이 있었다지만, 형수의 자궁은 그런 영검한 생식력은 가지고 있지 않나 보다. 어쨌거나 그 유령에게 형의 모습을 입혀 주는 것이 이 동반 여행이 내게 준 과제였다. 우리는 형을 찾음과 동시에 어떤 진실을 찾아내려 하고 있지 않은가.

"다시 가정으로 돌아가 보면, 형은 철망 밑을 개처럼 기어 나와 저 아래 유곽으로 경사진 이 비탈을 굴러갔다 할지라도 정작 그 뭐랄까, 야합이 가능하지 않다는 걸 깨달았을 수도 있어요."

"잘 이해되지 않아요. 갈등하는 수성(獸性)도 있나요?"

그녀는 자못 경멸조로 말했다.

"바로 그겁니다. 갈등하는 수성……. 형에겐 단순한 관능만이 아니라, 그와 똑같은 부피의 정신도 작용하고 있었을 테니까요. 비록 단단하진 못하지만 형은 정신주의잡니다."

"하지만, BB 씨가 갈등하고 있어야 할 곳, 바로 여기에서 몸을 빠져나간다는 사실이 이미 어느 쪽이 더 강한지 증명해 주잖아요."

우리는 똑같이 초소막을 바라보았다. 네모지고 어둑한 그곳에서 형의 얼굴이 슬쩍 유령처럼 내비치는 것도 같았다.

"형수, 그렇지만 그 도로…… 퍼내고 쫓아 내도 다시금 들어차고야 마는 육귀를 의식하고, 유곽 입구쯤에서 머뭇거리다 그냥 돌아서는 순간은 무엇이 이겼다고 말씀하시겠어요?"

"……."

"더군다나 형이 이곳에도 우리보다 먼저 들렀을 것이라 생각하면 저 야트막한 유곽들, 불빛을 받지 않으면 모조리 죽어 건조해지는 유곽들을 바라보며 다시금 파멸하는 자기의 한쪽을 확인했을 겁니다."

"낮에 이곳에 와 보았다면 그랬을 수도 있겠군요. 하지만 예전처럼 그 비슷한 환경에, 시뻘건 불빛이 혓바닥처럼 널름대었다는 그 시간에 도착했다면 과연 어땠을까?"

"……."

알지 못하는 사이, 매우 조심스러워야 할 대목들이 이어지고 있음을 나는 퍼뜩 깨달았다. 형과 특별한 관계에 있는 그녀에게마저 지나치게 객관화된 형을 인식하도록 요구할 수는 없는 일이다. 아직은 상황을 그렇게 유도해서도 안 된다. 이번 여행의 목적이 어떻든 형을 찾아 내는 일이라면, 이쯤에서 형수의 속 생각을 읽어 내야만 하는 것이었다.

"그렇다 해도 형은 지금 돌아오지 않고 있습니다. 해결된 건 아직 아무것도 없어요."

"해결된 게 아무것도 없다고?"

"네. 아무것도."

"그럼 지금까지의 과정은 뭐예요?"

"과정일 뿐이지요."

"그렇지. 그거예요. BB 씨의 정체는 바로 그거라는 생각이 드는군요. 끝없는 전진과 후퇴…… 끝없는 순항과 역행…… 과정, 또 과정…… 그러니 어디에도 머물지 못하지, 그 사람은."

형수에겐 좀체로 찾아볼 수 없던 투명한 이지가, 미동도 하지 않는 몸 전체에 팽팽해져 가는 듯이 보였다. 이지를 갖춘 여자의 몸은 유리알 같다고나 할까. 유리알 저 깊숙한 곳에서 드라이 라이스처럼 차가운 불꽃이 유기적으로 움직이고 있었다.

　나는 개만도 못하다!
　나는 개만도 못하다!

　할 말이 없어진 우리는 다시 형의 수첩을 뒤적였고, 이 시절 기록임에 분명한 대목이 선명하게 자리하고 있는 걸 발견했다. 형은 이 구절을 두 번 반복하는 것도 모자라 볼펜 끝을 꾹꾹 눌러서 여러 번 덧칠까지 해놓고 있었다. 복잡한 심사들이 한 겹 두 겹 중첩되어 글자들 속에서 숨바꼭질을 하는 것 같았다.

　형이 그 지옥 사단을 떠나 이곳에 군견을 훈련시키기 위해 전출되었을 초기는 퍽이나 희망에 차 있었다고 한다. 여기저기서 차출된 인원은 모두 열두 명―소총중대 소총병은 물론 안경 쓴 수색 대원, 전차대대 기름쟁이, 공병대 목수, 의무대 돌팔이. 그리고 항공대대 관제탑 통제병까지 실로 다양한 부서에서 모여들었다. 그들은 하나같이 해당 부대에서 하루 종일 사역과 훈련과 초병 근무에 지칠 대로 지쳐 있던 쫄병들이어서, 이제부터는 그저 개 한 마리만 잘 건사하면 한세월 유유히 보낼 수 있으리라는 기대에 잔뜩 부풀어 있었던 것이다.

　"그 기대가 완전히 허물어지기까지는 한 달도 채 걸리지 않았어. 알고 보니 우린 모두 사단 골통들이었던 거지. 고문관이 고문관을 알아보는 거야 쉬운 일이거든."

　형은 이 말을 하면서 쓰디쓰게 웃었었다. 고문관이란 군생활에 적응하지 못하는 자를 일컫는 말이니, 모인 이들 거의가 이를테면 형처럼 실패한 자들이라는 말이었다. 그래서 특과병에 선발되었다고 처음에는 다들 으쓱거려 보기도 했으나, 혹시 자기가 〈방출〉된 게 아닐까

하는 의심이 드는 찰나 모두 조금씩 말수가 적어지기 시작했다. 가능하면 잊어버리고 싶은 대목을 매일 매순간 곁의 동료에게서 다시 발견하고 확인하지 않을 수 없는 환경이란 일종의 고문과도 같았을 게 분명하다.

군견이라고 배당된 열두 마리의 개들 사정 또한 마찬가지였다. 한눈에 군견다운 늠름한 기품을 지니고 있는 것도 전혀 없지는 않았으나, 반 이상은 이름만 세퍼드이고 도벨만이었지 숱한 잡종 교배를 거쳐 내려온 바람에 자기들 먼 조상이 세퍼드이고 도벨만이었다는 흔적만 겉모습에 슬쩍 내비치고 있는 저열한 똥개들이었던 것이다.

"훈련이 제대로 될 턱이 없었지. 하지만 우린 그런 것에는 별로 개의하지 않았어. 어차피 개한테 전쟁을 맡길 수는 없는 일이잖아?"

그렇게 말하면서 형은 다시 클클 웃었는데, 적어도 그때까지는 인간으로서의 자존심이 잊혀지지 않았던 듯하다. 실상은 형을 포함한 대원들 모두가 유사시에 한번 써먹으면 그만인 한 마리씩의 개에 불과했지만 말이다.

아무튼 고문관 대 똥개라는 이 환상적인 조합은 지지 부진한 훈련 성과로 그 만만찮은 효과를 나타내었다. 6개월 동안의 속성 기간 대부분을 대원들은 고작 앉아, 엎드려, 기어 따위의 기본 훈련을 시키는 것으로 만족해야 했던 것이다. 그 중에서도 특히 〈기어〉 명령은 개들에게도 잘 통하지 않았다. 무릎을 꿇어야 하는 일이란 그것이 비록 개일지라도 자존심을 상케 하는 노릇이었던 모양이다. 사단 검열은 물론이려니와 우선 훈련대장의 일차 심사에 불합격해서는 곤란하기 때문에 대원들은 무슨 수를 써서라도 이걸 성공시켜야 했다. 기라는 명령에도 뻣뻣하게 버티는 개의 앞다리를 손으로 꺾어 놓을라치면 놈들의 입에서는 어김없이 으르렁 소리가 새어 나오곤 했다. 여차

하면 물어 버리겠다는 신호로서 나지막하나 위협적인 경고였다. 그
때마다 고작 일병이나 상병에 불과한 대원들은 하사관급인 놈들의
관리병에 지나지 않는다는 생각이 번쩍 들어 움찔하지 않을 수 없었
다고 한다. 오직 계급장만이 인격인 게 그 사회였으니까.

훈련대장 쏭 대위는 수시로 야간에 〈팬티 바람 총병사 떠나!〉를 실
시했다. 훈련이 성과가 있거나 없거나 얼마간 주기적인 것으로 보아
그는 소위 조미료를 잘 치는 요령을 습득한 장교였다고 한다. 쏭 대
위는 개들의 처량한 울음소리만이 먼데 견사동에서 들려 오는 깊은
밤에 대원들을 연병장에 집합시켜 놓고는,

"나는 개만도 못하다!"

를 백 번 복창하게 했고, 백 번의 복창이 끝나면 개들을 상대로 하는
기본 훈련과 장애물 통과를 대원들에게 그대로 시켰다. 앉아, 일어
서, 엎드려, 기어! 기어! 장애물 통과, 선착순!

그래도 대원들은 개보다는 조금 나아서 기는 훈련을 잘 했다고 한
다. 쏭 대위도 그 사실은 인정하지 않을 수 없었는지, 비가 와서 질척
거리는 연병장을 기민하게 기어다니는 걸 보고는 흡족해진 표정으로
기합을 그치곤 했다.

6개월의 훈련이 끝나고 사단 검열도 위태위태하게 통과한 대원들
은 일주일간의 보상 휴가를 다녀왔다. 귀대 날짜에 시내에서 만난 동
료들은 가능한 한 허용된 시간까지 부대로 들어가는 걸 늦추느라 거
나하게 술들을 마셨고, 그 때문에 귀대도 약 10여 분 늦어지고 말았
다. 쏭 대위는 어김없이 팬티 바람으로 어둑한 연병장에 대원들을 내
몰았다. 곧 밝을 아침이면 각 해안 분초에 개 한 마리씩을 데리고 배
치될 날 밤이었다. 당직실에 켜진 파란 불빛만이 대원들의 가슴을 싸
늘하게 비치고 있었다. 쏭 대위는 역시,

"나는 개만도 못하다!"

를 백 번 복창하라고 했고, 그게 끝나자 화단 물뿌리개를 들어 일렬로 꿇어앉은 대원들 머리 위에 차가운 물을 뿌리기 시작했다. 마치 세례자 요한처럼 쏭 대위는 대원들 하나하나에게 엄숙한 목소리로 말했다.

"개 같은 새끼들, 잘가."

물론 여남은의 대원들 마음속에서도 똑같이.

'개 같은 새끼, 잘 있어'

가 복창되고 있었다지만.

이 전쟁이 끝나고 평화가 오면, 난 너를 찾으리.

형의 수첩에는 다분히 조롱기가 담긴 이런 노랫말이 보였다.

형수와 나는 다음으로 형이 머문 바다를 향했다. 군견 훈련을 끝낸 형은 그 중사님 한 마리를 모시고 바다로 침투하는 적을 발견하고 처치하는 막중한 임무를 띠게 되었다. 발견하고 처치하는 것은 주로 개의 역할이었으므로 형은 과연 그 분을 모실 수 밖에 없었을 것이다.

그러나 주지하다시피 바다는 열렸으던서도 완강히 닫혀 있는 것이다. 다군다나 필경 형을 닮았을 개는 좀처럼 짖어 주지 않는, 아니 울어 주지 않는 반역아였다. 보편적 개이그 싶지 않은 존재였다는 점에서 형과 다를 바가 조금도 없는 셈이었다. 이런 걸 운명이랄밖에.

묶인 ○간이 묶은 사슬은 허망하고 허망하다. 짐승은 탈출하고, 묶인 인○은 탈출한 짐승이 살○ 우○로.

"묶여 있다는 사실을 인정하지 않으려는 개도 진정 개냐?"

형은 이렇게 말했다. 형의 개는 유치한 이름을 지니고 있었는데 '쎄리'라 했다. 쎄리가 주는 어감은 어쩐지 가볍고 혹은 슬프다. 쎄리는 수없는 탈출을 시도했다고 한다. 낮에는 잠을 자고, 밤이 되면 눈빛에 푸른 인광을 번득이며 자신을 묶은 나무 주위를 어지럽게 빙빙 돌았다. 사슬의 길이 이상으로 나설 수는 없는 일이었지만, 그 아둔해 뵈는 눈빛만큼 무모하게 빙빙 돌았다. 밤이 깊어질수록 쎄리의 움직임은 빨라졌으며 헉헉, 헉헉, 숨소리도 가속도를 붙여 갔다. 예의 주시하던 형과 동료들이 진득한 밤의 무게에 눌려 온몸에 피곤감을 퍼뜨려갈 무렵, 바다를 내지르는 박명을 타고 쎄리는 홀연 없어지곤 했다. 한가지 이상한 점은, 뒤늦게 쎄리의 탈주 모습을 발견한 형에게 순간적으로 떠올랐다는 느낌—그 아둔해 뵈기만 하던 쎄리의 주위에 마치 도망자의 슬기와도 같은 경쾌한 빛이 부챗살처럼 퍼지고 있더라는—것이었다.

"처음엔 중대 지역 전체에 비상이 걸리고 야단이었지. 무전병들을 인근 산 곳곳에다 배치하고 총력적인 수색 작전을 벌이기도 했다."

한나절 내내 찾지 못하자, 개의 생리를 알 것이라고 지휘를 돕기 위해 지프에 올라 있던 형에게 근심에 찬 중대장이 물었다.

"얼마짜린가?"

"글쎄요, 한 삼백?"

"그렇게 비싼가."

"육 개월 이상 훈련을 받았으니까요."

"내빼는 훈련을 육 개월 간이나!"

"그것도 기본 훈련에 지나지 않습니다."

"또 뭐가 필요해?"

"추적 훈련입니다. 해안에서 계속 실시중이었는데……."

"시끄러 인맛. 그따위 똥개를!"

훈련 받은 세퍼드들의 일반적 이미지 때문에 형은 얼마 동안 '군견 사'라는 품격 높은 명칭으로 불리고 있었으나, 이 최초의 사건으로 말미암아 '똥개사' 혹은 줄여서 '똥사'의 취치로 전락하고 말았다. 한 마리 개로 인하여 진폭이 큰 삶의 굴곡을 경험하던 형.

일이 심상치 않았으므로 형은 손전등 하나를 들고 혼자서 해안 곳곳을 탐색했다. 철망과 돌무지와 배수구, 험한 돌산, 갈대가 우거진 야산의 빈터 등을 헤집고 다니며 목이 터져라 쎄리를 불러 보았다. 쎄리한테 애정을 준 기억이 없었기에 보편적 개의 충직한 성품에도 기대기가 난감했었다고 형은 말했다. 깊은 밤 돌부리에 걸려 넘어지고 나뭇가지에 할키울 때 쎄리를 불렀던 목소리는, 마치 그 시간쯤 울어댄다는 처량하고 끔찍한 개의 음성과 비슷하지나 않았을까. 그래서 형은 개처럼 울게 되었을까.

어쨌든 쎄리는 찾을 수 있었다. 부러진 나뭇가지와 덩굴이 무성한 어느 우묵한 구덩이에 빠진 쎄리, 자기 목에 아직도 길게 남아 있는 개줄이 그 나뭇가지와 덩굴들을 이리저리 얽어매는 바람에 옴쭉달싹 못한 채 웅크리고 있었다 한다. 형은 너무도 반가운 나머지 발견하는 순간은 숨이 꽉 막혔고, 그 몸통을 붙잡았을 땐 여태껏 지녀 보지 곳한 벅찬 애정이 가슴 가득 치밀어올랐다. 그 애정은 아마 형이 대상에 대한 관능의 배려 없이 느껴 본 최초의 것이 아니었을까.

"최초의?"

잘 포장된 해안 도로를 나와 함께 걸으며, 바다 쪽에 납작하게 숨어 있는 초소들을 하나씩 짚어 보던 형수가 반문했다.

“네.”

“그럼 나는 개보다 못한 셈이군요. BB 씨에겐.”

형수의 얼굴은 그러나 비교적 맑았다. 또한 어떤 여유라고 할까, 형으로부터의 약간은 거리를 두게 된 안정감이 느껴지는 말투였다.

“한데, 그 최초의 애정도 시간이 갈수록 엷어졌다고 해요.”

“왜 그렇죠?”

“쎄리가 습관적으로 도망했을 뿐 아니라…….”

“뿐 아니라?”

“나중엔 이상한 생각까지 들더라는군요”

“어떤 생각?”

“도망간 쎄리를 찾아내는 시간이 점점 짧아지는 데에 대한 불안.”

“그 병이 도지기 시작한 거군요.”

“병이라구요?”

“네, 병.”

형수는 힘있게 말했다.

“전 그걸 정열이라 보고 싶어요. 어떤 강렬한 정열은 외견상 병적인 모습으로 나타나기 쉬우니까.”

“아무런 표현도 마찬가지예요. BB 씬 헤어날 길 없는 왕복 운동의 줄타기를 여기서도 운명과 같이 치르고 있다는 점이 중요한 거예요.”

“그런 형이 애처롭지도 않으세요?”

“……”

“형의 그 모습은 바로 보편적인 우리들의, 특별한 진실입니다.”

“……”

“우리 모두를 대신으로 형이 그런 일을 겪는 거와 다르지 않아요.”

"BB 씨는 가는 곳마다, 과거이거나 과거를 쫓아가는 현재이거나 그러고 있다는 점…… 그래서 앞으로도 그럴 수밖에 없다는 점에 대해선 어떻게 느껴요?"

형수는, 아니 여자는 지극히 현실적이다. 그래서 어쨌다는 건가. 내겐 그렇다 하는 사실만이 필요하고 중요하다.

"보세요. BB 씨가 점차 지니게 되었다는 불안…… 그것은 곧 분노로 바뀔 거예요. 왜냐하면 쎄리는 도망하는 횟수도 줄어들거고, 그건 도망해 보았자 결국은 보이지 않는 사슬이 조금 길어진 정도에 불과하다는 사실을 쎄리가 알아차린 증거가 될테니까, BB 씨가 그때껏, 정확히는 현재까지도 겪고 있는 순항과 역행의 단순 반복…… 그 상징으로서 말예요."

형수는 다시금 유리알처럼 맑아진다. 형수의 몸 안에서 차가운 불꽃이 전보다 빠르게 움직이기 시작한다.

날이 어두워졌으므로, 우리는 해변가에서 주로 초소 군인들을 상대하는 조그만 가게에 들러 저녁으로 라면을 시켰다. 스물을 갓 넘었을까 말까 한 처녀가 말 없이 상을 차려 주었다. 따스한 국물이 스며들자 긴장이 조금씩 풀리는 것 같았다.

"아가씨 혼자서 장사해요?"

정갈하게 정돈된 방 안을 흘낏 들여다보다 내가 물었다.

"어머님이 계세요. 지금 시내로 병원 다니러 가셨지요."

"모녀 단 두 분이군요?"

"네, 아버진 제가 어렸을 적 돌아가셨어요."

차분한 음성, 화장기 없는 얼굴이 야무지게 보였다. 어려서부터 초소 부근에서 군인들을 상대하다 보니 남보다 일찍 철이 든 처녀같아 보였다. 어선들이 모여 있는 해안가 선박 통제소 쪽에서 두어 마리 마을 개가 짖었다.

"군인들을 많이 보겠군요."

"초소가 가까이에 많으니까요."

"개…… 군견 말인데, 그런 것도 있나요?"

처녀가 눈을 들어 나를 빤히 바라다보았다.

"제가 어렸을 적 초등 학교 다닐 때까진 있었는데, 지금은 다른 데로 옮겨 갔어요. 자주 이동된다고 하더군요. 헌데 그건 왜……."

"제 형님이 이 부근에서 근무했었는데 군견을 다루었지요. 아주 오래 전입니다. 아가씨가 잘 기억하지 못할."

"……그 형님 성함이 혹시, BB 씨가 아닌가요?"

처녀가 낯을 약간 붉히며 물었다. 나는 급히 형수를 보았다. 형수도 나와 처녀를 번갈아 쳐다보며 눈을 깜빡였다.

"아니, 어떻게 제 형 이름까지……."

처녀는 입으로 손을 가리며 살포시 웃었다.

"이상한 일이예요. 얼마 전에 바로 그 BB 씨라는 분이 여기 들렀었어요. 열흘이 채 안 됐죠, 아마?"

"그, 그래서요?"

형수가 처녀 앞으로 바싹 다가갔다. 형수는 그 처녀를 유심히 뜯어보고 있었다.

"늦은 오후에, 역시 어머니가 시내 병원에 나가시고…… 어머닌 통원 치료하고 계세요. 나이가 많으셔서 잔병치레가 잦지요. 어디서 본 듯한 분이 들어와, 댁들처럼 라면 한 그릇 끓여 줄 수 없느냐더군요."

"……."

"라면을 다 드시고 담배를 물더니, 저쪽, 등대 불빛이 보이지요? 그 등대 쪽의 바다를 한참 바라보시데요. 저는 그 분 등 뒤에 앉아서,

어디서 보았을까를 곰곰 생각중이었는데, 그 분이 직접 말씀해 주시더군요."

"……"

"아가씨가 바로 조은정이냐고. 어렸을 때의 제가 기억난대요."

"……"

"전 깜짝 놀랐어요. 바로 그 분이…… 그 분은 어렸을 적 개를 훈련시킨다고 요 앞 학교 운동장으로 자주 가셨는데, 그때마다 꼭 여기 들러서 저와 장난도 하고 물건도 사 주곤 해서 기억이 없지 않았어요. 우린 쎄리 아저씨라고 불렀었거든요. 제가 제일 친해서 아이들이 부러워할 지경이었지요."

"……"

"그 개 쎄리는 좀 미련해 보이긴 했지만 몇 가지 훈련은 잘 했어요. 특히 쎄리 아저씨가 양팔로 둥그렇게 원을 만들고, 멀리 있는 쎄리에게 넘어! 하면 쎄리가 그 안을 쑤욱 통과하는 게 신기하기만 했었죠."

"다음엔 어디로 간다고는 하지 않던가요?"

형수와 내가 거의 동시에 물었다. 처녀는 머리를 약간 갸우뚱하며,

"아뇨. 별 말씀은 없었고, 그저 바다…… 뭐라고 했는데, 잘 기억이 나지 않는군요."

처녀는 무언지 심상치 않은 기운을 느끼는 듯했으나. 조숙한 이들이 그러하듯 내처 물어 오지는 않았다. 방안에 앉아 한 무릎을 올리고 두 손을 그 위에 살짝 놓은 채 눈만 반짝이고 있었다.

바다! 바다! 바다! 바다는 끝내 극복될 수 없는 걸까.

짐승이 가는 곳은 산, 배수구, 혹은 덤불일 뿐.

형은 어디로 갔을까.

어둡기도 했으려니와 이런 곳에서 번듯한 숙소는 구할 수 없으리라 여기고, 우리는 그 처녀에게 빈 방이 없는가 물었다. 다행히 방위병들이 빌어 쓰는 방이 비어 있다는 대답이었다.

형수는 다시금 술이 마시고 싶다고 했다. 나는 맥주 두어 병과 소주를 샀다. 형수는 전처럼 맥주 두어 잔에 온몸이 붉게 꽃피었고, 나는 맑은 소주를 갈증이 이는 식도로 부어 넣었다. 가볍고 투명한 깃털들이 내 안 깊숙한 곳에 차곡차곡 쌓이는 것 같았다.

형수는 무슨 복잡한 생각을 하는 건지 말없이 술잔만 계속 들이켰다. 그녀의 몸은 술 기운으로 터질듯이 부풀어 보였다. 가빠진 호흡을 따라 목덜미와 팔뚝, 그리고 가슴과 동그스름한 아랫배로 거세게 숨쉬는 것 같았다.

"BB 씨는 그럼, 어디에 있다는 걸까요?"

형수가 먼저 입을 열었다. 마을 개 짖는 소리가 조금씩 우리 있는 데로 가까워지고 있었다. 개들도 그새 숫자가 불어나 앞서거니 뒤서거니 지독한 불협화음으로 울음을 쏟아 내었다.

"저 역시 아직은…… 알지 못하겠군요."

형수는 내 대답을 꼭 바라고 물은 건 아닌 듯 했다. 몸이 한 켠으로 기울자, 형수는 손을 이마에 얹었다.

"아직은, 아직은, 아직은……."

개들이 한 무리를 이루어 마을 길 곳곳을 돌아다니는지 울음소리가 아까보다 더욱 크게 들려왔다. 형수는 이마에 얹었던 손을 눈가로 가져갔다. 잠시 후, 소리 없는 형수의 울음으로 몸이 떨리고 있는 것을 느낄 수 있었다. 가려진 손 안쪽에서 흘러내린 굵은 눈물 한 방울이 방바닥에 뚜욱 내려 꽂혔다. 나는 갑자기 알 수 없는 힘에 의해 가슴을 쓸었다. 날카로운 칼날이 어디선가 날려와 내 가슴을 모자 넓이만하게 스윽 도려내는 것 같았다.

형수가 손을 내리고 나를 바라보았다. 충혈된 두 눈이 눈물에 함빡 젖어 있었다.

"GG 씨."

"……."

"나 이제, 이제 그만, 이 사슬을 끊어 던져 버리고 싶어요. 갈등은 내겐 힘든 노역이야."

"……."

"그 수많은 무의미한, 동어 반복도."

형수는 와랑와랑 불붙고 있는 것 같았다.

"BB 씨는 결코 오지 않아요."

"……."

"온다고 해도 그를 묶을 사슬은, 더 이상 필요가 없어, 나한테 BB 씨는 너무 벅차요, 그 사람은, GG 씨 말대로라면."

"……."

"거대한 절망……."

"…… 형수."

"형수라고 부르지 말아요."

"……."

"끊어 줘, GG 씨."

"……."

"이 거북한 사슬…… 빨리."

형수는 내 손을 잡아 끌었다. 그녀 손에 온통 불붙는 몸의 열기가 솟구치고 있었다. 누르기도 전에 음악을 되튕겨 낼 듯 팽팽히 부푼 붉은 건반.

정작 진정한 사랑도 없이 형을 추적하는 나는 무엇을 얻고자 한 것일까. 말라 비틀어진, 한 조각의 죽은 관념을 위하여? 그녀의 손가락으로부터 전이된 이 확실한 열기야말로 살아 있는 것이 아닐까.

"GG 씨……."

형수의 얼굴을 지옥 같았다.

"끊어 줘."

나는 자석에 이끌리듯 건반을 눌렀다. 이제껏 들어 본 적이 없는 웅장한 붉은 음악이 콰앙 울리기 시작했다.

아아 우리가 끊는 사슬은 비상인가 추락인가.

3

다음 날, 예견대로 향수는 보이지 않았다. 아침 일찍 서둘러 숙소를 떠난 것이다. 안개 속으로 경쾌한 발걸음을 옮기는 형수의 뒷모습이 눈앞에 어른거리다가 사라졌다. 거미줄 같은 은빛 사슬 하나, 형수의 등줄기로부터 소리도 없이 끊어지고 있었다. 떠날 수밖에 없는 자는 떠나도록 놓아 둬야 한다. 형은 이런 형수의 기질을 이미 잘 알고 있었던 것이고, 그리하여 미련 없이 잠적한 것이라면 나의 역할이란 거기에 마침표를 찍어 준 정도에 불과하다. 그렇지 않은가.

내가 떠나려 하자, 가겟집 아가씨 조은정이 조심스럽게 입을 열었다.

"저…… 도움이 될지 모르겠지만, 그 BB 씨는 어떤 여자분과 함께였어요."

어제는 형수가 있어서 사실을 밝히기가 좀 꺼려졌다고 그녀는 덧붙였다.

나는 너무 놀라 한동안 아무런 대응을 할 수가 없었다.

"나이는 얼마나 들어 보이던가요?"

"글쎄, 저나 비슷해보이긴 했지만…… 어쩐지 나이를 짐작하기 어려운 표정을 짓고 있더군요."

나이를 짐작하기 어려운 표정이란 어떤 표정을 말하는 것일까. 나는 조은정이라는 이 아가씨야말로 나이를 짐작하기 어려운 표정을 지녔다고 생각했다.

"형을 앞으로 이틀 이내에 찾아야 합니다. 이틀이 지나면, 모두가 다 포기할 수밖에 없게 되어 있어요."

"그렇다면 방법은 단 하나뿐이네요. 이 해안을 따라서 더 죽 내려가 보는 수밖에는…… BB 씨는 여기 분초에서 오래 근무하다가 나중엔 개를 데리고 초소로 옮기셨어요."

소초란 소대급 초소를 뜻한다고 했다. 고만고만한 초소간의 이동 따위야 형이 내게 말했을 리 없고, 설령 말했다 하더라도 그것이 내 기억에 또렷이 구분되어 있기도 어려운 일이다.

나는 조은정에게 고맙다고 몇 번씩이나 인사하고는 가게를 나왔다. 다음 행동을 생각해내기 위해서는 한동안 해안을 따라 걷는 게 좋을 듯해 나는 일부러 버스를 타지 않았다.

"그 초소는 군기가 너무 세서 다들 전입하기 꺼리는 곳이었어요."

신작로로 나서는 내게 조은정이 마지막으로 해준 말이었다.

동물과 인간인가, 동물 대 동물인가? 선택은 이이 제이!

형수는 형의 수첩을 남기고 갔다. 굳이 가져갈 필요가 없는 일이기도 했으나, 나는 여자들이 하나의 관계의 마지막에 보여주는 여러 형태들에 그저 질리고 있었다.

이 구절은 전에도 몇 차례 보긴 했는데, 생략이 심해서 그 숨겨진 의미를 확실하게 파악해내지 못했던 부분이다. 형수가 먼저 떠나고, 나 혼자만 남겨진 지금에야 머리가 전보다 맑아지는 느낌도 새로웠다. 외로움은 때로 사람을 명석하게 만들어 주기도 하는 것이다. 그래선지 몰라도, 어쨌든 해안가를 홀로 걸어가는 동안 오래 전에 형이 말해 주었던 사연 중에서 이 구절과 관련됐음직한 것들이 조금씩 생각나기 시작했다.

물론 머리 한구석에서는 또 한 가지의 의혹의 질기게 달라붙어 떨어지지 않고 있었다. 무슨 이유로 형은 여자를 동반해야 했을까?

형이 옮겨간 소초에서 만난 이는 진영호라는 이름의 하사였다. 처음에 이 진 하사는 자기보다 한 계급이 높은 쩨리 중사에게 깍듯이 대했다고 한다. 아침 저녁 문안 인사를 꼬박꼬박 잊지 않았다는 것이다.

"쩨리 중사님! 식사하셨습니까!"

그러나 이것이 단조로운 일상에 뛰어든 낯선 배속자에 대한 단순한 호기심 때문이었다는 것은 곧 드러났다. 진영호 하사의 기특한 예의 범절은 고작 일주일을 더 유지하지 못했으니까.

호기심이 사라지자, 진 하사는 군견병인 형을 달리 써먹을 궁리에 몰두했다. 개가 개 같지 않으니 개와 더불어 사람까지 헐값으로 넘어가게 된 셈이다.

"헤이, BB! 오늘 근무 좀 나가야겠어."

제대를 앞둔 고참병들을 열외시키는 인심을 쓰려면 누군가 그 근무를 대신해야 했다. 단출하게 혼자 배속된 형 같은 이들이 다루기 쉽다고 진 하사는 생각했을 터이다.

"저희 군견병은 군견 관리와 순찰 이외의 초병 근무는 하지 못하게
돼 있습니다."

"아니, 누가 그런 헛소릴?"

"군견 및 군견병 근무 수칙에 나와 있습니다."

"웃기지마, 자식아. 아직 사단에서는 니들을 어찌 하라는 아무런
지침도 내려오지 않았다 이거야."

"아마 곧 내려올 겁니다. 저흰 훈련대 1기생이라서요. 1기생의 근
무 형태가 바로 우리 사단 군견관리 지침이 됩니다."

"허어, 이 진짜 개 겉은 놈 보래!"

진 하사의 주먹이 다짜고짜 형의 가슴을 강타했다. 진작에 각오했
던 일이긴 했다. 기본 훈련을 끝낸 후 해안에 드문드문 널린 초소어
사람과 개가 한 묶음씩 떨구어질 때, 동기생들은 어떤 압력에도 굴하
지 말고 특과병으로서의 권리를 찾아 먹어야 한다고 서로 단단히 다
짐들을 했던 것이다. 그놈의 권리란 걸 찾아 먹기 위해서는 당연히
몸으로 때우는 처참한 과정을 겪어야만 한다. 육체적 폭력을 감당해
야 하는 노릇이 고통스럽기야 하지만, 초기의 어느 정도만 버티면 대
개는 상대방이 포기하고 물러나는 게 상례라고 했다. 거의 아무런 반
응을 보이지 않는 사람을 무작정 때리기도 수월찮은 노동이기 때문
이다. 그리하여 〈고문관〉이라는 꼬리표와 함께 모두의 관심과 주시
에서 벗어나게 되는 기막힌 결과가 남겨진다.

그러나 원체 독종으로 소문난 진 하사는 역시 달랐던 모양이다. 고
참 하사인 그는 복무 기한이 훨씬 넘었음에도 하사관 병력이 모자란
다는 이유로 제대를 못 하고 있는 불만이 가득한 데다가, 사회에 있
을 적에 날렸다는 권투 선수로서의 미련이 아직 남아 있었다.

"내 소싯적엔 전국체전 은메달리스트였지."

평소 이런 자랑을 잘도 늘어놓던 진 하사는 마침내 알맞은 샌드백을 찾아 냈다는 듯 근무를 나가지 않겠다는 형을 상대로 주먹을 펑펑 날리기 시작했다.

"나가? 안 나가?"

진 하사는 형을 침상 위에 세워 놓고는 식식거리며 좌우 훅을 날리고, 복부 가격에 어퍼컷 등 권투의 온갖 기술을 구사했다. 형이 할 수 있는 거란 기껏 이리저리 허우적허우적 손과 팔을 내밀어 그 강한 펀치를 막아 내는 일이었다. 진 하사는 왼손잡이여선지 특히 그쪽 손의 위력이 대단했다. 오른손의 잽을 몇 번 잘 받아 냈다 싶을 때라도, 전광석화처럼 번쩍이는 왼주먹을 한방 맞으면 세상이 샛노랗게 현기증이 일어나 침상 위에 그대로 쓰러져 버리지 않을 수 없었다.

"이놈아! 기회를 포착해서 덤벼들란 말야! 덤벼들어!"

진 하사가 말은 비록 이렇게 했지만, 형이 진짜 서글픈 주먹질이나마 한 번 해본다면 그 즉시 뼈가 몇 개는 좋이 부러져 버릴 폭풍 같은 카운터 펀치가 돌아올 게 뻔했다.

"이 진 하사라는 놈은 정말 동물적이었어. 특히 펀치를 노리면서 식식거릴 때는 그게 사람의 숨소리가 아니고, 어쩐지 이름을 알 수 없는 괴상한 짐승…… 그 짐승이 숨쉬는 소리 같았다니까."

형은 이렇게 말했다.

"게다가 그 짐승의 숨소리에는 반드시 썩은 냄새가 풍겼어. 진저리칠 정도로 고약하게 썩어가는 짐승의 냄새."

그러면서 형은 정말로 내 앞에서 잠시 진저리를 쳐 보는 것이었는데, 형이 어떤 대상을 극복하지 못하여 이렇듯 무력하게 진저리치기 따위로 응수하는 모습을 보기도 드문 경우였다.

진 하사는 155센티쯤의 단신이었으나 운동을 했던 몸답게 다부진 체격이었다. 날아오는 주먹도 위력도 위력이었거니와, 형을 두들겨 패는 두 눈에서는 늘 개의 인광 같은 퍼런 빛이 비열하게 번득이곤 했다.

  침구 속에서 형은 나날이 부서져 가는 몸을 다독이느라 끙끙거렸고, 진 하사는 이제껏 깜박 잊고 지냈던 권투에의 향수가 되살아나 "제대만 하면, 제대만 하면……" 멋진 권투를 다시 하겠다며 벌벌 떠는 인간 샌드백을 식식 식식 두들겨 패는 것이었다.

  형은 끝내 두 손을 들지 않을 수 없었다.

  "그그그근무를 나가겠습니다!"

  그로기 상태에서 끝내 백기를 들어 버리자, 진 하사의 표정에서는 아연 성취의 기쁨보다 더한 서운한 빛이 감돌았다고 한다.

  "그건 아무래도 좋아. 진 하사는 이미 내게 인간이 아니었으니까. 대신 놈이 내게 진 빚은 엄정하게 받아내야만 했지. 이이 제이(以夷制夷)…… 진 하사에겐 오직 동물적 폭력만이 있으므로, 그간 내 가슴에 터질 듯이 부푼 증오를 뽑아 내는 방식도 동물적이어야 한다고 마음먹은 거야."

  형은 그후 틈만 나면 초소 부근 공터로 쎄리를 데리고 나갔다. 짚과 나뭇가지들을 이용하여 실물대의 허수아비 하나를 만들곤 그 위에 낡은 군복을 입혔다. 또한 허수아비의 왼쪽 손에 하얀 붕대를 칭칭 감는 것도 잊지 않았다. 진 하사가 떠맞춰 눈에 띄는 표적이 될 만한 짓을 했기 때문이다. 형이 초병 근무를 나감으로써 움직이는 샌드백을 잃어버린 진 하사는 형 대신 초소 앞에다 키 높이의 두툼한 말뚝을 박아 놓고, 맹목적이랄 수밖에 없는 주먹질을 계속했는데, 그러다가 그만 손가락 뼈에 이상이 생기고 만 것이다. 그후 진 하사는 다친 손에 늘 하얀 붕대를 감고 다녔다.

  내참, 말뚝에다 무슨 주먹을 그리 무식하게 내질렀다는 건지…….

진 하사라는 작자에게도 필시 말뚝으로 표상되는 어떤 증오의 표적이 있기야 하겠지만, 그게 어찌 형의 가슴에 견고하게 자리잡은 증오와 상쇄될 법이나 한 일인가.

"물어! 쉿!"

형은 이렇게 쎄리를 교육시켜 나갔다. 세리는 물론 저열한 세퍼드였으므로 처음부터 뭐가 되지는 않았다. 군복을 걸친 허수아비를 향해 맹렬히 달려나가다가, 바로 목표물의 코앞에서 달려온 목적을 까먹어 버리곤 했을 정도였다. 답답하기 이를 데 없었으나 형도 질기게 달라붙었다. 이 복수극은 오직 쎄리를 통해서만 이루어지는 일이어서 선택의 여지가 없었던 것이다.

"물엇! 쉿! 쉿!"

게거품을 물고 쎄리를 다그치노라면, 침상 위에 서서 진 하사의 대포 같은 주먹을 받아 낼 때처럼 형의 온몸에서는 쿵— 쿵— 둔중하고 파장이 긴 진동이 일어나곤 하였다. 계획대로 성공하는 모습이 너무나 생생하게 연상되었기 때문이다.

상당한 시간이 지나, 쎄리가 기어이 군복 입은 허수아비의 왼쪽 손목을 덥석 물었을 때 형은 처음엔 그 장면을 실감할 수 없었다고 한다. 그러나, 쎄리의 입에 물린 손목이 으르렁거리는 소리와 함께 이리저리 뜯겨 나가는 대목에 이르러서는 정말 진 하사의 그것이 철철 피를 흘리며 땅 위에 나동그라진 것처럼 기뻐하지 않을 수 없었다.

한번 성공하자 재미를 들이게 되었는지 이후 쎄리는 물어! 명령이 없을 경우에도 야수처럼 으르렁거리며 허수아비의 붕대 감은 손을 향해 달려들었다. 도무지 짖지 않는 반역의 개였던 쎄리에게 어찌 이런 변화가 가능하게 되었는지 형도 그저 아리송하기만 했던 모양이다.

내가 보건대, 그건 전적으로 형의 쎄리에 대한 태도 변화로 인한

것이다. 선택할 수 있는 단 하나의 가능성인 쎄리에게 형은 이제까지
와 달리 자신의 진실을 그대로 전이시키지 않을 수 없었다. 쎄리와
일체가 되었을 때야 비로소 쎄리가 반응한 셈이다. 그리고 그것에는
동물성이라는 공통점이 있었다. 쎄리의 맹목적 잔인은 바로 인간인
형의 가슴에 도사린 엄연한 동물성과 같은 것이 아닌가 말이다. 쎄리
는 오랫동안 핏속에 묻어 두었던 야생의 인자를 봇물 터진 듯 터뜨렸
고, 형은 오로지 쾌재! 쾌재! 누더기가 된 진 하사의 피칠한 몸뚱이
를 감격에 겨운 표정으로 눈앞에 그려 보기만 하는 것이었다.

붉은 탄환은 붉은 가슴에서 튀어나가 다시 붉은 가슴에 돌아와
박히는 애증의 붉은 미사일이다.

진 하사와 쎄리만 딱 맞닥뜨리게 하는 좋은 기회가 없을까 따위를
궁리하면서 지내던 어느 날, 형은 초소 바깥에서 왔다갔다 동초 근무
를 서고 있었다. 쎄리는 가까운 견사에서 졸고 있는 것 같았다. 낮에
는 묶어 두지만, 야간 경계를 해야 하는 밤은 유사시를 대비해서 풀
어 주는게 관례였다. 더구나 쎄리는 이전처럼 도망 같은 것도 하지
않게 되었다. 창백하게 떠 있는 조각달이 어둡고 잔잔한 바다 위에
푸른 빛을 반사시키고 있을 뿐 해안 전선을 평온하기 이를 데 없었
다. 이 밤도 무사히 깨지는구나…… 형은 쫄병답게 머릿속에서 달력
의 숫자 하나에 X표를 그려 넣기 시작했다.
그때, 취약 시간대를 골라 순찰을 나갔던 진 하사가 막 돌아오고
있었다. 진 하사의 어깨에 걸친 M16이 철거덕 철거덕 요대의 수통
과 부딪치는 소리를 냈다. 형은 약간 긴장하고, 그가 적당한 거리에
오면 왼팔을 꺾어 오른쪽 어깨에 걸친 소총에 갖다붙이며 "근무중

이상무!"를 외칠 준비를 했다.

진 하사가 가까이 다가왔다. 그는 형의 보고 태세를 보고 자기도 붕대를 감은 왼손을 들어올렸다. "어, 수고!"라고 말하면서 답례를 할 참이었던 것이다. 창백하게 떠 있던 조각달의 푸른빛이 진 하사의 손을 반짝 반사시킨다 싶었을 때, 이게 웬일인가. 조는 줄 알았던 쎄리가 번개처럼 견사에서 뛰어나와 진 하사를 향해 맹렬히 달려드는 게 아닌가!

"쎄리!"

진 하사의 붕대 감은 손은 이미 그의 목 부근에까지 이르러 있었고, 쎄리는 공격 목표가 손인지 목인지 불분명한 자세로 진 하사에게 철썩 달라붙어 버렸다.

"어! 억!"

공포에 질린 진 하사는 숨막히는 비명을 삼킴과 동시에 M16을 붙잡았다. 얼결에 방아쇠를 당겼는지 탕! 그의 총구에서 새빨간 예광탄 한 발이 형의 머리를 향해 날아왔다. 갑자기 머리 한쪽이 서늘해지면서 가슴이 덜컹 내려앉는 걸 느낀 형도 반사적으로 M16을 사격 자세로 잡았다.

"쎄리!"

형은 이렇게 쎄리를 불렀지만, 그것이 진 하사를 물어 뜯으라는 명령인지 진 하사로부터 물러나라는 명령인지 스스로도 물론 구분할 수 없었을 게 분명하다. 쎄리는 정확히 진 하사의 목덜미를 포착하고 있었다. 사자처럼 으르렁거리며, 진 하사의 버둥 대는 몸짓을 압박하며, 두 발로 곳곳이 선 채로, 굵은 밧줄 같은 꼬리를 팽팽하게 발기시키며, 쎄리는 생애 최대의 야성과 독기를 진 하사를 향해 마구 뿜어대고 있었다.

"쎄리!"

형은 세 번째 쎄리를 불렀고, 그리고 떨리는 손가락으로 M16의 방아쇠를 당겼다. 새빨간 예광탄 한 발이 한데 엉킨 쎄리와 진 하사를 향해 쉬웅 날아갔다. 붉은 피가 한 줄로 허공에 뿌려지는 것 같았다.

진 하사 먼저 털썩 뒤로 나자빠졌다. 지옥의 이빨로부터 풀려나는 순간이었다. 그러나 두 발을 땅에 디딘 채 하늘 향해 꼿꼿하게 선 자세로 쎄리는 한동안 움직이지 않았다. 한동안 움직이지 않는 것처럼 형은 느꼈다고 한다.

"영원히, 그렇게 화석처럼 움직이지 않을 것 같더라구."

형은 쎄리의 정점에서 쎄리를 고정시켜 준 것이었다. 오랜 우회 끝에 도달한 둘 사이의 화합은 결국 이런 모양으로 정지될 수밖에 없는 운명이었다. 형의 수첩에 있는 마지막 구절인 다음 몇 자는 분명 이때 형이 느낀 감정 그대로일 것이다.

실존을 구가하는 최고의 순간이란 곧 삶과 죽음의 경계에 불과하단 말인가!

과연 쎄리는 사슬을 끊고 상대를 향해 짖었으며, 야생의 이빨로 물어 뜯었고, 그리하여 개의 실존을 구가했다. 그리고 그 순간의 정점에서 죽었다.

그렇다면? 아아, 그렇다면?

나는 몹시 울렁거리는 가슴을 날카롭게 느끼지 않을 수 없었다. 형은 이미 죽어 버리지 않았을까. 또한 형수도 진작 이 죽음의 냄새를 맡아 버렸던 게 아닐까.

그러나 아직도 기대 볼 만한 희망 한 가지가 있다면 동행한 여자의 행방이었다. 여자를 동반했다는 것은 형이 마지막 순간의 선택에 어떤 여지를 남겨 두려는 의도일 수도 있었다. 죽음의 결단과 더불어, 어쨌거나 살 수 있다면 사는 것이 인간에게 주어진 자유 의지의 폭넓은 범위이므로.

나는 석양에 물든 해안을 따라 계속해서 걸었다. 그리고 그리 오래지 않아 형이 근무했던 소초 부근 마을에 도착했다. 자그마한 선박들과 검정 그물이 여기저기 널려 있고, 어디서나 생선 썩은 냄새 같은 것이 비릿하게 떠다니는 한적한 어촌 마을이었다. 해안선을 따라 길게 이어진 철조망에는 군데군데 군인과 민간인이 출입하는 문이 나 있었다. 일몰 시각이 다 되었기 때문에, 어깨에 총을 맨 군인 하나가 백사장에서 느릿느릿 움직이는 어부에게 빨리 철조망 저편으로 나가라는 손짓을 하고 있었다.

나는 조그만 가게에서 담배 한 갑과 맥주 두 병을 샀다. 바닷가와 그 안쪽 해안 도로 밑에 붙어 납작하게 숨은 소초 벙커가 한눈에 내려다보이는 목 좋은 가게였다. 나는 전망이 탁 트이고 바닷바람이 시원한 여기서 당장 심신을 누이고 싶어 주인에게 물었다.

"여기서 묵을 수 있죠?"

"하모요. 묵을 수 있어예. 메칠 주무실라꼬?"

바닷일과 농사일을 겸하며 억세게 살아가는 게 구릿빛 얼굴색으로 역력히 드러나는 주인 여자가 반색하며 되물어 왔다. 나이는 오십대 중반쯤, 당당한 체구를 지닌 여인이었다.

"글쎄요, 한 이틀……."

오늘과 내일이면 끝나는, 형의 회사에서 정한 기일에 맞출 이유는 없지만 나는 그렇게 대답했다. 어떻든 가이드 라인은 필요한 것이다. 더구나 나의 입영 날짜도 하루하루 다가오고 있지 않은가.

“근디 혼자신가부네?”

“……혼자 묵는 사람이 드문가요?”

“헤헤, 드물다마다. 거 대개는 여자허고 남자가 와서 같이 묵제. 여 그 풍광이 좀 좋아야 말이지.”

형수하고 여행을 할 때는 오히려 남의 눈에 뜨이지 않았다는 걸 나는 그제야 깨달았다. 남자와 여자는 실로 번거로운 한몸이 아닐 수 없었다.

“그럼 여기도 남녀가 함께 든 방이 있어요?”

“여그저그 좀 있을 걸? 우린 방이 하나뿐이니 손님이 들면 그만이제.’

그러면서 짓는 표정으로 보건대 남녀 둘이 들면 방값을 좀더 올려받을 수 있다는 것 같았다. 나는 형수 몫까지 방값을 지불하기로 했다. 어차피 형수가 마련한 여행 경비인 데다, 형을 찾는 순간까지는 형수의 존재가 그런 식으로라도 개입하고 있어야 옳을 듯해서이다.

빈 방에 들어 이런저런 날벌레들의 비행을 바라보면서 나는 조용히 술을 마셨다. 정리되지 않은 생각들이 가슴속에서 그 날벌레들처럼 어지럽게 날아다니고 있었다.

‘형수는 지금 어디쯤에 있을까.’

나는 마구 뒤섞인 생각 중에서도 이런 궁금증을 가장 확실한 문장으로 가지고 있음을 깨닫고 놀랐다. 그리고는 갑자기 머릿속에 끼어든 이 생각을 밀어 내려고 애썼다. 형수에 대한 그 기억의 반추란 내 성숙의 발목을 부여잡는 퇴행이며 어리석은 집착에 불과하다고 여겨서이다.

나는 방 안의 불을 끄고 창문을 열었다. 어두운 바다의 풍경이 눈 아래 가득 들어찼다. 가까운 곳의 물결은 넘실대고 있었으나 먼 곳으로 갈수록 바다는 잔잔했다. 수평선에 걸린 밤배들은 반딧불같았다.

형은 저기 어두운 바다 어디쯤에서 넘실대고 있나.

나는 쓸쓸함과 쓰라림이 범벅된 상태에서 술에 취해 그냥 방바닥에 쓰러졌고, 마을 개들이 짖는 소리를 들으며 이내 잠들었다.

내가 잠을 깬 것은 미친듯이 짖어 대는 마을 개들과 창문을 밝게 비치는 조명탄 불빛 때문이었다. 시간이 얼마나 흘렀는지는 알 수 없었다.

"손님! 손님!"

주인 여자가 거칠게 노크하며 내 방문을 발칵 열어 젖혔다.

"손님! 나와 봐예! 사, 사고가 났어예!"

숨이 턱에 차올라 헉헉거리면서 주인 여자는 바닷가 쪽을 가리키고 있는 손을 벌벌 떨고 있었다.

"사, 사람이 죽었어예! 죽었어예!"

"죽어요? 누가요?"

"요 건너집에 메칠 묵던 머스만데, 쩌그 바닷가서 주, 죽었어예!"

나는 부리나케 방을 나와, 주인 여자와 함께 해안 도로 건너 바닷가 가까이 내려섰다. 어디에 있었는지 수많은 군인들이 모래밭에 깔려 있었다. 마을 사람들도 꾸역꾸역 몰려 나와 도로와 모래밭의 경계를 가득 메웠다.

그때, 조명탄이 다시 한 발 밤하늘에 올랐다. 길게 꼬리를 긋다가 허공에서 우산처럼 퍼지는 빛의 비산 속에서, 나는 철조망에 걸려 있는 한 사람을 발견했다.

아, 하고 나는 탄성을 내지르지 않을 수 없었다. 철조망에 걸린 사람의 자세는 내가 형수와 함께 진영에서 보았던 신병의 그것과 흡사했던 것이다. 트럭 밖으로 몸을 던진 신병이 바람을 타고 수평으로 움직이는 어느 순간—두 팔과 두 발을 쫙 펼친 채 자세는 약간 오른쪽으로 쏠려 있고, 머리칼들은 한테 모여 날카롭게 왼편을 가리키고 있는 모습. 왼편과 오른편, 이쪽과 저쪽 사이, 공중에 떠 있는 실존의 모습……. 바로 형이었다. 형이 아니고서는 아무도 저렇게 떠 있을 수 없을 것이었다. 형이야말로 저렇게 전율스럽게 철조망에 의지하여 공중에 떠 있을 수 있었다. 형은 알몸이었다.

"아니, 저기 여자가 있네요!"

나는 형의 부근에서 역시 옷을 걸치지 않은 한 여자를 발견했다.

"그 머스마허고 같이 묵던 가시나제."

주인 여자는 혀를 차며 몹시 참담한 표정을 지었다. 스무살쯤 되어 보이는 그녀는 한기 때문인지 아니면 다른 무엇 때문인지 몸을 덜덜 떨고 있었다. 그냥 떨고 있을 뿐만 아니라 철조망에 걸린 알몸의 사내를 바라보면서 무슨 말인가를 부지런히 중얼거리고 있었다. 군인들이 자기에게 다가오는 걸 완강한 손짓과 몸짓으로 거부하면서, 여자는 거의 실성한 듯 몸을 떨고 말을 하고 주위를 왔다갔다 했다.

"어쩐지 수상쩍기는 수상쩍더라니만, 결국엔 저리 죽을라꼬……. 저리 죽을라꼬……. 에구구 무서버라."

"……."

"다 계획대로 한기라. 에구 무서버라!"

주인 여자는 무섭다는 말을 여러 차례 반복하고 있었다. 무슨 내용인가를 알고 있음이 분명했다.

"계획대로라니요?"

"여그 소초 관할 지역은 철조망에 전류가 흐른다 아임니꺼."

"전류가요? 그럼 감전……."

"하모! 그 즉시로 가불제. 비상만 걸렸다카모, 고압이가 쫘악 흐른다카모, 철조망에 붙은 건 모다모다 까맣게 타뿐다 이 말이여.”

“…….”

“저 가시나가 역수로 불쌍타. 가시나가 비상 부른 셈이제. 저 죽은 머스마가 밤에 바닷가 나가서 수영하자고 꼬셨을 기 분명하고마. 비상 부를라꼬…… 지는 마 철조망에 슬쩍 기다리고 있음시로, 가시나가 수상쩍게 오락가락허게 해놓고……. 고압이가 흐르자 쫙 뻗어 죽었을기라. 헤구, 무서버라!”

주인 여자는 웬일인지 헛구역질을 두어 번 하다가 비실비실 언덕으로 올라가 버렸다.

바닷가에서 한동안 주위의 접근을 허용하지 않던 젊은 여자에게는 결국 모포가 한 장 씌워지고, 완강한 발버둥에도 불구하고 여자는 군인들에 의해 강제로 벙커 쪽으로 옮겨지고 있었다.

나는 혼자 남은 형의 뒷모습을 오래도록 바라보았다. 형은 내가 자기를 따라올 줄 알고 있었던 것만 같다. 끝내 이렇게 혼자 남기 위해서도 그처럼 많은 곡절과 우회가 필요하다는 것을 말해 주려고?

형은 모든 걸 떨치고, 어떤 일에든 구애되지 않으면서, 홀로 서고 싶은 욕망을 가지고 있었다. 누구의 누구인 것도 원하지 않고, 누구의 누구의 누구인 것도 달갑지 않아 했다. 형은 언제나 형이었다.

'잘 가우, 형.'

끝내 사슬에서 풀려나, 그 사슬에 마지막 껍데기만을 의지하고 있는 한 인간의 뒷모습을 나는 보고 또 보았다. 저 아득한 바다를 향한 형의 얼굴은 아마도 웃고 있으리라. 자신의 껍데기에서 빠져 나와 그 바다를 향해 날아가는 촛불 같은 혼백의 붉은 춤을 황홀하게 바라보면서.

작가 이석범에 대한 보고

고원정(소설가)

이 보고는 출처를 확인할 수 없는 첩보 사항과 보고자의 다분히 주관적인 판단에 의해 작성되었기에 객관적 사실과는 상당한 편차가 있을 수 있음을 감안하시기 바랍니다.

보고자는 그의 이름을 이디 초등학교 6학년 때부터 들어 알고 있었습니다. 그다지 넓지 않던 제주시의 어느 골목길쯤에서 몇 번 마주쳤던 것 같은 아스라한 느낌도 있습니다. 보고자는 당시 제주시에서 가장 명문으로 꼽히던 남 초등학교에 다니고 있었으며, 이석범은 역시 명문이라고 본인들이 우기는 북 초등학교에 재학중이었습니다. 남과 북이라니, 벌써 무언가 비극적이고도 숙명적인 냄새가 풍기지 않습니까? 하지만 우리는 진작에 남북 화합을 이룰 수 있었습니다. 둘 모두 제주의 명문인 제일 중학교에 진학하면서 하나의 울타리 안에 들어섰기 때문입니다. 1968년의 일입니다. 머리를 짧게 깎고 검은색 교복을 입은 우리는 각각 자기 반의 실장을 맡고 있었습니다. 보고자는 2반, 이석범은 4반이었습니다. 보고자의 입학 성적이 2등이었던 것으로 미루어 볼 때 이석범의 성적은 아마 4등이었던 것 같습니다. (어디까지나 후세의 연구자들을 위해 밝히는 것입니다.)

1학년 시절 우리는 별달리 가까워질 기회를 가지지는 못했습니다. 다만, 한 가지 사건 아닌 사건이 있었습니다. 당시 국어 교사이시던 강용소 선생님께서 각 학급별로 이를테면 '문예신문' 같은 것을 만들도록 한 일이 있었는데 4반 신문에 실린 이석범의 시를 접하고 보고자는 적지 아니 놀랐습니다. 지금은 잘 기억나지 않지만 전투와 전투 사이의 짧은 휴지기를 노래한 시였던 것 같다는 느낌이 남아 있습니다. 어쨌든 상당히 어른스러운 시여서 보고자에게는 충격이 아닐 수 없었습니다. 이석범이라는 이름이 보고자의 파일에 깊숙이 저장되는 순간이었습니다. 그리고 2학년으로 진급했는데 이게 어찌된 일입니까, 보고자와 이석범은 같은 반이 되었던 것입니다. 한 편으로는 반갑고 한 편으로는 당혹스러운 심정은 보고자나 이석범이나 마찬가지였을 것입니다. 정말이지 이 무슨 운명의 장난이란 말입니까? 비유를 하자면 프랑스와 브라질이 월드컵 예선에서 같은 조에 편성된 것이나 마찬가지라고나 할까요? 당장 누가 실장이 될 것이냐에 강호의 관심이 쏠리고 있었습니다. 당시 담임이던 김한호 선생께서는 임시 실장으로 보고자를 지명하셨고, 보고자는 결국 투표를 거쳐 정식 실장으로 취임할 수 있었습니다. 하지만 누가 알았겠습니까? 그날의 작은 승리가 훗날의 무참한 패배를 예고하고 있었을 줄이야……. 맹세코 보고자는 그 작은 승리에 도취하지 않았습니다. 이석범도 그다지 염두에 두지 않는 것 같았습니다. 그와 보고자는 조그마한 상처도 없이 관중과 포숙의 사귐을 만들어 갈 수 있었으니까요. 그와 보고자가 주도하던 그 학급, 그 학년의 분위기를 무어라 표현하면 좋을까요? 그와 보고자는 똑같이 조숙했고, 똑같이 박학 다식(?)을 자랑했고, 똑같이 달변이어서 언제 어느 자리에서나 분위기를 주도하곤 했습니다. 예를 들어 우리 두 사람은 동급생 친구들에게 틈만 나면 성교육을 실시하곤 했는데 보고자는 이론의 대가, 이석범은 실기의 대가임을 자부하던 기억이 납니다. 두 사람의 주동으로 이른바 백지동맹 사건을 벌이기도 했었지요. 순전히 참고삼아 밝혀 두자면 당시 이석범의 별명은 닉슨이었고, 보고자의 별명은 모택동이었습니다. 그렇게 학교 안에서 어울리는 것만으로도 부족해서 두 사람은 방과 후에도 거의 시간을 함께 보내기도 했습니다. 제주시의 명소 중 하나인 서 부두 방파제를 주로 찾았는데, 거기서 우리들은 설익은 문학의 꿈을 펼치곤 했습니다. 당시의 이석범은 문학을 평생의 업으로 하겠다는 마음까지는 가지지 않았던 것 같습니다. 다른 분야에서 활동하면서 문학을 함께 하겠다는 그에게 문학만으로 먹고 살 수(?) 있다고 보고자는 틈만 나면 충동질을 했던 기억이 납니다. 어쨌든 그렇게 신념에 차이가 있는 채로 두 사람은 자연스럽게 문학 소년이 되어 갔습니다. 그래도 보고자는 은근한 긍지를 가지고 있었습니다. '내가 이석범을 문학으로 이끌었다'는. 가끔 노골적으로 그런 눈치를 보여도 이석범은 크게 부인하지 않았습니다. 그러나, 그러나 말입니다. 경천동지할 사건은 오래지 않아 터지고 말았습니다. 중2이던 그해 1969년에 당시 학생 문단에서는 최고의 권위를 자랑하던 '학원문학상'에 우리 두 사람은 나란히 응모를 했습니다. 물론 시와 산문 두 부문에 모두, 결과는…… 보고자는 모두 낙선을 하고 말았습니다. 이석범은? 시와 산문에 모두 입선을 했습니다. 보고자에게 그것은 하늘이 무너지는 듯한 충격이었지요. 한번 생각해 보십시오. 쓰린 마음을 홀로 달래 가면서 둘도 없는 친구의 행운을 축하해야 하는 소년의 마음을…… 표정 관리란 정말 힘든 것이더군요. 그러나 어디 그것뿐이겠습니까? '화불단행'이란 말은 허언이 아니었습니다. 아직 상처도 아물기 전인 그해 12월, 이석범은 다시 한 번 보고자에게 깊은 상처를 안겨 주고 맙니다. 바로 전교학생회장 선거에서였습니다. 사실 보고자는 그 선거에 나설 마음을 가지고 있지 않았습니다. 권력이란 것이 얼마나 무상한가를 이미 체득하고 있었던 때문입니다. 이석범도 그럴 줄 알았습니다. 그런데 이게 웬일입니까? 그가 보란 듯이 출마를 하지 않겠습니까? 그 과정에서 보고자에게 한마디만 상의를 했다면 얼마나 좋았겠습니까만 그는 그렇게 하지 않았습니다. 배신감과 함께 오기가 치밀지 않을 수 없는 일이 아닙니까? 둘도 없는 친구이며 실장인 보고자를 부시고 부실장인 그가 전교회장 선거에 출사표를 던지다니……. 며칠 고민 끝에 보고자도 출마를 강행했습니다. 하지만 오기는 오기일 뿐, 회장에 당선된 것은 이석범이었습니다. 그것도 압도적인 득표로…… 보고자의 생애에 그토록 참담한 시절은 없었습니다. 지금도 그때를 생각하면 온몸의 피가 싸늘하게 식는 듯한 느낌입니다. 우리는 여전히 친구였지만 조금은 서먹한 기운이 감도는 것도 사실이었습니다. 그렇게 우리는 중3이 되었습니다. 그리고 그 봄이 다 가기 전에 사건이 터졌습니다. 그 사건의 전말에 대해서는 생략하기로 하겠습니다. 단 한 가지, 사실 웃어 넘기자면 웃어 넘길 수 있는 사건이었다고만 보고드리겠습니다. 나른하게 잠이 오는 봄날의 교실에서 흔히 일어날 수 있는 일이었습니다. 하지만 그 사건에 연루(?)된 인물들 중에서 이석범은 조금 불손했고, 담당 교사는 너무 예민한 반응을 보였고, 교장 선생께서는 지나치게 일벌 백계의 원칙을 내세웠던 듯합니다. 이석범은 우습지 않게도 정학을 당하고 말았습니다. 또 그는 거기서 그칠 수 없었던 것이 그는 학생회장이 아닙니까? 징계와 함께 그는 회장직을 내놓아야 했습니다. 자존심으로 똘 똘 뭉쳐 있던 이석범은 전학을 가 버렸습니다. 오현 중학교로 옮겨 간 것입니다. 그렇게 우리는 헤어졌습니다. 사족을 붙이자면 그가 전 학을 간 이후 보고자는 학생회장 보궐 선거에 나설 것을 학교측으로 부터 권유 받았습니다만 한마디로 거절하고 말았습니다. 세월이 지 난 후 어느 술자리에서 이석범이 '그때 네 의리에는 감동했다'고 말 하길래 보고자가 바로잡아 주었습니다. '의리는 30%였고, 내 자존 심이 70%였다'라고 말입니다. 이석범은 뒤늦게 무언가를 깨우친 듯 한 표정이 되더군요.

학교가 달라졌다고는 하지만 당시의 제주시라는 게 다 그 바닥이 그 바닥 아니었겠습니까? 전처럼은 아니어도 우리는 가끔 어울릴 수 있었습니다. 하지만 보고자는 제일고에, 이석범은 오현고에 각각 진 학을 하면서부터 우리의 만남은 조금씩 뜸해졌던 것 같습니다. 그것 은 이석범의 잘못이 아닙니다. 보고자의 생활이 워낙 상식을 벗어나 게 비뚤어져 갔기 때문입니다. 그래서 둘 사이에는 고등학교 시절의 기억이 많지 않습니다. 아, 한 가지 장면이 있습니다. 고2 때의 초가 을쯤이었던 것 같습니다. 내가 사는 하귀리라는 마을로 이석범이 찾 아온 적이 있습니다. 놀랍게도 그는 여학생을 동반하고 있었습니다. 저녁 무렵이었고, 운동복 차림으로 초등학교 운동장에서 배드민턴을 치고 있던 나는 깜짝 놀라서 그 커플을 맞았습니다. 보고자는 두 사 람을 데리고 밤길을 걸어 근처에 있는 저수지를 찾아갔었습니다. 그 리고 다시 마을로 내려와서 단골로 다니는 막걸리집 뒷방에서 술을 마셨는데 이석범은 불과 두어 잔에 떨어져 버리고, 혼자 술잔을 기울 이던 기억이 이상하게 어딘가 슬픈 듯한 색조로 남아 있습니다. 도대체 왜, 보고자는 슬펐던 것일까요? 혼자 외로워서였을까요? 이석범이 데리고 온 여학생이 깜찍하게 예뻤기 때문일까요? 아직도 알 수 없습니다.

　알든 모르든 세월은 흘러 우리는 고등학교를 졸업했습니다. 보고자는 대학생이 되었습니다. 이석범은 그러지 못했습니다. 재수생이 되었던 것입니다. 서울에서 보내던 재수생 시절, 그는 상당히 힘들어했습니다. 보고자의 하숙집을 찾아와 함께 술을 마시는 날이 많았지만 그것마저도 그에게는 고통이었습니다. 아시는 이는 다 아시는 것처럼 그는 술이 세지 못합니다. 그는 결국 재수 생활을 청산하고 낙향을 했고, 다음해 고향에 있는 제주 대학에 입학을 했습니다. 이제 두 사람은 방학 때에만 어울리게 된 것입니다. 70년대 중반의 그 시절, 이석범과 보고자의 주변에는 참으로 다양한 인물군이 출현하게 됩니다. 김덕남, 문무병, 김상철, 강창일, 나기철, 김용훈, 고호경, 김창후……. 주로 제주시 남문로의 '소라 다방'을 중심으로 활동(?)하던 그들을 하나로 싸잡아서 '골빈당'으로 통하기도 했습니다. 아, 그 지겹도록 끝도 없이 이어지던 술자리와 술자리들……. 이석범은 꼭 한 차례쯤 구토를 해야만 제 몫의 술자리를 마감하곤 했습니다. 지금 그 멤버들은 저마다. 시인, 학자, 교사, 문화 운동가가 되어서 여전히 우리들의 주위에 출몰하고 있습니다. 누군가의 말마따나 참으로 인연이란 질긴 것이고 정이란 더러운 것이지요. 그렇지 않습니까?

　그렇게 방학 때만 만나서인지는 모르겠으나 이석범은 비교적 순탄한 대학 시절을 보낸 것 같습니다. 글도 쓰고, 연애도 하고 총학생회장도 지내고…… 그 사이에는 해병대를 다녀오기도 했지요. 해병대 출신이라고 해서 그가 특별히 그쪽 체질이거나 하다고는 생각하지

마십시오. 제주 출신들은 절반 정도가 해병대에 징집이 됩니다. 체질
이기는커녕 그는 아마도 가장 군기 빠진 해병 중 하나였을 겁니다.
그 시절 이석범보다 고참병으로 복무하고 있던 문학 평론가 김종회
와의 조우했던 에피소드는 생략하기로 하겠습니다. 다만 두 사람의
만남으로 해서 이석범의 군대 생활이 조금이나마 편해졌던 것만은
사실인 듯합니다.

어쨌든 그는 제대를 했고, 졸업을 했고, 교사가 되었고 결혼을 했
습니다. 그런데 어찌어찌 하다 보니 이석범의 결혼식에 보고자는 참
석을 하지 못했습니다. 그 점만은 지금도 그에게 미안함을 느낍니다.

어쨌든 그렇게 우리는 어른이 되었고, 한 사람의 가장이 되었고 각
각 서울과 제주에 생활의 근거지를 가지게 되었는데…… 여기서 보
고자는 잠시 갈등을 느끼게 됩니다. 그후, 이석범이 한 사람의 작가
로 데뷔하고 문명을 얻게 되는 과정에 대해서 과연 미주알 고주알 언
급을 하는 것이 옳겠느냐는 점입니다. 가급적 객관적으로 간략하게
보고하도록 하겠습니다. 「적들을 찾아서」로 문단에 데뷔를 하고, 『작
법』 동인으로 활동하던 초기만 해도 이석범은 그저 조용한 '교사 소
설가'로 살아갈 것으로 보이기도 했습니다. 그러나 그는 역시 풍운아
일 수밖에 없었습니다. 기억하시는 분은 기억하시겠지만 전교조가
태동하기 전 '전교협'이라는 단체가 먼저 그 기치를 올렸던 일이 있
습니다. 이석범은 몇몇 동료들과 함께 바로 이 전교협의 조직에 뛰어
들었던 것입니다. 그리고 곧 인사 파동이 일어났지요. 그는 사립여고
의 국어 선생이었는데, 전교협을 추진하던 그와 그의 동료들이 모두
같은 재단 안의 여중으로 발령이 났던 것입니다. 학교에서는 단순한
인사 조치라고 했고, 이석범과 동료들은 전교협을 봉쇄하기 위한 것

이라고 주장을 했지요. 우여 곡절을 겪은 끝에 이석범은 결국 교직을 떠나게 됩니다. 그리고 서울로 올라왔지요. 서울에서 그는 이런저런 직장을 전전하는 한편으로 교직 생활의 경험을 담은 『갈라의 분필』, 『권두수 선생의 낙법』 같은 소설들을 발표합니다. 그리고 문제의 『윈 터스쿨』에 이르게 되는 것입니다. 이석범은 이 세 작품을 스스로 '교 육 소설 3부작'이라 부르곤 합니다만 마지막 『윈터스쿨』이 일으킨 사회적 반향은 대단한 것이었지요. 아직도 기억들 하실 걸로 압니다 만, 심지어 학원 비리 수사를 맡은 검사들이 이 책을 참고로 했다고 고백하기도 했을 정도였습니다. 말 그대로 그의 출세작인 셈입니다. 하지만 판매가 기대에 못 미쳐서 이석범은 적지 아니 실망하기도 했 을 겁니다. 이 작품에는 한때 학원 강사로 일하기도 했던 작가 자신 의 경험이 녹아 있기도 합니다. 눈치를 채신 분도 있겠지만 이석범은 자신이 직접 '살았던' 세계만을 소설로 다뤄 왔습니다. 거꾸로 말하 자면 그는 경험한 것은 모두 소설로 썼다고도 할 수 있겠습니다. 언 젠가 그는 '70년대는 자신에게 고난의 시기'였다면서 지긋지긋하다 고 말한 적이 있습니다만 80년대도 90년대도 그에게는 편안한 시기 가 아니었습니다. 그러나 그는 거기서 소설을 건져 냈습니다. 엎어져 도 그냥은 안 일어났다고나 할까요?

2000년대의 벽두에 이석범은 다시 생활의 무대를 제주도로 가져 갔습니다. 이 과정에서도 여러 가지 우여 곡절이 있었습니다만 어쨌 든 그는 이제 교직에 복귀를 했습니다. 그리고 그는 이 시기를 자신 의 삶에 무언가 하나의 매듭을 지을 때라고 생각하고 있는 것 같습니 다. 이 작품집도 그러한 매듭의 하나일 줄로 생각합니다.

이제는 대략 이 장황한 보고를 맺음할 때가 된 것 같습니다. 보고자는 지난번 제주도에서 이석범을 만났을 때 이렇게 말한 적이 있습니다.

'이제는 지극히 보수파의 모습을 하고 조용히 살아라.'

그는 웃으면서 그러마고 했습니다. 하지만 나는 그의 말을 믿지 않습니다. 무엇보다도 그는 아직 40대 중반의 한창 나이인 것입니다. 앞으로도 그는 작가로서나 교사로서나 그 모두를 아우르는 한 생활인으로서나 한두 차례쯤 더 대형 사고를 칠 가능성이 농후합니다. 그의 사고는 모두 작품이 되었다는 점을 유념합시다. 조심해야 할 분들은 조심하시고, 기대하실 분들은 기대를 해도 좋을 것입니다.

길 없는 길을 헤치며

식구들을 서울에 놔둔 채 홀로 제주에 내려와 살고 있다. 십여 년 만에 돌아온 학교는 여전하다. 고향 사람들도 여전하고 고향 산천도 여전하다.

주중 낮에는 직장에 나가 수업하고 저녁엔 이런저런 모임에 참석하며, 일요일엔 문무병 선생을 따라 신당 기행을 따라가거나 김창집 선생 같은 오름 애호가들 사이에 끼어 오름도 오른다.

엊그제는 성판악 코스를 따라 흙붉은오름과 그곁의 돌오름을 올랐다. 오름나그네들은 길 없는 길을 헤치며 제주조릿대가 밀생한 굼부리를 거쳐 정상에 올랐다. 정상의 흙이 붉다 하여 흙붉은오름이고 정상에 육중한 바위 두 개가 서 있다 하여 돌오름이라 한단다.

흙붉은오름에 올랐을 때는 안개가 빠른 속도로 스쳐 가고 있었다. 안개가 스쳐 가는 사이사이 멀리 시가의 모습이 잠깐씩 모습을 드러내다간 사라졌다. 기온은 뚝 떨어지고 세찬 바람 때문에 고개를 옷 속에 파묻어야 했다.

그러나 돌오름 정상 육중한 바위에 섰을 때 날씨는 화창하여 산 아래의 모든 것이 한눈에 들어왔다. 바람은 시원하고 마음은 삽상해져서 주위의 왕벚꽃나무와 떡버들, 시로미꽃과 남산제비꽃들도 빠짐없이 시야에 잡혔다.

아마도 이 창작집에 실린 소설들은 길 없는 길을 헤치며 흙붉은오름에 올랐을 때와 흡사한 시대의 분비물일 것이다. 세찬 바람을 이겨내기 힘들고 전망은 안개 속에 묻혔던. 이제 새삼 심신을 가다듬어 소설을 쓰게 된다면 돌오름 정상에 오른 때와 같은 경지—산 아래를 한눈에 내려다보며 주위의 사소한 것들 모두를 음미할 수 있는 그런 경지에 이르고 싶다.

여기저기 흩어진 내 부끄러운 과거를 모아 한 권의 책으로 묶어 준 '청동거울'과 박덕규 兄, 기꺼이 발문을 써 준 오랜 친구 고원정 兄에게 두루 감사한다.

2001년 4월
이석범